KB250496

열하일기는 소설이다

1부

나는 조선의 광대다

열하일기는 소설이다 1부 나는 조선의 광대다

초판 1쇄 인쇄 2013년 05월 15일
초판 1쇄 발행 2013년 05월 22일

지은이   오순정
펴낸이   손형국
펴낸곳   (주)북랩
출판등록 2004. 12. 1(제2012-000051호)
주소   153-786 서울시 금천구 가산디지털 1로 168,
우림라이온스밸리 B동 B113, 114호
홈페이지 www.book.co.kr
전화번호 (02)2026-5777
팩스   (02)2026-5747

ISBN 978-89-98666-36-1 94810
ISBN 978-89-98666-35-4 94810 (set)

이 도서의 국립중앙도서관 출판시도서목록(CIP)은 서지정보유통지원시스템 홈페이지(http://seoji.nl.go.kr)와
국가자료공동목록시스템(http://www.nl.go.kr/kolisnet)에서 이용하실 수 있습니다.
(CIP제어번호 : 2013005917)

열하일기는 소설이다

1부 나는 조선의 광대다

박지원 원작 소설 | 오순정 번역 해설

book Lab

화냥년을 사랑하라

“에퀴, 그 선비 냄새 한번 구리도다.”

〈호질〉에서 똥물에 빠진 북곽선생을 꾸짖는 한 마디다.

범은 무엇을 꾸짖었을까?

선생님들은 허위와 위선에 대한 질책이라고 한다. 남녀 주인공의 부도덕과 이중성을 풍자한 작품이라고 한다.

그야말로 멍청한 대답이다.

너무나 간명한 작가의 화두를 보라.

‘부도덕한 인간인가? 비인간적인 도덕인가?’

당신은 어느 쪽인가? 화냥년에게 돌을 던질 것인가? 사랑할 권리조차 빼앗아 가버린 비정한 법도를 원망할 것인가?

그러므로 선생님들은 〈호질〉을 완전히 거꾸로 가르쳐왔다. 연암은 인간을 억압하는 법도를 타도하고자 〈호질〉을 썼는데, 우리는 법도라는 알량한 잣대로 인간을 심판해온 것이다.

우리는 왜 200년 동안이나 〈호질〉을 거꾸로 읽었을까?

"아하, 이용利用이 된 연후에야 후생後生이 될 것이요, 후생이 된 연후라야 정덕正德이 될 것이로다!"(6월 27일자)

대한민국 먹물들을 몽땅 열광의 도가니로 몰아넣어버린 깃털선비의 멋진 말씀이다. 그러나 이용후생론은 후생과 함께 인간을 2순위로 내쳐버린 사기꾼경제학일 뿐이다.

북학이라는 첨단의 깃털을 꽁무니에 붙인 깃털선비는 조선의 영혼이 담긴 구들장을 죄다 뜯어내어 중국식 '캉炕'으로 대체하자는 주장도 서슴지 않는다.(7월 5일자) 꿈속에서 구닥다리 성리학자에 불과한 형님을 상대로 비정한 스노비즘의 칼을 휘두른다.(7월 6일자) 조선의 구들장을 팔아먹고, 형님을 팔아먹고… 이쯤이면 어디서 많이 본 듯한 막장드라마 아닌가.

"앤디, 네가 '지미-추'를 신었을 때 넌 영혼을 버렸어!"

최근 영화 〈악마는 프라다를 입는다(2006)〉에 나오는 대사다. 프라다를 입고 영혼을 버린 주인공 앤디(앤 해서웨이)가 다름 아닌 구들장을 팔아먹은 연암의 정체다. 또한 〈욕망이라는 이름의 전차(1947)〉에서 자본의 앞잡이로 전락하여 뉴올리언스에 사는 언니 가족들(까마귀들)을 정복하는 공작새여인 블랑쉬가 형님을 팔아먹은 주인공 연암이다. 깃털선비의 막장드라마 「도강록」의 하이라이트를 보라.

"좋은 울음터로다. 한바탕 울어볼만 하구나!"(호곡장론)

신생님들은 참신한 발상의 전환이라고 한다. 그러나 이것은 본격적인 거짓말을 위한 기선제압일 뿐이다.

"나는 오늘에야 깨달았도다. 인간이란 본디 어디엔가 붙어 의지하는 존재기 아니라 다만 하늘을 이고 땅을 밟아 살아가는 존재임을…"(호곡장론)

먹물들은 어릿광대의 '멋진 말씀'에 한없는 찬사를 보낸다. 그러나 인간은 사회적 동물이 아니던가. 동물적 존재로써 밥과 섹스를 욕망하는 까마귀인간이며, 사회적 존재로서 남들이 알아주기를 욕망하는 공작새인간이다. 그런데 주인공 연암은 무슨 짓을 저지르고 있는가? 존경욕구의 노예가 되어버린 깃털선비는 자신을 사로잡고 있는 '깃털욕망'을 숨겨버리고 있다. 그런 몽매한 선비들 덕택에 삼강오륜 따위의 거짓말로 무장한 사대부들의 세상은 천년만년 굳건하게 이어져 왔으리라.

결국 「도강록」은 '깃털'이다. 작가의 깃털인간에 대한 성찰이며, 깃털욕망에 사로잡혀 중화주의의 부역자로 전락한 주인공의 좌충우돌이며, 깃털선비들이 지배하는 조선의 슬픈 풍경이다. 〈호곡장론〉에서 깃털선비의 막장행각을 클라이막스까지 끌어올린 작가는 「성경잡지」와 「일신수필」의 성찰을 넘어 「관내정사」에서 조선을 지배하는 학문과 법도를 심판한다.

'열녀는 두 명의 지아비를 섬기지 않는다.'

역사상 최악의 거짓말을 단죄하기 위하여 작가 연암이 연출한 퍼포먼스가 〈호질〉이다. 그 핵심적인 플롯은 다름 아닌 섹스의 중의법. 북곽선생과 과부 동리자의 섹스는 두 가지 간음을 의미한다. 하나는 기망의 법도(대전제)를 탄생시키는 학문의 간음이며, 또 하나는 사랑할 권리를 빼앗겨버린 가련한 여인의 간음(소전제)이다. 이렇게 2중의 간음을 연출해놓고 작가는 관객들에게 암묵적인 질문을 던진다.

'화냥년에게 돌을 던질 것인가? 기망의 법도를 탄생시키는 학문의 간음을 통탄할 것인가?'

그러나 우리가 바라본 것은 오직 가련한 과부의 간음. 그것은 목숨 걸고 되찾아야 할 '자유'임에도 우리는 명시적·묵시적으로 가련한 여인에게 비난의 화살을 퍼부어 온 것이다.

우리는 왜 〈호질〉을 거꾸로 가르쳐왔는가?

'깃털'을 모르기 때문이다. '학문의 간음'를 바라보지 못하기 때문이다. 깃털선비에게 매료되어 인간을 2순위로 내쳐버린 '이용후생'에 열광하였을 때, 대한민국의 문文·사史·철哲은 이미 북곽선생처럼 똥구덩이 속으로 빠져들고 말았다. 허위와 기망의 극치인

〈호곡장론〉〈야출고북구기〉〈일야구도하기〉를 수필이라고 하면서 참신한 발상이다 탁월한 성찰의 경지다 가르칠 때, 이 나라의 교육은 엉망이 되어버리고 말았다. 이용후생론 따위의 봉건적 프레임에 매료된 눈으로 〈허생전〉의 '근대'를 바라보지 못할 것은 너무나 당연한 귀결이다.

이제 『열하일기』 바로세우기를 위하여 선언한다.

〈호질〉은 화냥년의 자유를 기억해내는 조선의 르네상스다.

〈허생전〉은 우리가 건설해야 근대의 풍경이다.

『열하일기』는 소설이다. 〈호질〉과 〈허생전〉을 축으로 하는 타도와 건설의 서사로써 서구의 '죽음과 부활의 서사'와도 같은 반전의 드라마다. 그러므로 끊임없이 민중을 기망하는 어릿광대는 부활하리라. 잃어버린 영혼을 되찾고, 프로메테우스처럼 하늘상자를 품에 안고 인간세상으로 달려올 것이다. 하늘상자에 담아낼 것은 근대라는 이름의 낙원을 보여주는 인간극장. 자랑하기 좋아하는 깃털선비가 조선백성들에게 바치는 한 편의 드라마다.

'화냥년을 사랑하라.'

인간을 억압하는 기망의 가치를 전복하라.

인민을 착취하는 1%의 세상을 정복하라.

그리하여 모두가 아름다운 세상, 소인배와 화냥년들의 낙원을 건설하라.

1부

나는 조선의 광대다

다음권 계속 〉〉〉

2부
잃어버린 낙원을 찾아서

제14장　　**환연도중록**

귀로에서 바라본 석양 & 무지개

8월 15일 공자의 동굴을 탈출하라

8월 16일 두 개의 우상을 든 청나라의 남과 여

8월 17일 만리장성을 넘으며 분열하는 자아

8월 18일 인간의 재발견, 근대의 발견

8월 19일 극기복례—서산에 걸린 공자의 그림자

8월 20일 의기투합—시정잡배들의 新호접몽

1. 본서는 박영철본 '연암집'을 대본으로 하여 번역하였다. 다만 '열하일기 서序' 및 옥갑야화 후지 등 일부는 다른 판본을 참고하여 덧붙였다.또한 제12장 '태학유관록'에 삽입한 '반선시말'과 '찰십륜포'는 한국고전번역원 고전번역총서를 다소 수정하여 인용한 것이다.

2. 본서의 편제는 충남대학교소장 '수택본'을 기준으로 제1권에서 제10권 까지를 골자로 하였다. 다만 별도의 글 중 제17권 제19권을 태학유관록에 제24권에 들어있는 야출고북구기 일야구도하기 만국진공기를 막북행정록에 각각 삽입하였다.

날짜별 일기		별도의 글	
1권 도강록	渡江錄	11권 황도기략	黃圖記略
2권 성경잡지	盛京雜識	12권 알성퇴술	謁聖退述
3권 일신수필	馹迅隨筆	13권 앙엽기	盎葉記
4권 관내정사	關內程史	14권 경개록	傾蓋錄
5권 막북행정록	漠北行程錄	15권 황교문답	黃敎問答
6권 태학유관록	太學留館錄	16권 행재잡록	行在雜錄
7권 구외이문	口外異聞	17권 반선시말	班禪始末
8권 환연도중록	還燕道中錄	18권 희본명목	戲本名目
9권 금료소초	金蓼小抄	19권 찰십륜포	札什倫布
10권 옥갑야화	玉匣夜話	20권 망양록	忘羊錄
		21권 심세편	審勢編
※7권과 9권은 '별도의 글'이다.		22권 곡정필담	鵠汀筆談
10권은 가상의 시간을 배경으로		23권 동란섭필	銅蘭涉筆
하는 판타지로서 소설의 결말이다.		24권 산장잡기	山莊雜記
		25권 환희기	幻戲記
		26권 피서록	避暑錄

3. 역자 해설은 가능한 한 좌우 주석란을 활용하였으며, 부득이 한 경우 각 일기의 말미에 해설란을 두었다.

熱河日記序

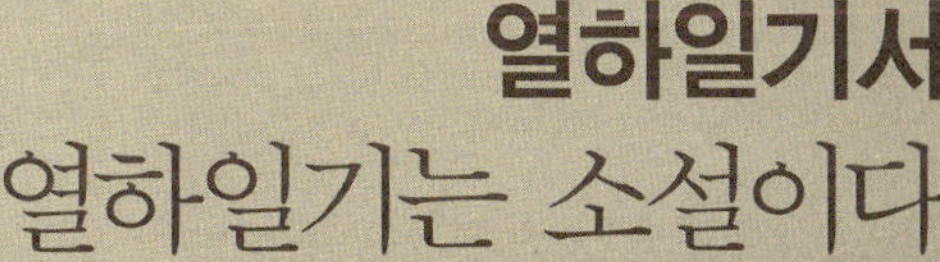

열하일기서
열하일기는 소설이다

열하일기 序: 텍스트 & 컨텍스트

1 글을 써서 학문을 확립하되 신명의 경지에 통하고 사물의 법칙을 꿰뚫은 것으로서 『주역周易』과 『춘추春秋』보다 더 나은 것은 없을 것이다. 주역은 미묘하고[微] 춘추는 드러내었으니[顯], 전자[微]는 주로 진리를 담론하는 것으로서 우언寓言이 되고, 후자[顯]는 주로 사실을 기록하는 것으로서 외전外傳이라 한다. 책을 쓰는 사람들은 이 두 갈래의 방법을 사용하여 왔으니, 일찍이 이 책들을 비평하여 보았노라.

2 『주역』은 용, 말, 사슴, 돼지, 소, 양, 범, 여우, 쥐, 꿩, 독수리, 거북, 붕어 등의 동물들을 64괘卦로 언급하였는데, 과연 저자는 이런 모든 동물들을 보았겠는가. 그렇지는 않을 것이다. 또 인간의 경우에도, 웃는 자, 우는 자, 울부짖는 자, 노래하는 자, 맹인, 절름발이, 엉덩이뼈가 드러난 자, 등뼈가 드러난 자 등을 언급하였는데, 참으로 그런 인간들이 있었겠는가. 아마 없었을 것이다. 그런데도 시초蓍草를 뽑아서 괘卦를 벌이면 그 상象이 나타나 길흉회린 吉凶悔吝이 01 마치 북과 북채처럼 응답하는 것은 무슨 까닭인가.

01
길흉과 회린(출전: 주역)
吉凶者 得失之象: 길흉이라는 것은 득실의 상이다.
悔吝者 憂虞之象: 회린이라는 것은 우려의 상이다.
따라서 길흉이 표면화된 결과라면, 회린은 그 이전의 잠재적 상태를 말한다.

미묘한 이야기로 만물의 이치를 드러낸 까닭이었으니, 우언이라는 글쓰기가 바로 여기서 비롯되었다.

❸ 『춘추』에 기록된 242년간의 제사와 수렵, 외교와 동맹, 정벌과 침입 등 온갖 사건들은 모두 실지로 있었던 사실들이다. 그럼에도 불구하고 좌左(좌구명) 공公(공양고) 곡穀(곡량적) 추鄒(추덕보) 협夾(협씨) 등에[02] 대한 전기가 제각각 달라서, 논자들은 서로 반박하고 우기면서 지금까지 논쟁이 그치지 않음은 무슨 까닭인가. 이는 드러난 사실을 가지고 미묘한 경지로 들어가려 한 까닭이었으니, 외전의 글쓰기가 여기서 비롯되었다.

❹ 그러므로 옛 기록에, "장주莊周가 저서에 능하다."라고 한 것이다. 『장자莊子』에 나오는 제왕과 성현, 군주와 재상, 처사와 변객辯客들에 대한 이야기들 중에도 정사正史를 보충하는 경우도 없지는 않을 것인 바, 장석匠石이나 윤편輪扁은 실존인물일 것이다. 그러나 장주가 직접 만났다는 부묵자副墨子라느니 낙송손洛誦孫이라느니 하는 자는 어떤 인물들이었던가?[03] 또 망량罔兩이니 하백河伯이니 하는 물귀신들은 과연 말을 할 줄 아는 존재였겠는가. 『장자莊子』를 일컬어 외전이라 한다면 실재와 허구가 섞여 있으며, 우언이라 한다면 미묘함과 드러냄이 수시로 교차하니, 사람들은 그 단예端倪(인과관계)를 헤아릴 수 없어서 조궤弔詭(궤변)로 여겨왔다. 그럼에도 불구하고 그의 학설을 폐기하지 못하는 것은 사물의 이치를 잘 담론하였기 때문인 바, 어찌 장주를 저술가로서 으뜸이라 하지 않겠는가.[04]

❺ 이제 저 연암씨의 『열하일기』를 보건대,[05] 나는 그게 어떤 글인지 모르겠다. 저 요동들판을 넘어 산해관으로 들어가 황금

대 옛터를 서성이고 밀운성에서 고북구를 빠져나가 난수와 백단의 북녘을 마음껏 구경하였다 하니, 진실로 그런 땅이 있었을 것이다. 또 청나라의 여러 석학들이며 문장가들과 교우하였다 하니 진실로 그런 인물들이 있었을 것이다. 이상한 생김새와 기괴한 옷차림의 오랑캐들, 칼을 입에 물고 불을 마시는 요술쟁이들, 라마교의 반선班禪이나 난쟁이들이 비록 가히 괴이하다 하겠지만, 『장자』의 망량이나 하백 따위의 허황한 인물들만큼이야 하겠는가. 진기한 새와 기이한 짐승, 아름다운 꽃 이상한 나무들 역시 그 정태를 곡진하게 묘사하지 않은 것이 없으니, 어찌 『장자』에 나오는 '길이가 천리가 되는 새'라느니 '8천년 묵은 나무' 만큼이나 허황한 것이라 하겠는가.

6 이제 나는 알겠노라. 장주의 외전에는 참도 있고 거짓도 있지만, 연암씨의 외전에는 참은 있으되 거짓이 없음을.06 그리고 우언을 겸한 부분에서도 끝내는 이치에 대한 담론으로 귀결시켰으니, 춘추오패春秋五覇에서 '진문공은 은유적[譎]이고 제환공은 직설적[正]이다'라는 말에 비유할 수 있을 것이다.

7 또한 그 이치를 논함에 있어서도 어찌 공허한 담론을 황홀恍惚하게 늘어놓는 것에 그쳤겠는가. 풍속 노래가사 관습 숭상崇尚 등 치홀治忽에 관계되는 이야기들, 성곽 궁궐 목축 도야陶冶 등 이용후생의 도道를 모두 망라하였으니,07 그럼으로써 글을 써서 학문을 확립하려는 취지에 어긋나지 않으려 함이다.

열하일기의 형식(text)은 무엇인가?

[원인] 저 요동들판을 거쳐 산해관으로……, 진실로 그런 땅이 있었을 것이다.
  ……진실로 그런 인물들이 있었을 것이다.
[결론] 고로, 연암씨의 외전에는 참은 있으되 거짓은 없다.

　무슨 말인가. 실재하는 땅과 실재 인물들의 이야기다. 고로 열하일기는 허구가 아니라 사실이다.

　그러나 그런 땅이 있다는 이유로 그 땅을 걸어가다가 폭풍우를 만났다는 이야기까지 사실이라 할 수 있겠는가. 그런 인물들이 있다고 하여 그 사람들과 어쩌고저쩌고 밤새워 토론하였다는 이야기까지 사실이라고 단정할 수 있을 것인가.

　궤변이다. 기가 막힌 트릭trick이다.

　만일 이것을 '작가의 말'이라 한다면, 명백한 거짓말이다. 그러나 작가로서 거짓말 서문을 쓸 수야 없지 않은가. 그래서 작가는 한 걸음 뒤로 물러선다. "저 연암씨의 열하일기……"라는 3인칭화법의 이유가 거기에 있다. 제3자의 시각에서 바라보건대, 연암의 글은 전부 '실재하는 땅과 인물들'의 이야기더라. 그러나 사건들의 시 실여부는 (제3자로서는)알 수가 없을 것이다. 그럼에도 불구하고 그 제3자는 '거짓은 없다'라는 결론을 내린다. 다름 아닌 역설법이다. 문언상으로는 '사실의 기록'이라고 주장하지만, 내재적 노순을 통하여 '창작된 소설'임을 은밀하게 드러내고 있는 것이다. 결국 열하일기는 어떤 형식의 소설인가?

　사실도 있고, 허구도 있고, 우언도 있다. 그러므로 열하일기는 사실과 허구와 우언을 자유자재로 넘나드는 소설이다.

그러면 열하일기의 내용(context)은 무엇인가?

南海之帝爲儵	남해의 제왕은 숙儵이라 하며
北海之帝爲忽	북해의 제왕은 홀忽이라 하며
中央之帝爲混沌	중앙의 제왕은 혼돈混沌이라 한다.
儵與忽	숙과 홀은
時相與遇於混沌之地	수시로 혼돈의 땅에서 서로 만났는데
混沌待之甚善	혼돈은 그들을 극진히 대접하였다.
儵與忽謀報混沌之德曰	숙과 홀이 혼돈의 덕에 보답코자 말했다.
人皆有七竅	사람은 모두 일곱 개의 구멍이 있어서
以視聽食息	그 구멍으로 보고 듣고 먹고 숨을 쉬잖아.
此獨無有	그런데 혼돈만은 유독 그렇지 않아.
嘗試鑿之	한 번 구멍을 뚫어볼까?
日鑿一竅	그들은 하루에 한 구멍씩 뚫었는데
七日而混沌死	7일 후 혼돈은 죽었다.

—장자 응제왕 편—

장자는 인간세상을 남해(하부구조)와 북해(상부구조)로 바라본다. 숙儵은 하부구조의 원리이며, 홀忽은 상부구조의 원리다. 그런데 그 두 개의 법칙으로 세상을 지배하는 중앙제왕은 일곱 개의 구멍이 막혀 있다. 인간을 망각한 것이다. 인간다운 인간세상이 되기 위해서는 막힌 구멍을 뚫어야 한다. 눈이 멀고 귀가 막힌 제왕을 죽여야 한다.

장자의 시詩에 의지하여 연암은 열하일기의 내용(context)을 단 한 문장으로 표현하였다.

"풍속 노래가사 관습 숭상 등 치홀治忽에 관계되는 이야기들, 성
곽 궁궐 목축 도야 등 이용후생의 도를 모두 망라하였으니, 그럼
으로써 글을 써서 학문을 확립하려는 취지에 어긋나지 않으려 함
이다."

풍속 노래가사 관습 숭상 등은 홀忽의 세계로서 상부구조. 대표
적인 홀忽이야기가 〈호질〉이다. 성곽 궁궐 목축 도야 등 이용후생
의 도道는 숙儵의 세계로서 하부구조다.

그러면 어떻게 두 개의 구조를 성찰할 것인가?

백호 임제가 잔치 집에서 술을 마시다가 집에 가려고 말을 탔다. 그런
데 술에 취한 백호는 한 쪽 발에는 나막신을 다른 한 쪽은 가죽신을 신
고 있었다. 하인이 말했다
"나으리, 취하셨습니다요. 신발을 짝짝이로 신으셨으니."
"이놈아, 왼쪽에서 보는 사람은 나막신을 신었구나 할 것이고, 오른쪽에서
보는 사람은 가죽신을 신었구나 할 것인데, 무슨 상관이냐? 어서 가자."

— 「연암집」 '낭환집서'중에서—

연암의 트레이드마크와도 같은 '가죽신과 나막신'의 철학. 이것
은 그대로 소실의 구수로 도입되었으니, 『열하일기』 56일간의 일
기는 끊임없는 가죽신과 나막신 이야기다.

1780년 음력 6월 24일. 청나라 황제(건륭제)의 고희古稀를 맞아 축
하사절단이 북경으로 출발한다. 8촌 형인 정사正使(사신단의 수장)
박명원 덕택에 연암은 자제군관(국가가 비용을 부담하지 않는 개인비서)
자격으로 사신단에 합류한다. 압록강을 건너면서부터 연암은 벽
돌 기와 도자기 성곽 건축 등 청나라의 기술에 매료되기 시작한

다. 심지어 술집이나 우물·두레박까지도 중국의 것이 우수하고, 조선의 '구들장'보다 캉炕이라는 중국식 난방이 좋다고 극구 찬양한다. 그러나 그것이 진정 작가의 철학이겠는가. 조선의 '구들장'들을 죄다 뜯어내고 캉으로 바꾸어버리는 게 조선의 길이었겠는가.

'그 너머를 바라보라.'

가죽신 너머 나막신을 보고, 나막신 너머 가죽신을 보라.

벽돌성곽 너머에 아름다운 군자와 비루한 소인배를 분리하는 편견의 상부구조가 있을 것이다. 수절과부의 안방 너머 민중을 착취하는 하부구조가 보일 것이다.

두 개의 구조에서 바라본 조선은 어떤 나라일까?

우리 역사는 실학과 북학을 자랑한다. 누군가는 영정조의 성대한 문화사업을 조선의 르네상스라고 한다. 그러나 작가 연암의 눈에 이용후생은 백성을 기망하는 화려한 기념비(우상)들이나 쌓아올리는 배반의 기술이었다. 수많은 책들은 무너져가는 춘추대의를 복원하는 혹세무민의 작업이었다. 영정조의 시대는 그 어느 시대보다도 반反 르네상스적인 퇴행의 역사였던 것이다.

인간을 배반한 이용후생, 백성을 기망하는 문화 만들기.

그러므로 조선은 죽어야 할 것이다.

작가는 장자의 시詩를 인용함으로써 중대한 미션을 던져놓았다.

중앙의 제왕을 죽여라.

새로운 낙원을 건설하라.

그러므로 열하일기는 두 개의 방면(상부구조와 하부구조)에서 시작되는 혁명. 타도와 건설의 서사다.

마지막으로 간단히 서사구조와 성찰에 관하여 부연한다.

열하일기 서사의 특징

■서사구조: 타도와 건설의 서사

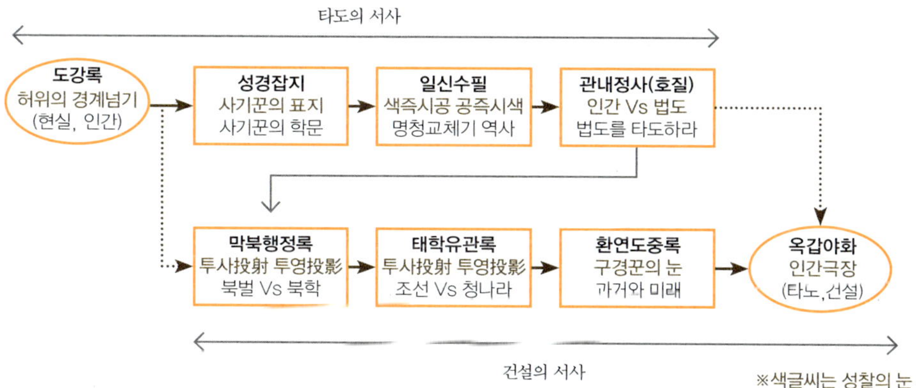

●타도의 서사

「도강록」「성경잡지」「일신수필」「관내정사」 등 4권.

'인간(도강록)→학문(성경잡지)→역사(일신수필)→법도(관내정사)'
의 흐름으로 조선의 현실과 주인공의 모순, 역사, 인간을 지배하는
학문과 법도를 성찰해나간다.

〈호질〉의 르네상스: 화냥년을 사랑하라!

●건설의 서사

「막북행정록」「태학유관록」「환연도중록」「옥갑야화」 등 4권.

북벌론과 북학, 청나라와 조선의 정체성을 성찰하면서 미래의 비전
을 탐색한다. 북벌과 북학, 조신과 청나라는 모두 이분법인간관에
기초한 중화쭈의. 그러나 미래의 대안은 평등세상. 「환연도중록」에
서 근대의 원리를 포착해낸 연암은, 「옥갑야화」에서 근대의 보따리
를 풀어낸다.

「옥갑야화」의 근대; 소인배와 합일하라!

●세 개의 판타지: 르네상스와 근대를 연출한 인간극장 3단계

타도와 건설의 서사로서 열하일기의 두 축은 두 개의 판타지 〈호질〉
과 「옥갑야화」다. 그러나 우리가 미처 몰랐던 또 하나의 걸작이 「성
경잡지」의 쌍둥이 판타지 〈속재필담〉 〈상루필담〉이다. 이 판타지는
각각 예속재(골동품상점)와 가상루(비단상점)에서 수재상인들과 나
누는 야화夜話. 그러나 예속재·가상루는 사고전서를 편찬하는 기
관(사고전서관)을 상부구조와 하부구조로 분할한 것이며, 수재상
인들 역시 두 개의 인격(까마귀와 공작새)으로 쪼개져 있다. 사고전
서의 비밀은 무엇일까? '간음'으로 만들어낸 책이다.

결국 〈속재필담·상루필담〉과 〈호질〉은 학문의 간음 2부작으로서
「옥갑야화」와 함께 열하일기를 떠받치는 세 개의 기둥이다.

◨시점: 1인칭 주인공시점＋전지적 작가시점

왜 2중의 시점인가?

열하일기는 왕을 죽이라는 반역의 신화다. 대역죄로 멸문지화를 당
하지 않으려면 감추면서 은밀하게 드러내는 문장을 구사할 수밖에
없다. 작가는 주인공의 뜻과 작가의 메시지를 동시에 나타내고자
다양한 형태의 중의법重意法을 구사하였다. 한자의 2중적 뜻을 이
용하는 방법, 〈호질〉과 같은 중의법적인 서사, 그리고 시시때때로
등장하는 우언도 중의법의 일종이다.

또한 이것은 열하일기가 소설임을 파악하지 못한 중요한 이유다.
작가의 메시지를 간과한 채 주인공의 뜻만을 읽어낸 것이다.

◨ 사유구조

一, 세계관: 장자의 상부구조와 하부구조.

一, 인간관: 까마귀인간과 공작새인간.

一, 사유의 틀: 세계관×인간관.

작가의 세계관 인간관은 곧 열하일기의 사유의 프레임으로서 「성
경잡지」 〈속재필담·상루필담〉은 작가의 세계관 인간관을 고스란히

반영한 사유의 틀을 보여준다,

■ 성찰의 눈: 허위의 경계넘기에서, 구경꾼의 눈까지

●도강록: 허위의 경계넘기.

하위자인 천것들이 사대부들의 언어와 옷을 모방하며 경계를 넘는다. 위기를 느낀 연암은 경계를 넘는다. 그러나 연암의 경계넘기는 비루한 천것들과의 차별화를 위한 것으로서 '경계넘기'가 아니라 '경계만들기'다. 허위의 성찰로 만들어낸 '경계'들이 머리말에서 언급한 '이용후생론' '난방론' '호곡장론' 등이다.

주인공이 나쁜 경계넘기에 편력할 때, 작가는 교묘하게 주인공의 모순(도강록1)→조선의 현실(도강록2)→깃털인간(도강록3)→노예교육(도강록4)을 조명해 나간다.

●성성삽지: 사기꾼학문을 암시하는 사기꾼의 표지標識들.

〈속재필담·상루필담〉은 판타지로서 상부구조와 하부구조를 지배하는 학문(儒家)의 은밀한 비밀을 보여준다. 후반부 일기(13~14일)는 현실세계에서 두 개의 구조를 조명한다.

●일신수필: '색즉시공色卽是空 공즉시색空卽是色'의 눈.

명청교체기의 역사에서 우상(나쁜 無 또는 空)의 죽음과 부활을 성찰한다. 노자의 눈(無/有)과 석가의 눈으로. 다만 동태적 조명이라는 점에서 석가의 '色卽是空 空卽是色'의 눈이다.

●관내정사: '인간 대 법도'의 대결구도.

학문의 간음으로 탄생한 법도(대전제)와 함께 소전제인가을 하나이 무늬 뒤에 올려놓는 삭업이며, 〈호질〉은 그 절정이다.

●(2부)건설의 서사: 투사投射→투영投影→구경꾼의 눈.

1부의 성찰은 허위의 경계넘기와 '색즉시공 공즉시색'으로 암축된디.

2부의 성찰은 투사投射와 투영投影이다.

구 분	타도의 서사	건설의 서사
성찰대상	인간, 학문, 법도	너와 나
성찰의 눈	허위의 경계넘기 → 장자 · 노자 · 석가의 눈	투사投射 → 투영投影→구경꾼의 눈

1부는 타도의 서사로서 공자가 구축한 세계를 장자·노자·석가의 눈으로 심판하는 취지라 할 수 있다. 그러나 2부는 공자 또는 중화주의라는 특정의 적敵에 대한 성찰이 아니다. 건설해야 할 것은 미지의 세계. 새로운 인간세상의 법칙을 찾아내기 위해서 필요한 것은 '너와 나'를 묶어주는 새로운 결합의 법칙이며, 그 법칙을 찾아내고자 작가가 선택한 성찰방식이 '투사와 투영'이다. 연암에게 투사(projection)는 정서적 '겁탈'이며 '허위의 경계넘기'이상의 배반행위다. '배따라기'와 같은 민중의 노래를 투사하여 춘추대의를 되살리려는 북벌론자들. 북벌론자들과 다름없는 북학파의 투사. 투사하지 말고 투영(reflection)하라. 투영을 넘어 구경꾼이 되라.

결론적으로 우리는 '구경꾼의 눈'으로 '인간극장'을 바라보아야 한다. 그것이 열하일기의 종착역인 근대인간 근대사회다.

渡江錄 1

제2장

도강록 1
역수를 건너는 바보원정대

역수를 건너는 바보원정대

정조4년 건륭45년

6월24일 신미辛未.

아침에 가랑비가 내리더니 종일 오락가락하였다. 오후에 압록강을 건너 삼십 리를 나아가 구련성에서 노숙하였다. 밤에 소나기가 쏟아지다가 곧 그쳤다.

■ 중국에 보낼 방물을 기다리느라 용만(의주의 별칭)에 있는 의주관에서 열흘이나 지체하여 일정이 매우 촉박해졌다. 그러나 어찌하랴. 며칠 퍼부은 장맛비로 두 강물이 흘러넘쳐 하나가 되었으니. 중간에 쾌청한 날씨가 나흘이나 이어졌건만 물은 더욱 불어나서 나무와 돌이 함께 휩쓸려 내려와 탁한 물결이 하늘에 닿을 듯 일렁인다. 아마도 압록강 발원지가 아주 멀기 때문일 것이다.

『당서唐書』를 보면, "고려의 마자수는 말갈의 백산에서 흘러나오는데, 그 색깔이 기러기 머리 같아서 압록강이라 부른다." 하였으니, 이른 바 백산이란 곧 장백산을 말한다. 『산해경山海經』에는 불함산不咸山이라 하였고, 우리나라에서는 백두산이라 부른다. 백두산은 여러 강이 시작되는 발원지인데, 서남쪽으로 흐르는 물이 압

록강이다. 『황여고皇輿考』에 이르기를, "천하에 3개의 큰물이 있
으니, 황하 장강(양쯔강) 압록강이 그것이다"하였다. 진정陳霆이 지
은『양산묵담兩山墨談』에 이르기를, "회수 이북의 물은 모두 황하
로 모여들어 달리 강이라 부를 만한 물이 없는데 유독 고려에 있
는 것만큼은 압록강이라 부른다."하였으니, 이 압록강이야말로 천
하에 큰물이다.⁰¹

천리나 떨어진 압록강 발원지의 상황을 짐작하기는 어렵지만,
지금 물이 불어난 형세로 보아 백두산에 긴 장마가 시작되었음을
가히 짐작하겠다.⁰² 하물며 이곳이야말로 범상한 나루터가 아님
에랴. 지금 눈앞에 불어난 강물로 나루터는 전부 시야에서 사라져
버리고 중류의 모래톱 역시 어디에 있는지 분간하기 어려워 뱃사
공이 조금만 형세를 오판한다면, 강물에 휩쓸리기 십상일 것이다.
여러 역관들이 경험을 내세워 도강을 연기하자고 떼를 쓰고 용만
의 부윤 이재학도 수하를 보내어 며칠 더 묶도록 만류하였다. 그
러나 정사正使 박명원(연암의 팔촌 형)은 기어이 이 날을 도강일로 정
하고 조정에 올리는 장계에도 이미 도강일자를 써넣어버렸다.

2 아침에 일어나 창문을 열어보니 짙은 구름이 잔뜩 낀 것이
금방이라도 빗줄기가 쏟아질 기세다. 세면을 하고 머리를 빗고 행
장을 정돈하고 집에 보낼 편지와 여기저기 보낼 답장을 파발 편에
부쳤다. 아침 죽을 먹고 일행이 머무는 숙소로 갔더니 여러 비장
들은 벌써 군복과 선립을 차려입고 있었다. 이마에는 은화銀花와
운월雲月을 세우고 공작의 깃털을 달고, 허리에는 남방사주藍紡紗
紬(남색 비단)로 만든 전대纏帶을 두르고 환도를 차고 손에는 채찍을
쥐고서 사기늘끼리 서로 쳐다보며 물어본다.

01
당서 산해경 황여고 양산묵담 등
의 책은 굳이 알 필요가 없다. 중
요한 것은, '압록강은 큰 강이
다' 라는 주장을 위해서 연암은
무려 4개의 책을 인용하고 있다
는 점이다.

02
주인공은 물의 근원을 바라본다.
그러나 지식을 자랑하는 자아의
근원을 바라보지 못한다.

“내 모습이 어떤가?”

상방비장인 참봉參奉 노이점盧以漸은 첩리帖裏를 입었을 때가 훨씬 더 호탕하고 건장해보였다.[원주: 첩리帖裏의 방언(조선말)은 철릭天翼이다. 비장은 우리 국경 안에서는 철릭을 입고 강을 건너면 곧 협수狹袖로 갈아입는다.] 또 다른 상방비장인 진사 정각鄭珏이 웃으며 나에게 인사를 건넸다.

“오늘은 정말 강을 건널 수 있겠죠?”

곁에 있던 노참봉이 끼어든다.

“오늘에야말로 마침내 강을 건널 것입니다.”

나도 두 사람에게 대꾸하였다.

“그럼은요.”

아마도 열흘이나 숙소에 갇혀 지내느라 모두들 지루하던 차에 가뜩이나 장맛비로 강물이 불어나서 더더욱 조울증이 커져서 훌쩍 떠나고 싶은 심정이었으리라. 그러나 막상 떠날 날짜가 닥치고 보니 이제는 건너지 않으려 해도 어쩔 수 없는 노릇이다. 멀리 앞을 바라보니 무더위가 찌는 듯하고, 고향 쪽을 되돌아보니 운산雲山이 아득하다. 사람의 정이 여기에 이르고 보면, 어찌 서글퍼서 돌아가고픈 마음이 싹트지 않으랴. 평생을 기다려온 장유壯遊라고 하면서 툭하면 “꼭 한번 구경 해야지.” 다짐하던 기약도 이쯤 되면 둘째로 밀려날 것이고, 비장들의 “오늘에야말로 강을 건넌다.”라는 말도 실은 흔쾌한 기분이라기보다는 어쩔 수 없이 건너야 하는 심정의 발로일 것이다. 역관 김진하는 늙고 병이 중하여 뒤에 떨어져서 되돌아갔는데, 그의 정중한 하직인사에 왠지 울적하였다. ⁰³

3 조반을 먹은 후 나는 혼자서 먼저 말을 타고 길을 나섰다.

말은 자주색 갈기에 흰 이마에다가, 정강이는 날씬하고 발굽은 높으며, 머리는 뾰족하고 허리가 잘록한 데다 우뚝 솟은 두 귀가 그야말로 만 리를 달릴 상이다. 마부 창대昌大는 앞에서 견마를 잡고 하인 장복張福은 뒤에 따른다. 안장에는 주머니 한 쌍을 매달았는데, 왼쪽에는 벼루를 넣고 오른쪽에는 거울, 붓 두 자루, 먹 하나, 공책 네 권, 이정록里程錄(여행지도)이 들어있다. 행장이 이렇듯 가벼우니 국경에서의 검색이 아무리 지엄한들 우려할 일이 없을 것이다. 성문에 못 미쳐 한 줄기 소나기가 동쪽으로 몰려오기에 말을 급히 달려 성 문턱에서 말에서 내렸다. 혼자 걸어서 누각에 올라 성 아래를 굽어보니, 창대 혼자 말을 잡고 서 있고, 장복은 보이지 않는다. 잠시 후 장복이 길가 직은 일각문에 버티고 서서 아래위를 두리번서리더니, 누 사람은 삿갓으로 비를 가리며 조그만 호리병을 손에 들고 바지런히 걸어온다. 두 사람은 주머니를 털어 스물여섯 푼이 나왔는데, 우리 돈을 갖고는 국경을 넘지 못하므로 버리자니 가히 애석한지라 술을 샀다고 한다.

"너희들 술을 얼마나 하느냐?"

"입에다 대지도 못하옵니다."

"어찌 천한 것들이 술맛을 알겠느냐."

그리고는 나는 스스로 위로하였다.

"이 술이 먼 길에 도움이 되겠구나."

혼자서 늘늘이 술산을 늘이키며 동쪽 용만·철산을 바라보니, 여러 봉오리들은 일만 겹의 구름 속에 싸여 있었디. 술 한 잔을 가득 부어 누각의 첫 기둥에 부어서 이번 여행길에 아무 탈 없기를 기원하고, 또 한 잔을 두 번째 기둥에 뿌려서 장복과 창대를 위

하여 빌었다. 호리병을 흔들어 보니 몇 잔 더 남았기에 창대를 시
켜 남은 술을 땅에 뿌려서 말의 안녕을 축원하였다.04

■4 성벽에 기대어 동쪽을 바라보니, 삽시에 더운 구름이 피어오
르며 백마산성 서쪽 한 봉우리가 홀연히 그 반쪽을 드러내는데,
그 빛이 하도 푸르러서 흡사 내 연암서당에서 불일산 뒷 봉오리의
모습을 바라보는 듯하였다.

紅粉樓中別莫愁	붉은 누각에서 막수 아씨와 이별하고
秋風數騎出邊頭	가을바람에 말을 타고 변방으로 달려가네.
畫船簫鼓無消息	그림 같은 배 피리 북소리조차 무소식이니
斷腸淸南第一州	애간장이 타는구나, 청남 첫 고을(평양)이여.

이 시는 혜풍惠風 유득공이 일찍이 심양으로 들어갈 때 지은 것
인데, 지금 이 자리에서 몇 번이나 소리 내어 읊어보고는 크게 소
리를 내며 웃었다.

'이건 국경을 넘는 이가 부질없이 뱉어낸 공허한 말이겠지. 어찌
이별의 마당에 그림 같은 배, 피리소리, 북소리가 있단 말인가.'

옛날 연나라의 형경荊卿이 바야흐로 역수易水를 건너려 할 제 한
참을 머뭇거리며 떠나지 않는지라, 연나라의 태자 단丹은 혹시 형
가荊軻의 마음이 변한 것인가 의심하여 진무양을 먼저 보내라고
청하였다. 이에 형가가 크게 노하여 말하였다.

"제가 머뭇거리는 까닭은 동지 한 사람을 기다려 함께 떠나려
함입니다."

이는 형가가 무심코 지어낸 무료한 말일 것이다. 만약 태자가
형가의 변심을 의심하였다면, 그것은 형가의 마음을 전혀 헤아리

지 못한 것이다. 또한 형가가 기다린다는 '동지' 또한 반드시 성명이 있는 사람은 아닐 것이다. 대저 한 자루의 비수를 들고 불측한 진秦에 들어가는 데 저 진무양 한 사람이면 족할 것을 어찌 또 다른 동지를 구하겠는가. 다만 차디찬 바람에 노래와 축筑으로 애오라지 오늘의 탄식을 다했을 뿐이었다. 그런데도 글[史記]을 쓴 사마천은 '그 사람은 먼 곳에 살아서 오지 못하였다.'라고 부연하였으니, 그 '먼 곳에 산다'는 표현은 참으로 교묘하다. 기인其人이란 천하지지교天下之至交이며, 시기是期란 천하지대신天下之大信이라. 천하지지교天下之至交로써 한 번 가면 돌아오지 못할 기약(출정)에 임하고자 함이니, 어찌 해가 저물었다고 도착하지 못하랴. 그러므로 그 사람이 사는 곳은 반드시 초楚 오吳 삼진三晉 등의 민 곳은 아닐 것이다. 또한 반드시 이 닐 형가와 더불어 진나라로 들어가기로 기약하지도 않았을 것이다. 그러나 정녕 두 손을 맞잡고 기약하였으리라. 오직 형가의 마음속에서는 말이다. 작가는 형가의 마음속에 있었던 누군가를 가리켜 '그 사람'이라 하였으니, '그 사람'이란 누구인지 알지 못한다. 누구인지 알지 못하면서도 '먼 곳에 산다' 하였으니, 이는 곧 형가를 위로하고자 함이다. 또한 '그 사람이 행여나 오지 않을까' 염려하다가 곧 '오지 못하였다'라니 하였으니, 이는 형가로 하여금 다행으로 여기도록 함이다. 만약 천하에 '그 사람'이 있다면, 나는 알겠노라. 그 사람은 키가 7척 하고도 2촌이요. 짙은 눈썹에 푸른 눈. 하관은 넓고 상관은 갸름한 얼굴이다. 어떻게 알았느냐고? 혜풍 유득공의 이 시詩를 읽어서 알았다.⁰⁵

5 정사正使가 깃발을 앞세워 성을 나서니 상방비장 박래원朴來源괴 주주부가 나란히 뉘를 따른다.[원주: 내원은 내 삼종제다. 주

05
4 문단: 춘추대의(핑계).
『사기』는 형가의 마음을 생생하게 묘사하였다. 연암은 열심히 가르친다. 문제는 무엇인가? 연암은 『시기』를 이해하시 못한다. 그러나 모른다고 할 수는 없다. 어떻게 쇼를 할 것인가? 옳거니, 유득공의 시詩를 써먹어야지.
"이건 (유득공이)부질없이 뱉어낸 공허한 말이겠지."
시인에 대한 모독이다.
"이는 형가가 지어낸 무료한 말일 것이다."
틀렸다. 사마천이 지어낸 거짓말이다. 그럼에도 연암의 두 개의 거짓말은 서로 연결됨으로써 그럴싸하다. 거짓말의 종착역은 어디인가?
"정녕 두 손을 맞잡고 기약하였으리라."
구체직인 신구들 기다린 것은 아니지만, '지고한 우정' 을 마음에 새기며 군주와의 약속(대의)에 임하였다는 말이다.
연암은 무슨 짓을 한 것인가?
시詩를 왜곡하여 시미천이 거짓말(춘추대의)을 합리화하였다. 정략적 군신관계는 우정만큼이나 아름답게 포장되었고, 우리는 우정을 잃어버렸다.

주부周主簿의 이름은 명신命新인데, 두 사람 모두 상방비장이다.]
채찍을 옆에 끼고 몸을 날려 안장에 올라타매 어깨가 으쓱하고 머
리가 꼿꼿한 품이 늠름하지 않은 것은 아니지만, 깔고 앉은 이불
보따리가 너무 두텁고 너풀거릴 뿐 아니라 아랫것들의 짚신들까지
안장 뒤에 주렁주렁 매달려 있다. 내원의 푸른 군복은 청저靑苧(푸
른 모시)로 만든 것인데, 낡은 옷을 빨아 입은 것이라 더부룩하고
버석거리는 것이 가히 지나치게 검소를 숭상한다 할만하다. 잠시
후 부사副使의 행차가 성을 빠져나가고, 나는 맨 마지막에 말고삐
를 잡고 천천히 걸어서 구룡정九龍亭에 이르렀다. 여기가 곧 배 떠
나는 곳이다.

　의주 부윤 이재학은 이미 장막을 치고 기다리고 있었다. 언제나
서장관書狀官이 이른 새벽에 먼저 나와서 의주 부윤과 함께 인원
과 물품을 검사하는 것이 관례이다. 바야흐로 사람과 말을 점검하
기 시작하는데, 사람은 성명·거주지·연령과 수염이나 흉터의 유무
키 등을 기록하고, 말은 그 털빛을 적는다. 세 개의 깃대를 세워서
문으로 삼아 3단계로 금물禁物을 수색하는데, 중요한 품목은 황
금·진주·인삼·초피貂皮(수달피)와 포包를 초과하는 남은濫銀이다. 기
타 경미한 품목은 신구명목이 무려 수십 종이 넘는데 자질구레한
것들을 이루 다 헤아리기도 어렵다. 구종들은 웃옷을 풀어 헤치기
도 하고 바짓가랑이를 훑어내려 보며, 비장이나 역관들은 행장을
끌러 본다. 이불 보퉁이와 옷 꾸러미들이 강 언덕에 너울거리고 가
죽 상자와 포장지들이 풀밭에 어지러이 뒹군다. 사람들은 제각기
자기 것을 주워 담으면서 흘깃흘깃 서로 곁눈질을 한다. 대체 수색
을 아니 하면 나쁜 짓을 막을 수 없고, 수색을 하자니 이렇듯 체면

을 구기게 된다. 그러나 이것도 실은 겉치레에 불과한 일이다. 의주의 장사치들은 수색을 하기 전에 슬며시 강을 건너가니 누군들 막을 재간이 있으랴. 금물이 발견될 경우, 첫째 문에 걸린 자는 곤장을 때리고 물건을 몰수한다. 둘째 문에서 걸린 자는 귀양 보내고 물건을 몰수한다. 마지막 문에 걸린 자는 목을 잘라 저자거리에 내건다. 그 형벌이 엄하기 짝이 없다. 이번 길에는 원포原包조차 절반도 채우지 못하여 빈 포도 많으니, 남은濫銀이 있을 리가 없다.

다담상은 조촐한데 그나마 들어오자 곧 물려 내었다. 강 건너기에 마음이 급급하여 젓가락을 드는 이가 없는 까닭이다. 배는 다섯 척뿐인데 규모는 한강의 나룻배 보다 조금 크다. 먼저 방물과 인마를 건네고, 정사의 배에는 표 자문表咨文과 힘께 수역首譯을 비롯하여 상사의 하인들이 탔다. 부사와 서장관과 그 하인들이 또한 배에 탔다. 용만의 아전과 장교, 기생과 심부름꾼, 평양에서 따라온 영리營吏와 계서啓書 등이 모두 뱃머리에서 차례로 하직 인사를 한다.

상방의 마두인 순안노順安奴 시대時大가 출발을 알리는 창唱 소리를 채 마치기도 전에 사공들이 상앗대를 들어 선뜻 땅을 찌른다. 물살은 매우 빠르지만, 사공들이 힘께 뱃노래를 부르매 노를 젓는 노력努力이 주효하여 유성처럼 배가 달리고, 달리는 배가 어둠을 뒤로 밀쳐내며 어슴푸레하게 새벽이 밝아온다. 저 멀리 통군정의 기둥과 난간이 필빙으로 빙빙 도는 듯한데, 아직 모래밭에서 있는 흰 송객들은 마치 밭알처럼 까마득하게 멀어진다.06

6 나는 수역首譯 홍명복에게 물었다.

"자네, 도道를 아는가?"

06
5 모순과 희망.
냉정한 위계질서가 드러나고 있다. 연안은 한량없이 구겨진 아랫 깃들의 체념을 농정한다. 그러나 곧 '의주 장사치'를 모독한다. 동정을 빙자하여 아랫것들에게 '낙인'을 찍고 있는 것이다. 그러나 보라. 사공들의 뱃노래가 어둠을 밀쳐내고, 십 새벽이 열리고 있지 않은가. 그렇게 사공들의 힘을 응집시켜 무순이 세상을 티도하고 인간을 위한 '인간세상'을 건설해야 하리라.

"예? 그게 무슨 말씀이신지요?"

"도道란 어려운 게 아닐세. 바로 저기 강 언덕에 있네."

"이른바『시경詩經』에 나오는 '먼저 저 언덕에 오르라誕先登于岸' 07 라는 구절을 이르시는 것입니까?"

"그 말이 아닐세. 이 강은 바로 중국과 우리와의 경계로서 응당 언덕이 아니면 곧 강물일 것일세. 무릇 천하인민의 떳떳한 도리와 만물의 법칙은 마치 이 강물이 언덕 사이에 있는 것과 같으니, 도道란 다른 데서 찾을 게 아니라 곧 그 사이에 있단 말일세."

"감히 무슨 말씀이온지 다시 여쭈옵니다."

"옛 글에 '인심人心은 오직 위태해지고 도심道心은 오직 미미해질 뿐'이라고 하였네.[역주:『서경書經』대우모편 "인심유위人心惟危 도심유미道心惟微 유정유일惟精惟— 윤집궐중允執厥中"을 인용한 말이다.] 저 서양 사람들은 일찍이 선線이라는 개념을 설명함에 있어서 끝없이 가늘다는 것을 '빛이 있고 없음의 중간'이라고 표현하였지. 불씨佛氏는 불즉불리不卽不離, 즉 붙지도 않고 떨어지지도 않는 경지라고 설명하였다네. 그러므로 그 사이에서 잘 처신한다는 것은 옛날 정나라의 자산子産 같이 오직 도道를 아는 자만이 능히 할 수 있는 일이지……." 08

❼ 배는 이미 건너편 언덕에 닿았다. 우거진 갈대와 억새가 마치 베를 짜 놓은 듯 촘촘하여 땅바닥이 보이지 않았다. 하인배들이 다투어 배에서 내려 갈대와 억새를 꺾어 치우고는 그 자리에 배 위에 있던 멍석과 돗자리를 깔려고 하였다. 그러나 갈대의 뿌리가 마치 창처럼 날카롭고 시커먼 흙이 질척거려 정사 이하 사람들은 어쩔 줄 모르고 갈대와 억새 사이에 우두커니 서 있을 뿐이

다.[09]

양반들이 하인배들에게 물었다.

"앞서 건너간 사람과 말은 어디 있느냐."

"모릅니다."

"방물은 어디 있느냐."

"모르옵니다."

누군가 멀리 구룡정 모래톱을 가리키면서 대답한다.

"우리 일행 인마들이 아직도 태반이 건너지 못하였으니, 저기 개미처럼 모여 있는 게 그들인 것 같습니다."

멀리 용만 쪽을 바라보니 한 조각 성이 마치 한 필의 베를 펼쳐 놓은 듯한데, 바늘구멍처럼 뚫린 성문으로 들이가는 햇살이 마치 한 점 샛별처럼 보인다. 이때 거다란 뗏목이 거센 물살을 타고 떠내려 온다. 시내時大가 멀리서 "위位"하고 고함친다.[원주: 이는 대저 남을 부르는 소리인데, '위位'란 존칭이다.[10]] 한 사람이 뗏목 위에 일어서서 시대에게 응답하였다.

"당신들은 어찌 철도 아닌 때에 조공하러 대국大國으로 가시나요? 이 더위에 먼 길을 가려면 엄청 고생이겠구려."

시대가 또 물었다.

"당신들은 어디 사는 사람이며, 어디에서 나무를 베어 오는 것이오?"

"우리들은 모두 봉황성鳳凰城에 사는데, 장백산에서 나무를 베어 오는 거요."

되놈들의 말이 미처 끝나기 전에 뗏목은 어느 새 까마득히 지나가 버렸다. 지금 이곳은 두 살래 강물이 한데 어우러지면서 강

가운데 만들어진 섬이다. 먼저 건너온 인마들이 강을 다 건넌 줄 알고 여기에 내렸는데, 그 거리는 비록 5리 밖에 되지 않으나 배가 없어서 다시 건너지 못하고 있는 것이다. 이에 배 두 척의 사공에게 엄명을 내려 속히 인마를 건너게 하였으나, 사공들은 즉시 대답하였다.

"저 거센 물살을 거슬러 배로 올라가기는 하루 이틀을 걸려도 어려울 것 같습니다."

사신들이 모두 화를 참지 못하여 배 업무를 맡은 용만의 군교軍校를 벌하고자 하였으나 군뢰軍牢가 없다. 군뢰 역시 먼저 건너가 다 다른 섬에 잘못 내린 것이다. 부방비장 이서귀李瑞龜가 분통을 참지 못하고 부방마두를 호통 쳐서 용만 군교를 잡아들였으나, 그놈을 엎어놓을 자리가 없으므로 선 채로 볼기를 반쯤 까고 말채찍으로 네댓 차례 후려치고는 빨리 거행하라고 호통한다. 용만 군교는 한 손으로 전립을 쥐고 또 한 손으론 바지춤을 잡으면서 연방 "예에, 예에." 하고 대답한다. 배 두 척의 사공들은 아예 물속에 들어서서 배를 끌었지만, 워낙 물살이 세어서 한 치 전진하면 한 자 후퇴하는 판이라 아무리 호통한들 소용없는 노릇이다. 이윽고 배 한 척이 강기슭을 타고 날아가듯이 내려오는데, 이는 군뢰가 삼방三房의 가마와 말을 싣고 오는 것이다.[11] 장복이 창대를 보고 "너도 왔구나. 다행이다." 하면서 반가워한다. 두 놈을 시켜서 행장을 점검해 보니 아무런 탈이 없다. 비장과 역관들이 타는 말들이 더러는 오고 더러는 오지 않아서 하는 수 없이 정사 먼저 떠나기로 했다. 군뢰 한 쌍이 말을 타고 나팔을 불며 길을 인도하고, 또 한 쌍은 종종걸음으로 앞을 인도하니, 정사행차는 바스락거리면서

11
사신단은 상방上房 부방副房 삼방三房으로 나누어 각 방房을 삼사三使(정사 부사 서장관)가 지휘한다.

갈 숲을 헤치고 나아간다.

나는 말 위에서 패도佩刀를 뽑아 갈대 하나를 베어 보니, 껍질이 단단하고 속이 후厚하여 화살을 만들 수는 없으나 붓 자루를 만들기에는 알맞을 것 같았다. 놀란 사슴 한 마리가 갈대숲을 내달리는데, 마치 보리밭을 날아가는 새처럼 빨라서 일행이 모두 놀랐다.[12]

8 10리를 가서 삼강三江에 이르니 강물이 비단결같이 맑다. 이름은 애라하愛剌河다. 어디서 발원하는지는 알 수 없으나, 압록강과의 거리는 불과 십 리에 불과한데도 강물이 넘쳐흐르지 않음을 보아 서로 발원지가 다름을 가히 알겠다.[13]

배 두 척이 대기하고 있는데, 배들은 우리나라 늘잇배와 비슷하다. 폭과 길이가 모두 작지만 제도는 꽤 견고하고도 치밀한 편이다. 사공들은 모두 봉황성 사람으로 사흘 동안을 여기서 기다리느라 식량이 떨어져 굶주렸다고 한다. 통상 이 강은 피차간에 서로 나다니지 못하는 땅이지만[14], 우리나라의 역학譯學(외교적 요충지에 주재하는 통역관으로 정9품이다)이 대국에 가거나 외교 문서를 불시에 교환할 경우에 대비하여 봉성 장군이 배를 준비해 둔다고 한다. 배를 대는 선착장이 몹시 질척질척하기에 나는 "위位"히고는 한 되놈을 불렀다. 이는 아까 시대한테서 겨우 배운 말이다. 그 자가 냉큼 상앗대를 놓고 이리로 오기에 나는 얼른 몸을 솟구쳐 그 등에 업혔다. 그 자는 히히거리고 웃으면서 내 몸을 배에 들어다 놓고는 후유하고 긴 숨을 내뿜으면서 말했다.

"흑선풍黑旋風의 어머니가 이토록 무거웠다면 아마도 기풍령沂風嶺에 오르지 못했을 겁니다."

12
7 물을 거스르는 법도와 붓.
사신단은 조선의 축소판. 조선은 물을 거스르고 있다. 관리들은 무작정 아랫것들의 볼기짝이나 패고 왕(정사)은 본체만체 위풍당당 행차한다. 선비들은 어떤가? 갈대를 꺾어서 화살을 만들까 붓을 만들까 여념이 없다. 붓은 법도를 만들고, 그것은 또 다른 '핑계' 를 제공할 것이다. 파렴치한 선비에게 놀란 사슴이 화들짝 달아난다.

13
작가는 무어라 하는가?
상류만 바라보지 말고 하류를 바라보라. 애라하는 결국 압록강과 하나가 될 것이니.

14
피차 못 다니는 땅이 아니다. 청나라는 그 땅을 지배하고 있는데, 조선의 사대부들은 수수방관한 채 백성들을 기망하고 있다. 간도 일대의 땅을 잃어버린 이유다.

주부主簿 조명회가 이 말을 듣고 큰 소리로 웃었다. 내가 말했다.

"저 무식한 놈이 강혁江革은 모르고 단지 이규李逵만 아는구나." 15

조군이 말했다.

"저 놈의 말에는 뼈가 들어 있습니다. 원래 흑선풍의 어머니가 그렇게 무거웠다면 흑선풍이 제아무리 장사라 한들 등에 업은 채 높은 산을 오르지 못했을 것이라는 말입니다. 그러나 뒤집어 보면, 흑선풍 어머니가 호랑이에게 물려갔으니, 이렇게 살집이 좋은 분을 그 주린 호랑이에게 주었다면 오죽 좋으랴 하는 말이죠."

趙君曰 彼語中帶意無根 其說 本謂李逵母如此其重 則雖李逵 神力 亦不得背負踰嶺 且李逵母 爲虎所嘬故 其意則以爲如此奴 肉 可卑餧虎

"제 따위 놈들이 어찌 그렇게 유식한 문자를 쓴단 말이오?"

余大笑曰 彼安能開口 成許多文意 16

"고무래 정丁자도 모른다는 말이 바로 저들을 이름입니다. 그러나 저들은 패관기서稗官奇書를 입에 담고 살아 상용어로 쓰고 있으니, 그것이 이른바 관화官話라는 것입니다." 17

9 이 애라하의 강폭은 우리 임진강과 비슷하다. 여기서 곧 구련성九連城으로 향했다. 우거진 숲속에 푸른 장막을 두르고, 군데군데 호랑이 잡는 그물을 쳐 놓았다. 의주의 창군鎗軍들이 여기저기서 나무 찍는 소리가 온 들판에 울려 퍼진다. 홀로 높은 언덕에 올라 눈을 들어 사방을 둘러보니, 산은 밝고 물은 맑으며 전망이 탁 트인 평원에 나무들이 하늘에 닿을 듯 울창하다. 그 속에 은은히 큰 촌락邨落들이 있어서 개와 닭소리가 귀에 들리는 듯하다. 토지가 비옥하여 경작지로 개간할 수 있을 것 같다. 패강浿江 서쪽에

서 압록강 동쪽 어간에는 이와 비교할 만한 곳이 없으니, 이곳에 큰 진鎭과 웅대한 관청을 모두 설치함직 하거늘, 피차 양쪽이 버려두어 아직까지 공지로 남아있다. 어떤 사람은 "여기가 한 때 고구려 도읍이었다." 하니, 소위 국내성을 말함이다. 명나라 시대에는 진강부鎭江府를 두었는데, 청이 요동을 함락시키매 진강 사람들이 머리를 깎기를 거부하여 일부는 모문룡毛文龍에게 투항하고 일부는 우리나라에도 귀화하였다. 그 후 우리나라로 온 사람들은 모조리 청나라 사람들이 데려갔고, 모문룡에게 간 사람들은 대부분 '유해劉海의 난'에 죽었다. 그리하여 공지가 된 지도 벌써 백여 년, 높은 산 맑은 물만 쓸쓸한 땅을 지키고 있을 따름이다.[18]

■10 여기저기 노숙천막 친 곳을 돌아다니면서 구경을 했다. 역관은 세 사람씩 또는 다섯 사람씩 장막 하나를 쳤고, 역졸과 마부들은 다섯씩 또는 열씩 어울려 시냇가에 나무를 얽어매고 그 속에 기어들었다. 밥 짓는 연기가 자욱하고 인마소리가 시끌벅적한 것이 엄연히 하나의 마을이 이루어졌다. 의주만상들 한 패가 저희들끼리 한 곳에 모였는데, 시냇가에 닭 수십 마리를 씻고 그물을 던져서 물고기를 잡아, 국을 끓이고 나물을 볶고 윤기가 좌르르 흐르는 밥을 차렸으니, 그들의 저녁상이 최고 성찬이다.

이윽고 부사와 서장관이 차례로 도착하였는데 해는 이미 황혼이다. 30여 군데에 화톳불을 지폈는데, 모두 아름드리 큰 나무를 톱으로 찍어다 먼동이 틀 때까지 환하게 밝힌다. 군뢰가 나팔을 한 마디 불면 3백여 명이 일세히 소리를 맞추어 고함치는데 이는 호랑이를 방비함이다. 그 소리는 밤새도록 그치지 않았다. 군뢰들은 의주부에서 선발한 가장 건장한 자들로 일행 하인들 중에서

18

9 이분법세상(중화와 오랑캐). 그들은 '되놈의 머리를 하지 않기 위해서' 옥토를 버리고 조선으로 모문룡에게로 갔다. 그러나 모문룡과 유해는 명청교체기인 1630년 전후 명과 청 사이에서 권모술수로 영욕을 도모했던 장수들. 조선 또한 그놈들과 다를 바 없었으니, 오랑캐를 피하여 조선과 모문룡에게 투항한 사람들은 싸늘한 죽음을 맞이한다. 누가 인간을 오랑캐와 중화로 나누었던가?
책이다. '사기史記'와 같은 역사서와 '소학小學' 따위의 경전과 '수호지' 같은 소설들이다.

가장 일도 많이 하고 제일 많이 먹는다고 한다.

　그들의 차림새는 몹시 우스워서 포복절도할 지경이다. 남색 구름무니 비단을 받쳐 댄 전립에다가 털 상투의 꼭대기에는 운월雲月이나 다홍빛 상모를 달았다. 벙거지 이마에는 날랠 용勇자를 붙였으며, 군청색 삼베로 만든 소매 좁은 군복에 다홍빛 무명 배자褙子를 입고, 허리엔 남방사주藍方絲紬로 만든 전대를 묶었다. 어깨엔 주홍빛 무명으로 만든 대융大絨을 걸치고, 발에는 미투리를 신었으니, 그야말로 어엿한 대장부다. 다만 그 말 탄 꼴을 보면 이른바 반부담半駙擔이라 안장 없이 짐을 싣고는, 짐짝 위에 걸터앉은 꼴이다. 등에는 조그마한 남색 영기令旗를 꽂고, 한 손엔 군령판을, 또 한 손에는 붓·벼루·파리채와 팔뚝만한 마가목馬家木 채찍을 잡고, 입으로는 나팔을 분다. 앉은 자리 밑엔 비스듬히 여남은 개의 붉은 색 곤장을 꽂았다. 각방各房에서 조금이라도 시킬 일이 있으면 즉각 군뢰를 호령하는데, 군뢰들은 짐짓 못 들은 체하다가 연거푸 10여 차례 불러야 무어라 구시렁거리며 마치 이제야 알아들었다는 듯이 큰 소리로 '예이' 하고 대답한다. 그리고는 말에서 뛰어내려 돼지 같은 비틀걸음에 소처럼 식식거리면서 나팔·군령판·붓·벼루 등속을 한 쪽 어깨에 둘러맨 채 막대 하나를 질질 끌며 대령한다.[19]

　한밤중이 채 되기 전에 억수처럼 소낙비가 퍼부었다. 위로는 천막이 새고 밑에선 물기가 치밀어 올라 피할 곳이 없다. 이내 날이 개자 하늘에 총총한 별들이 사방에 드리워져 손을 뻗으면 잡을 수 있을 것만 같다.[20]

19

10 이분법세상(군자와 소인배). 천막나라는 사대부들의 마을과 비천한 백성들의 마을로 나뉘어 있다. 그 사이를 연결하는 것은 짭새들. 그들을 통하여 천것들을 지배할 수 있으니, 선비들에게는 가장 충실한 녀석들이다.

20

얼마나 아름다운 문장인가. 그러나 이렇게나 아름다운 언어로 우리를 매혹시키는 것이 바로 사기꾼의 얼굴이다.

『열하일기』 총 56일간의 일기 중 첫 번째 날의 일기. 오랫동안 장유壯遊의 꿈을 품어온 연암은 드디어 압록강을 건넜다. 그러나 속속 드러나는 연암의 정체는 온통 모순투성이다. 그럼에도 작가는 바보연암에게 막중한 사명(mission)을 부여한다.

風蕭蕭兮易水寒　　바람은 쓸쓸하고 역수의 물은 차구나
壯士一去兮不復還　　장사 한 번 가면 돌아오지 못하리.

그 옛날 형가는 돌아오지 못할 장도壯途에 오르는 비장한 결의를 이렇게 토로하였으니, 주인공 연암에게 주어진 사명은 형가의 '진시황 죽이기'만큼이나 절체절명의 과업이리라.

그러면 저敵은 어디에 있는가?

"자네 노道를 아는가? …… 도道란 저 강 언덕에 있네. …… 그 즈음에 잘 처신함은 옛날 정나라 자산처럼 오직 도道를 아는 자만이 능히 할 수 있는 일이지."

이거야말로 언젠가 탤런트 신구가 흔들침대에 드러누워 거만하게 뱉어내던 발칙한 대사—니들이 게 맛을 알어!—가 아닌가. 신구의 광고가 싸구려 음식이나 먹는 서민들과 차별화하려는 귀족마케팅이라면, 연암의 도道는 '정나라 자산'을 들먹이며 비루한 백성들과 차별화하려는 이른 바 스노비즘 전략[21] 다름 아닌 중화주의의 본령인 존화양이尊華攘夷전략이다. 그러나 연암은 자신의 가슴에 지리 잡은 중화의 망령을 보지 못한다. 그럼에도 연암은 형가처럼 비수를 가슴에 품었으니, 연암이 먼저 죽여야 할 것은 자기 안이 '진시황이 아니겠는가. 주인공은 『사기』의 춘추대의를 마음에

[21]
스노비즘(snobbism).
영국의 작가 새커리의 〈스노브독본(1848)〉에서 유래한 용어. 신분이나 문화수준이 낮은 사람을 속물이라고 멸시하는 속물근성

새기며 구국의 결의를 다진다. 역설적으로, 작가는 『사기』를 제물로 삼아 주인공에게 막중한 대의大義를 부여하고 있다.

'춘추대의春秋大義를 죽여라.'

인간이란 무엇인가? 중화주의란 무엇인가? 중화주의가 지배하는 세상은 어떤 세상인가?

<table>
<tr><td>1~2문단: 인간

지식자랑, 옷자랑.
두려움을 숨긴다.</td><td>3~6문단: 중화주의

❸ 기선제압과 핑계
❹ 춘추대의(핑계)
❺ 모순과 희망
❻ 도道(기선제압)</td><td>7~10문단: 중화세계

❼ 물을 거스르는 법도
❽ 네트워크(강물)
❾ 장벽1: 중화/오랑캐
❿ 장벽2: 군자/소인배</td></tr>
</table>

인간이란 깃털을 자랑하는 존재다. 중화주의란 사기꾼들이 깃털 선비들을 포획하여 인간을 지배하는 세상이다.

총 278명(8월 2일자 일기)으로 구성된 사신단은 조선의 축소판. 열하일기는 왕과 사대부와 짭새와 백성들이 함께 연출하는 인간극장이다. 저 그리스신화의 영웅 이아손이 이끄는 아르고원정대는 잃어버린 왕국을 되찾고자 황금양털을 찾아 동방원정을 떠난다. 20세기 영국의 작가 톨킨의 〈반지의 제왕〉에서 반지원정대는 마법의 반지를 화산 불구덩이에 던져버린다. 그 두 가지가 바보연암에게 부여된 사명이다. 조선인민을 짓밟는 마법을 타도하고, 낙원을 되찾기 위한 황금양털을 찾아오라. 바보원정대는 강을 건넜다. 그러나 아직 변혁의 강을 넘지 못하였으니, 작가는 주인공을 재촉한다.

'역수易水를 건너라. 혁명[易]의 강[水]을 넘어라.'

渡江錄 2

제3장

도강록2
글 읽는 쥐새끼들의 나라

고기 잡는 놈, 사람 잡는 놈

6월 25일 임신壬申.

아침에 가랑비가 내렸으나 낮에는 맑았다.

각방各房 및 역관들이 노숙했던 천막들마다 옷과 이불들을 내다 말렸다. 간밤에 내린 비에 젖었기 때문이다.

쇄마구인刷馬驅人 중에 술을 갖고 온 자가 있어서 대종戴宗[원주: 선천宣川의 노비奴婢로 어의御醫 변주부의 마두다.]이 한 병을 사서 바치기에 서로 이끌고 시냇가에 가서 술잔을 따르게 하였다. 강을 건너면서 우리나라 술은 아주 단념했었는데, 뜻밖에 얻어 마시게 되니 술맛이 몹시 좋을 뿐더러 한가롭게 시냇가에 앉아 마시는 그 멋이란 이루 말할 수 없었다.

마두배들이 다투어 낚시질을 한다. 나도 취한 김에 낚싯대 하나를 빼앗아 던지자 곧 조그만 물고기 두 마리가 걸렸다. 아마 이곳 물고기들은 낚시에 단련되지 못한 까닭에 쉽게 속아 넘어간 모양이다.01

방물이 도착하지 않아서 또 구련성에서 노숙하였다.

01
낚시에 단련되지 못한 물고기들은 마두배들과 같은 순진한 백성들. 마두배들은 물고기를 낚고, 선비는 사람을 낚는다. 그러나 선비는 모르고 있으리라. 자기가 입에 물고 있는 또 다른 낚시를.

옷을 벗지 못하는 사람들

6월 26일 계유癸酉.

아침에 안개가 끼었다가 뒤늦게 걷혔다.

구련성을 출발하여 30리를 가서 금석산 기슭에서 점심을 먹었다. 다시 30리를 가서 총수에서 노숙하였다.

날이 밝자 새벽안개를 헤치며 길을 떠났다. 상판사上判事의 마두 득룡得龍이 안개 속으로 어슴푸레 보이는 금석산을 가리키면서 쇄마구인刷馬驅人들에게 강세작康世爵이야기를 들려주었다.

"저기가 형주 사람 강세작이 숨었던 곳이오."

그 이야기는 흥미진진하였는데, 내용은 대략 이러하다.

세작의 조부 임霖은 임진왜란 때 양호楊鎬 장군을 따라 우리나라를 구원하러 왔다가 평산平山 전투에서 죽었다. 세작의 아버지 국태國泰는 청주통판을 지내다가 만력萬曆 정사년에 어떤 사건에 연루되어 요양 땅으로 귀양을 오게 되었다. 그때 세작의 나이는 열여덟이었는데 아버지를 따라 요양으로 왔다. 그 이듬해 청나라가 무순을 함락하자 유격장군 이영방李永芳이 항복하고 말았다.

경략經略 양호는 휘하장수들을 여러 방면으로 나누어 포진시켰는데, 총병 두송杜松은 개원으로, 왕상건王尙乾은 무순으로, 이여백李如栢은 청하로, 도독 유정劉綎은 모령으로 각각 출병시켰다. 이때 국태 부자는 유정의 휘하에 있었는데, 청나라 복병이 산골짜기에서 쏟아져 나오자, 명나라 대군은 사분오열되어 도독 유정은 스스로 분신해 죽고 국태도 화살을 맞아 쓰러졌다. 해가 저물자 세작은 아버지의 시신을 찾아 산골에 묻고 돌멩이를 쌓아 표시해두었다. 이 때(1619) 조선의 도원수 강홍립姜弘立과 부원수 김경서는 산 위에 진을 치고, 좌우 영장營將은 산 밑에 진을 치고 있었는데, 세작은 도원수 강홍립의 진에 투신했다. 그 이튿날 청병이 조선의 좌영을 공격하여 한 명도 살아남지 못하게 되자, 산 위의 군사들은 이 상황을 바라보며 모두 다리만 벌벌 떨다가 한 번 싸워보지도 않고 강홍립은 항복하고 말았다.[02] 청군은 강홍립의 군대를 수 겹으로 포위하여 숨어들어온 명나라 병사들을 샅샅이 찾아내고는 포박한 상태로 끌어내어 모조리 목을 베어 죽였다. 세작 역시 청병에게 붙잡혀 결박당한 채 큰 바위 아래 앉았는데, 어찐 일인지 그를 맡은 청나라병사는 목을 베는 일을 깜박 잊어버리고 가버렸다. 그러자 세작은 조선 병사에게 눈짓하여 포박을 풀어달라는 신호를 보냈지만, 조선 병사들은 서로 기웃기웃 눈치만 볼 뿐 감히 움직이는 사람이 없었다. 세작은 할 수 없이 스스로 등 뒤에 묶인 손을 바위에 마찰을 시켜서 밧줄을 끊고는 죽은 조선 병사의 옷으로 바꾸어 입고 조선병사들 틈에 숨어들어 죽음을 면했다. 세작은 곧 달음질쳐서 요양으로 돌아왔다. 요양을 지키고 있던 웅정필熊廷弼은 세작을 불러 아버지의 원수를 갚으라고 하였다. 이 해

02
강홍립의 항복은, 형세를 보아서 유연하게 처신하라는 광해군의 밀명에 따른 선택이었다.

에 청이 개원과 철령을 연달아 함락시키자 옹정필은 탄핵되고 그 자리를 설국용薛國用이 이어받았다. 세작은 그대로 설국용의 부대에 남아있었다. 그러나 결국 심양마저 함락되자, 세작은 낮에는 숨고 밤에는 걷고 하여 봉황성까지 갔다. 거기서 광녕 사람 유광한劉光漢과 함께 요양의 패잔병들을 불러 모아 그 곳을 지켰다. 그러나 얼마 못가 유광한마저 전사하고 세작도 십여 군데 상처를 입었다. 세작은 스스로 생각하기를 이제 중원으로 돌아갈 길도 끊긴 마당이니, 차라리 조선으로 들어가서 되놈의 머리를 하고 되놈의 옷을 입는 치욕이나 면할 요량으로 금석산 속에 숨어들었다. 양가죽 옷을 불에 구워 나뭇잎에 싸먹으며 수개월을 죽지 않고 걸은 끝에 압록강을 건넜다. 관서關西의 여러 고을을 편력하던 세작은 마침내 회령으로 들어가서 조선 여자에게 장가들어 아들 둘을 낳고 나이 팔십이 넘어서 죽었다. 그동안 세작의 자손들은 백여 명으로 불어났는데 아직도 한 집에서 살고 있다고 한다.

득룡은 가산 사람이다. 열네 살 때부터 북경을 출입하기 시작하여 지금까지 삼십 여 차례 중국을 드나들어 중국말을 제일 잘한다. 여행을 하는 동인 크고 작은 일이 생길 때마다 으레 득룡이 아니면 감당할 사람이 없을 정도다. 가산과 용만 철산 등지에서 이미 중군이라는 벼슬을 지냈고 품계는 가선嘉善에 이르렀다.03 배빈 사행이 있을 때마다 조정에서는 미리 관서의 가산고을로 공문을 보내서 그의 차지次知[원주: 가속家屬을 일러 차지次知라 한다.]04 들을 인질로 잡아두어 그가 도피하는 것을 방지한다 하니, 이깃만 보아노 득룡의 재간[幹]을 가히 알겠다. 강세작이 처음 조

03
가선대부는 종2품으로 조선후기 내시 등이 오를 수 있는 최고위직이다.

04
차지次知: 궁방이나 고관대작의 집안일을 맡아보던 사람.

선 땅으로 들어왔을 때 득룡의 집에 묵었는데, 득룡의 조부와 친
해져서 서로 중국말과 조선말을 공부하였다. 득룡이 중국말을 잘
하는 것도 그 가학家學 덕택이라 한다.

날이 이미 저물 무렵 총수蔥莠에 이르렀는데, 평산의 총수蔥莠와
흡사하다. 생각하건대, 우리나라 사람들이 이름 한 바, 평산의 총수
蔥莠라고 한 발 물러선 것은 '비슷한 것'으로써 명분을 삼고자 함이
아닌가 싶다.05

日旣暮 抵蔥莠 恰似平山蔥莠 想我國人所名 抑平山蔥秀 以類爲名否

'이용—후생—정덕'의 프레임

6월 27일 갑술甲戌.

아침에 안개가 끼었다가 뒤늦게 걷힘.

❶ 아침 일찍 길을 나섰다. 길에서 되놈 5~6명을 만났다. 모두 조그만 당나귀를 탔는데 벙거지에 옷이 남루하며 얼굴은 지친 듯 파리하다. 이들은 모두 애라하愛刺河에 수자리 살러 가는 봉황성 갑군甲軍인데, 대부분 품삯을 받는 용병들이라고 한다. 이러한 사정으로 보면 우리나라는 정성이 있어서 염려할 것이 없으나, 중국의 국방은 가히 허술하다고 할 것이다.⁰⁶

마두와 종복들이 나귀에서 내리라고 호통 치자, 앞서 가던 둘은 곧 내려서 한쪽으로 비켜서 가는데, 뒤에 가는 셋은 내리기를 거부한다. 마두들이 일제히 소리를 높여 꾸짖으니, 그들은 눈을 부릅뜨고 똑바로 쏘아 보면서, "당신네 상전이 우리와 무슨 상관이야"하며 대꾸한다. 마두들이 바짝 달려들어 그들의 채찍을 빼앗아 그들의 맨 종아리를 후려갈기면서 꾸짖는다.

"우리 상전께서 받들고 온 것이 어떤 물건이며 어떤 문서인 줄 아느냐. 저 노란 깃발에 만세야어선상용萬歲爺御前上用이라는 글귀

가 안 보이느냐." 07

그제야 그들은 곧 나귀에서 내려 땅바닥에 엎드려 "그저 죽을죄를 지었소이다."한다. 한 놈은 표자문을 담당한 마두의 허리를 부여잡고 만면에 웃음을 머금고 아양을 부렸다.

"어르신, 노여움을 푸시지요. 소인들이 죽을죄를 졌습니다요."

마두들이 모두 껄껄 웃으면서 소리를 질렀다.

"너희들은 모두 머리를 조아려 사죄하렷다."

그들은 땅바닥에 엎드려 머리가 땅에 닿도록 조아리느라 이마가 죄다 진흙투성이가 되었다. 일행은 모두 크게 웃으며 "빨리 물러가라" 호통 쳤다.

나는 다 보고 나서 마두들을 꾸짖었다.

"내 듣기에 너희들이 중국에 들어갈 때마다 여러 가지로 요단鬧端을 일으킨다더니, 지금 내 눈으로 보니 과연 듣던 대로구나. 다시는 이런 짓거리로 말썽을 일으키지 말거라."

그러나 마두들은 이구동성으로 불평을 터뜨린다.

"이런 장난이라도 안하면 머나먼 길 기나긴 날을 무슨 낙으로 보냅니까요." 08

❷ 멀리 봉황산을 바라보니, 깎아지른 바위처럼 대지에 우뚝 솟은 모습이 마치 반쯤 피어난 연꽃 봉오리처럼, 하늘가에 뭉게뭉게 피어오르는 구름처럼 이루 말할 수 없이 아름답지만, 다만 맑고 윤택한 기운이 모자라는 것이 흠이다. 나는 일찍이 서울의 도봉산과 삼각산이 금강산보다 낫다고 한 적이 있다. 왜냐하면 금강산 1만 2천봉은 어느 것이나 기이하고 우뚝우뚝한 모습이 짐승이 이끄는 듯 새가 날아가는 듯 신선이 공중에 솟아오르는 듯 부처

가 가부좌를 틀고 앉은 듯 웅장하지만, 그 음산하고 으슥한 기운이 마치 귀신의 굴속으로 들어가는 기분을 느끼게 하기 때문이다. 언젠가 신원발申元發과 함께 단발령에 올라 금강산을 바라본 적이 있는데, 때마침 파란 가을 하늘에 석양이 물들고 있음에도 창공에 닿을 듯한 빼어난 기상이나 산에서 우러나는 윤기와 자태가 없었으니 하염없이 탄식하지 않을 수 없었다. 다음 날 배를 타고 상류에서 내려오다가 두미강 어귀에서 한양의 삼각산을 바라보니, 모든 봉우리가 깎은 듯이 파랗게 하늘로 솟아오르듯 엷은 안개와 짙은 구름 속에 아리따운 자태를 선명하게 드러내고 있었다. 그리고 언젠가 남한산성 남문에 앉아 북쪽으로 삼각산을 바라보니 마치 물 위의 꽃이나 거울 속의 달과 같았다. 누군가 공중에 어린 초목의 윤기 나는 기운이 왕기旺氣나고 하였으니, 왕기旺氣는 곧 왕기王氣인즉, 한양은 실로 억만 년을 누릴 용이 서리고 범이 걸터앉은 형세로서 그 신령스럽고 밝은 기운이야말로 당연히 범상한 산세와는 다를 수밖에 없을 것이다. 지금 저 봉황산의 기이하고 뾰족하고 높고 빼어난 형세는 가히 도봉산·삼각산을 능가하겠지만, 거기에 어린 빛의 기운[浮空光氣]은 한양의 어느 산에도 미치지 못할 것이다.09

　넓은 들판이 질펀하게 펼쳐져 있다. 비록 경작지로 개간은 안 되었지만, 곳곳마다 나무뿌리를 캐어낸 흔적들이 흩어져 있고 소 발굽과 수레바퀴 자국이 풀잎 사이에 종횡으로 찍혀 있는 것으로 보아서 이미 책문柵門이 가까워졌음을 알겠다. 또 거주하는 백성들이 거리낌 없이 예사로 책문을 드나들고 있으니 이 또한 그 증거가 아니겠는가.10

09
❷ 문단은 경계 지키기.
'금강산은 도봉산. 삼각산보다 못하다' 라는 식의 궤변으로 만들어진 경계가 '손화양이' 이 프레임이다.

10
풍수론의 오류를 암시한다.
1. 수레자국→책문에 가깝다
2. 백성출입→책문에 가깝다.
1.의 논리는 정당하다. 그러나 3문난의 '목책' 에 비추어 '백성들이 예사출입' 은 거짓이다. 그럼에도 우리는 '정당한 결론' 때문에 잘못된 전제를 믿어버리기 십상이다.
이것이 '금강산은……못하다' 에 숨어있는 오류이다.

③ 말을 빨리 몰아 7~8리를 가서 책문 밖에 닿았다. 양과 돼지가 산을 가득 채우고 아침밥을 짓는 연기가 푸른빛으로 감돌고 있다. 나무로 목책을 세워서 겨우 경계經界로 삼았으니, 가히 '절류번포折柳樊圃'라고 이를 만하다.[11]

책문은 지붕을 이엉으로 덮었는데, 널판자 문이 굳게 닫혀 있었다. 목책에서 수십 보 떨어진 곳에 삼사三使의 천막을 치고 잠시 쉬는데, 방물이 도착하여 책문 밖에 쌓아 두었다. 뭇 되놈들이 목책 안에 늘어서서 우리를 구경하는데, 하나같이 입에는 담뱃대를 물고 반짝이는 대머리에다가 부채를 부치고 있다. 혹은 흑공단黑貢緞 옷을 입고 혹은 수화주秀花紬 옷을 입고 혹은 생포生布(삼베)나 생저生苧(모시) 옷을 입고 혹은 삼승포三升布(석새삼베)나 야견사野繭絲 등으로 만든 옷들을 입었으며, 바지 역시 마찬가지다. 허리에는 이것저것 주렁주렁 매달았는데, 간혹 수놓은 주머니 3~4개에 작은 패도를 단 사람도 있으며, 모두 쌍아저雙牙箸를 꽂았다. 담배쌈지는 호리병처럼 생겼는데, 꽃·풀·새 또는 옛사람의 유명한 글귀를 수놓았다. 역관과 마두배들이 앞 다투어 목책으로 다가가서 그들과 손을 잡고 반갑게 인사를 나눈다. 뭇 되놈들이 물었다.

"언제 한성을 출발했나요? 오시는 길에 비나 만나지 않으셨나요? 가족들은 모두들 안녕하시고요? 포은包銀은 넉넉히 갖고 오셨습니까?"

모두들 이구동성으로 말하는 것이 마치 한 사람의 입에서 나오는 듯하다. 또 이렇게 다투어 물었다.

"한상공과 안상공도 오셨나요?"

한상공과 안상공은 모두 의주 만상을 말함인데, 해마다 연경으로 장사를 다녀서 수단이 매우 능란하고 또 연경의 사정을 익히 아는 자들이다. 이른 바 '상공相公'이란 장사치들끼리 서로 존대하는 말이다.[12]

4 사행을 갈 때 정관正官들에게 팔포八包를 내려준다. 정관은 비장·역관까지 모두 서른 명이다. 정관에게 나라에서 인삼 몇 근씩을 지급하는 관례를 팔포라 하는데, 지금은 나라에서 현물을 주는 대신 각자 일정량의 돈을 갖고 갈 수 있는 권리權利를 준다. 그 권리를 포包라 하는데 포를 받은 사람은 허용된 돈—당상관은 3천 냥, 당하관은 2천 냥—을 지니고 연경에 가서 여러 가지 물건을 바꾸어 이문을 남기며, 가난한 관리들은 그 포를 송도·평양·안주 등지의 상인들에게 판다. 그러나 이들 상인들은 법률상 연경에 들어가지 못하므로, 이 포를 다시 만상(의주상인들)에게 넘겨주어서 물건을 바꿔 온다. 한韓이나 임林같은 만상灣商들은 해마다 연경에 드나들어 제집처럼 빠삭하므로, 저쪽 상인들과 담합하여 물건의 시세를 조종한다. 우리나라에서 중국 물건 값이 폭등하는 것은 바로 이 무리들 때문이다. 그런데도 사정을 모르는 온 나라 사람들은 역관들만 나무라지만, 역관도 이들 장사꾼에게 권리를 빼앗긴 이상 어쩔 도리가 없는 것이다. 만상灣商 외의 다른 상인들도 의주 장사치들의 장난을 모르는 것은 아니지만, 제 눈으로 직접 본 것이 아니므로 골은 낼 수 있겠으나 대놓고 말을 못하는 것이다. 이렇게 된 지가 이미 오래되었다. 요 며칠 의주 장사치들이 별안간 은신하고 나타나지 않는 것도 역시 하나의 구인鉤引(갈고리로 낚아챔)을 위한 하찮은 술수인 것이다.

채문 밖에서 아침밥을 먹고 행장을 정리하다보니 양편 주머니

12
3 문단은 상인들의 경계 넘기.
"상공이란 장사치들끼리……"
주인공은 장사치들만 바라본다.
작가는 보다 큰 틀에서 보라고
한다. 저희들끼리 '존대' 이면에
'모방' 이 있다. 상인들은 사대부
들의 언어와 옷을 모방함으로써
경계를 넘어서고 있는 것이다.
그렇다면 『시경』 '동방미명東方
未明' 은 무엇인가?
주인공은 "절류번포 광부구구(경
계를 넘지 못한다)" 만 바라본다.
그러나 시인의 메시지는 그 너머
에 있다. 백성들아 모방하라(경계
를 넘어라). 후술한다.

중 왼쪽 열쇠가 간 곳이 없다. 샅샅이 풀밭을 뒤졌으나 끝내 찾지 못하여 장복을 꾸짖었다.[13]

"네 녀석은 마음을 행장에다 두지 않고 늘 한눈을 팔더니, 겨우 책문에 이르러서 벌써 이런 일이 생겼구나. 속담에 '사흘 길을 하루도 못 간다.'[14] 더니, 앞으로 2천 리를 가서 연경에 이를 즈음이면 네 오장육부인들 남아있겠느냐. 내 듣건대 구요동과 동악묘는 좀도둑이 많다는데, 네가 또 한눈을 팔다가 무엇을 잃어버릴지 모르겠구나."

장복은 민망하여 머리를 긁적이며 대답한다.

"소인 인제야 알겠습니다. 그 두 곳을 구경할 적엔 제 두 손으로 눈깔을 꼭 붙들고 있을 것이니, 어느 놈이 빼어가겠습니까."[15]

나는 하도 어이가 없어서, "네 말이 맞다."하고는 입을 다물어버렸다.

대체 장복이란 녀석은 나이도 어리고 초행길인데다가 타고난 바탕이 지극히 미혹迷惑한 녀석이라 동행하는 마두배들이 농담으로 속여도 진정으로 믿어버린다.[16] 이렇게도 어리석은 녀석에게 앞으로 먼 길을 의지할 내 처지가 가히 한심하다.[17]

5 책문 밖에서 다시 책문 안을 바라보니, 집집마다 다섯 개의 대들보가 높이 솟아 있고 띠 이엉을 덮었는데, 등마루는 훤칠하고 문틀은 가지런하다. 길들은 모두 평직平直하게 만들어서 양쪽 가장자리가 마치 먹줄로 튕긴 듯이 폭이 일정하고, 담벼락은 모두 벽돌로 쌓았다. 사람이 탄 수레와 짐을 실은 수레들이 종횡무진 도로를 달린다. 진열된 살림살이 그릇들은 모두 그림이 그려진 자기들인데, 그 제도가 절묘하여 어느 것 하나 촌티 나는 게 없다.[18]

일찍이 중국을 다녀간 덕보德保 홍대용이 언젠가 '대규모세심법大規模細心法'이라는 말을 실감하겠다. 천하의 동쪽 변두리인 책문이 이러하거늘 앞으로 보게 될 휘황찬란한 중국의 모습을 생각하니 갑자기 한풀 꺾이며 홀연 여기서 곧바로 돌아가고픈 마음이 일어나며 나도 모르게 온 몸이 후끈 달아오른다. 그 순간 나는 맹렬하게 반성하였다.

"이것이 시기하는 마음이로다. 내 타고난 본성이 담박하여 남을 부러워하거나 시기하는 마음은 좀 체로 없었거늘, 이제 강을 건너 중국의 경계에 들어와 불과 만분의 일도 보지 못하고 벌써 망령된 마음이 일어나니, 어찌된 일인가. 이는 곧 시야가 좁은 탓이리라. 만일 석가여래釋迦如來의 혜안으로 시방 세계를 두루 살핀다면 만물이 평등할 것이고 만사가 평등할 것이다. 그러면 저절로 시기와 부러움은 사라지리라."[19]

그런 생각을 하면서 장복에게 물었다.

"네가 만일 중국에서 태어났다면 어떻겠느냐?"

"중국은 되놈의 나라이옵니다. 소인은 싫사옵니다."[20]

때마침 한 맹인이 어깨에 비단 주머니를 둘러메고 손으로 월금月琴을 켜면서 지나간다. 그것을 보고 나는 대오각성大悟覺醒히 여 말했다.

"저 맹인의 눈이야말로 정말 평등한 눈이 아니겠는가."[21]

조금 뒤에 책문이 활짝 열렸다. 봉성장군과 책문어사가 방금 와서 짐방에 앉아 있다고 한다. 여러 되놈들이 문 밖으로 몰려나오며, 다투어 방물이며 사복私卜(개인수하물)의 무게를 가늠해 본다. 이곳에 이르러서는 으레 되놈의 수레를 세내어서 짐을 운반하

19

맹렬한 반성은 완전 거꾸로다. 시기와 부러움은 반성할 일이 아니다. 반성해야 할 것은 '부러움=망령'이라는 편견이다. 그들과는 다른 특별한 존재라는 망상이다.

20

출제자의 의도에 따른 대답이다. '니들이 원하는 대로 대답해줄게.'

21

성찰1(맹인은 아름답다.) 맹인의 눈은 평등하다. 그러나 맹인의 눈이 평등인지 아닌지 판단할 근거가 없지 않은가. 성찰(경계 넘기)을 자랑하는 지식인들의 상투적인 수사학이다
연암은 성찰(경계넘기)한다. 그러나 그 동기는 지배에 있으며, 비루한 백성들과의 차별화를 위한 또 나른 경계를 만들고 있다.

기 마련이다. 그들은 사신이 앉은 곳에 와 보고서는 담뱃대를 물고 힐끗힐끗 쳐다보더니, 손가락으로 가리키면서 저희들끼리 중얼거린다.

"저이가 왕자王子인가?"

'왕자'란 종실로서 정사가 된 자를 말한다.

"아니야, 저 머리가 희끗희끗한 분이 부마駙馬인데, 지난해에도 왔던 분이지."

"저 멋있는 수염에다가 쌍학雙鶴 무늬가 그려진 관복을 입은 이는 을대인乙大人이야."

"저 분은 삼대인三大人인데, 모두 한림翰林 출신이지."

한림 출신이란 문관文官을 말함이다.[22]

7 시냇가에서 왁자지껄하며 무엇을 다투는 소리가 나는데, 말소리가 마치 새 지저귀는 듯하여 한 마디도 알아들을 수가 없다. 급히 가보니, 득룡이 방금 뭇 되놈들과 더불어 예물이 많고 적음을 다투고 있다. 예단을 나눠 줄 때면 반드시 전례를 따르게 마련이지만, 저 봉황성의 교활한 청인들은 어떻게 하든 명목을 덧붙여서 한 가지라도 더 챙기려고 한다. 이것을 수습하는 일은 전적으로 상판사의 마두에게 달린 것이니, 만일 서투른 풋내기라든지 또는 중국말이 시원찮아서 저들을 꾸짖어 다투지 못하든지 하면 전적으로 저들의 요구대로 내줄 수밖에 없다. 만일 올해 저들의 수작에 말려버리면 내년에는 이미 전례가 될 것이므로 반드시 다투어 해결하여야 한다. 사신들은 이러한 이치도 모르면서 항상 책문에 들어가기에만 급급해서 담당역관을 재촉한다. 그러면 담당역관은 또 마두를 재촉한다. 이러한 폐단은 오래된 것이다.

22

6 성찰2(무관은 아름답다.)
정사는 문관이 아니라 무관이다. 그것을 잘 아는 연암은 또 한 번 '대오각성' 하고 있을 것이다. 무관이 문관(부사와 서장관) 앞에 설 수 있다는 사실을. 그러나 연암은 무관의 도발을 무력화 할 '방어기재' 로서 새로운 경계를 찾고 있다. 역시 또 다른 경계만 들기다.

상판사의 마두 상삼象三이 예단을 나눠 주려 하자 되놈 백여 명이 삥 둘러서는데, 그 중 한 놈이 갑자기 커다란 소리로 상삼을 욕한다. 이것을 본 득룡이 수염을 쓱 쓰다듬더니 눈을 부릅뜬 채 잽싸게 그 놈의 앙가슴을 움켜쥔다. 그러고는 주먹으로 때리는 시늉을 하면서 빙 둘러선 청인들을 둘러보며 고래고래 고함을 지른다.

"이 뻔뻔스럽고 무례한 놈아. 네놈이 왕년에 대담하게도 어른의 쥐털 목도리를 훔쳐갔지. 또 그 다음해엔 어른께서 주무시는 틈을 타서 어른의 칼집에 달린 술綬을 끊고 다시 허리에 차고 있는 주머니를 끊다가 내게 들켜 한 주먹에 고꾸라져서 얼굴도장을 찍은 놈이 아니더냐. 그 때는 애걸복걸하면서 살려 달라고 싹싹 빌던 놈이……. 오랜만에 왔다고 네놈의 상판대기를 몰라볼 줄 알고 시방 이렇게 겁 대가리 없이 큰소리를 치는 것이냐! 이 쥐새끼들의 대가리들을 모두 틀어쥐어서 봉성장군 앞으로 끌고 가야겠구나."

그러자 여러 되놈들이 입을 맞추어 풀어 달라 청한다. 어떤 수염이 아름답고 밝고 수려한 의복을 입은 노인이 득룡의 허리를 부여잡고 말했다.

"대 형님께 청하건대 노여움을 푸시옵소서."

득룡은 노기를 거두고 얼굴에 미소를 띠면서 말했다.

"만일 '어진 아우'의 얼굴을 보지 않았다면, 이놈의 대갈통을 한 주먹에 날려 저 봉황산 밖으로 던져버릴 텐데."

득룡이 겁을 주어서 되놈늘을 물리치는 행동거지가 참으로 가소롭다.

판사 조달동이 마침 내 곁에 와 섰기에 아까 그 광경을 이야기해주고는 한 마디 넛물었다.

"가히 혼자 보기는 애석한 장면이더군."

조군이 웃으며 대답했다.

"그거야말로 살위봉법殺威棒法이군요."

그러고는 득룡을 재촉한다.

"사또께서 이제 책문으로 들어가실 것이네. 신속하게 예단을 나누어주게나."

득룡은 연방 '예 예'소리를 내면서 짐짓 황공하여 허둥지둥하는 기색을 보인다. 나는 오래 서서 나누어주는 물건목록을 상세히 보았는데, 목록은 극히 괴잡하다.

책문수직 보고 2명과 갑군 8명에게는 각각 백지 10권 담뱃대 10개, 화도 10개, 담배 10봉. 봉성장군 2명 주객사 1명 세관 1명 어사 1명 만주장경 8명 가출장경 2명 몽고장경 2명 등 총 102명에게는 두터운 종이 156권 백지 469권 다람쥐모피 140장 작은 갑의 담배 584갑 담배 800봉 담뱃대 74개 은담뱃대 74개 등등.

되놈들은 찍소리 없이 물건을 받아들고는 숙연하게 돌아간다. 조군이 득룡을 칭찬한다.

"득룡은 참으로 능수능란하답니다. 왕년에 잃어버렸다는 일은 애당초 없는 일입니다. 쥐털 목도리며 칼이며 주머니를 잃어버렸다는 것은 공연한 야료惹鬧에 불과하죠. 그렇게 트집을 만들어서 한 놈을 잡아 본때를 보여주면, 뭇 되놈들은 기가 팍 죽어서 서로 멍하니 쳐다보며 설설 물러설 수밖에 없는 일이죠. 만일 이렇게라도 하지 못했다면 사흘이 가도 책문 안으로 들어갈 가망이 없답니다."[23]

8 이윽고 군뢰가 달려와 엎드려 아뢴다.

"문상어사와 봉성장군이 나와 수세청(稅關)에 앉아 계십니다."

이제 삼사三使는 차례로 책문으로 들어간다. 전례에 따라 의주로 돌아가는 창군 편에 장계狀啓를 부쳤다. 이 문을 들어서면 중국 땅이다. 고향소식이 여기서 끊어질 것이라 창연悵然한 마음에 동쪽을 바라보며 오래 서 있다가 몸을 돌려 천천히 걸어서 책문 안으로 들어섰다. 길 오른편에 3칸짜리 초가집 관청이 있는데, 어사와 장군으로부터 밑으로 아전과 역관에 이르기까지 반열에 따라 의자에 앉아 있고, 수역 이하는 그 앞에 팔짱을 낀 채 서 있다. 사신이 그 앞에 이르자 마두가 하인들에게 큰 소리로 외쳤다. 그러자 가마가 멈추고 가마꾼들이 잠깐 기마를 땅에 내려놓는 척하다가는 곧 재빨리 달려서 그곳을 지나가 버린다. 부사·서장관도 그렇게 하였는데 마치 서로 구원이라도 하는 듯한 모양이 하도 우스꽝스러워 배꼽을 잡을 지경이었다. 비장·역관들은 모두 말에서 내려 걸어 지나갔는데, 유독 주부 변계함이 말을 탄 채 잽싸게 지나가버리자, 말석에 앉은 되놈 하나가 갑자기 조선말로 고성대매高聲大罵를 지른다.

"무례하구나, 무례해! 대인들이 앉아 계신데 외관外官의 종관從官 따위가 감히 당돌하게 지나가는가. 당장 사신께 고해서 볼기[臀]를 쳐야겠다."

목소리는 비록 느끼는 듯 효효하는 듯하였으나, 혀가 딱딱하고 목구멍이 막혀서 젖먹이아기가 응석부리듯 취객이 주정하는 소리처럼 들렸다. 목소리의 주인공은 호행통관護行通官 쌍림雙林이라는 자다. 수역이 일른 나서서 변 주부를 변호하였다.

"이 분은 우리나라 태의관—어의御醫—인데 초행길이라 실정을 모릅니다. 게다가 태의관은 국명을 받들어 대대인大大人을 보호하는 직분이므로, 대대인 역시 감히 마음대로는 할 수 없는 처지이니, 여러 노야께서는……"

청나라 관리들은 모두 머리를 끄덕이면서 미소를 지으며 말했다.

"그렇소, 그래."

그러나 유독 쌍림은 눈을 부라리면서 사납게 소리를 지르는 것이 노기怒氣가 아직 덜 풀린 모양이다. 수역은 나에게 눈짓하여 사신에게 도움을 청하라고 눈짓하였다.²⁴

길에서 변군을 만났다. 변군이 말했다.

"큰 치욕을 당했네."

내가 말했다.

"볼기 둔臀자가 가히 염려되었네."²⁵

서로 쳐다보며 크게 웃었다.

9 변군과 소매를 나란히 하여 걸어가며 구경하는데 나도 모르게 찬탄하지 않을 수 없었다.

책문 안의 인가는 이삼십 호에 지나지 않으나 모두 웅장하고 심오하고 당당하고 울창하다. 짙은 버드나무 그늘에 푸른 술집깃발이 나부낀다. 변군과 함께 들어가니 웬걸 안에는 조선 사람들이 그득하다. 맨 종아리와 맨 대가리를 한 채로 걸상을 가로 타고 앉아 떠들던 그들은 우리를 보고 모두 밖으로 빠져나가버린다. 주인이 대노大怒하여 변군에게 손가락질을 한다.

"눈치 없는 저 관인官人들이 남의 영업을 방해하는군."

대종戴宗이 주인의 등을 두드리며 얼러댄다.

"형님, 잔소리 할 것 없어요. 두 분 노야께서는 한두 잔만 자시면 곧 몸을 일으키실 테고, 저 망나니들은 감히 어른 앞에 앉아있지 못하여 잠시 자리를 피한 것뿐이오. 그들은 곧 돌아와서, 이미 술을 마셨으면 마신 술값을 치를 것이고, 아직 덜 마셨으면 흉금을 터놓고 즐거이 마실 테니, 형님은 마음 놓고 우선 넉 냥 술이나 대령하시오."

그제야 주인은 두 뺨에 미소를 머금고 말한다.

"이 '어진 아우'는 작년에도 왔었지. 그 때도 보지 않았는가. 저 망나니들은 잔뜩 처먹고는 한 바탕 야료가 벌어지는 사이에 뿔뿔이 흩어져버리는데, 술값을 어디 가서 받으란 말인가."

대중이 말했다.

"형님은 염려 푹 놓으시오. 두 분 노야께서 다 마시고 일어나시면, 이 동생이 저 망나니들을 전부 붙들고 와서 매매를 하도록 하겠수다."

"옳거니 그러면 되겠군.[26] 그러면 두 분께 같이 넉 냥을 드릴까. 아니면 각기 넉 냥을 드릴까."

"따로따로 넉 냥씩 부으시오."

대중이 동 그게 주분하자, 변군이 꾸짖었다.

"넉 냥 술을 누가 다 마신단 말이냐."

대중이 웃으며 대답했다.

"넉 냥이란 술값을 말하는 게 아니라. 술의 무게를 이르는 말입니다."

탁자 위에 벌여놓은 술잔이 한 냥에서부터 열 냥까지 제각기 크기가 다르다. 모두 놋쇠와 주석으로 만들어서 그 빛깔은 은銀과 흡사하다. 넉 냥 술을 청하면 넉 냥들이 잔으로 부어주어 술을 사는 사람은 양量이 많고 적음을 다툴 필요가 없다.27 이것이 바로 간편함이 아니겠는가. 술은 모두 백소로白燒露인데, 그 맛이 기가 막히다. 마시면 취하고 취하면 정신은 맑아진다. 점포의 진열상태를 둘러보니, 모든 것이 고르고 단정하여 한 가지라도 구차스럽게 미봉해 놓는 법이 없고, 물건 하나라도 어지럽게 널려있는 것이 없었다. 심지어 소 외양간이나 돼지우리까지 모두 법도 있게 질서정연하며, 장작더미나 똥거름 무더기까지도 깨끗하고 맵시 있는 품이 그림과도 같다.

⑩ 아하, 이렇게 된 연후에야 비로소 이용利用이라 할 수 있겠구나. 이용을 한 연후에야 후생厚生이 될 것이요, 후생이 된 연후에야 정덕正德이 될 것이다. 대저 그 용用을 이利롭게 하지 못하고서 그 생生을 후厚하게 한다는 것은 불가능한 일이다. 생활이 부족하여 스스로 넉넉하지 못하다면, 어찌 그 덕德을 바로세울 수 있으리오.28

嗟乎 如此然後始可謂之利用矣 利用然後可以厚生 厚生然後正其德矣 不能利其用而能厚其生鮮矣 生旣不足以自厚 則亦惡能正其德乎29

⑪ 정사의 행차가 숙소로 정한 악鄂씨의 집으로 들어갔다. 주인은 신장이 일곱 척이요, 기개가 호방하고 성격이 매서운 분이다. 그 어머니는 나이 70세에 가까우나 머리에 가득히 꽃을 꽂고, 눈매가 아직도 아름다워 가히 젊었을 때의 미모를 짐작할 만하다. 얘기를 들어보니 자손도 매우 많다고 한다.

점심 뒤에, 내원 및 정 진사와 함께 구경을 나섰다. 6~7리쯤 떨어진 봉황산을 구경하다가 셋이 함께 큰 버드나무 밑에서 땀을 식

히는데, 바로 옆에 벽돌로 쌓은 우물이 있다. 위는 넙적한 돌을 다
듬어서 덮고, 양쪽에 구멍을 뚫어서 겨우 두레박만 드나들게 되었
다. 이는 사람이 빠지는 것과 먼지가 들어감을 막기 위함이었고,
또 물의 본성이 음陰하기 때문에 햇빛을 차단하여 활수活水를 기
르는 것이다. 우물 뚜껑 위엔 도르래를 만들어 양쪽으로 줄 두 가
닥이 드리워져 있고, 버들가지를 묶어서 두레박을 만들었는데, 그
모양이 바가지 같으나 통이 깊다. 도르래에 물린 줄의 양쪽 끝에
두 개의 두레박이 달렸으니, 한 편이 오르면 한 편이 내려가서 종
일토록 물을 길어도 사람 힘을 허비하지 않게 된다. 물통은 모두
쇠로 테를 두르고 조그마한 못을 촘촘히 박은 것이다. 대나무로
만든 것은 오래 지나면 썩어서 끊어지기도 하리니와 통이 마르면
대나무 테가 저절로 헐거워서 벗겨지므로 이렇게 쇠테로 메우는
것이 좋은 방법이다.

물을 길어 나르는 데는 모두 편담扁擔이라는 물지게를 이용한다.
편담은 팔뚝만큼 굵은 나무를 길이가 한 길쯤 되게 다듬어서 그
양쪽 끝에 물통을 걸되 물통이 땅 위에서 한 자 넉넉히 떨어지게
한다. 이렇게 하면, 물이 출렁거려도 넘치지 않는다. 우리나라에는
오직 평양에서만 이 법이 있기는 하나, 어깨에 메지 않고 등에 지고
다니기 때문에 고샅길이나 좁은 골목에서는 여간 거추장스럽지 않
다. 이렇게 어깨에 메는 법이 훨씬 좋은 방법이다. 옛날 포선의 아
내기 문둥이를 들고 물을 실었다는 대목을 읽다가 왜 머리에 이지
않고 손에 들었을까 궁금했었는데, 이제 보니 중국의 부인들은 쪽
머리가 너무 높아서 물건을 머리에 일 수 없었던 것이다.30

12 책문의 시님폭은 광활하여 평평한 산과 얕은 호수들이 질펀

30

11 문단은 이용후생론의 보순1.
중국의 두레박과 물지게는 훌륭
히디. 그리나 물시세를 어깨에 메
는 것이 쪽머리 때문이라면.
물지게←쪽머리←(?).
물지게 너머에 쪽머리가 있다. 쪽
머리 너머에는 무엇이 있는가?

하게 펼쳐져 있다. 우거진 버드나무 숲이 짙은 그늘을 드리우고, 숲 사이로 띠 지붕과 성긴 울타리들이 언뜻언뜻 보인다. 드넓은 푸른 방죽 위에는 소와 양들이 여기저기서 풀을 뜯고 있다.[31]

멀리 다리 위에 행인들이 혹은 짐을 짊어지고 혹은 휴대하고 오고간다. 서서 그 모습을 바라보노라니 문득 간자間者의 여행길에 쌓인 고단함이 잊혀진다. 두 사람[兩人者]은 새로 창건한 불당을 구경하기 위하여 자기[我]를 버리고 가버렸다.[32]

遠橋行人 有擔有携 立而望之 頓忘間者行役之憊 兩人者爲觀新刱佛堂 棄我而去

10여명의 말 탄 사람들이 채찍을 휘두르며 지나갔다. 모두 수놓은 안장에 준마를 탄 모습이 의기양양하다. 홀로 서 있는 나[余]를 보더니 안장에서 미끄러지듯 말에서 내렸다. 다투어 내 손[余手]을 잡는데, 지극히 은근한 뜻이 느껴진다. 그 중 한 사람은 미소년美少年이었다. 내[余]가 땅바닥에 글자를 써서 말을 붙였는데, 모두 고개들 숙여 물끄러미 보더니 고개만 끄덕이며 가버렸다. 아마도 무슨 말을 하는지 알아보지 못한 모양이다.[33]

有十餘騎揚鞭馳過 皆繡鞍駿馬 意氣揚揚 見余獨立 滾鞍下馬 爭執余手 致慇懃之意 其中一人美少年 余畫地爲字以語之 皆俯首熟視 但點頭而已 似不識爲何語也

옆에 비석 둘이 있는데 모두 푸른 돌로 만들었다. 하나는 문상어사의 선정비요, 또 하나는 세관 아무개의 선정비다. 둘은 다 만주 사람이요 넉 자 이름이다. 비문을 지은 이도 역시 만주인이어서 글이나 글씨가 모두 옹졸하다. 다만 비석의 제도가 매우 아름다우면서도 공력과 경비가 절약된 것이 본받음직하다. 비석 받침에 새긴 비희贔屭(용의 새끼)나 비문의 양쪽 가장자리에 새긴 패하霸

夏(동물이름)가 다 그 털끝을 셀 수 있으리만큼 정교하다. 궁벽한 시골 백성들이 세운 비석인데도, 그 정교함과 우아한 품이 이루 말할 수 없다. 34

13 저녁때가 될수록 더위가 한결 더 기승을 부렸다. 급히 숙소로 돌아와서 북쪽 들창을 열어놓고 옷을 벗고 누웠다. 뒤뜰이 꽤 넓은데, 파 이랑과 마늘 두둑이 금을 그은 듯 곧고 네모반듯하다. 오이줄기와 박 덩굴을 올린 처마가 착잡하게 뜰을 덮고, 울타리 가에 붉고 흰 촉규화蜀葵花와 옥잠화玉簪花가 한창이다. 처마 밖에는 석류와 팔선화, 추해당秋海棠 같은 꽃들을 심은 화분들이 놓여있다. 주인 악씨의 아내가 손에 대바구니를 들고 나와서 차례로 꽃을 딴다. 이제 곧 저녁 치장을 하려는 것이다.

창대가 술 한 병 계란볶음 한 쟁반을 가지고 왔다.

"어딜 가셨어요? 나으리를 기다리느라 목이 빠지는 줄 알았습니다요."

창대가 아양을 떨며 충직함을 보이는 모습이 가증스럽고도 가소롭다. 그러나 어찌하랴. 술은 내가 좋아하는 것이고, 계란볶음 역시 먹고 싶은 것임에랴. 35

이 날 30리를 걸었다. 압록강에서 여기까지 120리이다. 이곳을 우리는 책문柵門이라 부르고, 이곳 사람들은 가자문架子門이라 부른다. 중국 내지인들은 변문邊門이라 부른다. 36

[해석통론]

동녘이 밝지도 않았는데
옷을 거꾸로 입었다네.
옷을 거꾸로 입은 것은
관청에서 급히 불러서라네.

동녘이 밝지도 않았는데
옷을 거꾸로 입었다네.
옷을 거꾸로 입은 것은
관청에서 호령해서라네.

버들 꺾어 채소밭 울타리 치면
미치광이도 두려워하는데
새벽과 밤을 가리지 않고
새벽이 아니면 저녁에 부른다네.

東方未明 (동방미명)	동녘이 밝지도 않았는데
顚倒衣裳 (전도의상)	옷을 거꾸로 뒤집는다네.
顚之倒之 (전지도지)	옷을 거꾸로 뒤집는 것은
自公召之 (자공소지)	관청에서 그렇게 시켜서라네.
東方未晞 (동방미희)	동녘에 동이 트지도 않았는데
顚倒裳衣 (전도상의)	옷을 거꾸로 뒤집는다네.
倒之顚之 (도지전지)	옷을 거꾸로 뒤집는 것은
自公令之 (자공령지)	관청에서 그렇게 시켜서라네.
折柳樊圃 (절류번포)	버들가지 꺾어 채소밭 울타리 치면
狂夫瞿瞿 (광부구구)	미치광이도 두려워하는데
不能辰夜 (불능진야)	새벽과 밤을 가리지 않고
不夙則莫 (불숙즉막)	유행에 뒤떨어진 옷은 없애버린다네.

— 『시경』 國風 第八 齊風 동방미명 —

통상 이 시는 시도 때도 없이 신하들을 불러대는 절도가 없고 덕이 없는 임금을 풍자한 시詩라고 한다.

그러나 작가 연암의 해석은 무엇일까?

요순임금의 '의상지치衣裳之治'를 표현한 시詩라는 것이다.

의상지치는 곧 덕치德治의 상징이다. 시인은 안데르센의 동화 〈벌거벗은 임금님〉에 나오는 가짜 옷을 만드는 디자이너다. 임금님은 밤낮을 가리지 않고 시인을 불러들여 가짜 옷을 만들라고 시킨다. 시인은 어떻게 가짜 옷을 만드는가?

"顚倒衣裳 상의[衣]와 하의[裳]를 거꾸로 뒤집는다네."

상의[衣]는 상부구조 하의[裳]는 하부구조. 상부구조와 하부구조를 거꾸로 뒤집어 법도를 만들어낸다는 말이다. 그렇게 뒤범벅이 되어버린 법도 앞에서 백성들은 판단력을 잃고 바보가 되어버릴 것이니, 그것이 요순임금의 비결 '의상지치衣裳之治'이며 덕치德治다.

1~2연이 뒤죽박죽 법도 만들기라면, 3연은 무슨 말인가?

1~2행과 3~4행의 대조법이다.

1~2행은 공간의 경계, 3~4행은 시간의 경계다. 또한 1~2행의 주체는 미치광이이며, 3~4행은 '시인'이다.

공간의 경계는 미치광이(반역자)도 두려워한다. 그러나 시인들은 시간이라는 무대에서 밤낮을 가리지 않고 새로운 패션(법도)을 창조하고 있다[不能辰夜 不夙則莫].[37] 비루한 백성들과의 차별화를 위한 옷 만들기로서 1연 2연을 재확인하고 있다.

그러면 시인은 왜 까발리는가?

여기에 대한 주인공의 의문이 넝시적으로 제기되는 것은 「관내정사」 7월 20일자 일기에서다.

"성인(공자)이 시경을 정리하면서 정나라와 위나라의 음란한 시詩를 빼버리지 않은 까닭은…"

시인이 까발리는 이유는 '모방하라'라는 메시지를 널리 전하고자 함이며, 그것이 공자가 정나라 위나라의 음란한 시詩를 남겨둔 이유다.

'나는 왕명을 받들어 열심히 새로운 패션(경계)을 만드노라. 백성들은 두려워 말고 경계를 넘어보라.(패션을 모방하라.)'

공자는 왜 모방(경세님기)을 상려하였을까?

중회주의의 핵심은 '군자와 소인배'의 차별화에 있다. 그래서 시인은 부지런히 경계를 만들어낸다. 그러나 하위자들의 모방이 따르지 않는 경계는 의미가 없는 것이기에 시인들은 경계를 만드는

37
비슷한 표현이 성경잡지 '속재필담'의 숙야비해夙夜匪解[『시경』 대아大雅 증민烝民편] 숙야비해夙夜匪解는 '비적匪賊은 밤낮을 가리지 않는다.'라는 뜻. 통상 선비들은 '밤낮을 가리지 않고 덕德을 닦는다.'라고 해석하지만 뜻은 마찬가지다. 어차피 덕德을 닦는 것이 도둑놈이니까.

6월 27일 갑술

동시에 경계를 넘으라고 유혹하고 있는 것이다.[38]

그러나 공자의 전략을 모르는 연암은 시詩를 이해하지지 못하고 천것들의 모방행위(경계 넘기)를 심각한 도전으로 받아들인다. 처음에 소극적으로 대응(경계지키기)하던 연암은 급기야 적극적인 전략(경계넘기)으로 바꾼다.

이쯤에서 일기의 구조를 들여다보자.

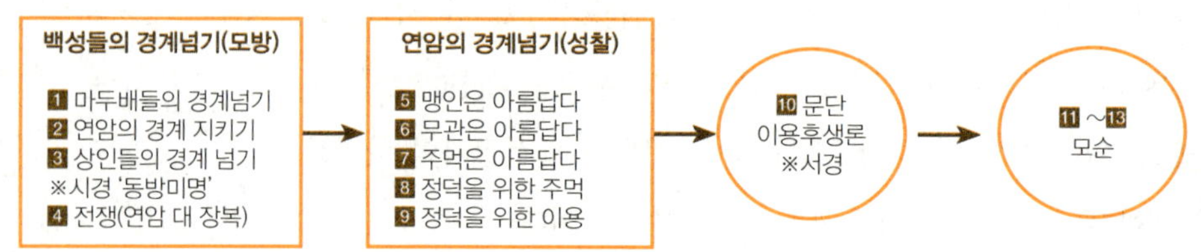

일기는 두 개의 경전―『시경』 동방미명과 『서경』 정덕이용후생 유화―으로 이루어져 있다. 또한 천것들의 경계넘기와 연암의 경계넘기로 이루어져 있다.

"저 맹인의 눈이야말로 정말 평등한 눈이 아니겠는가."

연암은 선비들의 상투적인 수사로 '허위의 경계넘기'[39]를 시작한다. 물론 그것은 무례한 침입자들을 떨어내기 위한 '경계넘기'로서 곧 '경계만들기'다. 맹인은 아름답다. 무관은 아름답다. … 이렇게 이어지는 허위성찰의 끝에서 내놓은 발명품이 '이용후생론'이니, 그것은 애당초 기대할 게 아무것도 없을 것이다.

게다가 연암이 몰랐던 중요한 사실이 무엇인가?

다름 아닌 『서경』'정덕-이용-후생'론이 시인들이 만들어낸 가짜 옷이었다는 점. 상부구조[衣]와 하부구조[裳]를 뒤죽박죽 섞어서 만들어낸 가짜 옷이라는 사실이다.

38

독일의 사회학자 G.지멜의 〈트리클다운Trickle-down이론(1904)〉을 보자. 하위자들은 지위상승을 위해서 상류계급을 모방한다. 상위자는 또 다른 깃털을 창조함으로써 추격해오는 모방자들과 차별화 한다. '모방과 차별화'는 3천년 묵은 중화주의 전략인 것이다.

39

'허위의 경계넘기'는 「도강록」 전반에 깔린 연암의 성찰방법이다. 그러므로 연암은 경계를 넘지 못한다. 「도강록」은 제목과는 반대로 '강을 건너지 못하는 사람들'의 이야기다.

禹曰 於帝念哉 德惟善政 政在養民 水火金木土穀惟修 正德利用厚生
惟和 九功惟敍 九敍惟歌 戒之用休 董之用威 勸之以九歌 俾勿壞

우禹가 가로되, 황제여 명심하소서. 덕德은 선정을 베푸는 것이고, 정政은 백성을 양육하는 것이니, 水火金木土와 곡식[穀]을 잘 닦고 정덕 이용 후생을 유화하는 것입니다. 이 9공九功이 잘 베풀어서 9서九敍(베풂)을 노래하여 계戒를 세우되 휴식을 쓰고 의무를 부과하되 권위를 쓰고 권면하되 구가九歌로써 하면 성가퀴[俾]가 무너지는 일이 없을 것입니다.

帝曰 兪 地平天成 六府三事允治 萬世永賴時乃功

황제[舜] 가로되, 그렇구나. 땅이 다스려지매 하늘을 이루었도다. 육부六府와 삼사三事가 진실로 다스려져 만세萬世가 영원히 힘입음은 너의 공功이다.[40]

— 『서경』 우서虞書 대우모大禹謨편—

40

이상은 통론에 따른 해석이다. 연암은 통론을 거부하지만, 올바른 해석을 제시하지는 못한다. 총체적 궤변이기 때문이다.

9공九功=6부(水 火 金 木 土 穀)+3사(正德 利用 厚生)

문제는 무엇인가?

첫째, 6부六府는 동일시오류다.

水, 火, 金, 木, 土 등과 곡식[穀]은 동격이 될 수 없다. 水, 火, 金, 木, 土는 생산자원으로서 투입량(in-put)이며, 곡식은 생산물(out-put)이기 때문이다.

둘째, 3사三事는 언어의 우상이다.

一, 이용利用은 자원의 관점에서 바라본 경제학이다.

一, 후생厚生은 인간의 관점에서 바라본 경제학이다.

그러므로 이용과 후생은 동어반복이다. 또한 정덕正德이란 자원을 잘 이용利用하여 백성들을 잘 먹여 살리는 일이 아니겠는가. 결국 '이용利用=정덕正德=후생厚生'이다.

『서경』은 왜 한 가지 일을 '삼사三事'라고 하였을까?

앞서 '동방미명'의 뒤죽박죽 만들기 전략이다. 시인은 '정덕正德'이라는 상부구조의 언어를 하부구조(경제학)에 끼워 넣었으니, 작가는 [우언2]에서 정덕正德을 미소년이라고 꼬집었다.

셋째, 순환논법의 오류다.

"덕德은 선정을 베푸는 것이고 …정덕·이용·후생을 유화하는 것입니다."

그러나 덕과 정덕은 같은 말이며, 하나의 단어가 주어와 술어에 있어서 어불성설이다.

『서경』은 쓰레기다.[그러나 마케팅이라는 시각에서 사서삼경은 훌륭한 교과서다.] 그 쓰레기통에서 발굴해낸 '이용후생론'의 저의底意는 무엇인가?

"아하, 이렇게 된 연후에야 비로소 이용利用이라 할 수 있겠구나. 이용을 한 연후에야 후생厚生이 될 것이요,…"

연암의 이용후생론은 바로 '정덕을 위한 이용'이며, 그 정덕의 실체가 벽돌성곽임을 내일 일기에서 확인할 것이다.

> **[문제]** 연암 박지원은 "이용이 있은 후에 후생이, 후생이 있은 후에 정덕이 될 수 있다."라고 주장하였다. 다음 제시문에 나타난 우리 사회의 문제점을 진단하고 개선방안을 논술하시오.

아직까지도 우리는 '이용 연후에 후생'이라는 사기꾼경제학을 가르치고 있다. 르네상스를 넘어 근대를 건설하자는 연암의 원대한 꿈은 파묻어버린 채 말이다.

벽돌성곽과 탕탕평평의 딜레마

6월 28일 을해乙亥.

아침에 안개가 끼었다가 늦게 개었다.

1 아침 일찍이 변군과 함께 먼저 길을 떠났다. 대종이 손을 들어 멀찍이 있는 대장원人庄院을 가리킨다.

"저것은 통관 서종맹徐宗孟의 집입니다. 황성에는 저보다 더 큰 건물도 있었답니다. 종맹은 본래 탐관으로서 불법적인 행위가 많고 조선 사람의 고혈을 빨아서 큰 부자가 되더니, 늘그막에 예부에 발각되어 황성에 있던 집은 몰수당하고, 이것만 그대로 남아 있답니다."

대종이 또 다른 집을 가리킨다.

"저것은 쌍림雙林의 집이고, 그 맞은편 대문은 문통관文通官의 집이라 하옵니다."

이것저것 안내하는 대종의 유창한 말솜씨가 마치 오래 익혀 둔 문장을 외듯 능숙하다.[원주: 대종은 선천宣川 사람인데, 벌써 6~7차례나 연경을 드나들었다 한다.] 41

봉황성까지 가려면 30리는 너 걸어야 한다. 옷은 벌써 흠뻑 젖었고, 사람들의 수염에는 구슬 같은 땀방울이 마치 벼 이삭에 달린 이슬처럼 송글송글 맺혀있다. 자욱하던 안개가 걷히며 서쪽 하늘에 한 조각 푸른 하늘이 얼굴을 내미는 것이, 마치 창호지 문에 달린 유리창처럼 영롱하다. 이윽고 겹겹이 싸인 안개는 모두 상서로운 구름으로 바뀌고, 그 변화무쌍한 하늘 풍경이 끝없이 펼쳐진다. 동쪽으로 돌아다보니 커다란 수레바퀴 같은 붉은 태양이 중천에 떠올라 있다.[42]

❷ 강영태康永太의 집에서 점심을 먹었다. 영태의 나이는 스물 셋인데, 자칭 민가民家라 하며[원주: 한족은 민가民家라 하고 만주족은 기하旗下라 부른다],[43] 희고 수려한 얼굴에 서양금을 잘 친다. 글을 배웠느냐고 물었더니 이렇게 대답했다.

"이미 사서를 외었지만 아직 강의는 못 들었습니다."

중국인들의 공부법은 이른바 '암송'과 '강의' 두 단계로 이루어지며 우리나라 사람들이 처음부터 음과 뜻을 배우는 것과는 다르다. 그들은 처음 공부할 때는 그저 사서삼경의 구절들을 배워서 입으로만 외우며, 암송이 능숙해진 연후에 스승으로부터 그 뜻을 '강의'받는다. 그러므로 설령 죽을 때까지 강의는 받지 못하더라도 입으로 익힌 구절들이 곧 일상용어가 되므로, 세계 여러 나라 언어 중에서도 중국말이 가장 쉽다는 것은 일리가 있는 말이다.[44]

❸ 강영태가 살고 있는 집은 정교하고 화려하며 집안은 온통 귀한 물건들로 채워져 있다. 구들바닥에 깔아 놓은 것은 모두 용봉을 수놓은 카펫이고, 걸상이나 탁자에도 역시 비단 융단을 펴 놓았다. 뜰에는 시렁을 메고 가느다란 삿자리로 햇볕을 가렸으며, 그 사면에는 연초록 발을 드리웠다. 앞에는 석류를 심은 화분 여섯

42
연암은 '상서로운 구름' 이라 한다. 그러나 작가는 '빼앗긴 들에도 봄은 오는가.' 한탄하고 있으리라.

43
'원주' 는 '자칭 민가' 를 곱씹어 보라는 표지다. "나는 민가다!" 이런 사람은 아마도 민가가 아닐 것이다.

44
중국말이 가장 쉽다는 말은 가장 멍청한 말이다. 중국은 언어와 문자가 일치한다. 조선은 나랏 말쓰미 문짜와 서로 다르기 때문에 세종대왕이 한글을 만들었다.

개가 놓여 있는데, 그 중에서 흰 석류꽃이 활짝 피었다. 또 이상한 나무 한 분이 있는데 잎은 동백 같고 열매는 탱자 비슷하다. 그 이름을 물었더니 '무화과無花果'라 한다. 꽃이 없이 열매를 맺기 때문에 무화과라는 이름이 붙었다고 한다.

서장관 조정진이 찾아왔다. 나이를 맞추어보니 나보다 5살이 더 많았다. 이어서 부사副使 정원시도 찾아와 만리 길에 동고동락하는 정을 나누었다. 자인子仁 김문순도 인사를 왔다.

"형께서 함께 오신 줄 진작 알았습니다만 오는 길에 황망하여 미처 찾아뵙지 못하였습니다."

내가 말했다.

"타국에 와서 사귀었으니 우리는 기히 외국 친구라 할 만 하군요."

부사와 서장관이 크게 웃으며 말했다.

"어느 쪽이 외국인인지 모르겠습니다."

부사는 나보다 두 살 위다. 내 조부와 부사의 조부는 일직이 공부를 함께 한 동창인데, 지금도 동연록同研錄(동창명부)이 있다. 내 조부가 경조당상京兆堂上(한성부당상관)에 있을 때 부사의 조부는 경조랑京兆郎을 지냈다. 8·9세 쯤 되었을 때 나는 두 어른이 옛날 동창시절의 이야기를 나누는 것을 옆에서 들어서 두 분의 정을 알고 있다.

서장관이 흰 석류를 가리키면서 물었다.

"이런 꽃을 보신 적이 있습니까?"

"어렸을 적 우리 집에 이런 석류가 있었는데, 우리나라에는 다시 없을 것입니다. 이 석류는 꽃만 피고 열매는 맺지 않는다더군요."[45]

45
무화과는 꽃이 없다. 석류는 열매가 없다. 그러니 없는 게 아니라 보지 못하는 것이다. 꽃과 열매를 보지 못하는 그들은 '외국친구'의 양쪽을 바라본다.
1 은 종놈과 선비의 양쪽이다.
2 는 언어와 문자의 양쪽이다.
3 은 꽃과 열매의 양쪽이다.

그들과는 대략 이런 한담을 주고받다가 일어섰다. 압록강을 건널 때 갈대숲에서 얼굴을 보았지만 말을 나누지 못하고 또 바로 옆 천막에서 노숙하면서도 정식으로 대면하지 못하였었는데, 지금 이역異域에서 서로 농담을 주고받은 것이다.

4 점심은 아직도 멀었다기에 마냥 기다릴 수 없어서 배고픈 것을 참고 구경을 나섰다. 처음에 오른편 작은 문으로 들어와서 이 집의 웅장함과 화려함을 몰랐는데, 앞문으로 나가 보니 바깥뜰이 수백 칸이나 되었다. 삼사三使와 수행원들이 다 함께 이 집에 들었건만, 어디에 들었는지 알 수 없을 지경이다. 비단 우리 일행이 거처하고도 남음이 있을 뿐만 아니라 오가는 상인들과 나그네들이 끊이질 않고, 또 수레가 20여 대나 대문이 그득하게 들어온다. 그 수레마다 말과 노새가 대여섯 마리씩이었으나 떠드는 소리라고는 조금도 없이 조용하다.

천천히 문 밖으로 나섰다. 그 번화하고 부유함이 연경이라 한들 이보다 더할까 싶었다. 중국이 이처럼 번영할 줄은 참으로 뜻밖이다. 길 좌우에 즐비하게 늘어선 시전市廛들은 모두 휘황찬란하다. 아로새긴 창문이며 비단을 드리운 문, 그림 그린 기둥과 붉게 칠한 난간, 푸른빛 주련柱聯이며 황금빛 현판들이 현란하게 눈부실 지경이다. 그 안에 펼쳐 놓은 것들은 모두 진기한 물건들이다. 변문邊門의 보잘것없는 이 땅에 이렇게 정치하고 미려한 감식안이 있을 줄은 몰랐다.⁴⁶ 또 다른 집에 들어가니 조금 전 강씨康氏의 집보다도 더 수려한데, 그 제도는 거의 동일하다.

무릇 집을 세움에는 반드시 수백 보의 터를 마련하여 길이나 넓이를 알맞게 하고 사면을 반듯하게 깎아서 측량기로 높고 낮음을 재고, 나침반으로 방위를 잡은 다음에 대臺를 쌓되, 바닥에는 돌을 깔고 그 위에 두어 겹 벽돌을 쌓은 다음 다시 돌을 다듬어서 대를 장식한다. 그 위에 집을 세우되, 모두 '한 일一'자로 하여 꾸부러지게 하거나 잇달아 붙여 짓지 않는다. 첫째가 내실內室이요, 그 다음이 중당中堂, 셋째는 전당前堂, 넷째는 외실外室이다. 외실 밖은 한길이라 점포로 사용한다. 당堂마다 좌우의 곁채는 행랑과 재방齋房으로 사용한다. 대개 집 한 채의 길이는 6영六楹·8영·10영·12영으로 되어 있고, 기둥과 기둥 간격은 매우 넓어서 거의 우리나라의 보통 집 두 칸짜리만하다. 그리고 재목에 따라 길고 짧음을 마련하거나 임의로 넓히고 좁히지 않고, 꼭 자로 재어서 간격을 정한다. 집들은 모두 다섯 또는 일곱 개이 대들보를 세우는데,[47] 땅바닥에서 용마루까지 높이를 자로 재어서 그 중간쯤에 처마가 오게 하므로 불매가 병을 세운 것처럼 가파르다. 집 좌우와 후면은 군더더기 처마가 없이 벽돌로 담을 쌓아 올려서 집 높이와 가지런히 하니, 서까래는 아주 보이지 않는다. 동서의 양쪽 담벽에는 각기 둥근 창구멍을 뚫고 남쪽에는 모두 문을 내고, 그 중 정중앙 한 칸을 출입문으로 쓰되 반드시 앞뒤가 꼭 마주보게 하였으므로 집이 서너 겹이면 문은 여섯이니 또는 여덟 겹이나. 그럼에도 활짝 열어젖히면 내실문에서 외실문에 이르기까지 한눈에 관통하는 것이 마치 화살과 같다.[48] 이른바 "저 겹문을 활짝 여니, 내 마음이 이와 같구나."라는 구절이 그 곧바름[正直]을 비유한 말이다.['洞開重門 我心如此' 者 以喩其正直也][49]

　　길에서 동지同知 이혜적李惠迪을 만났다. 이혜적은 역관으로서 삼당상三堂上이다. 이군이 말했다.

47
강영태의 집은 수백 명을 수용하는 여관이므로 웅장할 것이다. 연암은 그것을 '모든 집들'에 일반화하고 있다.

48
거짓말이다. 겹겹이 지어진 집들은 앞에반 놓였을 뿐 뒷면은 벽으로 막혀 있다.

49
'洞開重門 我心如此'는 이언적李彦迪(1491~1553)의 〈신수팔규進修八規〉와 송나라 태조의 〈통김절요〉에 나온나. 동삼절요의 "洞開重門 正如我心 少有邪曲 人皆見之 蕩蕩平平之道"라는 구절은 영정조의 '탕평책蕩平策'과 『서경』의 '탕탕평평'으로 인도한다. 뒷문을 막아놓은 탕평책 비판이다. 후술한다,

"궁벽한 시골구석에 무어 볼 만한 게 있습니까?"

"연경인들 이보다 더 나을 수 있겠는가."

"그렇습니다. 비록 대소大小나 사검奢儉(사치와 검소)은 차이가 있겠지만, 그 규모의 대졸大拙은 서로 같습니다."[50]

대개 집은 전적으로 벽돌에만 의지한다. 벽돌이란 것은 벽돌이다.[爲室屋 專靠於甓 甓者甎也][51] 벽돌의 길이는 한 자, 넓이는 다섯 치여서 둘을 가지런히 놓으면 이가 꼭 맞고 두께는 두 치이다. 한 개의 네모진 틀에서 찍어 낸 벽돌이라도 귀가 떨어진 것도 못 쓰고, 모가 이지러진 것도 못 쓰며, 바탕이 뒤틀린 것도 못 쓴다. 만일 벽돌 한 개라도 이를 어기면 그 집 전체가 틀어지고 말 것이므로 같은 틀로 찍어내었다 하더라도 행여나 불량품이 있을까 염려하여, 반드시 줄자로 재고 자귀로 깎고 돌로 갈아 가지런히 하여 아무리 많은 벽돌이라도 한 금으로 그은 것처럼 쌓아올린다.[52] 그 쌓는 법은 한 개는 세로로, 한 개는 가로로 놓아서 저절로 감坎(☵)·이離(☲) 괘卦가 이루어지도록 한다. 그 틈새에는 석회를 반죽하여 붙이되 종잇장처럼 엷어 거의 표가 나지 않는다. 석회를 반죽하는 법은 추사麤沙(굵은 모래)도 섞지 않고 점토黏土(찰흙)도 피한다. 모래가 굵으면 응고가 안 되고 흙이 찰지면 터지기 쉬우므로, 반드시 검고 부드러운 흙을 석회와 섞어 반죽한다. 벽돌 빛깔이 거무스름한 것이 마치 새로 구워 놓은 기와와 같은데, 찰흙과 모래를 쓰지 않는 순수한 바탕에서 나오는 순수한 빛깔이기 때문이다. 거기다가 어저귀 삼[麻]을 터럭처럼 가늘게 썰어서 섞는데, 이는 우리나라 초가집 흙에 말똥을 섞는 것과 마찬가지로 질겨서 터지지 않도록 함이다. 또 젖처럼 끈적끈적하고 매끄러운 동백기

름을 첨가하여 찰싹 붙어서 균열이 생기는 것을 막는다.⁵³

  기와를 이는 법은 더더욱 본받을 만한 것이 많다. 모양은 마치 통 대나무를 네 쪽으로 쪼개 놓은 것과 같고 그 크기는 두 손바닥만 하다. 보통 민가에서는 원앙와鴛鴦瓦를 쓰지 않으며, 서까래 위에는 산목散木을 엮지 않고 직접 몇 겹의 삿자리를 깐다. 그 위에 기와를 덮는데, 삿자리 위에 진흙을 바르지 않고 한 장은 엎어놓고 한 장은 젖혀놓아 서로 자웅을 맞춘다. 틈새는 석회로 발라 붙여서 쥐나 새가 뚫거나 위가 무겁고 아래가 허한 폐단이 저절로 없게 된다. 우리나라의 기와 이는 법은 이와는 아주 달라 지붕에다가 진흙으로 떡칠을 하다 보니 위가 무거우며, 바람벽은 벽돌로 쌓지 않으므로 네 기둥은 의지할 데가 없으며 아래가 부실하다. 기왓장은 너무 크다보니 지나치게 굽고, 너무 굽기 때문에 저절로 빈 곳이 많고, 부득이 진흙으로 빈 곳을 메우지 않을 수 없다. 그래서 무거운 진흙이 내리 누르니 기둥이 휘어지는 병폐가 생기고, 진흙이 마르면 기와 밑이 저절로 떠서 틈새가 생기게 된다. 그리하여 바람이 들며, 비가 새고, 새가 뚫으며, 쥐가 숨으며, 뱀이 서리고, 고양이가 뒤적이는 걱정을 면하지 못하는 것이다.⁵⁴

  대략 집을 짓는 데는 벽돌의 공이 가장 크다. 비단 외벽만이 아니라 집 안팎을 헤아리지 않고 벽돌을 쓰지 않는 것이 없으니, 저 넓고 넓은 뜰에도 아름다운 눈요기들이 정정##한 것이 마치 그림이나 바둑판같다. 집은 벽을 의지하여 위는 가볍고 아래는 튼튼하여 기둥은 벽 안쪽에 들어 있어서 비바람을 겪지 않는다. 그러므로 불이 번질 염려도 없고 도둑이 침입할 위험도 없다. 더구나 새 쥐 뱀 고양이 같은 놈들을 걱정할 일이 없다. 가운데 문 하나

53

김(☵)·이(☲)괘는 완전무결한 성리학의 나라를 말한다. '순수한 바탕 순수한 빛깔'은 학문적·사상적 순혈주의를 의미한다. 그렇게 만들어진 탕평책의 나라는 어떤 나라인가?

54

'틈새'가 없는 집, 새와 쥐와 뱀과 고양이가 들지 못하는 집이 좋은 집일 것이다. 그들에게는 말이다.

만 닿으면 저절로 벽은 성城과 보루堡壘가 되어 집 안의 모든 물건은 궤 속에 간직한 셈이 된다. 이런 점에서 보건대, 많은 흙과 나무를 쓸 필요도 없이, 못질과 흙손질을 할 필요도 없이, 벽돌만 잘 구워 놓으면 집은 이미 완성된 것이나 다름없다.[55]

5 때마침 봉황성을 새로 쌓고 있다. 누군가 말했다.

"이 성이 곧 안시성安市城이다."

고구려 방언方言에 큰 새를 '안시安市'라 하였으니, 지금도 우리 시골에서는 왕왕 봉황鳳凰의 훈訓을 '안시安市'라 하고 사蛇를 배암[白巖]이라 함을 보아서, "수隋·당唐 때에 국어國語로 취하여 봉황성을 안시성으로, 사성蛇城을 백암성白巖城으로 고쳤다."는 학설이 자못 일리가 있다.[56] 또 옛날부터 전해 내려오는 말에, "안시성주 양만춘이 당 태종의 눈을 쏘아 맞히매, 태종이 대군을 뒤로 물리고 양만춘에게 비단 100필을 하사하여 제 임금을 위하여 성을 굳게 지킴을 치하하였다."한다.[57]

삼연三淵 김창흡은 연경에 가는 아우 노가재老稼齋 창업에게 보낸 시에

千秋大膽楊萬春　　천추에 대담한 양만춘
箭射虬髥落眸子　　용 수염을 쏘아 눈동자를 떨어뜨렸네.

라고 하였으며, 또한 목은牧隱 이색은 '정관음'에 이렇게 썼다.

爲是囊中一物爾　　주머니 속 물건으로만 여겼더니
那知玄花落白羽　　어찌 알았으랴. 흰 화살에 검은 눈동자 떨어질 줄.
　　　　　　[원주: 玄花는 눈을 白羽는 화살을 말한다.][58]

두 옹翁이 읊은 시는 응당 우리나라에서 옛날부터 전해 내려오는 이야기에서 나온 것이다. 당 태종이 천하의 군사를 움직여 이 탄알만큼 작은 성 하나를 함락시키지 못하여 창황蒼黃히 군사를 돌이켰다는 이야기는 그 자취가 가히 의심스럽지만, 김부식은 오직 역사책에 양만춘의 이름이 전하지 않음을 애석히 여겼을 뿐이다. 대저 김부식의 『삼국사기三國史記』는 중국의 역사책을 취就하여 차례대로 베끼면서 역사적 사실을 가공하였으니, 심지어 유공권의 소설까지 끌어다가 당 태종이 포위되었던 사실을 입증하면서도, 『당서唐書』와 『자치통감資治通鑑』에는 그런 기록이 없는 즉, 중국이 수치를 숨기고자 기록을 빼버리지 않았나 의심하였다. 그러나 본토本土에는 옛날부터 전해 내려오는 이야기가 있었을 것인즉, 그것을 단 한 구절도 감히 싣지 못하여 오늘의 우리는 전신전의지간傳信傳疑之間에 처하게 된 것이다.[59]

나는 이렇게 생각한다.

당 태종이 안시성에서 눈을 잃었는지는 고증할 길이 없다. 그러나 이 성을 안시성이라 함은 틀렸다고 우려하지 않을 수 없다. 『당서』에는 "안시성은 평양서 거리가 5백 리요 봉황성은 또한 왕검성王儉城"이라 하였다. 『지지地志』에는 봉황성을 평양이라 하였으니, 이것이 어느 땅을 가리키는 지명인지 모르겠다. 또 『지지』에는 "옛날 안시성은 개평현蓋平縣 동북 70리에 있고, 개평현에서 동으로 수암하首巖河까지가 3백 리, 수암하에서 다시 동으로 2백 리를 가면 봉황성"이라 하였다. 그러므로 만일 이 성을 '옛 평양'이라 한다면, 『당서』에 이른바 5백 리란 말과 서로 부합되는 것이다.[60]

그런데 우리나라 선비들은 단지 지금 평양만 알고 기자箕子가 평양에 도읍했다 하면 이를 믿고, 평양에 정전井田이 있었다 하면 이를 믿으며, 평양에 기자묘箕子墓가 있었다 하면 이를 그대로 믿었다. 그러므로 만일 봉황성이 곧 평양이다 하면 크게 놀라자빠질 것이다. 만일 요동에도 또 하나의 평양이 있었다 하면, 그들은 해괴망측한 말이라 하고 꾸짖을 것이다. 그들은 요동이 본시 조선의 땅이며, 숙신肅愼·예穢·맥貊 등 동이東彝의 여러 나라가 모두 위만 조선에 예속되었던 것을 알지 못한다. 또 오라烏剌·영고탑寧古塔·후춘後春 등지가 본시 고구려의 옛 땅임을 알지 못한다.

아아, 후세 선비들이 영토의 경계를 밝히지 않고 함부로 한사군을 죄다 압록강 안쪽에다 몰아넣어버리다니! 그리하여 역사적 사실들을 억지로 연결하고 구구하게 분리하여 놓고는, 마침내 다시 패수浿水를 그 안에서 찾으려 하다니! 그리하여 혹자는 압록강을 '패수'라 하고, 혹자는 청천강을 '패수'라 하며, 혹자는 대동강을 '패수'라 한다. 그리하여 (고)조선의 옛 강역疆域은 한 번 싸워보지도 않고 저절로 쪼그라들고 말았다. 이는 무슨 까닭인가? 평양을 한 곳에 정해 놓고 패수浿水를 그때그때의 사적事跡에 따라 끼워 맞추려 한 까닭이다. 나는 일찍이 한사군의 땅은 요동에만 국한된 것이 아니라 마땅히 여진에까지 들어간 것이라고 생각했다.[61]

어떻게 그것을 알았냐고?

『한서지리지』에 현토玄菟나 낙랑은 있어도 진번과 임둔은 보이지 않는다. 한나라 소제昭帝 5년(B.C. 82)에 사군을 합하여 2부府로 하고, 원봉元鳳 원년(B.C. 76)에 다시 2부를 2군郡으로 고쳤다. 그리하여 현토 3현縣 중에 고구려가 있었고, 낙랑 25현縣 중에 조선이 있었으며, 요동 18현縣 중에 안시성이 있었다. 유독 진번은 장안에서 7천 리, 임둔은 장안에서 6천 1백 리에 있다. 그렇다면 김윤金崙의 이른바 "우리나라 지경 안에서 이 고을들은 찾을 수 없으니, 응당 지금 영고탑 등지에 있었을 것이다."라는 주장이 옳을 것이다. 이것으로 본다면 진번과 임둔은 한말漢末에 바로 부여扶餘·읍루挹婁·옥저沃沮에 들어간 것이며, 부여는 다섯이고 옥저는 넷이던 것이 나중에 혹은 물길勿吉이 되고, 말갈靺鞨이 되고 발해渤海가 되고 여진女眞이 된 것이다. 발해의 무왕武王 대무예가 일본 성무왕에게 보낸 국서 중에 "고구려의 옛 땅을 회복하고, 부여의 옛 풍속을 물려받았다." 하였다. 이것으로 추론해 보면 한사군의 절반은 요동에 절반은 여진에 걸쳐 있어서 서로 맞물려 있었으니, 이것은 옛 우리 강토를 밝히는 추가적인 증거인 것이다.

그러나 한대漢代 이후로, 중국에서 말하는 패수가 어딘지 일정하지 않고, 또 우리나라 선비들은 반드시 지금의 평양을 표준으로 삼아서 패수의 자리를 찾느라 분분하였다. 이는 다른 게 아니다. 중국 사람들은 무릇 요동 이쪽의 강을 죄다 '패수'라 하여 그 거리가 서로 부합하지 않았으니, 역사적 사실관계가 어긋나는 것은 바로 여기에서 말미암은 것이다. 그러므로 고조선과 고구려의 옛 영토를 알려면 먼저 여진을 우리 국경 안으로 집어넣고, 다음에 패수를 요동에서 찾아야 할 것이며, 패수를 정한 연후에 강역을 밝혀야 하고, 강역이 밝힌 연후에 고금의 사실을 종합해야 할 것이다.[62]

그렇다면 봉황성을 과연 평양이라 할 수 있을까?

이곳 봉황성이 만일 기씨箕氏(기자)·위씨衛氏(위만)·고씨高氏(고주몽) 등이 도읍한 곳이라면, 이 역시 하나의 평양이리라 할 수 있을 것

62
"여진을 국경 안으로 집어넣고"
라는 내복에서 연암은 땅에만 집
착한다. '인간' 을 망각한 것이다.

이다. 『당서』 배구전裴矩傳에 "고려는 본시 고죽국孤竹國인데, 주周가 여기에 기자를 봉한 이후 한漢에 이르러서 사군四郡으로 나누어졌다."라고 하였으니, 이른 바 고죽국이란 지금 영평부永平府에 있다. 또 광녕현廣寧縣에는 옛날 기자묘가 있어서 우관冔冠을 쓴 소상을 앉혀 있었는데 명明나라 가정嘉靖 연간에 전란에 불탔다 한다. 광녕을 어떤 이들은 '평양'이라 부르고, 『금사金史』와 『문헌통고文獻通考』에는 "광녕·함평은 모두 기자의 봉지封地이다." 하였다. 이상의 기록에 비추어 본다면, 영평과 광녕의 사이가 또 하나의 평양일 것이다. 또한 『요사遼史』에는 "발해의 현덕부는 본시 조선 땅으로 기자를 봉한 평양성이었는데, 요遼가 발해를 쳐부수고 '동경'이라 고쳤으니 지금의 요양현이 그곳이다." 하였다. 이로 미루어 본다면, 요양현 역시 또 하나의 평양일 것이다.

기씨箕氏가 처음에 영평·광녕의 사이에 있다가 나중에 연燕나라 장군 진개秦開에게 쫓겨 땅 2천 리를 잃고 차츰 동쪽으로 옮아갔으니, 마치 중국의 진晉나라 송宋나라가 남으로 옮겨간 것과 같다. 그리하여 이르는 곳마다 모두 평양이라 칭하였으니, 지금 우리 대동강 기슭에 있는 평양도 그 중의 하나다. 패수도 역시 이와 유사하다.[63]

고구려 영토가 때로 늘기도 하고 줄기도 하였으니, '패수'라는 이름 역시 마치 중국의 남북조 때에 주州·군郡의 이름이 서로 바뀌었던 것과도 같이 옮겨 다닌 것이다. 그런데도 지금 평양을 평양이라 하는 이들은 대동강을 가리켜 "이 강이 패수浿水다." 하며, 평양과 함경 사이에 있는 산을 가리켜 "여기가 '개마대산蓋馬大山'이다." 한다. 반대로 요양을 평양으로 보는 이들은 헌우낙수軒芋濼水를 가

63
기자가 머물렀던 장소들이 평양이며 지금 평양도 그 중의 하나다. 그러나 과연 기자는 지금의 평양까지 왔을까?
아마도 기자는 오지 않았으리라. 그러면 왜 평양이라 하였을까? '모방'일 것이다.

리켜 "이 물은 '패수'다." 하고, 개평현에 있는 산을 가리켜 "이 산은 개마대산이다." 한다. 비록 어느 쪽이 옳은지는 알 수 없지만, 필연코 지금 대동강을 '패수'라 하는 것은 자기네 강토를 스스로 줄여 버리는 학설이다.[64]

당唐나라는 의봉儀鳳 2년(677)에 고구려 보장왕을 요동주 도독으로 삼아 조선왕으로 봉하여 요동으로 돌려보내며, 곧 안동도호부를 신성新城으로 옮겨서 이를 통치하게 하였다. 이로 미루어 보건대, 고씨高氏의 강토가 요동에 있던 것을 당이 비록 정복하기는 했으나 이를 지니지 못하고 고씨에게 도로 돌려준 것인즉, 평양은 본시 요동에 있었거나 혹은 이곳에다 패수와 함께 그 이름을 잠시 빌려 씀으로 말미암아 수시로 들쭉날쭉 한 것이다.

그리고 한나라 낙랑군 관청이 평양에 있었다 하나 이는 지금의 평양이 아니요, 곧 요동의 평양을 말함이다. 그 뒤 고려 때에 이르러서는 요동과 발해 일대가 모두 거란에 들어가고, 우리는 겨우 자비령慈悲嶺과 철령鐵嶺의 경계를 간신히 지키면서 선춘령先春嶺과 압록강마저 버리고 돌보지 않았으니, 하물며 그 밖의 땅이야 한 발자국인들 돌아보았겠는가.[65]

고려는 비록 안으로 삼국을 합병하였으나, 그의 강토와 무력이 고씨의 강성함에 결코 미치지 못하였다. 후세의 옹졸한 선비들은 부질없이 평양의 옛 이름을 그리워하면서 한낱 중국의 역사책에 의지하여 흥미진진하게 수·당의 역사를 들먹이며 "이것은 패수요, 이것은 평양이오."라고 한다. 그러나 이는 너무나 왜곡된 역사의 산물이니, 이 성이 안시성인지 또는 봉황성인지를 어떻게 분간할 수 있겠는가.

6 성城의 둘레는 3리에 불과하지만 벽돌로 수십 겹을 쌓아서, 그 제도가 웅장하고 사치스러우며 네 모서리가 반듯한 것이 마치 됫박처럼 보인다. 지금 봉황성은 겨우 반쯤밖에 쌓지 않아서 그 높낮이는 비록 헤아릴 수 없으나, 성문 위 다락 세울 곳에 구름다리를 놓아 허공에 높이 떠 있다. 그 공사는 비록 거창하지만, 기계를 사용하여 수월하게 이루어진다. 벽돌을 운반하고 흙을 나르는 일을 모두 기계와 수레바퀴가 하는데, 어떤 것은 위에서 끌어당기고 어떤 것은 스스로 움직인다. 그 작동방식은 한 가지가 아니지만 모든 작업은 간단하면서도 성과는 배가되었다. 그 어느 하나 본받지 않을 것이 없으나, 다만 길이 바빠서 골고루 구경할 겨를이 없었을 뿐더러, 설사 하루 종일 자세히 본다 하더라도 단숨에 배울 수 없는 일이다. 참으로 한탄할 일이다.

식후에 변계함 정진사 등과 함께 먼저 출발하였다. 강영태가 문밖에까지 나와서 읍하며 전송하는데 자못 석별의 정을 보이며 돌아올 때는 겨울이니 책력 한 권을 사다 달라고 부탁한다. 나는 청심환 한 개를 선물로 주었다.⁶⁶

7 한 점포 앞을 지나가는데 금빛 글씨로 당當자를 쓴 간판이 걸려있었다. 그 옆에는 세로로 유군기부당惟軍器不當(군대물건은 전당 받지 않음)이라는 다섯 글자를 써 놓았다. 전당포였다. 술책이 있는 3명의 미소년[有數三美少年]이 점포에서 뛰어나와 말을 가로막고는 잠깐 '납량納凉'을 청한다. 말에서 내려 따라 들어가니 건축과 가구들이 강영태의 집보다도 훨씬 뛰어났다. 뜰 가운데 두 개의 큰 물동이가 있는데, 거기에는 연꽃 3~5뿌리를 심어놓고 오색 금붕어를 키우고 있다. 소년이 손바닥만 한 비단 그물을 가져다가 작은 항아리

쪽으로 가더니 빨간 벌레 몇 마리를 떠다가 동이에 집어넣는다. 게 알 만큼 한 벌레들이 꼬물꼬물 움직인다. 소년이 다시 부채로 동이 가장자리를 쿵쿵 두드려 소리를 내면서 입으로 넘념念念거리며 물고기를 부르자, 물고기들은 모두 물 밖으로 머리를 내밀고 주둥이를 빠끔거리며 거품을 마신다.[67]

8 태양이 중천에 떠오르자 불볕이 내리쬐어서 숨이 막혀 더 오래 머물 수 없으므로 곧 길을 떠났다. 정 진사와 함께 앞서거니 뒤서거니 가다가 정 진사에게 물었다.

"그 성 쌓은 방식이 어떠한가?"

"벽돌[甓]이 돌만 못한 것 같습디다."

나는 일장연설을 시작했다.

"자네가 모르는 말일세. 우리나라의 성곽은 벽돌[甎]을 쓰지 않고 돌을 쓰는데, 그것은 좋은 방법이 아닐세. 대저 벽돌로 말하자면, 한 개의 네모진 틀에서 박아 내면 만 개의 벽돌이 똑 같을지니, 다시 깎고 다듬는 공력을 허비하지 않을 것이요. 아궁이 하나만 불을 피워 놓으면 만 개의 벽돌을 제 자리에서 얻을 수 있으니, 일부러 사람을 모아서 나르고 어쩌고 할 수고도 없을 게 아닌가. 다들 고르고 방정方正하여 힘을 덜면서ㄴ 功이 배기되고 운반하기 가볍고 쌓기 쉬운 것이 벽돌만한 게 없네. 그러나 돌에 대해서 말하자면, 산山에서 쪼개어 낼 때에 몇 명의 석수石手가 들어야 하며, 수레로 운반할 때에 몇 명의 인부를 써야 하네. 운반한 후에 또 몇 명의 손이 가야 깎아 다듬을 것인데, 다듬이내느라 또 며칠을 허비해야 할 것이요, 쌓을 때도 돌 하나하나를 놓기에 몇 명의 인부가 들어야 하네.

67
7 문단은 '우언'이다. 주제는 '동굴의 우상'. 어항 속 물고기들은 물동이를 두드린 사람과 물동이 위에서 넘념거리는 사람이 동일인임을 모르고 구세주를 만난 듯 착각한다. 임진왜란 무렵부터 한일합방까지 무려 300년이나 조선 민중의 고혈을 빨았던 전정·군정은 무엇인가? 환곡은 무엇인가? 영정조의 '탕탕평평'은 무엇인가? 실학과 북학은 무엇인가? 그놈이 그놈이다. 성리학의 또 다른 얼굴들이다.

그리하여 언덕[崖]을 깎아내고 돌을 입히니, 이거야말로 흙살에 돌 옷을 입혀 놓은 격이라 겉으로는 준엄峻嚴하고 질서정연하게 보이지만 속은 실로 위태로운 지경일세. 돌은 다양한 차이들이 존재하여 획일적이지 않은 것인즉 작은 돌멩이로 그 고부尻跗(궁둥이와 발꿈치)를 괴어야 하고, 언덕[崖]과 성城과의 사이는 자갈과 진흙을 섞어서 채우므로, 한 번 장마라도 지나고 나면 장腸이 허虛하고 배가 팽창하여 돌 한 개가 빠져나갈 경우 만 개의 돌이 모두 와르르 붕괴될 것은 너무나 자명한 일이 아닌가.[68]

於是削崖而被之　是土肉而石衣也　外似峻整　內實麤脆　石旣參差不齊　則恒以小石撐其尻跗　崖與城之間　實以碎礫　雜以泥土　一經潦雨　腸虛　腹漲　一石踈脫　萬石爭潰　此易見之勢也

또한 석회의 성질이 벽돌에는 잘 붙지만 돌에는 붙지 않는 것일세. 내 일찍이 차수次修 박제가와 더불어 성곽기술을 논할 때에 어떤 이가 비아냥거렸지.

'벽돌이 견고하고 단단하다 한들 어찌 돌을 당할쏘냐.'

그러자 차수가 소리를 버럭 지르며 대답하였네.

'벽돌이 돌보다 낫다는 게 어찌 벽돌 하나와 돌 하나를 두고 하는 말이겠소!'

이는 가히 움직일 수 없는 철칙이라 할 것일세. 대략 석회는 돌에 잘 붙지 않으므로 석회를 많이 쓰면 쓸수록 더 터져 버리며, 돌과 어울리지 못하여 들떠 일어나는 까닭에 돌은 언제나 제각각 하나씩 겨우 흙과 붙어 있을 따름이네. 반면 벽돌은 석회로 이어 놓으면, 마치 아교로 나무를 붙이고 붕사鵬砂로 쇠를 용접한 것과 같이 아무리 많은 벽돌이라도 한 덩어리로 엉켜져 굳은 성이 되는 것이네. 그러므로 벽돌 한 장의 단단함이야 돌에다 비할 수 없겠지만, 돌 한 개의 견고함이 또한 벽돌 만 개의 단단함을 당하지 못할 것이니, 이것으로 본다면 벽돌과 돌 중 어느 것이 이로운 것인지 해로운 것인지 편리한 지 아닌지를 어렵지 않게 알 수 있을 것이네."

정 진사는 방금 말 등에서 꼬부라져 거의 떨어질 것 같다. 이미 잠에 곯아떨어진 지 오래된 모양이다. 내가 부채로 그의 옆구리를 꾹 찔렀다.

"어른이 말씀하시는데 웬 잠을 자면서 듣지 않는가."

"내 여태 다 들었소이다. 벽돌은 돌만 못하고, 돌은 잠만 못하느니."[69]

나는 화가 나서 때리는 시늉을 하고는, 함께 한바탕 크게 웃었다.

⑨ 시냇가에 이르러 버드나무 그늘에서 '납량納凉'을 취했다. 벽돌을 성처럼 쌓아 높이가 대여섯 길이나 되며, 그 모양은 마치 필통같이 동그랗고, 대 위에는 성가퀴가 설치되어 있다. 오도하五渡河에는 5리마다 대자가 하나씩 있는데, 이른바 두대자頭臺子·이대자二臺子·삼대자三臺子라는 것들이 모두 봉수내[烽燧] 이름이다. 이 대자들을 형편없이 헐어진 대로 내버려 둔 것은 무슨 까닭일까. 길가에 간혹 시신을 넣은 관을 돌무더기로 눌러 둔 것이 보인다. 오랫동안 그냥 내버려 누어서 나무 모서리가 썩어 버린 것도 있다. 대개 뼈가 마르기를 기다려서 불사른다고 한다. 길기에 무덤들이 많은데, 봉분은 떼를 입히지 아니하고, 백양나무를 줄지어 심었다. 길을 뛰어 다니는 사람들은 극히 적은데, 뛰어다니는 이들

[69]
자연법이 좋다. 부득이 인위적인 경계가 필요하다면 자연법과의 괴리를 최소화하는 '돌 법法'을 만들어야 할 것이다. "여자는 재혼할 수 없다" 따위의 반자연적인 입법은 금물이나.

70

9 문단은 '우언'이다. 주제는 이상한 탕탕평평의 나라. 방치된 대자들은 봉황성의 정체를 말해준다. 그것은 안보가 아니라 안보 논리를 위한 시설이다. 성곽 쌓을 벽돌은 있어도 시신을 매장할 자원은 없다. 포개(도포)를 걸치지 않으면 인간취급을 안 한다. 안목을 기른답시고 공부하지만, 공부를 할수록 바보천치가 되어버린다. 이것이 조선이다.

71

진동보란 조선東을 지배鎭하는 보堡. 중국은 어떻게 조선을 지배하는가?

은 반드시 어깨에 포개鋪蓋[원주: 침구를 일러 포개라 한다.]를 짊어졌다. 포개가 없는 자는 점방에서 유접留接(출입과 거래)을 불허한다. 도둑으로 의심하기 때문이다. 안경을 쓰고 가는 사람은 눈의 기력을 기르는 것이다. 말을 탄 이는 모두 검은 비단신을 신었다. 걷는 이는 대체로 푸른 베신을 신었는데, 신바닥에 베를 수십 겹이나 받혀 댄 것이다. 미투리나 짚신은 보지를 못했다. [70]

송점松店에서 묵었다. 일명 설리점雪裡店인데, 설류점薛劉店이라고도 한다. 이 날 70리를 갔다. 누군가 말했다.

"이곳은 옛날 진동보鎭東堡다." [71]

惟十有三祀 王 訪于箕子

무왕이 등극한 지 13년 만에 기자를 찾아갔다.

王乃言曰嗚乎箕子 惟天陰騭下民 相恊厥居 我不知其彝倫攸叙

왕이 말하기를, 오호라 기자여! 하늘이 은밀히 백성을 정하여 서로 도우며 살도록 하셨으나, 나는 그 이륜彝倫을 세울 바를 모르겠노라.

箕子乃言曰 我聞 在昔鯀 陻洪水 汩陳其五行 帝乃震怒 不畀洪範九疇 彝倫攸斁 鯀則殛死 禹乃嗣興 天乃錫禹洪範九疇 彝倫攸叙

기자가 곧 대답하기를, 내가 들은 바 옛날 백곤이 홍수를 막아 오행을 어지럽히매 상제께서 크게 노하여 홍범구주를 주지 않으셨으니, 이것이 이륜이 무너지게 된 연유입니다. 백곤이 귀양 가서 죽은 디음에 우왕이 이륜을 세우려 하시매 하늘이 우왕에게 홍범구수洪範九疇를 내려 이륜을 펼치게 되었나이다.

初一曰五行 次二曰敬用五事 次三曰農用八政 次四曰恊用五紀 次五曰建用皇極 次六曰乂用三德 次七曰明用稽疑 次八曰念用庶徵 次九曰嚮用五福 威用六極

제1은 오행이요, 제2는 경용오사, 제3은 농용팔정, 제4는 협용오기, 제5는 건용황극, 제6은 예용삼덕, 제7은 명용계의, 제8은 염용서징, 제9는 향용오복 위용육극입니다.

一五行 一曰水 二曰火 三曰木 四曰金 五曰土. 水曰潤下 火曰炎上 木曰曲直 金曰從革 土爰稼穡 潤下作鹹 炎上作苦 曲直作酸 從革作辛 稼穡作甘

제1 오행이란, 수화목금토를 말합니다. 수는 윤택이 아래로 내려가고, 화는 불꽃이 위로 오르고, 목은 곡직이며, 금은 종혁(복종과 개혁)이며, 토는 가색(씨뿌리기와 수확)입니다. 그 오행은 각각 짠 맛

쓴 맛 신 맛 매운 맛 단 맛을 만듭니다.

二五事 一曰貌 二曰言 三曰視 四曰聽 五曰思 貌曰恭 言曰從 視曰明 聽曰聰 思曰睿 恭作肅 從作乂 明作哲 聰作謀 睿作聖

제2 오사란, 얼굴과 말과 시각과 청각과 사유를 말합니다. 그것은 각각 공경과 복종과 광명과 총명과 예지叡智를 말하는 바, 공경은 엄숙함을, 복종은 다스림을, 광명은 철학을, 총명은 모사謀事를, 예지叡智는 신성神聖을 만듭니다.

三八政 一曰食 二曰貨 三曰祀 四曰司空 五曰司徒 六曰司寇 七曰賓 八曰師

제3 팔정이란, 음식과 재물과 제사와 사공司空과 사도司徒와 사수司寇와 접대와 스승을 말합니다.

四五紀 一曰歲 二曰月 三曰日 四曰星辰 五曰曆數

제4 오기란, 사계절과 달과 날과 별과 역수曆數를 말합니다.

五皇極 皇 建其有極 斂時五福 用敷錫厥庶民 惟時厥庶民 于汝極 錫汝保極 凡厥庶民 無有淫朋 人無有比德 惟皇作極 凡厥庶民 有猷有爲 有守 汝則念之 不協于極 不罹于咎 皇則受之 而康而色 曰予攸好德 汝則錫之福 時人 斯其惟皇之極 無虐煢獨 而畏高明 人之有能有爲 使羞其行 而邦其昌 凡厥正人 旣富方穀 汝弗能使有好于而家 時人 斯其辜 于其無好德 汝雖錫之福 其作汝用咎 無偏無陂 遵王之義 無有作好 遵往之道 無有作惡 遵王之路 無偏無黨 王道蕩蕩 無黨無偏 王道平平 無反無側 王道正直 會其有極 歸其有極 曰皇極之敷言 是彝是訓 于帝其訓 凡厥庶民 極之敷言 是訓是行 以近天子之光 曰天子 作民父母 以爲天下王

제5 황극이란, 황제가 자신의 유극有極을 세우는 것입니다. 때때로 오복을 거두어 서민들에게 베풀면, 서민들도 당신의 극極을 보존할 것입니다. 무릇 서민들에게 음탕한 벗이 없고 사람이 덕德을 모방함이 없으면, 오직 황제 혼자서 극極을 만들게 됩니다. 무릇 서민들이란 일을 도모하고 실천하고 지키려 하는 존재임을 당신은 염두에 두어, 극極에 우호적이지 않더라도 결정적인 걸림돌이 아니라면, 당신은 받아들이셔서 평온한 얼굴로 '나는 덕을 좋아하노라' 말하면서 당신은 곧 복을 내리십시오. 그러면 점차 사람들은 그것을 황제의 극極이라 여기게 될 것입니다. 의지할 데 없는 사람을 학대하지 말고 높고 밝은 사람을 경외 하십시오. 사람들이 능력이 있고 하고자 하는 의욕이 있어, 이를 행하게 한다면, 나라는 번창할 것입니다. 무릇 벼슬아치들은 이미 부유해진 후에야 착해지는 법이니, 당신이 능히 그들이 가家에 대한 '호好'를 지니도록 하지 못하면, 점점 사람들은 사악해질 것입니다. 또한 그들이 '덕을 좋아함'이 없다면, 비록 당신이 복을 내리더라도 그것은 당신의 용用을 재앙으로 만드는 일입니다. 무無가 편들고 무無가 기울어야 왕의 의리를 따르며, 무無와 유有가 호好를 만들어야 왕의 도를 따르며, 무無와 유有가 오惡를 만들어야 왕의 길을 따르리다. 무無가 편들고 무無가 치우쳐야 왕도가 탕탕하며, 무無가 치우치고 무無가 편들어야 왕도가 평평하며, 무無가 거스르고 무無가 기울어야 왕도가 정직합니다. 왕이 자기의 유有를 극極에 집중투자하면 천하의 유有가 극極으로 돌아오리다. 말씀하소서. 황극으로 펼진 말씀은 떳떳함이며 가르침이며 그것은 곧 천제의 가르침이라고. 범 서민들이 황극의 말씀을 가르치고 행하면 천자의 빛에 가까워질 것이라고 말씀히소서. 천지는 백성의 부모로써 전하의 왕이 되는 것이라고. 72

—『서경書經』'홍범洪範'편—

72

홍범구주 중 제5 황극까지만 게재하고, 이하 제6 삼덕三德, 제7 계의稽疑, 제8 서징庶徵, 제9 오복五福과 육극六極은 색략한다. 본 해석은 연암의 뜻을 나름대로 헤아려 반영한 것이다.

기독교역사에서 모세가 시나이산에서 야훼로부터 돌에 새긴 십계명을 받는다. 십계명은 이스라엘 백성들에게 말한다.

'우상을 섬기지 말라.'

홍범구주는 중화의 제왕들에게 말한다.

'우상(편견의 無)을 만들어 인간을 지배하라.'

이렇게 중화주의의 기만성을 폭로한 작가는 탕탕평평으로 영정조를 정조준 한다.

'탕탕평평실'이라는 간판을 붙인 저의는 무엇인가?

무엇을 위하여 수원화성을 쌓아 백성들을 고달프게 하는가?

조선 문화의 황금시대라는 '책 만들기'의 속내는 무엇인가?

효자는 아름답다. 열녀는 아름답다. 군자는 아름답다. 그렇게 아름다운 인간들(성리학적 인간)을 부활시키는 작업이 '책 만들기'와 '성곽 쌓기'의 목표였으니, 그 아름다운 인간들의 부활은 곧 '비루한 백성들'의 탄생이 아니던가. 인간을 아름다운 선비와 비루한 백성들이라는 두 종류의 인간으로 나누어버리는 제왕들의 비결을 보라.

원문	통론	연암의 해석
無偏無陂	편들거나 기울지 않아야	無가 편들고 無가 기울어야
遵王之義	왕의 의리를 따르며,	왕의 의리를 따르며
無有作好	사사롭지 않아야	無와 有로 호好를 만들어야
遵王之道	왕의 도를 따르며,	왕의 도를 따르며
無有作惡	악한 짓을 하지 말아야	無와 有로 오惡를 만들어야
遵王之路	왕의 길을 따르리다.	왕의 길을 따르리다.
無偏無黨	편들지 않고 치우치지 않으면	無가 편들고 無가 치우쳐야
王道蕩蕩	왕도는 탕탕하며	왕도는 탕탕하며
無黨無偏	치우치지 않고 편들지 않으면	無가 치우치고 無가 편들어야
王道平平	왕도는 평평하며	왕도는 평평하며
無反無側	거스르지 않고 기울지 않으면	無가 거스르고 無가 기울어야
王道正直	왕도는 정직하리다.	왕도는 정직하리다.
會其有極	왕이 바른 이들을 등용하면	왕이 유를 극에 집중투자하면
歸其有極	천하가 도道로 돌아오리다.	천하의 유가 극으로 돌아온다.

기자여, 어떻게 하면 아름다운 깃털을 만들 수 있을까?

공평하면 안 된다. 편들고 기울어야 한다. 모든 인간을 선과 악, 귀한 인간과 천한 인간으로 나누어라.

기자여, 구체적인 방법을 말해 달라.

1. 유극有極을 세워라. 막대한 세금을 거두어들여 수절과부와 효자들을 위한 휘황찬란한 기념비를 세우라.
2. 모방하게 하라. 유행을 일으켜라. 우상을 창조하라.

이것이 수천 년 중화세계를 지배해온 제왕들의 비결. 그 빌어먹을 문명의 정점을 넘어 명나라가 쓰러졌을 때, 위기를 느낀 조선의 사대부들은 북벌론을 재무장한다. 그리고 100여 년 후 새로운 학문이라는 실학과 북학조차도 이 땅의 왕과 사대부들에게는 성리학 세상을 연장하는 수단일 뿐이었다.

우리는 어쩌다가 이 지경에 이르렀을까?

三韓箕子不臣地	삼한은 기자 때부터 신하의 땅의 아니니
置之度外疑亦得	도외로 두어 함부로 넘보지 말아야 하거늘
胡爲至動金玉武	어찌하여 금과 옥 같은 군사를 움직여
啣枚自將臨東土	말을 타고 스스로 동쪽 땅으로 왔더냐.
貔貅夜擁鶴野月	날쌘 군사들 달밤에 학(태종)을 옹위하고
旌旗曉濕鷄林雨	무수한 깃발은 계림의 비에 섰었구나.
謂是囊中一物耳	주머니 속 물건 취하는 격이라 장담하더니
那知玄花落白羽	어찌 알았으랴, 玄花에 白羽 떨어질 줄.73

-목은牧隱 이색의 정관음유림관작貞觀吟楡林關作 중의 16행-

73
앞에서 말했듯이 통론은 5행 8행을 다음과 같이 거꾸로 해석한다.
(5행)날쌘 군사들 달밤에 안시성을 에워싸고
(8행)어찌 알았으랴, 흰 화살(白羽)에 검은 눈동자(玄花) 떨어질 줄.

　현화玄花는 삼족오의 영혼이며 백우白羽는 중화의 깃털이다. 고구려의 멸망한 이후 이 땅은 중화주의 깃털세상이 되었으니, 안시성이 함락될 때 잃어버린 것은 삼족오의 영혼이었다.

　일기는 영혼을 잃어버린 선비의 벽돌경영학과 역사학. 선비는 오직 이용(벽돌)만 바라볼 뿐 그 너머의 정덕(탕탕평평)만들기를 바라보지 못한다. 땅만 바라볼 뿐 민족을 저버린 역사를 보지 못한다.

도강록 2 | 글 읽는 쥐새끼들의 나라

정덕에 속고 이용에 우는 민초들

6월 29일 병자丙子.

맑게 개었다.

배로 삼가하三家河를 건넜다. 배는 마치 말구유같이 생겼는데 통나무를 파서 만들었다. 노외 상앗대도 없다. 양쪽 언덕에 아목丫木이 세워졌는데, 큰 밧줄(법)을 잘라서 밧줄(법)에 의지하여 가니까 배는 저절로 오고간다. 말은 모두 물에 둥둥 떠서 건넜다.[74]

다시 배로 유가하劉家河를 건너 황하장黃河庄에서 점심을 먹었다. 한낮이 되니 극도로 더웠다. 말 탄 채로 금가하金家河를 건넜다. 이른바 팔도하八渡河이다. 임가대林家臺·범가대范家臺·대방신大方身·소방신小方身 등지는 5리 10리마다 마을 민가들이 마주바라보고 뽕나무와 삼밭이 우거졌다.

때마침 조생 기장이 누렇게 이고 옥수수 이삭이 한창 패었는데, 그 잎은 모조리 베어져서 줄기만 앙상하다. 이는 말과 노새의 먹이로 쓰거나 기장이나 옥수수 줄기가 온전한 기氣를 보전하도록 하기 위함이다.[75]

74 밧줄을 연결한다면 모를까 그것을 잘라서 의지하여 물을 건넜다는 것은 어불성설이다. 원문을 보라. 횡절대승橫截大繩은 큰 밧줄을 자른다는 1차적 의미를 넘어 '큰 법을 통째로 깨닫다' 라는 뜻이 있다. 큰 법은 무엇인가?

75 거짓말이다. 옥수수 잎은 벽돌을 굽는 땔감으로 쓰인다

이르는 곳마다 관제묘關帝廟가 있고, 몇 집만 모여 사는 곳에는 반드시 벽돌 굽는 큰 가마가 있다. 거푸집에서 벽돌을 찍어내고 햇볕에 말리고, 구운 벽돌과 새로 구울 벽돌들이 곳곳에 산더미처럼 쌓였다. 대저 벽돌이 무엇보다도 일상생활에 요긴한 물건인 까닭이다.[76]

잠시 전당포에서 휴식을 취하였다. 주인이 중당中堂으로 맞이하여 더운 차茶를 한 잔 권하였다. 집안에는 진귀한 물건들이 진열되었다. 시렁의 높이는 들보에 닿았는데, 거기에 쌓여있는 전당물은 모두 의복이다. 보자기에 싼 채 전표를 붙였는데, 전표에는 물건 주인의 성명 별호 상표相標[얼굴의 특징] 주소 등을 적고, 다시 글을 써서 "모년·모월·모일에 모건某件 물건을 전당하여 모포某舖에 손수 교부某年月日典當某件子 某字號舖親手交付" 운운하였다.[77] 그 이자는 2할을 넘는 법이 없고, 기한을 지나 한 달이 넘으면 물건을 팔아 버릴 수 있다. 주련柱聯에는 금자金字로 다음과 같은 글귀가 적혀 있다.

洪範九疇善言富　　『서경』홍범9주는 부를 먼저 말했고,
大學十章半論財　　『대학』10장도 절반은 재물을 논하였네.[78]

옥수숫대로 교묘하게 누각처럼 만들어, 그 속에 풀벌레 한 마리를 넣어 두고 그 울음소리를 듣는다. 처마 끝에는 조롱을 달아매고 이상한 새 한 마리를 기른다.[79]

이날 50리를 가서 통원보通遠堡에서 묵었으니, 여기가 곧 진이보鎭夷堡다.[80]

渡江錄 3

세4상

도강록3
까마귀와 공작새의 깃털전쟁

숲 속을 거닐던 '모자란 까마귀'가 공작새 깃털을 주웠다.

'나도 이런 깃털을 갖고 싶었는데. 마침 잘 되었다.'

모자란 까마귀는 시커먼 제 꼬리에 아름다운 깃털을 붙이고는 까마귀 친구들에게 뽐내기 시작하였다.

"나는 공작새하고 친구란 말이다!"

모자란 까마귀는 공원으로 갔다. 공원 잔디밭에는 공작새들이 아름다운 날개들을 한껏 자랑하며 놀고 있었다.

"얘들아 안녕!"

모자란 까마귀가 반갑게 인사했다. 그러나 공작새들은…….

"저게 뭐야? 저 녀석은 우리를 흉내 내는 가짜공작새로구나!"

"이 사기꾼! 썩 꺼지지 못해?"

공작새들이 부리를 치켜들고 우르르 달려들자 모자란 까마귀는 까마귀마을로 돌아왔다. 그러나 까마귀 친구들은…….

"넌 공작새라며? 여긴 왜 왔어?"

외톨이가 되어버린 모자란 까마귀를 보고, 늙은 까마귀가 말했다.

"그러게 제 근본대로 살아야지. 엉뚱하게 공작새는 무슨."

―이솝우화―

도강록 3 | 까마귀와 공작새의 깃털전쟁

혹 자랑하는 처녀,
책 자랑하는 아빠1

7월 1일 정축丁丑.

새벽에 큰 비가 내려 행군이 연기되었다.

정 진사, 주 주부, 변군, 내원, 주부 조학동 등과 더불어 시간도 보낼 겸 투전판을 벌였다. 그들은 나더러 투전 솜씨가 서툴다고 끼어들지 말고 물러나 앉아서 얌전히 술이나 마시라고 한다. 속담에 이른 바 "굿이나 보고 떡이나 먹으라."는 꼴이라 슬며시 화가 났지만 승복할 수밖에 없는 노릇이다. 혼자 옆에 앉아서 구경하면서 술이나 마시는 것도 그리 나쁘지는 않은 일이다.[01]

그 때 벽 틈으로 부인이 말소리가 들려왔다. 앳된 목소리에다가 간드러지게 애교 섞인 말투가 마치 제비나 꾀꼬리 소리 같다.

'저 소리는 주인집 처녀의 목소리겠지. 생긴 것도 아마 절세가인일 거야.'

이런 생각을 하면서 천천히 건너편 거실로 들어갔다. 그러나 거기에는 나이 오십이 넘어 보이는 부인이 침상에 기대어 문 쪽을 향히여 앉아 있었다. 얼굴은 아주 사납고 못 생긴 여자였다.[02]

01

[오류1]
친구들은 연암을 따돌린다. 공부 잘 하는 사람은 노름을 못한다는 편견 때문이다. 그런데 당하는 연암 역시 은근히 왕따를 반기는 눈치다.

02

[오류2]
목소리가 예쁘면 얼굴도 예쁘다 이런 식의 연암의 판단은 보기 좋게 빗나갔다.

그녀가 나에게 인사를 하였다.

"나으리, 복 많이 받으세요."

"주인께서도 홍복을 누리세요."

나는 일부러 머뭇거리면서 곁눈질로 부인의 복식을 샅샅이 훑어보았다. 쪽을 찐 머리는 온통 꽃으로 장식했고, 금팔찌와 옥 귀걸이에다가 얼굴에는 붉은 분까지 살짝 발랐다. 몸에 걸친 검은색 드레스에는 은단추가 빼곡하게 채워져 있다. 발에는 한 켤레의 화자靴子(나무와 가죽으로 만든 신발)를 신었는데, 화초와 벌과 나비가 잔뜩 수놓아져 있었다. 대개 만주족 여성은 가죽으로 발을 감싸거나 궁혜弓鞋(전족)를 신지 않는다.[03]

마침 주렴 속에서 한 처녀가 나오는데 외모로 보아 스무 살 남짓 되어보였다. 쪽머리를 가운데로 나누어 위로 틀어 올린 머리모양이 처녀임을 말해준다. 생김새는 역시 우악스럽지만 살결은 뽀얗고 미끈하다. 양철 양푼을 잡고 녹색 질그릇 동이를 기울이더니 수수밥을 가득 퍼 담았다. 그리고는 물 한 주발을 양푼에 부어 말아서는, 접이의자에 앉아 젓가락으로 밥을 입으로 퍼 담는다. 그 다음에는 수척이나 됨직한 잎사귀 달린 파뿌리를 잡더니 장에 푹 찍어먹는다. 밥 한 번 먹고 파뿌리 한 번 먹고. 목덜미에는 계란만 한 큰 혹이 달려 있다. 밥을 먹고 차를 마시는 동안 조금도 부끄러운 기색이 없다. 아마도 여러 해 동안 조선 사람을 보아 와서 이미 익숙해졌기 때문일 것이다.[04]

마당은 넓이가 수백 칸이나 되어 오랜 장마에 진창이 되었을 법하다. 시냇가에 있는 바둑알에서 참새알 만한 조약돌들은 본디 무용지물이지만, 모양과 빛깔이 좋은 것을 골라서 마당에 봉황 무늬가 이루어지도록 깔아서 진창이 되는 것을 막았다. 그들에게는 버리는 물건이 없음을 이것으로 미루어 가히 짐작할 만하다.⁰⁵

마당에 있는 닭들은 모두 꼬리와 깃털을 뽑아버려 하나같이 고깃덩이만 남은 닭들이 왕왕 뒤뚱거리면서 돌아다니는 꼴이 추악하기가 그야말로 눈 뜨고 못 볼 지경이다.

이렇게 조장한 것은 역병을 방지하려 함이다.⁰⁶ 여름철에는 닭의 역병이 생기는데, 날개에 깃털 색이 변하고 콧병이 생기고 누런 물을 토하고 목구멍에는 그르렁거리는 소리가 난다. 닭의 역병을 예방하고자 미리 깃털을 뽑아 시원한 공기를 통하게 한 탓이라 한다.

所以助長也 且禁虱也. 夏月鷄生黑虱 綠尾附翼 安生鼻病 口土黃水 喉中痰響 謂之雞疫 故 拔其毛羽踈通淳氣云

05
[오류5]
조약돌마당은 좋은 것이다. 그러나 아래 '닭' 이야기를 보라.

06
마지막 문단은 박영철본에는 없으며 '일재본'에 있는 것을 추록하였다. '벌거벗은 닭'의 '원인'은 역병이며, 역병의 원인은 조약돌마당 때문이리라.

혹 자랑하는 처녀,
책 자랑하는 아빠2

7월 2일 무인戊寅.

새벽에 큰비가 내리다 늦게 개었다. 불어난 냇물을 건널 수 없어서 떠나지 못했다.

1 정사가 내원과 주 주부를 시켜 냇물을 보고 오라 하기에 나도 따라 나섰다. 불과 몇 리를 가자 큰물이 앞을 가로막는데, 끝이 보이지 않을 정도였다. 수영 잘 하는 사람을 시켜서 수심을 살피게 하였더니, 열 발자국도 못 가서 어깨가 잠긴다. 돌아와서 수세를 보고하자, 정사는 걱정하여 역관과 각 방의 비장들을 모조리 불러서 물을 건널 계책을 의논케 하였다. 부사와 서장관 역시 참석하였다. 부사가 말했다.

"문짝과 수레들을 빌려다가 뗏목을 만들어서 건너는 게 어떻습니까?"

주 주부가 말했다.

"거, 참 좋은 계책이올시다."

수역이 말했다.

"문짝이나 수레를 그렇게 많이 얻을 수 없습니다. 이 근처에 집을 지으려고 10여 칸 지을 목재들을 쌓아둔 게 있으니 그것을 빌릴 수는 있겠지만, 다만 그것을 얽어맬 칡덩굴을 얻기가 곤란합니다."

여러 가지 의견이 분분하던 차에 내가 한 마디 했다.

"뗏목을 맬 것까지야 있겠소이까? 우리에게 배 한두 척이 있고 노櫓와 상앗대[槳]도 모두 갖추었으나, 딱 한 가지가 문제입니다."

주 주부가 물었다.

"그 한 가지가 무엇이오?"

"다만 한낱 부수초공副手梢公이 없소이다." 07

모두들 허리를 잡고 한바탕 웃었다.

2 집주인은 워낙 추레하고 우둔하여 '고무래 정丁자'도 모를 무식쟁이였지만, 책상 위에는 『양승암집』 『사성원』 같은 책들이 놓여 있다. 게다가 한 자 넘어 보이는 남색 노자기병에다가 조남성趙南星의 철여의鐵如意가 비스듬히 꽂혀있다. 게다가 납다색의 작은 향로와 운간雲間 호문명胡文明이 만든 의자 탁자 병풍 등이 운치를 더하고 있으니 궁벽한 시골티가 보이지 않았다.

"주인장 살림살이는 좀 넉넉한가보오?"

"말도 마십시오. 1년을 죽자 살자 일해도 굶주림을 면치 못한답니다. 만일 귀국 사신이 행차리도 없다면, 믹고살기가 막연한 형편입니다."

"아들과 딸을 몇이나 두었소?"

"겨우 도력년 히니가 있는네, 아식 출가를 못했답니다."

"그게 무슨 말이오. 노석년이라니?"

"도둑도 딸 다섯 둔 집에는 들지 않는다 하잖습니까? 그러니 딸년이 살림을 축내는 도적이 아니고 무엇이겠습니까?" 08

07

노와 상앗대는 있다. 노櫓는 노魯나라의 나무로서 책사를, 상앗대[槳]는 장수를 말한다. 책사와 장수는 사공에 해당한다. 없는 것은 사공[梢公]이 아니라 한낱 부수초공. 방구석에 틀어박혀 탁상공론을 일삼는 사내부늘의 '편견'을 꼬집는 발언이다.
그러나 약간 핀트가 빗나갔다. 선비들은 대장노릇만 하려는 것이 아니다. 강물을 건너는 따위의 물리적인 일에는 관여하지 않으려는 것이다.

08

주인은 책과 귀한 장식품들을 자랑한다. 또한 딸을 '도적년'이라 하는 말 속에는 은근한 자랑이 배어있다.
어제 일기를 돌이거보자.
처녀는 주선 사람과 익숙히기 때문에 혹을 부끄러워하지 않은 게 아니다. 자랑하고 있는 것이다.
노름을 못한다는 편견을 여암이 날게 받아들인 것도 못한다는 평가가 자랑스럽기 때문이다.

3 오후에 문을 나서 한가하게 걸으며 답답한 마음을 풀었다. 수수밭 가운데서 별안간 총 소리가 들렸다. 주인이 급히 나왔다. 밭 속에서 어떤 사람이 한 손에 총을 들고 또 한 손으로 돼지 뒷다리를 질질 끌고 나오더니 주인을 째려보며 버럭 성을 내었다.

"왜, 이 돼지를 풀어놓아 남의 밭에 들어가게 한 거지!"

주인은 쩔쩔매면서 공손히 사과만 할뿐이다. 그 자는 피가 뚝뚝 떨어지는 돼지를 끌고 가버리고, 주인은 자못 섭섭한 듯 우두커니 바라보며 거듭 한탄한다.

"그 자가 잡아간 돼지는 뉘 집 돼지인가요?"

내 물음에 주인이 풀죽은 소리로 대답했다.

"우리 집에서 기르던 거죠."

"그렇다면, 남의 밭에 들어갔기로서니 수숫대 하나 다치지 않았는데, 저 자는 왜 함부로 돼지를 잡아 죽인단 말이요. 주인은 당연히 그 자에게 돼지 값을 추징追徵해야 하지 않겠소?"

"추징追徵을 하다니요! 돼지우리를 잘 지키지 못한 이쪽이 잘못이죠."

강희제는 농업을 매우 중시하였다. 소와 말이 남의 곡식을 밟으면 값을 두 배로 물리고 고의로 남의 밭에 방목한 자는 곤장 60대를 친다. 양이나 돼지가 남의 밭에 들어가면 밭주인이 잡아 죽여도 임자는 따지지 못한다. 그러나 수레가 다니는 길만은 막을 수가 없어서 길이 진창이 되면 밭이랑 사이로 수레가 지나가야 하기 때문에 밭주인은 수레가 밭으로 들어오지 않도록 길을 잘 닦아둔다고 한다.09

4 마을 어귀에 가마 두 기가 있었다. 마침 가마 하나는 벽돌 굽

는 일을 마쳤는지 흙을 아궁이에 이겨 붙이고 물을 수십 통 길어다가 잇달아 가마 위로 들어붓고 있었다. 가마 위가 움푹 패어서 물을 부어도 넘치지 않는다. 가마가 한창 열을 받은 터라 물을 부으면 곧 말라버린다. 아마 물을 붓는 것은 가마가 타지 않게 하여 상태를 보전하려 함일 것이다. 또 다른 가마는 이미 식어서 바야흐로 벽돌을 가마에서 꺼내는 중이다. 대략 가마의 제도는 우리나라의 가마와는 판이하다. 먼저 우리나라 가마의 잘못된 점을 말한 연후에야 중국 가마의 제도를 잘 이해할 수 있을 것이다.

우리나라의 가마는 곧 하나의 눕혀 놓은 아궁이에 불과한 것으로 가마라고 부를 것도 없다. 애당초 가마를 만드는 벽돌이 없다. 그러므로 나무를 세워서 진흙을 발라 (가마도 아닌)까끼를 만들고 큰 소나무를 연료로 삼아 대워서 가마를 달리는데, 그 비용부터 이미 막대하다. 가마는 길기만 하고 높지 못하다. 그러므로 불꽃이 위로 타오르지 못한다. 불이 위로 타오르지 못하므로 화기火氣가 무력하다. 화기가 무력하므로 필히 소나무를 태워 불꽃을 맹렬하게 해야 한다. 소나무를 태워 불꽃을 맹렬하게 하므로 불의 상태가 고르지 못하다. 불의 상태가 고르지 못하므로 불 가까이 놓인 기와들은 언제나 이지러질 거정해야 하며, 먼 데 놓인 기와들은 잘 구워지지 않음을 염려해야 한다. 물론 자기 굽는 가마 옹기 굽는 가마를 막론하고 모든 가마들이 전부 요 모양 요 꼴이다. 하나같이 소나무를 때우는 법을 사용하는데, 송진의 열이 다른 연료보다 훨씬 세기 때문이다. 그러나 소나무는 한 번 베어내면 다시 싹이 돋지 않으므로 한번 옹기장이를 잘못 만나면 사방의 산들은 모두 벌거숭이가 되어버린다. 백년을 두고 자란 소나무들을 하루아침에 다 없애 버린 옹기장이들은 다시 새처럼 흩어져 소나무를 찾아 떠나간다. 이것은 오로지 가마 제도 한 가지가 잘못된 탓으로, 나라의 좋은 재목이 날로 줄어들고 질그릇을 파는 상인들 역시 날로 곤궁해지는 것이다.[10]

지금 이곳의 가마를 보니, 벽돌을 쌓고 석회로 봉하여 애당초 불을 피워 말리는 비용이 들지 않는다. 또한 마음대로 높고 크게 할 수 있으며, 그 모양은 마치 큰 종鐘을 엎어 놓은 것 같다. 가마 위는 연못처럼 움푹 패인 것이 물을 몇 섬을 부을 수 있고, 옆구리에 4~5개의 연기 구멍이 있어서 불길이 잘 타오를 수 있다. 그 속에 벽돌을 서로 기대어 놓아서 불길이 잘 통하도록 되어 있다. 대략 그 묘妙는 벽돌쌓기에 있다. 이제 나보고 손수 만들어보라 하면 능히 할 수 있겠지만, 입으로 설명하기는 매우 어렵다.

정사가 물었다.

"그 쌓은 것이 '품品자'와 같던가?"

"비슷하지만 그렇지는 않습니다."[似是而非也]

변 주부가 물었다.

"그 쌓는 법이 책갑冊匣을 포개 놓은 것 같습디까?"

"비슷하지만 그렇지는 않네."[似是而非也] [11]

벽돌 눕혀서 쌓지 않고 모로 세워 쌓아 10여 줄을 올려 방고래처럼 만들고, 다시 그 위에다 벽돌을 비스듬히 놓아서 차차 시렁을 쌓아 가마 천장에 이르도록 한다. 그러면 공혈孔穴이 저절로 소통疏通하는 것이 마치 고라니 눈깔 같다. 화기火氣가 상달上達하면 서로가 인후咽喉로 불꽃을 끌어당기는 것이 마치 1만 개의 목구멍에서 혀를 번갈아 내밀 듯 하여 화기는 언제나 맹렬하다. 따라서 비록 저 하찮은 수수깡이나 기장대를 태우더라도 능히 고루 타고 고루 구워지므로 벽돌을 굽건 도자기를 굽건 터지거나 뒤틀어질 걱정은 저절로 없어진다.[12]

지금 우리나라의 옹기장이는 먼저 그 제도를 연구하지 않고, 큰 소나무 밭이 없으면 가마를 놓을 수 없다고만 한다. 이제 요업窯業은 금할 수 없는 일이요, 소나무 역시 유한한 물건인즉, 가마 제도를 고치는 것만이 요업과 소나무 모두를 살리는 길일 것이다. 옛날 오성鰲城 이항복과 노가재老稼齋 김창업이 모두 벽돌의 이로움을 논하였으되, 가마의 제도에 대해서는 상세히 논하지 않았으니 매우 한스러운 일이다.[13]

어떤 사람은 "수숫단 삼백 줌이면 한 빈 가마의 땔감으로 쓸 수 있어 벽돌 8천개를 구워낼 수 있다"고 한다. 수수깡의 길이가 한 길 반이고 굵기는 엄지손가락만큼 되니, 한 줌이라야 겨우 너덧 개에 지나지 않는다. 그런즉 수수깡을 연료로 쓰면 불과 천 개 남짓 들어서 거의 만 개의 벽돌을 얻을 수 있는 것이다.[14]

5 해가 길어서 하루가 1년인 듯싶다. 저녁때가 될수록 더위가 더욱 심해져서 졸려 견딜 수 없었다. 마침 곁방에서 투전판이 벌이져 왁자지껄하기에 나도 달려가 노름판에 끼어들었다. 연거푸 다섯 판을 이겨 백여 닢을 땄다. 그 돈으로 술을 사서 실컷 마셨더니 가히 어제의 치욕恥辱을 설욕雪辱한 셈이다.

"이제도 승복하지 않을 텐가!"[15]

내가 큰소리치자 조 주부와 변 주부가 변명한다.

"어쩌다가 요행으로 이겼을 뿐이오."

서로 크게 웃었다. 변군과 내원이 분원忿怨을 이기지 못하여 다

12

궤변이다. 굽거나 터지거나 뒤틀릴 걱정 때문에 중국은 가마 위에 끊임없이 물을 붓는 것이다. 조선 가마는 물을 부을 필요가 없다. 재료(진흙)와 구조의 강점 덕택이다.

13

벽돌은 필요가 있을 것이다. 그러나 가마는 조선이 낫기 때문에 이항복과 김창업은 논하지 않았으리라.

14

수숫대와 벽돌 가마에 매혹된 연암이 바라보지 못하는 것은?
돼지→수숫대·가마→벽돌→성곽. 중국의 최종생산물은 성곽이다. 그것을 위해서 모든 것들이 희생되고 있다. 그러나 조선의 가마는 백성들을 위한 일용품을 만든다.
이제 성곽 그 너머를 보라. 성곽은 중화주의를 만들고, 중화라는 아름다운 깃털은 '혹 자랑하는 처녀 책 자랑하는 아빠'를 만든다.

15

어제 노름판에 끼워주지 않았던 친구들의 편견을 지적함이다, 그런데 연암은 아직도 '어제의 치욕'이라 인식하고 있다,

한판 땄으면 꽁무니를 빼라. 이것이 '知足不殆'의 교훈이라면 그야말로 치사한 말씀 아닌가.
누가 왜 '지족불태知足不殆'를 왜곡하였을까?
연암은 왜 깃털인간을 바라보지 못하는가?

시 한판 하자고 했지만 나는 사양하였다.

"이미 뜻을 이룬 곳에는 두 번 가지 않는 게 지족불태知足不殆라 하지 않던가." [16]

名與身孰親	이름과 육체 중 무엇이 좋은가.
身與貨孰多	육체와 재물 중 무엇이 좋은가.
得與亡孰病	얻는 것과 잃는 것 중 무엇이 괴로운가.
是故	그러므로
甚愛必大費	너무 '사랑'하면 큰 대가를 치르며
多藏必厚亡	많이 '간직'하면 돈후함[厚]이 사라진다.
知足不辱	족불욕足不辱을 알고
知止不殆	지불태止不殆를 알면 17
可以長久	가히 장구할 것이다.

—도덕경44장—

17
그러나 통론은 이렇다.
知足不辱: '지족' 이면 '불욕' 이다.
知止不殆: '지지' 이면 '불태' 이다.

이러한 노자의 말씀이 왜곡되어온 자취는 『한서漢書』'소광전疏廣傳'에서 찾아볼 수 있나.

소광疏廣은 태자의 스승이 되었는데, 나중에 그의 조카 소수疏受도 스승이 되어 태자를 좌우에서 보필하게 되었다. 5년 후 소광은 조카에게 사직하고 고향으로 돌아가자면서 말했다.

"만족을 알면 욕되지 않고 그칠 줄 알면 위태롭지 않다(知足不辱 知止不殆) 하였으니, 공功을 세웠으면 몸은 물러나는 것이 하늘의 도道다."

그리하여 노자이 '지족불욕 지지불태'는 '꽁무니를 빼라'는 말씀으로 전락하고 말았으니, 일기에서 주인공 연암은 바로 소광의 일화를 연출한 것이다.

그러면 이제 유가의 왜곡으로 잃어버린 노자의 철학을 보자.

노자는 욕망의 대상을 두 개의 차원으로 정의하고 있다. 우리 인간은 名(명예) 身(육체) 貨(재물) 3가지를 욕망한다. 또한 얻는 것과 잃는 것 2가지를 욕망한다. 그러므로 욕망의 대상은 6가지다.

구분	親(공작새)		多(까마귀)
	名	身	貨
得	得名	得身	得貨
亡	亡名	亡身	亡貨

노자는 名(명예) 身(육체) 貨(재물) 3가지 욕망을 다시 동물적 욕구와 사회적 욕구로 나눈다. 名(명예)은 사회적 욕구이며, 貨(재물)는 동물적 욕구다. 身(육체)은 양다리를 걸치고 있다. 건강한 육체 자체와 성욕은 동물적 차원의 身이다. 그러나 아름다운 외모로 타인의 시선을 끌고 호감을 얻는 것은 사회적 차원의 身에 해당한다.

그러면 욕망을 어떻게 관리할 것인가?

甚愛必大費: 지나친 명예욕[愛]은 물질적 손실을 초래한다.

多藏必厚亡: 지나친 물욕[藏]은 인정·존경의 상실을 초래한다.

그러므로 우리가 알아야 할 것은 두 가지.

足不辱: 비루함[足]은 부끄러운[辱] 일이 아니다[不].

止不殆: 가난[止]은 위태로운[殆] 일이 아니다[不].

명예와 육체와 돈은 좋은 것이다. 그러나 결핍도 나쁜 것만은 아니다. 그러므로 편견(물질만능주의, 깃털지상주의)을 경계하라. 비루함을 부끄러워 말라. 가난을 두려워하지 말라.

좀 더 적극적으로는, 이렇게 말할 수 있으리라.

'욕망하라. 실패(명예 육체 돈의 상실)를 두려워 말라.'

이제 두 가지 해석을 비교해 보자.

원문	(유가의)통론	연암
5행 甚愛必大費	지나친 명예욕은 큰 물적 손실을 초래하고	지나친 명예욕은 큰 물적 손실을 초래하고
6행 多藏必厚亡	지나친 물욕은 큰 명예의 실추를 초래한다.	지나친 물욕은 큰 명예의 실추를 초래한다.
7행 知足不辱	만족할 줄 알면 욕되지 않고	비루함이 욕된 일이 아님을 알고
8행 知止不殆	그칠 줄 알면 위태롭지 않으니	가난이 위태로운 일이 아님을 알면
9행 可以長久	가히 장구할 것이다.	가히 장구할 것이다.

결국 유가儒家가 왜곡한 실체는 무엇인가?

1. '자유'의 메시지를 금욕주의로 바꾸어버렸다.

2. 평등의 철학을 편견의 철학(?)으로 바꾸어버렸다.

첫째, 노자는 두 가지 욕망을 모두 긍정적으로 설명하였다. 그러나 유가는 부정적으로 바꾸어버렸다. 노자가 '욕망의 자유'를 부르짖었다면, 유가는 금욕을 강요한 것이다.

둘째, 욕망에 대한 편견이다. 노자는 명예욕(7행)과 물욕(8행)을 똑 같이 경계하였는데, 유가는 7행과 8행 모두 물욕에 대한 경계로 바꾸어버렸다.

'탐욕을 버려라. 그러면 오래오래 잘 먹고 잘 살 것이다.'

왜 명예욕을 부추기는가?

공작새깃털은 아름답다. 무방하라.

왜 물욕을 과도하게 경계하는가?

목적은 두 가지다.

첫째, '까마귀는 더럽다'라는 편견을 창조하기 위함이다.

둘째, 공작새들의 담합, 즉 나누어먹기 위함이다. 『한서』 '소광전'이 노자의 철학(知足不辱 知止不殆)을 왜곡한 이유가 바로 그것이다. '한 판 따먹었으면 물러나라.' 저들끼리 돌아가면서 공평하게 까마귀들을 착취하자는 말이다.

오늘 일기는 '깃털'에 대한 도가道家와 유가儒家의 '차이'이다. '깃털'은 본 장(까마귀와 공작새의 깃털전쟁)의 화두인 동시에 『열하일기』 전체에서 중요한 주제다.

욕망→자아→근대. 이러한 열하일기의 흐름에서 깃털욕망에 대한 본장의 담론은 소설의 베이스캠프에 해당한다.

주인공 연암은 깃털인간을 바라보지 못한다. '혹 자랑하는 처녀 책 자랑 하는 아빠'를 바라보지 못한다. '혹 자랑하는 처녀 책 자랑 하는 아빠'가 알량한 지식을 자랑하는 자신의 초상임은 더더욱 모른다.

왜 그러는가?

공자님이 노자의 철학을 숨겨버렸기 때문이다.

열하일기가 잃어버린 자아를 찾아가는 이야기라면, 공자가 숨겨버린 철학을 찾아내는 것이 그 시작이다. 작가는 오늘 일기에서 숨겨진 노자의 욕망철학(도덕경44장)을 제시하였고, 「관내정사」 마지막 날(8월 4일) 숨겨진 노자의 자아철학(도덕경70장)을 제시한다.

떨어지는 석류꽃, 피어나는 옥잠화

7월 3일 기묘己卯.

새벽에 큰비가 내리다가 맑게 개었다. 밤에는 또 새벽까지 큰 비가 내렸다. 또 묵었다.

1 아침에 일어나 들창을 여니 저우積雨기 말끔히 개었나. 밝은 바람이 이따금 불어오고 햇빛이 청명한 것으로 보아서 가히 한낮의 더위를 점칠 만하다. 석류꽃이 가득히 떨어져 땅바닥이 온통 붉은 색으로 변해버렸다. 수구화는 이슬을 흠뻑 머금고, 옥잠화는 하얀 눈송이 같은 머리를 쳐든다.[18]

문 밖에서 통소·피리·징 등의 소리가 나기에 급히 나가 보니, 신행新行가는 행차다. 청사초롱이 여섯 쌍, 푸른 일산 한 쌍, 붉은 일산 한 쌍, 통소 한 쌍, 피리 한 쌍, 날라리 한 쌍, 징 한 쌍이 풍악을 울리는 가운데 4인이 푸른 가마를 어깨에 메고 행차한다. 가마의 사면에 유리창을 만들고, 네 귀둥이에는 채색한 실보 술을 드리웠다. 가마이 허리에 장대를 빗쳐 청사로 만든 굵은 밧줄로 묶고 장대 전후에 다시 짧은 막대를 정 중앙에 관통하도록 묶고는 짧은 막대의 양쪽 끝을 4인의 기마꾼이 어깨를 매었다. 여덟 개의

18
석류 수구화 옥잠화는 각각 무엇을 암시하는 복선일까?

발굽이 군인처럼 맞추어 행진하므로 가마는 흔들림도 출렁임도 없이 허공에 떠서 유유히 나아간다. 그 법이 그야말로 절묘하다. 가마 뒤에 수레 두 채가 있는데, 모두 검은 천으로 휘장을 두르고 나귀 한 마리로 끌고 간다. 한 수레에는 4명의 늙은 여인을 태웠는데, 얼굴은 모두 늙고 추하지만 연지 찍고 분을 바르는 것은 폐廢하지 않았다. 앞머리는 다 벗어져서 바가지를 엎어 놓은 것처럼 번들번들 빛난다. 겨우 한 치에 불과한 쪽머리에 가득 꽂힌 꽃송이들이 맥없이 늘어진다. 양쪽 귀에는 귀고리를 달고, 검은 옷에 황색 치마를 입었다. 또 한 수레에는 3명의 젊은 여인을 태웠는데, 주홍빛 또는 녹색 바지를 입고 아무도 치마를 두르지 않았다. 그 중에 한 소녀는 제법 아리땁다. 아마도 늙은이는 미용사와 유모이고, 소녀들은 아환丫鬟(몸종)일 것이다.

30여 명의 말 탄 군사가 빙 둘러서 옹위하는 가운데 일개 불한당 같은 사내가 앉아 있다. 입가와 턱 밑에 검은 수염이 텁수룩한데, 구조망포九爪蟒袍를 빌려 입고, 백마 금빛 안장에 앉아 은등자를 넌지시 디디고 만면에 웃음을 머금고 있다. 뒤에 수레 세 대가 뒤따르는데 옷상자들이 가득 실렸다.[19]

2 주인에게 물었다.

"이 마을에도 수재秀才나 훈장訓長이 있는지요?"

"이런 시골구석에 무슨 학구선생學究先生이 있겠습니까만, 지난해 가을 우연히 수재 한 분이 세관稅官을 따라 북경에서 오셨는데, 오는 길에 이질에 걸려 이곳에 떨어져 머물게 되었습니다. 이곳 사람들의 각별한 치료를 받아서, 겨울이 지나고 봄이 되자 아주 말끔히 낫게 되었죠. 그 선생님은 문장이 뛰어날 뿐더러, 겸하여 만주글자도 쓸 줄 안답니다. 선생은 계속 이곳에 머물면서 한두 해 동안 글방을 내고 이 시골 아이들을 성심껏 가르쳐 병을 치료해 준 은혜에 보답한다고 합니다. 지금도 저 관제묘 안에 계십니다."

"그럼, 수고스럽지만 잠깐 안내해 줄 수 없겠소?"

"길잡이도 필요 없습니다. 저기 보이는 높다란 사당이 선생이 있는 관제묘랍니다."

"그 선생의 성함은 무엇이지요?"

"이 마을에서는 모두들 부 선생富先生이라 부릅니다."

"부 선생의 나이는 얼마나 되었소?"

"나으리께서 친히 가서서 직접 물어 보십시오."

주인은 방 안으로 들어가서 붉은 종이 수십 쪽을 들고 나와서 펴 보인다.

"이게 부 선생님께서 친히 써 주신 글씨입니다."

그 붉은 종이에는 오른편에서 왼편으로 내리쓴 가는 글자로 "아무개 어른 존전尊前에 아뢰옵니다. 모년·모월·모일에 어른께옵서 왕림하여 주시옵기 청하옵니다."라고 쓰여 있다. 주인이 말했다.

"이것은 저희 문중의 형제가 지난봄에 사위를 볼 때 부 선생이 써 준 청첩장입니다."

청첩장 글씨는 겨우 글자꼴을 이룬 정도에 불과하다. 다만 수십 장에 필사하였음에도 자양字樣이 크지도 않고 작지고 않고 실에 구슬을 꿴 듯 목판으로 인쇄한 듯 일정하나, 나는 혹시 부정공富鄭公의 후손이나 아닌가 생각하면서 곧 시대를 불러서 함께 관제묘를 찾아갔다.[20]

3 사당은 적막하여 인기척이 없다. 누루 돌아다니면서 천천히

20
두 번째 주인공은 부선생. 마을 사람들은 훈장의 병을 치료해 주고, 훈장은 가르침으로 보답한다. 연암은 다이한 글씨를 보면서 '겨우 글자꼴을 이룬 정도'라고 폄하한다. 부정공은 송나라 서학으로 왕기공과 함께 거란에 대한 강경책을 주장했던 부필을 말한다. 연암은 6월 27일자 북학에 귀의하였건만, 이념적 지평은 여전히 복별론이다.

둘러보는데, 오른편 곁방에서 아이의 글 읽는 소리가 들린다. 조금 있다가 한 아이가 문을 열고 목을 쭈욱 내밀어 살피더니, 이내 뛰어나와 우리를 돌아보지도 않고 한 달음에 어디로 가버린다. 나는 아이를 쫓아가면서 물었다.

"너의 스승님은 어디 계시냐?"

"누구 말씀이어요?"

"부 선생님 말이다."

아이는 조금도 들은 체도 않고 입속으로 무어라 중얼중얼하다가 휑하니 가버린다. 나는 시대에게 "선생은 필시 이 안에 있을 거야." 하면서 곧바로 오른편 곁방으로 가서 문을 밀어젖혔다. 그러나 4~5개의 빈 의자만 놓여 있을 뿐 사람은 보이지 않는다. 문을 닫고 막 몸을 돌이키려는 순간 아까 그 아이가 한 노인을 데리고 오는데 이 양반이 곧 '부'란 사람이구나 싶었다. 모처럼 한가하게 이웃에 다니러 갔는데, 아이가 달려가서 손님이 왔다고 하자 돌아온 모양이다. 그의 면목을 보아하니, 문아文雅한 기색이라곤 전혀 없다. 나는 앞으로 나아가 깍듯이 읍揖하였다. 그러자 노인은 와락 달려들어 내 허리를 껴안았다가 힘껏 밀쳐내더니, 다시 내 손을 잡고 흔들면서 만면에 웃음을 짓는다. 나는 처음에는 무척 놀랍다가 곧 불쾌해졌다. 내가 말문을 열었다.

"당신이 부공富公이시오?"

노인은 아주 기뻐하면서 대답하였다.

"영감께서 어찌 제 미천한 성을 아십니까."

"저는 오래 전부터 선생의 대명大名을 듣기를, 마치 우레 소리가 귀에 흘러들듯 하였습니다."

"선생의 존성대명尊姓大名을 듣고자 합니다."

내가 성명을 써서 보이니, 그 역시 이름을 써 보인다. 이름은 부도삼격富圖三格이요, 호는 송재松齋, 자는 덕재德齋라 한다.

"삼격三格이란 무슨 뜻입니까?"

"그건 저의 성명姓名이옵니다."

"고향과 화관華貫(벼슬아치의 임지)은 어디신지요?"

"저는 만주 양람기鑲藍旗 사람이올시다." [21]

이번에는 부 선생이 내게 물었다.

"영감께서는 이번엔 의당 면가面駕를 하시겠지요?"

"그게 무슨 말씀이오?"

"황제께옵서 의당 영감을 불러 접견하시겠지요?"

"황세께서 만일 접견하신다면 노인의 말씀을 잘 여쭈어서 작은 벼슬이라도 내리게 하리다."

"만일 그렇게까지 해 주신다면, 박공朴公의 은덕은 결초보은結草報恩으로도 갚기 어려울 것입니다."

내가 용건을 이야기 하였다.

"물에 막혀서 여기 머무른 지가 벌써 수일이나 되었소. 긴 여름 해를 보내기 적적하니, 볼 만한 책이 있으면 며칠만 빌려 주실 수 없겠소?"

훈장이 대답했다.

"없습니다. 다만 옛날 북경에 살 때 부친인 절공折公께서 명성당鳴盛堂이라는 판각집을 열었었는데, 그 당시 책 목록이 마침 행장 속에 들어 있으니 그것이라도 보시겠다면 빌려 드리기는 어렵지 않습니다. 그러나 한 가지 부탁드리건대 영감께서 지금 바로 돌아가서서 진짜 청심환 한 알과 조선 부채 한 자루 중에 하나를 초면의 정표로 가져오신다면, 서목을 빌려 드리겠습니다."

나는 훈장의 생김새와 말투와 생각과 뜻을 살펴보니 비루하고 용렬하여 족히 대화할 상대가 못 될 것 같아 곧 하직하고 일어섰다. 훈장이 문에 나와 읍을 하면서 다시 한 번 청한다.

"귀국의 명주를 살 수 있겠습니까."

나는 대답도 하지 않고 돌아왔다.[22]

4 정사가 물었다.

"뭐 볼만 한 게 있던가?"

"제가 어떤 훈장을 만났는데, 비단 만주인일 뿐 아니라 비루하기가 대화할 나위도 없었습니다."

"그 쪽에서 이미 요구하였는데, 어찌 환약 한 개 부채 한 자루를 아끼겠는가. 개의치 말고 서목을 빌려다 보게나."[23]

그래서 시대에게 청심환 한 개와 부채 한 자루를 보냈더니, 시대가 이내 몇 장 되지도 않은 작은 책을 들고 돌아온다. 그나마 모두 빈 종이였고, 기록된 서목은 모두 청나라의 소품 70여 종이다. 이런 걸 가지고 많은 값을 요구하니, 그의 후안무치함은 말할 나위도 없다. 그러나 이왕 빌려 온 것이고 또 새로운 안목이 필요하니, 베껴 놓고 돌려보내기로 하였다.

— 70여종의 서목書目과 저자목록: 생략 —

정 진사와 함께 나누어 베껴서 나중에 책방에서 책을 구입할 때 참고자료로 삼고자 보관하였다. 책을 베끼고는 곧 시대 편에 돌려보내면서 말했다.

"가서 그 늙은이에게 이렇게 전하거라. '이런 책들은 우리나라에도 있는 것이므로 우리 영감께서는 이 서목을 쳐다보지도 않았소.'라고." 24

5 시대가 돌아와서 보고했다.

"노인이 제가 전하는 말을 듣고는 자못 멍한 표정을 보이더니 저에게 수건 한 개를 주더이다."

수건은 길이가 두 자 남짓한 신건新件 흑색 추사緅紗(실올이 말려들게 짠 직물)였다. 25

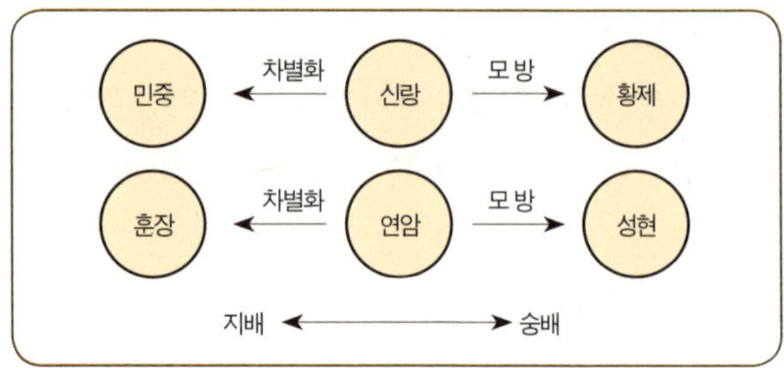

신랑은 황제를 모방한다. 상위자에 대한 모방은 곧 하위자(가난한 민중)에 대한 차별화를 의미한다.

연암은 성현을 모방한다. 상위자에 대한 모방은 곧 하위자(비루한 훈장)과의 차별화를 의미한다.

그러나 훈장에 대한 연암의 선입견은 훈장이 수건을 보내왔을 때 여지없이 부서지고 말았다.

훈장의 이름은 부도삼격富圖三格. 부富와 책[圖]을 주저 없이 교환하고, 삼격(名 身 貨)의 욕망을 평등하게 추구한다. 훈장이 선물한 '새로운 공법의 수건'은 비루한 화貨의 선물이 아니라 고귀한 명名의 선물. 조선 사대부들이 애지중지하는 깃털(책)을 압도하는 첨단의 깃털이다.

그러면 연암은 이제 어떻게 할 것인가?

새로운 공작새깃털을 꽁무니에 붙이고, '책 자랑하는 인간'에서 '수건 자랑하는 인간'으로 변신하리라. 차별화의 대상이었던 훈장이 모방의 대상(롤 모델)으로 바뀌어버린 상황. 이제 연암은 한층 더 아름다운 깃털을 자랑하며 까마귀 친구들을 때려잡을 것이다. 새로운 스노비즘의 먹이사슬을 그려보자.

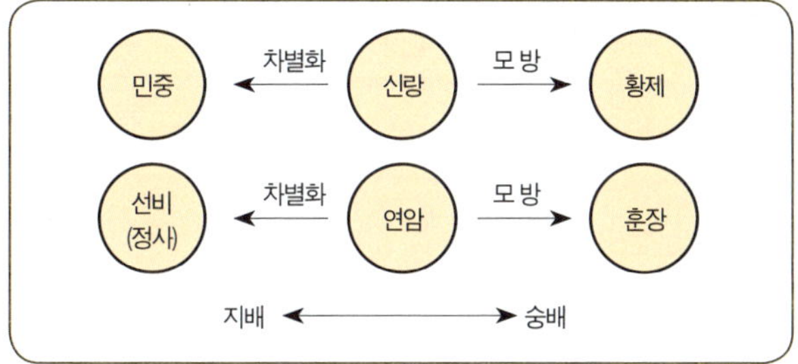

연암이 간파하지 못한 훈장의 정체는 무엇인가?

훈장을 만나러 갈 때 연암은 송나라 부정공과 같은 선비를 기대하였지만, 막상 만나보니 부정공과는 영 딴판이었다. 그러나 그것은 연암의 착각이다. 송재松齋 넉재德齋 걸소보은 관제묘 등은 훈장의 정체를 알려주는 표지들. 표지들은 지금의 훈장이 송나라 부정공과 같은 뿌리(중화주의)를 공유하고 있음을 말해주고 있으며 존화양이를 근간으로 하는 중화주의의 옷을 벗지 못하는 이상 북학은 북벌론일 수밖에 없는 것이다.

그럼에도 불구하고 연암은 훈장의 수건을 전혀 새로운 것으로 생각하고 북학에 귀의하였다. 6월 27일자 이용후생론이 경영학적인 귀의었다면, 오늘 인문학적으로 귀의함으로써 진정한 무학파로 전향한 것이다.

이제 까마귀와 공작새의 깃털전쟁은 '공작새 대 공작새'의 깃털전쟁으로 바뀐다.

여백으로 그려낸 '유한계급론'

7월 4일 경진庚辰.

어젯밤부터 새벽까지 비가 억수로 쏟아져 길을 떠나지 못했다. 『양승암집』도 읽고 바둑도 두며 소일하였다. 부사와 서장관이 상방으로 모이더니, 여러 일행들을 불러들여 물 건널 방도를 의논하다가 오래되어서야 모두 돌아갔다. 아마도 별 뾰족한 계책이 없는 모양이다.

폴리네시아 제도의 어떤 추장은 품위를 유지해야 한다는 강박관념 때문에 스스로 음식을 입 안에 넣기보다는 차라리 굶어죽는 쪽을 선택하였다. 또 다른 좋은 사례는 프랑스의 어느 국왕이다. 화재가 나서 왕이 앉아있는 자리로 불길이 뻗쳐오는 그 순간에 옥좌를 담당하는 시종은 마침 그 자리에 없었다. 왕은 묵묵히 앉아 시종이 오기만을 애타게 기다렸고, 그 사이에 국왕의 고결한 엉덩이는 회복하지 못할 정도로 구워지고 말았다.

—토스타인 베블런의 〈유한계급론(1899)〉—

베블런이 극적으로 묘사한 유한계급의 행동학을 연암은 '여백'으로 처리하였다. 선비들은 아무것도 하지 않는다. 그러나 프랑스국왕의 엉덩이가 구워지는 것처럼 선비들의 가슴도 시커멓게 구워지고 있으리라. 아무것도 안 하는 가운데 타들어가는 정사의 심정은 8월 5일자 일기에 절절이 묘사되어 있다.

그들은 왜 엉덩이가 구워지고 속이 타들어가면서도 아무것도 하지 않는가?

아무것도 안 하는 게 아니다. 엄청나게 중대한 사업을 실행하고 있는 것이다. 아무 것도 안 함으로써 그들은 우상을 창조한다. 프랑스국왕은 엉덩이를 구워서 nothing을 창조하고, 조선의 사대부들은 가슴을 태워서 無를 창조한다.

그렇게 창조인 우상으로 무엇을 하려고?

열심히 일하는 당신들의 수확물을 가로채려고.

구들장을 팔아먹은 북학의 페이소스

7월 5일 신사辛巳.

맑음.

물에 막혀서 또 머물렀다.

숙소 주인이 내실 캉炕의 방고래를 열고 기다란 가래로 재를 퍼낸다. 나는 그 틈에 캉의 제도를 대략 관찰하였다.

먼저 캉을 만들 바닥에 높이 한 자 남짓 하게 쌓아서 평평하게 만든다. 그 연후에 깨뜨린 벽돌로 바둑돌 놓듯 굄돌을 놓고, 그 위에는 벽돌을 까는 것이다. 벽돌의 두께가 본래 일정하므로 깨뜨려서 굄돌을 해도 기우뚱거리지 않고, 벽돌의 몸체가 본디 가지런하므로 나란히 깔아 놓으면 틈이 생길 리 없다. 고래 높이는 겨우 손이 드나들 정도이고, 굄돌은 번갈아가면서 서로 불목이 된다. 불이 불목에 이르면 안에서 빨아들이듯 순식간에 넘어가기 때문에, 불꽃이 재를 휘몰아 방고래 속으로 미어지듯 세차게 들어간다. 여러 불목이 번갈아 잡아당기므로 불꽃은 도로 빠져나올 틈조차 없이 쏜살같이 빨려 들어가 연문烟門에 다다른다. 연문烟門의 깊이는 한 길이 넘는데, 이것은 곧 우리나라 말로 개자리[犬座]다.[26]

26
개자리는 불길을 빨아들이고 연기를 머무르게 하고자 구들 윗목 바닥에 방고래보다 깊게 판 고랑이다.

재는 항상 불꽃에 떠밀려서 고래 속에 가득 떨어뜨리는데, 3년에 한 번씩 고래목을 열고 재를 퍼내면 그만이다. 부뚜막[竈門조문]은 한 길이나 땅을 파서 만드는데, 아궁이를 하늘을 바라보게 만들어 땔나무를 거꾸로 집어넣게 만든다. 부뚜막 옆[竈傍조방]에는 큰 항아리만큼 땅을 판 다음, 그 위에 돌 덮개를 덮어서 바닥과 평평하게 한다. 그 속 빈 공간[空洞]에서 바람이 일어나 불꽃 머리를 불목으로 몰아넣으므로, 연기가 조금도 새지 않는다.[27]

연문[烟門]의 제도를 보면,[28] 큰 항아리만큼 땅을 파고 벽돌을 사리탑[浮圖]처럼 지붕 높이까지 쌓아올린다. 그러면 연기가 항아리 속에 떨어지는 것이 마치 잡아당기고 빨아들이는 듯한데, 정말 절묘한 법[法]이다.

대략 연문[烟門]에 틈이 생기면 한 줄기 바람에도 아궁이의 불이 꺼지는 법이다. 고로 우리나라 온돌이 항상 불꽃을 밖으로 토해낼 것을 염려하고 방이 골고루 따뜻해지지 않는 것은, 그 잘못이 모두 연문[烟門]에 있는 것이다. 혹은 싸리로 엮은 농[籠]에 종이를 바르고, 혹은 나무판자로 통[桶]을 만들어 쓴다. 처음 세운 곳에 쌓은 흙에 틈이 생기거나 혹은 붙인 종이가 떨어지거나 또는 나무통이 벌어지거나 하면, 연기 새는 것은 막을 길이 없고 바람이 한 번 크게 불면 연통[烟桶]은 있으나마나다.[29]

나는 이런 생각을 했다.

'우리나라에서는 십이 가난데도 글 읽기를 좋아해서, 겨울이 되면 수백 수천의 형제들이 6개월이나 코끝에 고드름을 달고 살 지경이니, 이 법을 배워 가면 삼동[三冬]의 고생을 덜 수 있지 않을까?'

변계함이 말했다.

"캉의 제도는 아무래도 괴이합니다. 우리나라 온돌만 못한 것 같아요."

"무엇이 못하단 말인가."

"어찌 저들의 캉을 넉 장의 기름 먹인 종잇장을 반듯하게 깔아서 옥돌처럼 윤기 나고 매끈한 우리 온돌과 비교할 수 있겠소."

내가 말했다.

"캉이 우리나라 온돌보다 못하다는 말은 맞아. 그러나 캉의 구조를 우리나라 온돌에 적용한 다음 그 위에 기름 먹인 종잇장을 깔아봐.³⁰ 누가 싫다 할 사람이 있겠는가. 우리나라 온돌은 여섯 가지 흠이 있는데 아무도 지적하는 사람이 없네. 내 한번 논할 테니 자네는 떠들지 말고 조용히 들어 보게. 진흙을 쌓아서 둑을 만들고 그 위에 돌을 얹어서 구들을 만들지. 그 돌의 크기와 두께가 애초에 고르지 못하므로, 조약돌로 네모를 괴어서 기우뚱거림을 막을 수밖에 없지. 그러나 돌이 구워지고 흙이 마르면 언제나 부서져 무너질 걱정이니, 이것이 첫째 흠이네. 돌이 옴폭한 곳은 흙으로 메워서 평평하게 하므로, 불을 때어도 고루 덥지 못함이 둘째 흠이네. 고래가 높고 넓어서 불길이 서로 접하지 못함이 셋째 흠이네. 벽이 부실하고 엷어서 곧잘 틈이 생기므로, 바람이 새고 불꽃이 내쳐져서 연기가 방 안에 가득하게 됨이 넷째 흠이네. 불목이 아래로 향하여 번갈아 빨아들이지 못하므로 불꽃이 안으로 빨려 들어가지 않고 땔나무 끝에서만 남실거리는 것이 다섯째 흠이지. 또 집을 지을 때 방을 말리려면 적어도 땔나무가 백단은 들고, 열흘 안으로 입주를 못하는 것이 여섯째 흠이네.³¹ 지금 자네와 더불어 벽돌 수십 개만 깔아 놓으면, 웃고 이야기하는 사이에 벌</sup>

30

가마론과 난방론, 그리고 차별화. 변주부와의 대화는 7월 2일 '사시이비야以是而非也'의 재판이다. 3일 전 '가마론'은 처음 시도하는 공격이었지만, 오늘 연암은 어제 '수건' 덕택에 자신만만하다. 안타까운 점은 무엇일까? '가마론'에서 무엇을 만드는가를 간과하였다. 난방도 마찬가지다. 캉과 구들은 산출물(out-put)이 다르다. 그 '차이'가 구들의 위대함이다. 그런데도 연암은 다른 '차이'들만 바라본다. '차별화' 자체에만 급급한 탓이다. 인간을 위한 차별화라면 좋을 텐데.

31

연암은 6가지 결점을 탓한다. 그러나 구들이 있기에 결점이 있는 게 아닌가. 잘못은 출발점(캉의 구조를 온돌에 적용한 다음……)에 있다. 우리 모두를 따뜻하게 품어주는 '구들'의 기능을 살려주는 개선이라면 얼마든지 좋을 것이다.

써 몇 칸 온돌이 이루어져서 그 위에 누워 잘 수 있지 않겠는가."

저녁에 여럿이 술을 몇 잔 나누고, 밤이 이슥하여 취기를 가누며 돌아와서 누웠다. 내 방은 정사와 마주한 캉인데, 가운데를 휘장으로 가려서 방을 나누었다. 정사는 벌써 깊은 잠에 빠졌다. 나는 담배를 피워 물고 정신이 몽롱해지려는 차에 침상 머리에서 별안간 발자국 소리가 나기에 깜짝 놀라서 소리쳤다.

"거기 누구냐?"

"도이노음이요."[擣伊鹵音爾幺]

대답소리가 이상하여 다시 소리쳤다.

"거기 누구냐?"

"소인 도이노음이요."

시대와 상방上房 하인들이 모두 놀라 일어났다. 뺨을 때리는 소리가 들리고, 등을 떠밀어 문 밖으로 붙들고 나가는 모양이다. 이는 다름 아니라 저 갑군甲軍이 밤마다 우리 일행의 숙소를 순찰하여 사신 이하 모든 사람의 수를 파악하여 가는데, 순찰을 오는 때는 깊이 잠든 뒤이므로 여태껏 모르고 지냈던 것이다.

갑군이 자칭 '도이노음擣伊鹵音'이라 함은 포복절도할 일이다. 호로융적胡虜戎狄(오랑캐)을 우리나라 말로 '도이擣伊'라 하는데, 이는 '도이島夷'의 와전訛傳이다.[32] '놈[鹵音]'이라 함은 비천함을 칭하는 말이다. '이요爾幺'라는 것은 높은 어른에게 고하는 말이다. 갑군이 오랫동안 사행을 치르는 사이에 우리나라 사람들에게 말을 배웠는데, 다만 되놈[擣伊鹵音]이라는 말만 귀에 익었던 것이다.[33]

한바탕의 소란 때문에 그만 잠이 달아나버리고, 이어서 벼룩에게 시달렸다. 정사 역시 잠이 달아났는지 새벽까지 촛불을 밝혔다.

갈가마귀 스노비즘 Vs 송골매 스노비즘

7월 6일 임오壬午.

개었다.

1 시냇물이 약간 줄었으므로 비로소 길을 떠났다. 나는 정사의 가마에 함께 타고 건넜다. 하인 30여 명이 알몸으로 가마를 메고 가다가, 강 한가운데쯤 물살이 센 곳에 이르러 별안간 왼쪽으로 기우뚱하여 하마터면 떨어질 뻔하였다. 사태가 실로 위급하기 짝이 없었다. 나는 정사와 서로 부둥켜안고서 겨우 물에 빠지는 것을 면했다. 저쪽 강 언덕에 올라서 물 건너는 자들을 바라보았다. 어떤 이는 다른 사람의 목을 타고 건너고, 어떤 이들은 좌우에서 서로 부축하여 건너기도 하며, 더러는 나무로 뗏목을 엮어서 타고는, 네 명의 하인이 어깨를 메게 하여 건너기도 한다. 말을 타고 떠서 건너는 이는 모두 머리를 쳐들어서 하늘만 바라보거나 혹은 두 눈을 꼭 감기도 하고, 혹은 억지로 웃음을 짓기도 한다. 하인들은 모두 안장을 풀어 어깨에 메고 건너는데 젖을까 염려하는 모양이다. 이미 건너왔다 다시 건너가려는 이도 무엇을 어깨에 지고 물에 들기에, 이상하여 물어보니 이렇게 대답하였다.

"빈손으로 물에 들면 몸이 가벼워 떠내려가기 쉬우므로, 반드시 무거운 것으로 어깨를 눌러야 합니다."

몇 번씩 갔다왔다한 사람치고 추워서 벌벌 떨지 않는 이가 없다. 산 속 물이 몹시 차기 때문이다.[34]

2 초하구草河口에서 점심을 먹었다. 일명 답동畓洞이라 하는데, 이곳이 항상 진창이 되어 있으므로 우리나라 사람이 만들어낸 이름이다.[원주: 답畓자는 본시 없는 글자인데, 우리나라 아전들이 장부에 수水와 전田 두 글자를 합쳐서 논이란 뜻의 '답畓'자를 만들어낸 것이다.][35]

분수령分水嶺·고가령高家嶺·유가령劉家嶺을 넘어 연산관連山關에서 묵었다. 이날 60리를 갔다.[36]

3 밤에 조금 취하여 잠깐 졸음에 빠져들었는데, 몸이 홀연 심양 도심에 있었다. 궁궐과 성지城地와 여염집과 점포들이 몹시 번화하고 화려하다. 나는 스스로 '여기가 이처럼 장관일 줄은 몰랐네그려. 내 집에 돌아가서 이를 자랑해야지.' 하고는 드디어 훌훌 날아가는데, 산이며 물이 모두 내 발꿈치 밑에 있어 마치 날아가는 솔개처럼 날쌔다. 눈 깜박할 사이에 야곡冶谷 옛 집에 이르러 안방 남창 밑에 앉았는데, 형님[家兄]이 물었다.

"심양이 이떻더냐?"

나는 공손한 대답으로 소견을 말하였다.

"듣던 것보다 훨씬 낫더이다."

이렇게 대답하고는 끝없이 그 아름다움을 과장하며 자랑하였다. 마침 남쪽 담장 밖을 내디보니 옆집 회나무 가지가 우거졌는데, 그 위에 큰 별 하나가 휘황히 번쩍이고 있었다. 나는 별을 가리키며 백씨[伯氏]께 싹듯하게 여쭈었다.

"저 별을 아십니까?"

형님[伯氏]이 대답하였다.

"이름도 모르겠다."

내가 말했다.

"저게 노인성老人星이옵니다." 37

나는 일어나 형님[伯氏]께 절하며 고하였다.

"제가 잠시 집에 돌아온 이유는 심양 이야기를 상세히 해 드리려는 것입니다.38 이제 갈 길이 바빠서 하직인사 드립니다."

안채에서 나와서 사랑채를 지나 바깥채 일각문을 열고 나섰다. 머리를 돌이켜 북쪽을 바라본즉, 길마재[鞍峴] 여러 봉우리가 역력히 얼굴을 드러낸다. 그제야 홀연히 깨달았다.

"아아, 내가 바보야. 내 홀로 어이 책문을 들어간담. 여기서 책문이 천여인데, 누가 나를 기다리고 있을 것인가."

커다란 소리로 울부짖으며 문을 열고 밖으로 나가려 하나, 대문 지도리가 하도 빡빡하여 열리지 않는다. 큰 소리로 장복을 부르려 하였지만, 소리가 목에 걸려서 나오질 않는다.39 할 수 없이 힘껏 문을 밀다가 잠을 깨었다. 마침 정사가 나직하게 불렀다.

"연암."

"어어, ……여기가 어디요?"

"아까부터 웬 잠꼬대인가?"

나는 일어나 이빨을 딱딱 부딪치고 머리를 때리면서 정신을 가다듬어 몸과 마음이 안정시켰다. 한편 서운하고 한편 시원하면서도, 오랫동안 뒤숭숭한 기분이 가시지 않아 다시 눈을 붙이지 못하고 엎치락뒤치락 하는 사이에 날이 새어버렸다.

우리가 묵은 연산관은 일명 아골관鴉鶻關이라고도 한다.40

●그리스신화

판도라가 '상자'를 들고 인간세상으로 내려온다. 뚜껑을 열자 상자에 들어 있던 온갖 죄악과 재앙들이 인간세상으로 퍼져나갔다.

●이솝우화

아름다운 공작새깃털을 주운 '모자란 까마귀'의 방황기. "제 근본대로 살아야지." 늙은 까마귀의 싸늘한 충고는 지배계급의 논리를 대변하는 것이었으니, 그것은 '모자란 까마귀'라는 제목으로 지금까지도 우리를 지배하고 있다.

●셰익스피어의 〈베니스의 상인(1596)〉

판도라의 상자에 들어있던 인간의 심리학은 세 개의 상지로 나누어진다. 탐욕의 금상자, 허위의 은상자, 모험의 납상자. 숭세유럽은 게토ghetto의 장벽을 사이에 두고 기독교도와 유대인으로 갈라진 세상. 셰익스피어는 은상자 대 금상자의 대립구도로 파악하였다. 분리된 세계를 치유하기 위하여 셰익스피어가 내세운 것은 고대로마의 모험정신을 계승한 납상자인간. 그런데 납상자인간은 어떻게 탄생하는가? 다름 아닌 허위의 은상자인간이 납상자인간으로 부활하다. 아담 스미스이 '공명정대한 관찰자' 내지 프로이드의 '초자아'와 같은 이상적 요소를 살려냄으로써.
『열하일기』 역시 셰익스피어와 흡사하다. 허위의 깃털선비가 진정 아름다운 깃털선비로 부활한다. 셰익스피어와 차별화되는 특징은 부활의 과정을 세밀하게 묘사하였다는 점이다.

●찰스 디킨스의 〈위대한 유산(1861)〉

〈베니스의 상인〉에서 화해의 손을 잡았던 인간은 또 다시 대립한다. 자본을 손에 넣은 남자는 여자를 배반하고 탐욕의 수렁으로 추락하였다. 배반당한 여자는 허위의 화신으로 전락하여 스노비즘의 칼날을 갈며 복수를 꿈꾼다.

● 토스타인 베블런의 〈유한계급론(1899)〉과 G.지멜의 〈트리클다운 이론(1904)〉으로 깃털학문의 새로운 지평을 열렸다.

● 마르셀 프루스트의 〈잃어버린 시간을 찾아서(1927년)〉

"예전에는 생 뙤베르트 부인에게 인사를 하지 않는 것이 샤를뤼스 남작의 거만한 스노비즘이었는데, 이제는 남작의 인사를 무시하는 것이 부인의 거만한 스노비즘이 되었다."

부인(자본가)과 남작(귀족)의 '지위역전'이다. 예전에 깃털은 귀족의 전유물이었는데, 이제는 자본가의 깃털이 아름답다. 그러면 '오래된' 공작새들은 어디로 갈 것인가?

● 테네시 윌리엄스의 〈욕망이라는 이름의 전차(1947)〉

블랑쉬라는 이름의 우아한 공작새는 자본에 포획되어 있다. 가련한 공작새는 자본의 사냥감(대중이라는 까마귀)을 끌어들이기 위하여 터란튤라라는 이름의 호텔(메이저리그)에서 몸(영혼)을 판다. 깃털의 가치가 바닥을 드러낼 즈음 여인은 한물 간 깃털보따리를 들고 전차(자본주의 네트워크)를 타고 마이너리그로 향한다. 뉴올리언스의 노동자 마을에 사는 언니 가족과 그 친구들을 재물 삼아 지배욕망을 충족하려고.

● 영화 〈악마는 프라다를 입는다(2006)〉

주인공은 앤디라는 이름의 까마귀. 그러나 세계적인 패션잡지사에 취직하여 패션공작새와 대립할 때 그녀는 까마귀가 아니라 인문학 깃털을 자랑하는 공작새였다. 차츰 패션세계에 적응하면서 그녀는 패션이라는 깃털을 자랑하는 공작새2로 변신하고, 더 이상 볼품없는 까마귀친구들에게 등을 돌린다.

"앤디, 네가 지미—추를 신었을 때 너는 이미 영혼을 버렸어!"

그러나 그녀는 결국 까마귀마을로 돌아온다. 잃어버린 영혼을 회복하고 두 종류의 공작새깃털을 꽁무니에 붙인 채.

'혹 자랑하는 처녀 책 자랑하는 아빠'

작가 연암은 이렇게 '7일간의 깃털전쟁'의 포문을 열었다.

7월 3일자 일기에서 만주훈장의 수건을 받은 연암은 북학에 귀의(인문학적 귀의)하여 공작새2로 변신하였다. 프루스트가 〈잃어버린 시간〉에서 보여준 지위역전이다.

7월 5일자 일기에서 연암은 구들장을 팔아먹고 조선의 영혼을 버렸다. 〈악마는 프라다〉에서 프라다를 입은 앤디가 꼬질꼬질한 남자친구를 걷어차 버리는 것처럼.

7월 6일자 일기에서 북학의 깃털로 무장한 공작새는 아직 갈가마귀(정통성리학자)에 불과한 형님을 타도한다. 〈욕망전차〉에서 언니가족을 재물로 삼은 블랑쉬처럼.

그러나 아직 끝나지 않았다. 신중화주의의 부역자로서 조선의 민중을 정복하는 8일사 일기(호곡장론)가 클라이막스다.

그러나 결국 연암은 돌아오리라. 기나긴 방황의 길을 넘어 잃어버린 자아를 회복하고 제우스 신전의 불을 훔친 프로메테우스처럼 하늘의 상자를 손에 들고 인간세상으로 달려올 것이다.

우리는 왜 개새끼를 숭배하는가

7월 7일 계미癸未.

맑음.

숙소에서 나와 2리쯤 가서 말을 탄 채 냇물을 건넜다. 그다지 큰 물은 아니었으나 물살은 어제보다도 빠르고 사나웠다. 나는 무릎을 오그린 채 안장 위에 옹송그리고 앉았다. 창대가 말머리를 단단히 부여잡고 장복은 내 엉덩이를 힘껏 부여잡고 물을 건너는데, 서로 의지하여 목숨을 부지하길 기원하였다. 그들이 말을 모는 소리조차 '오호嗚呼'하는 탄식 소리처럼 처량하게 들렸다.[원주: 말을 모는 소리는 본래 호호好護인데, 조선 음은 오호嗚呼에 가깝다.] 41

말이 물 한 가운데에 이르자 갑자기 말 옆구리가 왼쪽으로 기울어졌다. 물이 말 복부에까지 차오르면 말의 네 발굽이 저절로 뜨고, 그러면 말은 옆으로 비스듬히 누워 헤엄치기 때문이다. 나도 모르게 몸이 오른쪽으로 기울어져 거의 물에 곤두박질칠 뻔하였다. 마침 앞서가는 말의 꼬리가 물 위에 둥둥 떠 있기에 나는 황급히 그 꼬리를 잡아채어 몸을 가누어 겨우 물에 빠지는 것을 면했다. 나는 반사적으로 재빠르게 움직였을 뿐인데, 그로 인하여 창

41
[왜곡1]말 모는 소리가 '호호' 이든 '오호' 이든 무슨 상관인가.
[왜곡2]선비는 하인들을 부려먹으면서 '서로 부여잡고 서로 의지하여' 라고 기망한다.

대 또한 거의 말발굽에 차이다시피 위험이 경각에 달려 있었다. 말이 홀연 머리를 들고 몸을 똑바로 세움에 가히 물이 얕아서 다리가 닿을 정도임을 알 수 있었다.[42]

마운령摩雲嶺을 넘어 천수참千水站에서 점심을 먹었다. 오후엔 몹시 무더웠다. 다시 청석령靑石嶺을 넘다보니 고갯마루에 관제묘가 있었다. 매우 영험하다 하여 역부驛夫와 마두馬頭들이 서로 다투어 탁자 앞으로 다가가서 머리를 조아리며, 혹은 설익은 참외를 사서 바치기도 한다. 역관譯官들 중에도 향을 피우고 제비를 뽑아서 평생의 신수를 점쳐 보는 이들이 있었다.[43]

도사가 있는데 바리때를 두드리며 돈을 구걸한다. 머리를 깎지 않고 상투를 한 것이 조선의 환속한 중 같기도 하고, 머리에 둥나무 삿갓을 쓰고 야견사野繭絲로 만든 도포 한 벌을 걸친 것으로 보아서는 우리나라 선비들의 차림새와 흡사하나, 다만 흑색 방령方領은 약간 특이하다.[44]

또 한 도사는 참외와 달걀을 파는데, 참외 맛은 매우 달고 물이 많으며, 달걀은 담백하면서도 짭쪼롬하였다.[45]

又一道士 賣苽及鷄卵 苽味甚甛且多水 鷄卵淡醎

밤에 낭자산狼子山에 숙박했디. 이날 마운령과 청석령을 넘어 80리를 갔다. 마운령은 일명 회령령會寧嶺이라 하는데, 그 높고 험준하이 우리나라 북관 마천령摩天嶺에 못지않다고 한다.

"밤에 낭자산狼子山에 숙박했다."

당태종 이세민이 고구려를 정벌하러 오고가다가 요동벌판에서 길을 잃었다. 어둠 속을 헤매던 이세민은 묘령의 낭자娘子를 만나 하룻밤 사랑을 나누었다. 그래서 낭자산娘子山이다.

42

"나는 반사적으로 재빠르게 움직였을 뿐"
창대의 위험에 책임이 없다는 치졸한 변명이다. 그러나 '치졸한 변명'으로 은폐된 더 큰 문제는 무엇인가?
구조적인 모순이다. 선비는 말을 타고, 하인들은 앞뒤를 부여잡고 강을 건넌다. 이러한 구조에서 위험은 전부 하인들에게 전가될 수밖에 없다.

43

까마귀들은 지푸라기라도 잡는 심정으로 관제묘에 절한다.

44

도사는 '바리때'로 돈을 착취한다. 머리의 '지식'은 파계승이며 몸에 걸친 '옷'은 선비. '도사의 옷을 입은 선비'다

45

두 번째 도사(도사의 옷을 입은 선비)는 참외와 달걀로 돈을 착취한다. 참외의 첨甛은 감설甘說(감언이설)이다. 계란의 함醎은 개戌 입口에 닭酉을 던져주는 격이다.

작가는 아름다운 낭자娘子를 개새끼[狼子]로 바꾸어버렸다.

당태종이 고구려를 무너뜨렸을 때, 중화의 깃털이 우리를 지배하기 시작하였으리라. 그들이 어떻게 깃털을 만들어내는지 관제묘를 보라. 도사들은 왜 관우를 얼굴마담으로 모셨을까? 관우는 그 옛날 장비와 함께 유비를 위해서 한 날 한 시에 죽기로 맹세했다는 도원결의桃園結義의 주인공. "서로 의지하여 목숨을 부지하자"라는 연암의 퍼포먼스가 다름 아닌 삼국지의 도원결의. 연암은 유비이며, 창대와 장복은 관우와 장비다.

'관우처럼, 주인을 위해서 목숨을 바치는 개가 되라.'

이것이 중화주의다. 또한 관제묘의 정체다.

까마귀와 공작새의 깃털전쟁. 인간은 두 가지 욕망을 지닌 존재다. 그러나 공작새들은 까마귀들에게 모든 배고픔과 두려움을 전가하여버리고, 깃털자랑에 골몰한다. 그 깃털인간들을 위하여 누군가 도원결의라는 깃털(우상)을 탄생시킨다. 선비들은 열심히 자랑(선전)하고, 배고픔과 위험에 내몰린 까마귀들은 개새끼를 숭배한다. 바야흐로 두 종류의 공작새들이 패권을 다투고 있다. 개새끼를 소유하기 위해서 말이다.

가자, 깃털전사들의 봉숭아학당, 혹세무민의 교실로.

渡江錄

4

제5장

도강록4
몽매한 노예교육의 부역자

호곡장론─조선의 우민화를 위하여

7월 8일 갑신甲申.

맑음.

정사 박명원의 가마를 얻어 타고 삼류하를 건너 냉정冷井에서 아침밥을 먹었다. 십여 리 남짓 가서 산기슭을 돌아 나서니 태복이란 놈이 말 앞으로 달려 나와 땅에 머리를 조아리고는 큰 소리로 고한다.

"백탑白塔이 현신함을 아뢰오."

태복이란 자는 정 진사의 마두다. 산기슭에 가리어 백탑이 보이지 않기에 말을 채찍질하여 수십 보를 달려 겨우 산기슭을 벗어나자 눈앞이 아찔해지며 실체를 알 수 없는 검은 무리가 동그랗게 원을 그리며 현란하게 오르락내리락하였다.

나는 오늘에야 비로소 깨달았다. 사람이란 본디 어디엔가 붙어 의지하는 존재가 아니라 다만 하늘을 이고 땅을 밟아 살아가는 존재임을 말이다.[01]

말을 멈추고 사방을 둘러보다가 나도 모르게 손을 이마에 대고 말했다.

“좋은 울음터로다. 한바탕 울어볼 만하구나!” 02

정 진사가 의아한 표정으로 말했다.

“천지간에 이렇게 넓은 안계眼界를 만나 홀연 울고 싶다니 그 무슨 말씀이오?”

“그렇겠지. 그러나 그게 아닐세! 자고로 영웅은 잘 울고 미인은 눈물이 많다지만, 그들은 불과 두어 줄기 소리 없는 눈물로 그저 옷깃을 적셨을 뿐이었네. 아직까지 그 울음소리가 금속이나 돌로 만든 악기소리처럼 천지에 가득 찼다는 소리를 들어 보진 못했소이다. 사람들은 단지 희로애락애오욕喜怒哀樂愛惡欲이라는 칠정七情 중에서 슬픔[哀]만이 울음을 자아내는 줄 알았지, 칠정이 모두 울음을 자아내는 줄은 모르고 있네. 기쁨[喜]이 극에 달하면 울게 되고, 노여움[怒]이 사무치면 울게 되고, 즐거움[樂]이 극에 달하면 울게 되고, 사랑[愛]이 사무치면 울게 되고, 미움[惡]이 극에 달하여도 울게 되고, 욕심[欲]이 사무치면 울게 되니, 답답하고 울적한 심정을 확 풀어버리는 것으로 소리쳐 우는 것보다 더 빠른 방법은 없소이다. 울음이란 천지간에 있어서 천둥소리[雷霆]와 같이 지극한 정情이 터져 나와 능히 이理를 뚫는 것인즉, 03 어찌 웃음에 비하여 괴이한 일이라 하겠는가.

사람들은 이런 지극한 감정은 겪어 보지도 못한 채 교묘하게 칠정을 운운하면서 ‘슬픔[哀]’에다가 울음을 짜 맞추었으니. 그리하여 사람이 죽어 초상이 나고서야 비로소 억지로 ‘아이고, 아이고’ 울부짖는 것이지요. 그러나 진정 칠성에서 우러나오는 지극하고 참다운 소리라면 참고 억눌리어 천지에 쌓이고 맺혀서 감히 아무데서니 터져 나올 수 없소이다. 04 저 한漢나라의 가의賈誼는 울음터를 얻지 못하여 참고 참다가 결국은 견디지 못하여 갑자기 선실宣室(궁궐)을 향하여 한번 큰 소리로 울부짖었으니, 어찌 사람들을 놀라게 하지 않았으리요." 05

다시 정진사가 말했다.

"그래, 지금 울 만한 자리가 저토록 넓으니, 나도 당신처럼 한바탕 통곡을 할 터인즉 칠정 가운데 어느 '정'을 골라 울어야 하겠소?" 06

내가 말했다.

"갓난아이에게 물어보시게. 아이가 처음 배 밖으로 나오며 느끼는 '정'이란 무엇인지. 처음에는 밝은 세상을 볼 것이요, 다음에는 부모 친척들이 눈앞에 가득히 차 있음을 보리니 기쁘고 즐겁지 않을 수 없을 것이오. 이 같은 기쁨과 즐거움은 늙을 때까지 두 번 다시 보기 어려운 일인데 슬프고 성이 날 까닭이 무엇이겠소? 그 '정情'인즉 응당 즐겁고 웃을 정이련만 도리어 하염없이 울부짖으니, 혹자는 말하기를 '인생은 잘나나 못나나 죽기는 일반이요, 그 중간에 허물·환란·근심·걱정을 백방으로 겪을 터이니 갓난아이는 세상에 태어난 것을 후회하여 미리 울음으로 제 조문弔問을 제가 하는 것'이라 하지만, 이것은 갓난아이의 본정을 크게 왜곡하는 것이외다. 07 아이가 어미 태속에 자리 잡고 있을 때는 어둡고 갑갑하고 비좁은 곳에서 옴짝달싹 못하다가 하루아침에 탁 트인 넓은 곳으로 빠져 나오자 팔을 펴고 다리를 뻗어 정신이 시원하게 될 터이니, 어찌 한번 감정이 다하도록 참된 소리를 질러 보지 않겠는가!

그러므로 갓난아이의 거짓과 조작이 없는 참된 울음소리를 마땅히 본받는다면,⁰⁸ 비로봉 꼭대기에서 동해 바다를 굽어보는 곳에 한바탕 통곡할 자리를 잡을 것이요, 황해도 장연長淵의 금사金沙 바닷가에 가면 한바탕 통곡할 자리를 얻을 것이외다. 오늘 요동 벌판에 이르러 여기서 산해관까지 일천이백 리 어간은 사방에 도무지 한 점 산을 볼 수 없고 하늘가와 땅 끝이 풀로 붙인 듯 실로 꿰맨 듯 고금에 오고 간 비바람만이 이 속에 창망할 뿐이니, 가히 통곡할 만한 자리라 하지 않겠는가.”⁰⁹

한낮은 몹시 무더웠다. 말을 달려 고려총·아미장阿彌庄을 지나면서 대열을 나누었다. 나는 조 주부 변계함 박래원 정 진사와 하인 이학령李鶴齡과 더불어 구요양舊遼陽에 늘어섰다. 구요양은 봉황성보다도 10배나 더 번화하고 호화스러웠다. 별도로 쓴 ‘요동기遼東記’가 있다. 서문西門을 나와 백탑白塔을 바라보았다. 제작 기술이 뛰어나고 규모가 웅장하여 요동 벌판과 잘 어울렸다.¹⁰ 별도로 쓴 ‘백탑기白塔記’가 있다.

다시 요양성으로 돌아오니 수레와 말들의 울림소리가 우렁차고, 가는 곳마다 구경꾼들이 우르르 몰려들었다. 주루酒樓의 붉은 난간이 높다랗게 한길 가에 솟아 있고, 금빛 글씨를 쓴 깃발이 나부낀다.

聞名應駐馬	명성을 들은 이는 말을 멈출 것이고
尋香且停車	술 향기를 찾는 이는 수레를 멈추리라.¹¹

08
“참된 울음소리를 본받는다면……” 다음에는 응당 ‘기쁨과 즐거움의 울음을 울어라’ 라고 할 테지만, 정작 그런 말은 생략되었다. 이것이 사기꾼의 기술이다. 사기꾼은 주장을 명시하지 않지만, 우리는 그 ‘묵시’ 를 알아듣고 믿어버린다.

09
조선의 노예교육을 통곡하라. 대한민국의 맹신교육을 통탄하라.

10
백탑은 우상이다. 연암은 우상에 매료되어 있다. 그러므로 거짓말은 계속될 것이다.

11
말 탄 선비는 명예[名]를 좋아하는 족속이며, 수레꾼들은 육체[身]와 새물[貨]을 갈망하는 족속이다. 편견을 버리고 합일하라.

나는 가히 술을 마시고 싶었다. 빙 둘러선 구경꾼은 더욱 많아져서 사람의 어깨들이 서로 부딪친다.

일찍이 들은 바로는, 여기는 간사한 도둑[姦宄]이 극히 많아서 낯선 사람이 구경에만 정신이 팔려서 성찰省察을 제대로 안 했다간 반드시 무엇이든 잃어버리고 만다. 왕년에 어느 사신 행차에 여러 무뢰배들을 반당伴儻으로 데려왔는데, 상하 수십 명이 모두들 초행이어서 의관이며 말안장이며 자못 호화롭고 사치스러웠다. 요양에 들어와 구경하는 동안 말안장을 잃어버린 사람 등자를 잃어버린 사람 등 여간 낭패가 아니었다고 한다.[12]

장복이 갑자기 안장을 머리에 쓰고 쌍등雙鐙(두 개의 등자)을 허리에 차고는 당당하게 앞에 시립하였다. 그 모습을 보면서 내가 짐짓 나무랐다.

"왜 두 눈깔을 가리질 않았는가."[13]

내 말을 들은 일행은 모두 크게 웃었다.

다시 태자하에 이르니, 강물이 한창 불었는데 배가 없어서 건널 길이 막막하였다. 강기슭을 타고 위아래로 오르내리며 서성거리는데 우거진 갈대숲에서 콩깍지만 한 고깃배가 저어 나오고, 또 작은 배 하나가 강기슭에 아련히 보인다. 장복과 태복 등을 시켜 소리를 질러 배를 부르게 했다. 어부들은 낚싯대를 드리우고 뱃머리에 마주 앉아 있다. 버드나무 짙은 그늘에 석양 노을이 금빛으로 아롱지고, 잠자리와 제비는 물결을 차고 난다. 그러나 아무리 불러도 저들은 돌아다보지도 않는다. 오랫동안 물가 모래판에 서 있자니, 찌는 듯한 더위에 입술이 타고 이마에 땀이 번지며 허기증이 들고 몸이 몹시 피곤하다. 평생에 구경을 좋아하였더니, 오늘에

야 톡톡히 그 값을 치르는구나 싶었다.[14]

정 진사가 말했다.

"해는 지고 갈 길은 먼데 아래위 사람들이 모두 배고프고 피곤하니, 통곡하는 수밖에 없는데, 선생은 어찌 울지 않습니까?"[15]

일행들이 큰 소리로 웃었다.

"저 어부가 사람을 구원해 주려고 하지 않으니 그 인심을 가히 알겠소. 저놈이 비록 어부로 은거했던 육노망陸魯望 선생일지언정 내 반드시 합일合一의 주먹으로 때려눕히고 싶구려.[16] [正合一拳打倒]"

태복이 더욱 초조해진 심정을 토로한다.

"이제 곧 들에 해가 지려 하니, 산기슭이었다면 벌써 이둠이 짙게 드리웠을 것입니다."

태복은 비록 나이는 어리지만 일곱 번이나 연경에 드나든 경험이 있어 모든 일에 익숙하다. 얼마 뒤에 사공이 낚시질을 끝마치고서 배 밑에 있던 고기 종다래끼를 거두고 짧은 상앗대로 버드나무 그늘 가로 저어 나오자, 그 속에서 별안간 대여섯 척의 작은 배들이 다투어 나온다. 그들은 저 고기잡이배가 저어오는 것을 보고는, 서로 앞을 다투어 와서 비싼 삯을 받으려 한이다. 남의 갈급힘을 짐짓 기다린 뒤에야 비로소 와서 건너게 해 주려고 하니 그 소행이 추악하다[17] 배 한 척에 세 사람씩을 태우고, 삯은 한 사람 당 1초鈔씩 받는다. 배는 모두 통나무를 후벼 파서 만들었는데 이른바 '들 배는 꼭 두세 사람 태울 수 있네[野航恰受兩三人]'[18] 라는 말이 바로 이 배를 이름이다. 사람이 모두 열일곱 명에 말 열여섯 필이 함께 강을 건넜다. 뱃머리에서 말굴레를 잡고 강물의 흐름을 따라 7~8리를 내려가니 위험하기가 전날 통원보의 여러 강을 건널 때보다 더하다.

신요양 영수사映水寺에서 묵었다.[19]

이날 70리를 갔다. 밤에는 몹시 더워서, 잠든 사이에 절로 홑이불이 벗겨져서 약간 감기 기운이 있었다.

까마득한 날에

하늘이 처음 열리고

어디 닭 우는 소리 들렸으랴.

모든 산맥들이

바다를 연모해 휘달릴 때도

차마 이곳을 범하진 못하였으리라.

끊임없는 광음光陰을

부지런한 계절이 피어선 지고

큰 강물이 비로소 길을 열었다.

지금 눈 내리고

매화 향기 홀로 아득하니

내 여기 가난한 노래의 씨를 뿌려라.

다시 천고千古의 뒤에

백마 타고 오는 초인超人이 있어

이 광야에서 목 놓아 부르게 하리라.

이육사의 '광야'는 태초의 세계다. 그리고 왜곡과 굴곡의 역사를 바라본다. 그리고 지금 식민지라는 통한의 현실이다.

연암 박지원의 시대도 마찬가지다. 다른 점이라면 가해자가 외부세력이 아니라 내부의 지배계급이라는 것뿐이다. 얼마나 고통스러운 민중수난의 역사였던가. 임신왜란으로 병자호란으로 삼천리강토가 쑥대밭이 되어버린 상황에서 도대체 조선왕조가 명맥을 유지할 이유가 있었던가. 그럼에도 불구하고 목숨을 부지한 사대부들의 나라는 200여년이나 끈질기게 백성을 괴롭히더니, 100여년 후 노회한 사대부들은 일제에게 이 나라 민중을 팔아넘기고 말았다. 임진왜란에서 한일합방까지 300년 치욕의 역사의 한복판에 영조와 정조가 있었다. 그 암담한 현실 앞에서의 참담한 심정을 연암은 두보杜甫의 시詩로 토로한다.

錦里先生烏角巾	금리선생은 오각건烏角巾을 쓰고서
園收芋栗未全貧	토란과 밤을 수확하니 가난하지도 않구려.
慣看賓客兒童喜	나그네에게 익숙해진 아이들은 기뻐하며
得食階除鳥雀馴	섬돌에서 먹이를 얻어 새들을 길들이누나.
秋水才深四五尺	가을 물의 인재들은 깊이가 네댓 자에 불과하니
野航恰受兩三人	나라라는 배는 겨우 두세 사람 태울 뿐이구나.
白沙翠竹江村暮	흰 모래 푸른 대숲 강마을에 날이 저물어
相送柴門月色新	서로 전송하는 사립문에 달빛이 새로워라.

'섬돌에서 먹이를 얻어 새들을 길들이누나.'

섬돌은 궁궐을 말한다. 새들은 앞잡이(관리)들이다. 그들을 길들이는 아이들(교육자)은 연암과 같은 선비들이다. '가을'은 패도정권의 가을이다. 정권을 위해서 법도[水]를 떠받치는 인재들이 옹졸하므로 나라라는 이름의 배는 선택받은 1%만을 태울 뿐이다. '우아함'으로 치장한 나라(강마을)는 곧 역사의 뒤안길로 사라져갈 것이니, 이제 새로운 달[月]이 떠오르리라.

두보의 새 나라에 대한 열망만큼이나 조선의 현실은 절망적이다. 임진왜란 후 명나라와 함께 죽어야 할 상황에서 효종은 북벌 카드를 선택하였다. 시간이 흐르면서 북벌론은 이미 너덜너덜해졌다. 좀 더 참신한 이미지가 필요하다. 백성들을 감쪽같이 속일 수 있는 '참신한 발상의 전환'을 보여주는 퍼포먼스가 〈호곡장론〉이다. 두보는 민중을 외면하는 나라를 버리고 새 나라를 염원하고 있다. 그러나 주인공 연암은 '참신한 발상'으로 무늬만 바꾼 혹세무민의 나라를 기획하고 있다.

"… 허물·환란·근심·걱정을 백방으로 겪을 터이니 갓난아이는 세상에 태어난 것을 후회하여 미리 울음으로 제 조문弔問을 제가 하는 것이라 하지만…"

어떻게 갓난아이의 울음을 왜곡하였는지, 사기꾼의 논리학을 보라.

어느 날 윌리 녀석이 암소를 몰고 엘시네 집에 갔대요. 마침 어른들은 모두 어디 가고 엘시 혼자서 집을 보고 있었답니다. 부끄러움을 잘 타는 윌리 놈은 무어라 말을 못하고 멀거니 서서 얼굴만 붉히고 있었죠. 그러자 엘시가 먼저 말을 했답니다. "네가 무슨 일로 왔는지 다 알아. 황소는 헛간 뒤에 있어." 그 곳으로 암소를 끌고 간 윌리와 엘시는 울타리에 걸터앉아 보고 있었죠, 엘시는 윌리를 비리보면서 모른 체하고 말했답니다. "왜 그래, 윌리?" 윌리 녀석은 그만 흥분할 대로 흥분해 가지고는 더 이상 울타리에 걸터앉지도 못하게 된 거죠. "제기랄, 나도 저렇게 하고 싶다!" 그러자 엘시가 싸늘하게 받아쳤답니다.

"한번 하지 뭘 그래, 윌리? 저건 너희 암소잖아."

—존 스타인벡의 『분노의 포도(1939)』에서—

"나도 저렇게 (너랑)하고 싶다!"

그러나 당찬 소녀는 번뜩이는 재치(wit)로 사내아이의 욕망을 단박에 뭉개버렸다. 이것이 바로 연암의 트릭trick이다. 연암은 '갓난아기의 거짓 없는 울음'을 주문하다. 그러나 어느 순간 그것은 '갓난아기의 기쁨과 즐거움의 울음'으로 바꿔치기 되어버린다.

일기는 크게 두 개의 기망으로 이루어져 있다.

오전에는 엉터리 철학을 주입하는 혹세무민의 교실이다. 오후에는 시詩를 왜곡하여 분노와 저항의 싹을 잘라버린다.

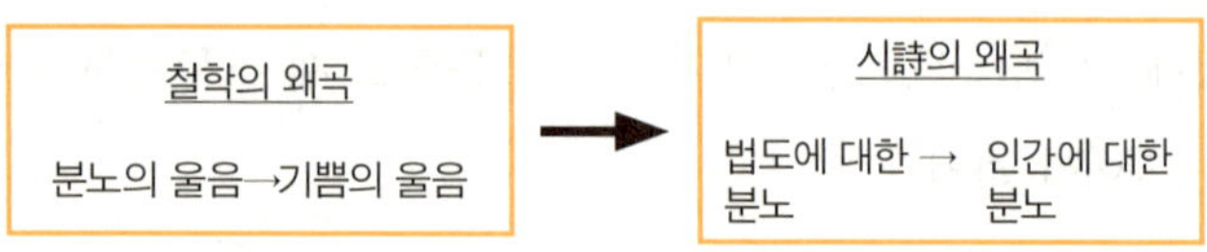

'진정한 울음은 좋은 울음터[好哭場]에서만 나오는 법.'

'울음은 슬픔만이 아니라 칠정七情에서 나온다.'

'갓난아기처럼 기쁨과 즐거움의 울음을 울어라.'

"울음이란…지극한 정情에서 터져 나와 능히 이理를 뚫는 것인즉"
(주기론의 기발이승氣發理乘)

이상 명시적인 또는 묵시적인 주장들은 사단칠정론이라는 엉터리 철학이다. 엉터리철학의 출발점은 역시 '욕망숨기기'다.

'나는 오늘에야 비로소 깨달았다. 사람이란 본디 어디엔가 붙어 의지하는 존재가 아니라 다만 하늘을 이고 땅을 밟아 살아가는 존재임을…'

주인공 연암은 먼저 인간의 욕망을 숨겨버림으로써 엉터리철학을 강론한다. 주리론을 부정하고 주기론을 주장한다. 그러한 참신한 발상의 전환으로 북벌에서 북학으로의 무늬 바꾸기는 '아름다운 변신'으로 포장되고 있다. 욕망숨기기와 엉터리철학에 이어 바보인 간을 만드는 공정의 마지막 단계는 시詩의 왜곡이다. 그렇게 주인 공이 철학과 시를 왜곡할 때, 작가는 독자들에게 폭로하고 있다.

조선은 죽은 철학의 사회이며, 죽은 시인의 사회라고.

그러면 대한민국은 어떤 사회인가?

욕망을 숨기고 철학을 죽이고 시를 왜곡하는 부역자의 온갖 거짓

말들을 죄다 '멋진 말씀'이라고 가르치는 우리들의 교실은 조선시대와 다를 바 없는 〈죽은 시인의 사회〉일 것이다.

'욕망→자아→근대'를 찾아가는 여정은 잃어버린 철학찾기와 맞물려 있다. 주인공 연암은 사단칠정론이라는 관문을 통하여 엉터리 철학의 세계로 향하고 있다. 성경잡지와 일신수필로.

강을 건너지 못하는 사람들

7월 9일 을유乙酉.

맑음. 그리고 몹시 더움.

맹렬한 더위를 피하여 서늘한 새벽바람에 먼저 출발하였다. 장가대 삼도파를 지나 난니보에서 점심을 먹었다.

요동에 들어선 이래 촌마을이 끊이질 않는다. 도로는 수백보가 될 만큼 넓고 도로 양 옆에는 수양버들이 이어졌다. 여염집들이 즐비하게 늘어선 곳에는 마주보는 대문 중간에 장맛비가 빠지지 않아 왕왕往往 저절로 큰 연못이 만들어져 집에서 키우는 거위와 오리 수천마리가 물위에서 헤엄을 친다. 그 양편의 마을 집들은 반쯤 물에 잠겨 물가의 누각이 되고, 붉고 푸른 난간들이 좌우에 마주 비치는 것이 아스라이 강호의 풍경을 연상케 한다.[20]

군뢰들은 세 번 나팔을 분 다음 반드시 몇 리를 앞서나가고, 전배군관이 그 뒤를 따라 길을 튼다. 나는 자유로운 몸이라 매번 변군과 함께 서늘한 새벽바람을 타고 출발하는데, 10리도 못 가서 전배와 만나게 된다. 그러면 그들과 나란히 걸어가며 농담을 주고받는데, 매일 이런 식이다.

20
홍수 덕택에 오리들은 모처럼 일탈을 만끽하고 있다. 잃어버린 원초적 자유를.

마을이 가까워질 때마다 군뢰를 시켜서 나팔을 불고, 네 명의 마두에게 한 목소리로 '물렀거라'를 외치게 한다. 그러면 집집마다 여인들이 문이 메도록 뛰어나와서 구경한다. 늙은이고 젊은이고 간에 옷차림은 거의 같다. 머리에는 꽃을 꽂고 귀고리를 드리웠으며, 화장은 살짝 하였다. 입에는 모두 담뱃대를 물었고, 손에는 신바닥에 까는 베와 바늘·실 등을 들고 어깨를 비비고 서서 손가락질하며 깔깔거리고 웃는다. 한족 여자는 여기서 처음 보는데, 모두 발을 감고 전족을 신었다. 자색은 만주 여자만 못하다. 만주 여자는 얼굴이 예쁘고 자태가 고운 이가 많았다.[21]

만보고 연대하 산요포를 거쳐서 십리하+里河에서 묵었다.

비장과 역관들이 말 등에서, 맞은편에서 다가오는 만주 여자나 한족 여자 중에서 각기 첩 하나씩을 정하는데, 만일 남이 먼저 차지한 것이면 감히 겹으로 정하지 못하는 법도가 몹시 엄격하다. 이를 구첩口妾이라 하는데 왕왕往往 시샘하여 골을 내고 욕하고 농담하고 조롱하는 일이 벌어진다. 이 역시 먼 길의 지루함을 덜어주는 심심풀이로서 한 가지 방법이다.[22]

내일은 곧장 심양에 들어갈 것이다.

구요동기 외:
만주벌판을 지배하는 4가지 우상

구요동기舊遼東記

　요동의 옛 성은 한나라의 양평현·요양현에 걸쳐 있었다. 진나라는 요동이라 하였고, 그 뒤 위만조선에 편입되었다가, 한나라 말년에는 공손도가 웅거하였으며, 수·당 대에는 고구려 땅이었고, 거란은 남경이라 하였고, 금은 동경이라 하였고 원은 행성을 설치하였으며, 지금 청나라는 요양주로 승격하여 20리 떨어진 곳에 성을 옮겨서 신요양이라 하였으므로, 이제 이 성은 폐하여 구요동이라 부르는데, 성 둘레는 20리이다.

　누군가 이렇게 말했다.

　"이 성은 웅정필熊廷弼이 쌓은 것이다. 옛날 이 성은 보잘 것 없었는데, 청나라 군대가 들어온다는 정보를 듣고 정필은 성을 헐었다. 청나라 군대가 이를 수상히 여겨 감히 가까이 다가오지 못하다가 성을 개축한다는 정보를 정탐하고는 군사를 이끌고 성 밑에 이르렀으나, 하룻밤 사이에 새로운 성이 높다랗게 완성되었다. 나중에 정필이 이곳을 떠나자 요양이 함락되었다. 청나라 사람들은

그 성이 하도 권고하여 함락시키기 어려웠던 것을 분하게 여겨 막
싸움에 이긴 군사들을 투입하여 열흘이나 성을 허물었지만 미처
다 허물지 못하였다."

　명明 천계天啓 원년(1621) 3월, 청나라 군대는 이미 심양을 빼앗고
요양으로 향하였다. 이때 명나라 명장 경략經略 원응태袁應泰가 막
세 갈래로 군사를 나누어 무순撫順을 회복하려던 차였는데, 청군
이 심양을 함락하고 요양으로 향한다는 소식을 듣고, 태자하太子
河의 수문을 열어 해자(성 둘레의 도랑)에 채우고 군사를 성가퀴에
배치하였다. 청나라 군대는 심양을 함락시킨 지 5일 만에 요양성
밑에 이르렀다. 누루하치[奴兒哈赤]란 자는 소위 청 태조인데, 몸
소 좌익左翼의 군사를 이끌고 먼저 노착하였다. 명明의 총병 이회
신 등은 군사 5만 명을 거느리고 성에서 5리 되는 곳에 나와서 진
을 쳤다. 누루하치는 좌익左翼의 사기四旗로 왼편을 공격했다. 청태
종淸太宗은 우리 조선에서는 칸[汗]이라 부르는데 그의 이름은 홍
태시洪台時이다. 우리나라 '병정록丙丁錄'에는 홍타시紅他詩라는 이
름도 섞여 있으며, 혹자는 홍타시洪他詩라고도 한다. 그 음이 서로
비슷하므로 제각각 실린 것이다. 영아아대英阿兒臺를 용골대龍骨大
라고 부르고 마복딥馬伏塔을 미부대馬夫大라고 부르는 것과느 같
다. 홍타시는 정예군을 이끌고 와서 싸우기를 청하였으나, 누르하
치는 허락하지 않았다. 그러나 홍타시는 굳이 출병하여 홍기紅旗
두 개를 세워 두고 성 옆에다 매복하여 형세를 살피게 하였다. 누
루하지가 정황기正黃旗·양황기鑲黃旗를 보내어 홍타시를 도와서 명
明 군영 왼편을 치게 한 다음 사기四旗 군사가 뒤이어 들이치니 명
병明兵 진영은 큰 난리가 났다. 승기를 잡은 홍타시가 60리를 추격

하여 안산鞍山에 이르자 바야흐로 전투가 벌어졌다. 명나라 군사
들이 요양 서문을 나와 앞서 홍타시가 성 곁에 세워 두었던 두 홍
기紅旗를 뽑는 순간 청나라 복병이 일어나 맞불을 놓으니, 명나라
병사들은 다시 성으로 도망쳐 들어가느라 저희들끼리 밟고 밟히
고 하여 총병 하세현과 부장 척금 등이 모두 전사하였다.

이튿날 아침 누루하치는 패륵貝勒의 왼편 사기四旗 군사를 거느
리고 성 서쪽의 수문을 파서 해자의 물을 뺐었다. 또 오른편 사기
四旗에 명하여 성 동쪽의 진수구進水口를 막게 한 다음, 몸소 우익
右翼 군대를 이끌고 가서 성 주변에 방패를 펴고 수레를 도열堵列
하여 흙을 퍼 담고 돌을 날라서 물길을 막았다.

명나라는 보병과 기병 3만 명을 거느리고 동문을 나와서 청병
과 서로 마주하여 진을 쳤다. 청병이 바야흐로 다리를 빼앗으려
할 즈음, 마침 수구水口가 막혀 해자의 물이 거의 빠지자 사기四旗
의 선봉이 해자를 건너 고함을 지르면서 동문 밖의 명군을 습격
하였다. 명나라 병사들도 총력전으로 대항했으나, 청나라의 홍갑
紅甲 2백 명과 백기白旗 1천 명이 진격하여 명 진영을 덮치자 명나
라 병사들의 시체가 해자에 가득하였다. 청병이 무정문武靖門 다
리를 빼앗고 병력을 나누어 해자를 지키는 명병을 공격하자, 명병
은 성 위에서 끊임없이 화포를 터뜨렸다. 청병들은 맹렬히 돌격하
여 나무사다리를 타고 성을 기어올라 성 서쪽을 빼앗아 민중을
마구 베기 시작하자, 성 안은 온통 아수라장이 되었다. 이날 밤 성
안에 있는 명병이 횃불을 들고 싸울 때, 우유요牛維曜 등은 성을 넘
어 허겁지겁 달아났다.

이튿날 아침에 명병이 다시 방패를 세우고 일대 혈전을 치렀으

나, 청나라 사기四旗의 군사들이 성을 타고 오르는 것을 막지는 못
하였다. 경략 원응태는 성 북쪽 진원루에 올라서 싸움을 독려하다
가 끝내 성이 함락되는 것을 목격하고는 누樓에 불을 놓아 분신하
였다. 분수도 하정괴 등의 장수는 처자식과 함께 우물에 빠져 죽
고, 감군도와 최유수는 목매어 죽었다. 총병 주만량 부장 양중선
참장 왕치와 방승훈, 그리고 유격 이상의·장승무, 도사 서국전·왕
종성, 수비 이정간 등은 모두 전사하였다.

　어사御史 장전張銓은 청병에게 사로잡혔으나 끝까지 굴복하지 않
으므로, 누루하치가 죽음을 하사하여 그의 뜻을 기리게 하였다.
홍타시는 장전을 아껴서 살리려고 여러 번 회유하였으나 기어이
뜻을 꺾을 수 없었으므로 부득이 목을 내밀어 죽이고 장시를 치
러 주었다.

　청나라 건륭황제가 작년에 지은 전운시全韻詩에 요동성함락의
전말을 상세히 기록하였으니, 이렇게 덧붙였다.

　"명의 신하로서 항복하지 않는 자에게 우리 선황제께옵서 오히
려 은혜를 베풀었는데, 그러나 당시 연경에 있는 명의 군신들은 도
무지 아랑곳하지 않았으니, 그렇게 공과 죄가 불명不明해서야 망하
지 않으려 한들 이찌 망하지 않을 수 있으리오." 23

　〈명사明史〉는 이렇게 기록하고 있다.

　「웅정필이 (요동성을 지키느라)광녕을 구원하지 않았을 때에 삼사
三司인 왕기·추원표·주응추 등은 이렇게 정필을 탄핵하였다.

　"정필의 재능과 기백은 참으로 대단하였으니, 정필이 요동을 지
킬 때는 요동이 건재하고 요동을 떠나자 요동이 무너졌습니다. 그
러나 교만하고 괴팍한 성격은 오늘은 소疏를 올리고 내일은 방榜

을 붙일 정도였으니, 그는 양호楊鎬에 비하면 도망친 한 가지 죄가
더 있고 원웅태에 비하면 스스로 죽지 못한 죄가 있으므로, 만일
왕화정王化貞을 죽이고 정필을 살려둔다면 죄罪는 같음에도 벌罰
이 다른 격이라 할 것입니다.”

지금 흙벽 주변에 남아있는 벽돌 흔적을 바라보며 그때 삼사가
탄핵한 글을 다시 외어 본즉, 웅정필의 사람됨을 가히 짐작할 수 있
겠다.

아아, 슬프다. 명나라 말년에 인재를 쓰고 버림이 거꾸로 되고,
공과 죄가 뒤집혔도다. 웅정필·원숭환의 죽음을 보건대 명明은 스
스로 만리장성을 허물어뜨린 꼴이니, 어찌 후세의 질책과 조롱을
면할 수 있으리오.[24]

태자하의 물을 끌어다가 해자를 만들었는데, 해자 안에는 술책
이 있는 세 척의 고기잡이배가 있다. 성 아래에는 낚시꾼 수십 명
이 있는데, 아름다운 옷을 입은 모습이 유한공자遊閒公子 같지만
모두 성곽 속[裏]에 사는 장사꾼들이다. 내가 해자들 돌며 물을 끌
어들이고 빼는 제도를 관찰하고 있는데, 낚시꾼들이 일시에 일어
나 낚싯대를 들고 몰려와 나에게 시비를 걸었다. 내가 땅에다가 글
자를 쓰니 유심히 바라보더니 웃으며 가버렸다.[25]

引太子河爲壕　壕中有數三漁艇　城下釣者數十人　皆美衣服　貌似遊閒
公子　俱城裏市舖人　余巡壕爲觀　其設閘蓄洩之制　釣者一哄持竿而來
向余開語　余畫地爲字　皆熟視笑而去

24

“아아, 슬프다.”
그러나 연암의 한계는 무엇인가?
거꾸로 뒤집힌 논공행상은 명나
라 멸망을 재촉하였을 것이며, 주
인공은 그것으로 건륭제의 의견
에 동조하고 있다. 그러나 그로
인하여 ‘근본적인 원인’ 이 은폐
되고 있다. 은폐된 원인은 ‘일신
수필’ 에서 밝힌다.

25

우언이다.
술책이 있는 세 척의 고기잡이배
[有數三漁艇]는 백성을 착취하는
3개의 기관이다. 낚시꾼[釣者]들
은 ‘사람 잡는 선비들’ 이다. 선
비들의 이분법철학은 만리장성
과 공존한다.[성내城內가 아니라
성곽 속이다.] 그들은 사람을 잡
으러 왔지만, 글자를 쓰는 선비는
잡지 않는다.

요동백탑기 遼東白塔記

1 관제묘를 나와 채 반 리도 못 가서 하얀 탑塔이 보인다. 이 탑은 8면 13층에 높이는 70길[인仞]이나 된다고 한다.[26] 세간에는 이런 말들이 전해진다.

"당唐의 울지경덕蔚遲敬德이 군사를 끌고 고구려를 정벌하러 갈 때 쌓은 것이다."

"선인仙人 정령위丁令威가 학을 타고 요동으로 돌아와 본즉, 성곽과 인민이 이미 바뀌었으므로 슬피 울며 노래 불렀는데, 이 백탑이 곧 그가 머물렀던 곳에 세운 화표주華表柱다."

그러나 이는 그릇된 말이다.[27] 정령위의 화표주는 요동성 밖 10리도 못 되는 곳에 있으며, 그리 높고 크시도 않다. 이 화표주를 백탑이라 함은 우리나라 비복들이 아무렇게나 부르기 좋게 갖다 붙인 이름이다.

2 요동은 왼편에 바다를 끼고 앞으로는 벌판이 열려서 아무런 거칠 것 없이 천 리가 망망茫茫한데, 백탑이 그 벌판의 3분의 1이나 차지한 형세다.[28] 탑 꼭대기에는 구리 북 세 개가 있다. 또 매 층마다 처마 8개의 귀퉁이에 풍경을 달았는데, 그 크기는 물통만큼 하며 바람이 일 때마다 풍경소리가 멀리 요동벌판에 울린다.

3 탑 아래서 양인兩人을 만났다. 그들은 모두[具] 만주 사람으로, 약을 사러 영고탑에 가는 길이다. 땅에 글자를 써서 문답을 하는데, 한 사람이 고본古本『상서尚書』를 묻더니, 또 이렇게 물었다.

"안회顔回(공자의 제자)가 지은 책이 있는지요? 지하子夏(공자의 제자)가 지은 악경樂經은 없습니까?"

이는 모두 내가 처음 듣는 말인지라, 무無로써 대답하였다. 양인

26
7월 10일자 일기에서 백탑의 높이는 20길[장丈]임을 밝힌다. 인仞과 장丈의 차이를 감안하더라도 70길은 과장으로서 중요한 거짓말을 예고하는 작은 거짓말이다.

27
연암식 부정의 화법이다. 사람들은 부정 다음에 진실을 말할 것이라 기대한다. 그러나 '화표주는 요농성 밖 10리'는 서짓(검증되지 않은 진술)이다.

28
프란시스 베이컨의 '종족의 우상'을 지적하는 말이다.

兩人이란 아이를 동반한[具] 사람을 말한다. 이곳은 초행길인데 이 탑을 구경하러 왔다고 한다. 갈 길이 바빠서 이름을 물어보지 못했는데, 수재秀才인 듯싶다.[29]

塔下逢兩人 俱滿洲人 方往寧古塔買藥 劃地問答 一人問古本尙書 又問有顔夫子書 子夏所著樂經否 皆余所刱聞也 以無爲答 兩人者俱少年 初經此地 爲觀塔來也 行忙未及問其名 盖秀才也

관제묘기關帝廟記

구요동성을 나서면 문 밖에 돌다리 하나가 있다. 다리 가장자리의 석조 난간은 그 제도가 매우 정교한데, 강희康熙 57년에 쌓은 것이다. 다리 건너편 백여 보쯤 되는 곳에 패루牌樓가 있다. 구름과 용과 물과 수선水仙을 새겼는데, 모두 살아있는 듯하다. 패루를 들어가면 동쪽에 큰 누각이 있는데, 그 아래 편액에 이르기를 '적금摘錦'이라 하였고, 왼편의 종루鍾樓는 '용음龍吟', 오른편의 고루鼓樓는 '호소虎嘯'라 하였다.[30]

묘당廟堂은 웅장 화려하며 복전複殿과 중각重閣은 금빛·푸른빛이 휘황찬란하다. 정전正殿에는 관공關公의 소상塑像을 모셨고, 동쪽 곁채[廡]에는 장비張飛, 서쪽 곁채[廡]에는 조자룡趙子龍을 배향하였으며, 또 촉나라 장군 엄안嚴顔의 불굴의 기상을 기렸다.

뜰 가운데에는 홀笏처럼 생긴 큰 비석이 몇 개 서 있는데, 모두 이 사당의 창건과 중수한 내력을 적은 것들이다. 그 중 새로 세운 한 비석에는 산서山西의 어떤 상인이 사당을 중수한 일이 새겨져 있다.

사당 안에는 건달패 수천 명이 와자지껄 떠들어대는 것이 마치 과거시험장 같다. 어떤 사람은 창과 봉을 연습하고, 또 어떤 사람들은 권법과 발길질을 시합한다. 또 어떤 사람들은 소경이 애꾸눈 말을 타는 놀이를 한다. 앉아서 〈수호전水滸傳〉을 읽어주는 자가 있는데, 뭇사람들이 삥 둘러앉아서 듣고 있다. 그가 머리를 흔들며 코를 벌름거리는 꼴이 방약무인傍若無人하다. 그가 읽는 곳을 보니, 〈수호전〉 중 와관사瓦官寺를 불태우는 대목인데, 뜻밖에도 입에서 나오는 이야기는 〈서상기西廂記〉였다.[31] 글자를 모르는 까막눈이건만 이야기 실력은 청산유수인데, 우리나라에서 골목길이나 가게에서 〈임장군전〉이야기를 들려주는 것과 같다. 읽어주는 자가 잠시 이야기를 멈추자, 누 사람이 나오더니 한 사람은 비피를 타고 한 사람은 바라를 친다.[32]

광우사기廣祐寺記

백탑 남쪽에 광우사라는 옛날 절이 있는데, 광우사라 한다. 요동백탑에서 만난 만주수재는 이렇게 말했다.

"한대漢代에 지은 절인데, 당태종唐太宗이 요遼를 칠 때에 수산首山에 머물며 악공鄂公 울지경덕으로 하여금 중수하게 하였다."

그러나 다음과 같은 말도 전해진다.

"옛날 어떤 시골 사람이 광녕으로 가다가 길에서 한 동자를 만났다. 그 동자가 말했다. '나를 업고 광우사까지 데려다 주시오. 그 절 오른편으로 열 걸음 가서 고목나무 밑에 돈 10만 냥이 묻혀 있을 것이니, 그 돈을 품삯으로 주겠소.' 시골 사람이 동자를 업고 수백 리 길을 한나절이 못 되어 절에 닿았다. 동자를 내려놓고 보니 동자는 사람이 아니고 금부처였다. 그 절의 중이 이상히 여겨서 절 오른편 열 걸음쯤 되는 곳 고목나무 밑을 파본즉, 과연 10만 냥이 나왔으므로, 시골 사람이 그 돈으로 이 절을 중수하였다."

절의 비문碑文에는 다음과 같이 적혀있다.

"강희 27년에 태황태후太皇太后가 내탕고內帑庫의 돈을 내어 세운 것이다. 강희황제 역시 일찍이 이 절에 거둥하여 중에게 비단 가사袈裟를 하사하였다." 33

지금은 절을 폐하여 중도 없다.

성경잡지

맹신자를 위한 사기꾼의 표지들

눈을 잃어버린 순례자

7월 10일 병술丙戌.

비가 오다가 곧 개었다.

십리하十里河에서 아침 일찍 출발하여 판교보 5리, 장성점 5리, 사하보 10리, 폭교와자 5리, 전장보 5리, 화소교 3리, 백탑보 7리, 도합 40리를 갔다. 백탑보에서 점심을 먹고 일소대 5리, 홍화포紅火鋪 5리, 혼하 1리, 배로 혼하를 건너서 심양瀋陽까지 9리, 도합 20리를 갔다. 이날 60리를 가서 심양에서 묵었다.

1 이날은 몹시 더웠다. 멀리 요양성을 돌아다보니 수림樹林이 창망滄茫한데 만점 새벽 갈가마귀 떼가 들판으로 흩어져 날아간다. 한 줄기 아침 연기가 하늘가에 길게 드리워지고, 상서로운 아침 해가 솟아오르며 상서로운 안개가 눈발처럼 아지랑이처럼 흩어진다. 사방을 둘러본즉 망망대해처럼 펼쳐진 벌판에 거칠 것이라곤 아무것도 없다.⁰¹

2 아아, 이곳이 옛 영웅들이 수없이 싸우던 전쟁터로구나. 옛말에 "범이 달리고 용이 날 제 천하의 높고 낮음은 마음에 달렸다"라고 하지만, 천하의 안위는 언제나 이 요동 벌판에 달려 있었다. 이

01
갈가마귀[鴉]들의 군무와 일출은 상서로울 것이다. 통곡할 이유가 없는 공작새들에게는 말이다.

곳이 편안하면 천하의 풍진風塵이 잠잠하고 이곳이 한번 시끄러워지면 전쟁을 알리는 북소리가 요란하게 울렸다. 어인 까닭인가. 평평하고 넓은 들판이 천 리를 한눈에 바라볼 정도이니, 지키자니 힘에 부치고 버리자니 오랑캐들이 쳐들어오는 대문 없는 마당이다. 그런 까닭에 중국으로서는 필히 차지해야 하는 땅이며, 천하의 공력을 다 쏟아 붓더라도 지켜야만 중원의 안위를 도모할 수 있기 때문이다.

지금 천하가 백 년 동안이나 무사하였으나, 이것이 어찌 청나라의 덕德과 학문[教]과 정치[政]와 기술[術]이 전대보다 훨씬 뛰어난 때문이라 할 수 있겠는가. 단지 이 심양은 본시 청淸이 일어난 터전이어서 동으로 녕고탑寧古塔을 집수[接]하고 북으로 열하熱河를 두드리고[控] 남으로 조선을 어루만지며[撫] 서쪽으로 진격해 들어가자 중국이 꼼짝을 못하였으니, 그 근본을 튼튼히 하는 기술이 역대에 비할 바가 아니기 때문이다. 사신 행렬이 요양에 들어온 이래 뽕나무와 삼나무가 우거지고 끊임없이 이어지는 개 짖는 소리 닭 울음소리가 백 년의 평화를 말해주고 있으니, 부득이 청나라 황실을 위하여 한 번 눈썹을 모으지 않을 수 없다.02

③ 몽고 수레 수천 대가 벽돌을 싣고 심양에 들어간다. 내 수레는 세 마리 소가 끈다. 소들은 대개 흰 빛깔이 많으나 간혹 청우靑牛도 있다.03 찌는 더위에 무거운 짐을 끄느라 소들은 쌍코피를 흘리고 있다. 몽고인들은 코가 우뚝하고 눈이 깊숙하여 험상궂고 날래고 사나운 인상이 인간 같아 보이지 않는다. 게다가 옷과 벙거지가 남루하고 얼굴에는 땟국이 흐른다. 그런데도 버선만큼은 벗지 않았으니, 우리 하인배들이 맨 정강이를 보고 괴이하게 여기

는 모양이다. 우리 말몰이꾼들은 해마다 몽고 사람을 봐 와서 그들의 성정을 익히 알아 길을 가면서 짓궂은 장난을 곧잘 한다. 채찍 끝으로 그들의 벙거지를 퉁겨서 길가에 버리기도 하고, 혹은 공처럼 차며 희롱한다. 그래도 몽고인들은 화를 내지 않고 웃으면서 양손을 내밀어 부드러운 말씨로 돌려 달라고 간청한다. 또 하인배들이 뒤를 따라가서 그 벙거지를 벗겨 가지고 밭 가운데로 뛰어들었다가 몽고인이 따라오면 갑자기 몸을 돌이켜 그들의 허리를 껴안고 다리를 걸어차면 영락없이 고꾸라지고 만다. 그들의 가슴 위로 올라타서 입에 흙먼지를 퍼 담으면, 뭇 되놈들은 수레를 멈추고 서서 모두들 웃는다. 밑에 깔렸던 자도 웃으며 일어나서 입을 닦고 벙거지를 털어서 쓰지만, 이기려고 다투지는 않는다.

길에서 사람 일곱 명을 실은 수레와 마주쳤다. 탄 사람은 모두 붉은 옷을 입고 쇠사슬로 어깨와 등을 얽어매어서 목덜미에다 채우고는 다시 한 끝은 손을 매고 한 끝은 다리를 묶었다. 이들은 금주위錦州衛의 도적盜賊들인데, 사형에서 감형되어 멀리 흑룡강으로 수자리 살러 가는 것이라 한다. 그들의 날카로운 눈매는 매우 무서워 보이지만, 오히려 수레 위에서 서로 희롱하며 웃는 모습에는 괴로워하는 기색이 없다.

말 수백 필이 길을 휩쓸고 지나간다. 마지막 한 사람이 썩 좋은 말을 타고 손에 수숫대 한 가지를 쥐고 뒤에서 말 떼를 따라 간다. 말들은 굴레도 없고 고삐도 없이 다만 가끔 뒤를 돌아다보며 걸어간다.

백탑보에 이르렀다. 백탑은 마을 한 가운데 있는데, 높이는 20여 길[丈]이며 8면 13층이다. 층마다 둥근 문 네 개씩 달려 있다. 백탑

안으로 말을 타고 들어가서 우러러보니 홀연 현기증이 생기기에 고삐를 되돌려 나와 버렸다.[04]

4 일행은 벌써 점심을 먹는 사관에 들었다. 사관 후당으로 들어가니 주인의 수염 밑에서 홀연 강아지 소리가 들렸다. 내가 깜짝 놀라서 멈칫하자, 주인은 얼굴에 미소를 띠면서 나에게 앉기를 청한다. 주인은 긴 수염이 희끗희끗한 늙은이인데, 우뚝한 캉[炕] 위에 나지막한 걸상을 놓고 걸터앉아 있다. 캉[炕] 아래에는 교의를 마주하여 할멈이 앉아 있는데, 머리 위에 붉은 색과 흰색의 촉규화蜀葵花를 꽂았으며 아청鴉靑 빛깔에 복숭아꽃 무늬를 수놓은 치마를 입었다. 할멈의 가슴 섶에서도 강아지가 있어서 더욱 맹렬하게 싲어대었다. 그제야 주인은 품속에서 강아지 한 마리를 끄집어내었다. 크기는 토끼만 한데, 한 치 정도 되는 털이 눈처럼 하얗게 덮여 있다. 등은 담청색이고 눈은 황색이며 입 언저리는 불그레하다. 노파도 옷자락을 헤치고 강아지 한 마리를 꺼내어 내게 보이는데, 털빛은 똑같다. 노파가 웃으면서 말한다.

"손님, 괴이하게 여기지 마셔요. 우리 영감·할멈 둘이서 하는 일 없이 집안에 들어앉아 지내자니 정말 긴긴 해를 보내기가 지루해서 이것들을 안고 놀다가 도리어 남들의 웃음거리가 되곤 하시요"

내가 노인에게 물었다.

"주인댁은 자손이 없으신가요?"

"아들 셋, 손주 하나를 두었답니다. 맏아들은 올해 서른하나인데 성경장군을 모시는 장경章京으로 있으며, 둘째 놈은 열아홉 살이고 막내는 열여섯 살인데 둘 다 서당에 가서 글을 읽는답니다. 아홉 살 된 손자 녀석은 저 버드나무에서 매미 잡는다고 하루 종일 얼굴보기가 어렵습니다."

　잠시 후 주인의 어린 손자가 손에 웬 나팔을 쥐고 숨을 헐떡거리며 후당으로 뛰어 들어와 노인의 목을 끌어안고 나팔을 사 달라고 조른다. 노인은 얼굴 가득히 애정 어린 눈빛으로 아이를 나무랐다.

　"이것은 네게 필요한 물건이 아니란다."

　아이는 미목이 청명하며, 살구 무늬가 수놓인 비단 저고리를 입었다. 갖은 재롱과 어리광을 다 떨면서 동쪽으로 뛰고 서쪽으로 오른다. 노인이 손자더러 손님에게 인사를 하라고 시킨다. 그 때 군뢰가 눈을 부라리며 후당으로 쫓아 들어와서 그 나팔을 빼앗고 큰 소리로 야단을 쳤다. 노인이 일어나서 사과한다.

　"미안합니다. 이 녀석이 장난감으로 갖고 싶어서 그런 것이지만, 다행히 물건은 아무런 파손이 없습니다."

　나도 군뢰를 나무랐다.

　"찾았으면 그만이지. 이토록 야단을 쳐서 남을 무안하게 한단 말인가."

　그리고는 노인에게 물었다.

　"이 개는 어디서 나는 것이오?"

　"운남雲南에서 나는 거랍니다. 촉중蜀中에도 이와 같은 강아지가 있지요. 이것의 이름은 옥토끼[玉兎兒]이고, 저것은 설사자雪獅子라 부른답니다. 둘 다 운남 산이지요."

　주인이 옥토끼를 불러 인사를 시키자, 그 놈은 내 앞에 오똑 서서 앞발을 나란히 추켜들고 절하는 시늉을 하면서 땅에 머리가 닿도록 조아린다.

장복이 식사를 하라고 부르러 와서 몸을 일으켰더니, 주인이
말했다.

"영감께서 이 미물을 애완愛玩하시니 삼가 이걸 드리고자 합니
다. 방물을 바치시고 돌아오시는 길에 가져 가셔도 무방합니다." 05

내가 대답했다.

"어찌 감히 거저 받겠습니까."

5 노인의 청을 사양하고 급히 돌아왔다. 일행은 벌써 나팔을
불고 떠나려 했으나, 내가 간 곳을 몰라서 장복을 시켜 두루 찾
아다닌 것이다. 밥은 이미 지은 지 오래되어 굳어진데다가 마음이
바빠서 목에 넘어가질 않기에 장복과 창대더러 나눠 먹으라 하고,
스스로 음식점에 들어가서 국수 한 그릇, 소주 한 잔, 삶은 달걀
세 개, 참외 한 개를 사 먹고는 마흔두 닢을 헤어서 지르고 나니
상사의 행차가 문 앞을 막 지나간다. 곧 변군과 함께 고삐를 나란
히 하여 길을 떠났다. 배가 잔뜩 불렀으므로 20리 길을 거뜬히 갈
수 있었다. 06

6 해는 벌써 사시巳時가 가까워져서 햇볕이 몹시 뜨거웠지만, 요
동에서부터 길가에 울창한 버드나무 그늘 덕택에 더위를 잊을 만
하다. 가끔 버드나무 밑에 물이 괴어서 웅덩이를 이루어졌는데, 이
를 피하여 길 위로 둘러 나오면 찌는 듯한 햇볕과 후끈한 지열에
삽시에 숨이 막힐 듯 가슴 갑갑해진다. 멀리 버드나무 그늘 밑을
바라본즉 수레와 말들이 구름같이 모여 있기에 말을 재촉하여 그
곳에 이르러서 잠시 쉬었다.

수백 명의 행상들도 짐을 내려놓고는 납량納凉을 취하고 있다.
혹은 버드나무 그루터기에 걸터앉아 옷을 벗어놓고 부채질을 하

고, 혹은 차를 마시고 술을 기울인다. 어떤 이는 머리를 감거나 깎고, 더러는 골패를 하거나 팔씨름을 한다. 짐 속에는 모두 그림 그린 자기가 들어있고, 또 껍질 벗긴 수숫대로 소소한 누각 모양을 만들어서 그 속에 각각 1목牧의 향충響虫 이나[07] 명선鳴蟬(우는 매미)을 넣은 것이 여남은 짐이나 되었다. 어떤 짐 속에는 항아리에 홍충紅虫과 녹조綠藻를 넣었는데, 홍충紅虫이 물 위에 둥둥 뜬 것이 마치 새우알처럼 작다. 이는 고기밥으로 쓰인다.[08]

수레 30여 채에는 모두 석탄을 가득 실었다. 술도 팔며, 차도 팔고, 떡과 과실 등 여러 가지 음식을 파는 자들이 모두 버드나무 그늘 밑에 걸상을 늘어놓고 앉아 있다. 나는 여섯 푼을 주어 양매차楊梅茶 반 사발을 사서 목을 축였다. 맛이 달고 신 것이 제호탕醍醐湯과 비슷하다. 태평차太平車 한 채에 두 여인이 탔는데 나귀 한 마리가 끌고 간다. 나귀가 물통을 보자 수레를 끈 채 통으로 달려든다. 그 여인 둘 중 하나는 늙고 하나는 젊었다. 앞을 가렸던 발을 걷고 납량納凉을 취한다. 둘 다 꾀꼬리 무늬가 그려진 녹색 저고리에 주황색 치마를 입고, 옥잠화·패랭이꽃·석류화 꽃송이로 머리를 야단스럽게 꾸몄다. 아마 한족 여자인 듯하다. [似是漢女][09] 변군이 술을 마시자기에 각기 한 잔씩 기울이고 곧 떠났다.

7 몇 리를 못 가서 멀리 곳곳에 불탑佛塔들이 나타나서 훤히 눈에 들어온다. 심양이 점차 가까워진 것이다. 이른 바 "어부가 강성이 가까워짐을 가리키니漁人爲指江城近 뱃머리에 솟은 탑은 점점 더 길어지네.一塔船頭看漸長"라 하였으니, 그림을 모르는 사람 치고 시詩를 아는 이가 없는 법이다. 미술의 세계에는 '농담법濃淡法' 이 있고 '원근세遠近勢'가 있다. 지금 저 탑을 바라보니 옛사람이 시

를 지을 때 반드시 그림을 연상하였으리라 더욱 절감하지 않을 수 없다. 대저 성의 멀고 가까움을 오직 탑의 장단長短으로 표현한 것이다.[10]

혼하渾河는 일명 아리강阿利江이며 일명 소요수小遼水다. 장백산에서 발원하여 사하沙河와 합하고, 심양성 동남을 굽이쳐 흘러 태자하를 만나고, 다시 서쪽으로 흘러서 요하遼河와 합하여 삼차하三叉河가 되어 바다로 흐른다. 혼하를 건너 몇 리를 가면 토성이 있는데 그다지 높지는 않다. 성 밖에는 흑우[烏牛] 수백 두가 있는데, 그 빛깔이 칠흑처럼 새까맣다. 또 1백 이랑 큰 연못이 있는데, 출렁이는 물결 위에 홍련紅蓮이 만발하고 거위와 오리 떼가 무수히 헤엄쳐 다닌다. 못가에는 백양白羊 천어 마리가 있는데 마치 물을 마시다가 사람을 보고는 모두 머리를 쳐든다.[11]

8 심양성 외곽문을 들어갔다. 곽내는 민물民物이 번화하여 시전의 호화스러움과 융성함이 요양보다 10배는 더하다. 관제묘에 들어가 잠깐 쉬었다. 삼사三使는 관복을 갖추어 입었다. 한 노인이 수화주(비단)로 지은 홑적삼을 입고 번들번들하게 벗어진 머리를 숙여 내게 공손히 인사를 하며 말을 붙였다.

"수고가 많으십니다."

나도 절을 하여 답례하였다. 노인이 내 가죽신[泥鞋]을 유심히 바라보는 것이 그 제작법을 상세히 관찰하는 하는 것 같아 나는 곧 한 짝을 벗어서 보어주었다. 사당 안에서 도사 한 사람이 뛰어나왔다. 몸에는 야견사野繭紗 도포를 걸치고, 머리에는 등립藤笠(등나무 삿갓)을 쓰고, 발에는 흑공단 신발을 신었다. 도사는 삿갓을 벗고 상투를 어루만지며 말했다.

"이 상투가 상공과 모양이 같지 않습니까?"

노인은 자기 신발을 벗고 내 신발로 바꿔 신으면서 물었다.

"이 신은 무슨 가죽으로 만들었소이까?"

"나귀가죽으로 만든 겁니다."

"밑창은 무슨 가죽입니까?"

"쇠가죽에 들기름을 먹인 것이라 흙탕길에서도 젖지 않는답니다."

노인과 도사가 한 목소리로 좋다고 하면서 다시 물었다.

"이 신발은 젖은 땅에는 비록 편리하지만 마른 땅에선 발이 부르트지나 않습니까?"

"정말 그렇습니다." 12

노인은 나를 이끌고 사당 안으로 들어갔다. 도사가 손수 두 개의 주발에 차를 따라서 각기 한 잔씩 권한다. 노인이 자기 성명을 써 보인다. 이름은 복녕福寧이며 만주인으로 병부낭중이며 나이는 63이다. 피서차 성 밖 큰 연못에 와서 연꽃이 만개한 것을 조용히 한 바퀴 둘러보고 방금 돌아가는 길이라 한다.

복녕이 물었다.

"상공의 벼슬은 몇 품이며, 나이는 몇이십니까?"

"제 성명은 아무개요, 그저 선비의 몸으로 중국에 관광觀光하러 온 것이고 정사생丁巳生입니다."

"일월생시日月生時는요?"

"2월 5일 축시丑時입니다."

"하蝦가 어떻겠습니까?"

"하蝦는 옳지 않습니다." 13

복녕이 다시 물었다.

12
점쟁이에게 놀아나고 있다. 노인은 연암이 제공한 정보(흙탕길에서 젖지 않는다)를 재빨리 활용하여 단점을 알아맞춘다. 연암은 대단한 '가죽신과 나막신'의 통찰력이라 생각한다.

13
하蝦는 '황제하마경皇帝蝦蟆更'(황제내경)을 말한다. 복녕은 '황제내경'에 따른 점占을 제안하지만, 연암은 거부한다. 연암은 허망한 관상이나 운명학 따위를 좋아하지 않는다.[7월 21일자 일기]

“저 윗자리에 앉으신 분은 지난해에도 오셨습니다. 제가 그 때 연경에서 막 내려오다가 옥전玉田에서 며칠간 같은 객사에서 묵은 일이 있습니다. 저이는 아마 한림翰林 출신이죠?”

“한림은 아니고, 부마도위駙馬都尉입니다. 저하고는 삼종 형제지간입니다.”

복녕이 또 부사와 서장관에 대하여 묻기에 각각의 성명과 관품을 일러 주었다. 사행들이 옷을 갈아입고 떠나려 하자 나는 하직을 고하고 일어섰다. 복녕이 앞으로 나오며 손을 잡고 말한다.

“먼 길에 몸조심 하십시오. 시방 늦더위가 더욱 기승을 부리니 생과일이나 냉수를 마시는 것은 절대 금기입니다. 우리 집은 서문인 라마징驏馬場 남쪽에 있는데, 문 위에 ‘병부’상중이란 패가 있고 또 금자로 계유문과癸酉文科라 써 붙였으니 찾기 쉬울 것입니다. 공자께서는 언제쯤 돌아오시게 되는지요?”

“아마 9월에나 성경에 돌아오게 될 것 같소이다.”

“그 무렵에 긴급한 공무만 없으면 공께서 당도하실 때 반가이 맞이하오리다. 이미 귀공의 사주四柱를 알았으니 조용히 운수를 연구해서 돌아오실 때 전해드리겠습니다.”

복녕의 말씨가 은근한 섯이 자못 삭벌의 정을 느끼게 하다. 도사는 코가 뾰족하고 미간이 좁고 행동거지가 경박하여 관곡款曲(정답고 친절함)한 맛이라곤 전혀 없다. 그러나 복녕이라는 위인은 듬직하고 후덕하다.[14]

[9] 3사三使가 차례로 말을 타고 들어간다. 대개 문관과 무관은 반班을 나누어서 성으로 들어간다. 성 둘레는 10 리인데 벽돌로 8문의 문루門樓를 건축하였다. 문루門樓는 모두 3층이며 옹성甕城을

14
[8] 문단: 노인은 점쟁이다. 그것을 모르는 연암은 노인의 ‘가죽신과 나막신’ 철학에 매료된다. 그럼에도 노인이 제안(접占)을 거절한다. 노인은 다시 공략한다. “생과일과 냉수를 절대 금하라.” 연암은 노인의 훈계에 매료된다. 점占도 마다하지 않는다. 반면 멋대가리 없는 도사를 더욱 혐오한다.
무엇이 문제인가?
‘생과일과 냉수’는 작가에게 편견을 상징하는 특별한 언어다.[8월14일자] 연암은 ‘생과일과 냉수…’라는 멋진 말씀이 자신이 혐오하는 ‘허망한 점’과 똑 같이 중화中의의 산물임을 모른디.

쌓아서 호위한다. 옹성의 좌우에는 또 동·서 두 대문이 있는데, 네거리가 통하도록 돈대를 쌓고, 그 위에 3층 누각을 세웠다. 문루 밑에는 저절로 십자로가 트였는데, 수레바퀴가 서로 부딪히고 어깨가 서로 닿을 정도로 번화하여, 그 열기와 요란함이 바다와 같았다. 시전市廛들은 한길을 사이에 두고 채색 누각에다가 아로새긴 들창을 달아 금빛 현판에 푸른 방榜을 써 붙였으며, 각양각색의 재화와 보물이 그 속에 가득하다. 시전상인들은 모두 희고 깨끗한 얼굴에 옷과 모자가 모두 선명하고 유려하다.

심양은 본래 우리나라 땅이다. 혹자는 한漢이 4군을 설치하였을 때 이곳이 낙랑의 군청이었는데, 원위元魏(북위)·수隋·당唐 대에는 고구려에 속했다고 한다. 지금은 성경盛京이라 부르는데, 봉천부윤이 백성을 다스리고 봉천부장군 부도통副都統이 팔기를 관할한다. 또 승덕지현承德知縣이 각 부를 설치하여 두 개의 아문衙門을 보좌한다. 문 맞은편에는 향장(가리개 담장)이 있고 문 앞마다 칠목漆木을 교차로 세워서 난간을 만들었다. 장군부將軍府 앞에는 큰 패루 한 채가 서 있는데, 길에서 그 지붕을 바라보니 알록달록한 유리 기와로 덮여있다.[15]

10 박내원 변계함과 함께 행궁行宮 앞을 지나가다가 한 관인을 만났다. 그는 손에 짧은 채찍을 쥔 채 매우 바삐 걸어간다. 내원의 마두 광록光祿이 중국말을 잘하므로 관인을 쫓아가서 한 쪽 무릎을 꿇고 머리를 조아렸다. 관인은 황망하여 얼른 광록을 붙들어 만류한다.

"큰 형님, 왜 이러시오. 편히 하시오."

광록은 머리를 숙여 말했다.

"소인은 조선의 방자幇子이온데, 우리 노야께서 귀국 황제의 궁궐을 꼭 구경하길 마치 하늘같이 바라오니, 감히 영감님의 하락을 청하옵니다."

관인이 웃으면서 말한다.

"그 정도야 어려울 것 없소. 날 따라 오시오."

나는 곧 관인을 쫓아가서 인사를 하고자 했으나 그의 걸음이 나는 듯 빨라서 따라갈 수 없었다. 막다른 곳을 바라본즉 주위에 주홍색 목책木柵을 둘렀는데, 관인이 목책 안으로 들어가면서 이쪽을 돌아다보고는 채찍으로 한 군데를 가리키면서 말한다.

"여기 서서 마음껏 구경하십시오."

관인이 몸을 놀이켜 어딘지 가버리사 박내원이 밀했다.

"이왕 들어가 보지 못할 바에는 여기 우두커니 서 있는 게 싱거운 노릇이야. 여기서 이렇게 한 번 보면 그만이지."

그러고는 박래원은 변계함을 데리고 술집으로 가버렸다. 나는 광록과 함께 목책 안으로 들어갔다. 정문에는 '태청문太淸'이라 적혔는데 문 안으로 걸어 들어가면서 광록이 말했다.

"아까 만났던 관인은 필시 수직장경守直章京일 겁니다. 지난해 하은군河恩君을 모시고 왔을 때도 두루 행궁을 구경했으나 아무도 막는 사람이 없었사오니 아주 마음 놓고 천천히 구경하시지요. 설령 사람을 만나더라도 쫓겨나기밖에 더하겠습니까."

"네 말이 옳다. *汝言是也*"

다시 걸어 들어가다가 진전前殿에 이르렀다. 현판에는 '숭정崇政'이라 하였고, 또 '정대광명전正大光明殿'이라는 현판도 붙어 있다. 왼편은 '비룡각飛龍閣', 오른편은 '상봉각翔鳳閣'이라 하였다. 전전 뒤에는 3층 누각이 있는데 '봉황루鳳凰樓'라 하였으며, 좌우에 익문翊門이 있는데 그 문 안에는 갑군 수십 명이 있어서 길을 막는다.[16]

하는 수 없이 문 밖에서 멀리 바라본즉, 높은 누각들과 겹겹이 세워진 회랑들이 모두 오색찬란한 유리 기와로 지붕을 덮었다. 2층 8각 누각을 '태정전太政殿'이라 하였고, 태청문 동쪽에 신우궁神祐宮이 있다. 신우궁에는 삼청소상三清塑像이 모셔져 있는데, 강희황제의 어필로 제題를 쓰기를 '소격昭格', 옹정황제의 어필로 '옥허진제玉虛眞帝'라 쓰여 있다.

11 행궁을 나와서 내원을 찾으려 한 술집에 들어가는데, 입구에 금빛글씨를 새긴 깃발이 나부낀다.

天上已哆星一顆　　하늘엔 입 딱 벌린 큰 별 하나[17]
人間空聞郡雙名　　인간 세상엔 동명의 고을이 있네.

술집은 붉은 난간에 파란 문 하얀 벽에 그림 기둥인데, 층층이 시렁 위에는 똑 같은 놋 술통들을 나란히 진열하여 붉은 종이로 술 이름을 써 붙인 것이 이루 다 헤아릴 수 없이 많다. 주부 조학동이 그 곳에서 사람들과 술을 마시다가 웃으며 나를 맞이한다. 술집에는 5~6십 개의 접의자와 2~3십 개의 탁자가 있는데, 화분 수십 개가 있어서 방금 저녁 물을 뿌리고 있었다. 추해당과 수구화가 바야흐로 만개하였는데, 다른 꽃들은 모두 처음 보는 것들이다. 조군이 나에게 불수로佛手露(술 이름) 석 잔을 권하였다. 변계함 일행의 행방을 물었더니 모른다 하기에 나는 먼저 일어섰다.

도중에 또 주부 조명회를 만났는데 조 주부는 크게 반가워하며 어디 가서 실컷 술이나 마시자고 한다. 내가 몸을 돌리며 아까 그 술집을 가리키며 다시 저기 가서 마시자고 했더니, 조 주부가 손사래를 친다.

"다른 술집도 많은데 또 그곳으로 갈 필요가 있겠습니까?"

하여 다른 술집에 들어갔는데, 더 화려하고 사치한 것이 조금 전 술집보다 훨씬 나았다. 계란 한 쟁반에 사국공史國公(술 이름) 한 병을 시원하게 마시고 헤어졌다.

어떤 골동품 가게로 들어갔다. 가게 이름은 예속재藝粟齋인데, 수재 다섯 명이 함께 의지하여 살면서 점포를 열었다고 한다. 모두들 나이가 젊고 자태가 아름다웠다. 밤에 다시 예속재로 와서 야화夜話를 나누기로 약속했는데, 그날 밤 나눈 이야기는 모두 《속재필담》에 실었다.

또 다른 점포에 들어갔더니 먼 지방에서 온 선비들이 비단집을 개업한 곳으로 이름은 가상루歌商樓였다. 선비들은 모두 여섯인데 의복과 모자가 산뜻하고 화려하며 행동거지가 단아하였다. 이들도 예속재에 함께 모여 야화夜話를 나누기로 약속하였다.[18]

12 형부刑部 앞을 지나다보니 관아의 문이 활짝 열려있었다. 문앞 주변에는 나무를 X자로 둘러쳐서 난간으로 삼아 함부로 들어오지 못하게 하였다. 나는 외국인임을 믿고 거리낄 것이 없으리라 여기며, 관부官府의 제도를 속속들이 봐 두려는 욕심에 문 안으로 들어섰는데 다행히 아무도 막는 이가 없었다. 한 관인이 단상 위에서 의자에 걸터앉아 있고, 그 뒤에 또 한 사람이 손에 지필을 든 채 시립하여 서 있다. 뜰아래는 한 죄인이 꿇어앉고, 그 좌우에는 한 쌍 사령이 대나무 곤장을 짚고 섰다. 그러나 분부를 내리

18
수재상인들의 정체는 '달'이다. 주인공의 달은 고고한 달이다. 작가에게 달은 '입 딱 벌린 큰 별'이다.

고 받드는 등의 과정에 있어서 호통 한 마디 없이 그저 관인이 죄인을 마주보며 조목조목 취조할 뿐이다. 한참 만에 관인이 큰 소리로 '쳐라'라고 호통하니, 사령이 손에 들었던 곤장을 던지고 죄인 앞으로 달려가서 손바닥으로 따귀를 네다섯 번 때리고 다시 제자리에 돌아가서 곤장을 들고 섰다. 죄인을 다루는 법이 간단하기는 하나, 따귀 때리는 형벌은 여태 들어보지 못한 일이다.[19]

저녁을 먹은 후 달나라로 걸어갔다.[夕飯後步月] 가상루에 들러서 여러 사람을 이끌고 함께 예속재에 이르렀다. 밤이 새도록 이야기하다가 헤어졌다.[20]

19
따귀 때리기라는 형벌은 '반상班常의 법도' 라는 편견의 법이다. 연암은 유창한 언어로 아랫것들의 따귀를 때려온 자신을 성찰하지 못한다.

20
'夕飯後步月' 은 판타지(속재필담)의 시작이다.

天若不愛酒(천약불애주)　　하늘이 술을 좋아하지 않으면

酒星不在天(주성부재천)　　하늘엔 주성酒星이 없을 것이며

地若不愛酒(지약불애주)　　땅이 술을 좋아하지 않으면

地應無酒泉(지응무주천)　　땅에 응당 주천酒泉이 없으리. 21

天地旣愛酒(천지기애주)　　하늘도 땅도 원래 술을 좋아하니

愛酒不愧天(애주불괴천)　　술사랑은 하늘에 부끄럽지 않도다.

已聞淸比聖(이문청비성)　　이미 듣기로 청주는 성인과 같고

復道濁如賢(부도탁여현)　　다시 말해서 탁주는 현인과 같아라.

聖賢旣已飮(성현기이음)　　성인도 현인도 이미 다 마시거늘

何必求神仙(하필구신선)　　신선이야 말할 필요도 없지 않은가.

三盃通大道(삼배통대도)　　석 잔 술로 대도에 통하고

一斗合自然(일두합자연)　　한 말 술로 자연과 합일하니

但得醉中趣(단득취중취)　　깨달음은 오직 취중의 경지라

勿謂醒者傳(물위성자전)　　말도 말게나, 전傳에 깨달음이 있다고는. 22

花間一壺酒(화간일호주)　　꽃밭에 놓인 술 한 동이

獨酌無相親(독작무상친)　　벗도 없이 홀로 따르노라.

擧盃邀明月(거배요명월)　　잔 들어 명월을 맞이하고

對影成三人(대영성삼인)　　그림자 마주하니 세 사람 되었고녀

月旣不解飮(월기불해음)　　달이야 본래 술 마실 줄 모르거늘

影徒隨我身(영도수아신)　　그림자만 공연히 내 몸을 따라오네.

暫伴月將影(잠반월장영)　　잠시 달과 그림자 벗되어 누니나니

行樂須及春(행락수급춘)　　행락은 모름지기 청춘의 그것이라.

我歌月排徊(아가월배회)　　내 노래에 명월이 배회하고

我舞影凌亂(아무영능란)　　내 춤에 그림자 능란하도다.

醒時同交歡(성시동교환)　　취중에 하니 되어 사랑을 하고

醉後各分散(취후각분산)　　깨고 나면 각기 흩어져 헤어지느니

永結無情遊(영결무정유)　　영원한 결합은 무정無情의 경지라 23

相期邈雲漢(상기막운한)　　상봉을 기약하게나, 먼 은하수에서,

—이백의 월하독작月下獨酌 1연 2연—

21
이태백은 공융孔融의 "天垂酒星之耀 地列酒泉之郡(하늘에 주성…… 땅에는 주천……)"에 있는 주성酒星과 주천酒泉을 다시 유행시키고 있다.

22
이백은 책[傳]을 부정하고 술의 미학美學을 창조하고 있다. 북벌에서 북학으로 전향한 연암처럼 더 좋은 공자새깃털로 진화하는 것이다.

23
이백은 자신이 즐기는 고고한 경지를 무정無情의 경지라 한다. 칠정七情의 세계가 아니라 사단四端의 세계다. 결국 책의 미학이나 술의 미학이나 본질은 미친 기세다. 그럼에도 천재적인 시인은 달의 소유자가 되있고 그 아름다운 깃털은 케케묵은 책[傳]의 깃털을 지배한다.

작가는 11문단에서 '입 딱 벌린 큰 별'로 공융의 '주성酒星, 주천酒泉'과 이태백의 '월하독작月下獨酌'을 환기함으로써 일기의 주제를 피력한다. 주제는 역시 '경계넘기'다. 이백은 책의 경계를 넘어 술의 경계를 창조한다.

주인공 연암은 어떤가?

2문단에서 백년의 평화를 만들어낸 청나라 황제를 흠모한다.

4문단에서 예禮를 숭배崇拜하는 게 연암이며, '숭례문崇禮門'이라는 간판을 버젓이 내 건 이 나라의 정체다. 예禮를 숭배하는 연암이 바라는 것은 잘 길들여진 강아지 같은 인간들이다.

6문단에서 연암은 부처님을 흉내 낸다. '나는 비루한 인간의 눈으로 세상을 보지 않아.'

7문단에서 연암은 고루한 '사주四柱보기'를 마다하지만, 결국 점쟁이의 농간에 걸려들고 말았다. 북벌론을 거부하고 북학을 선택한 것이 이런 것이다.

11문단에서 수재상인들은 또 다른 점쟁이들이다. 그럼에도 이미 눈을 잃어버린 연암의 눈에는 너무나 멋져 보인다.

성경잡지盛京雜識란 성경盛京의 여러 가지[雜] 표지들[識]. 눈을 잃어버린 주인공에게 성찰의 전기를 마련해주기 위해서 작가가 제공한 단서들이다. 작가의 표지를 전달하는 것은 두 부류의 사기꾼들. 전반부 〈속재필담〉 〈상루필담〉은 엉터리 경전을 창조하는 사기꾼들을 보여주는 판타지이며, 후반부의 일기는 현실의 사기꾼들이다.

성경잡지 | 맹신자를 위한 사기꾼의 표지들

'상부구조-하부구조'를 위한 2중판타지

7월 11일 기해己亥.[24]

개었다. 몹시 덥다. 심양에서 묵다.

1 아침 일찍 성 안에 수레 같은 대포소리기 들린다. 대개 상점들이 아침에 일어나 문을 열 때면 으레 종이 딱총을 터뜨리는 게 관습이다. 급히 일어나 가상루로 갔다. 여러 사람이 또 모여앉아 조용히 대화를 나누었다. 숙소로 돌아와 조반을 먹고 다시 여러 사람들과 함께 거리 구경을 나섰다.[25]

2 길에서 두 사람을 만났는데 서로 어깨동무[結臂]를 하고 간다. 생김새들이 모두 수려하고 우아하기에 혹시 문인文人이나 사객詞客인가 싶어서 그 앞에 가서 읍을 한즉, 두 사람은 어깨동무를 풀고[解臂] 답례를 아주 공손히 하고는 이내 약방으로 들어간다. 나도 뒤좇아 들어갔다. 그들은 빈랑檳榔(열대과일) 두 개를 사서 칼로 쏘개어 네 조각으로 나누어 나에게 먹어보라 권하고는 자기네도 씹어 먹는다. 나는 그들의 성명과 거주를 글로 써서 물었다. 두 사람이 모두 망연히 쳐다보기만 하는 것으로 보아서 그들은 '해자解者'가 아닌 모양인지, 길게 읍하고는 가버린다.[26]

24

속재필담(10일 밤 이야기)과 상루필담(11일 밤)에 앞서 11일의 일기를 둔 것은, 두 필담에 대한 오리에테이션이기 때문이다.

25

10일자 일기 및 '속재필담'과 알리바이가 맞지 않는다. 두 개의 필담은 존재하지 않는 시간의 이야기로서 '판타지'라는 말이다.

26

2 문단은 우언이다.
두 사람은 결견結臂과 해견解臂으로 한 사람이 되었다 두 사람이 되었디 킨디. 빈랑檳榔을 쪼갠다. 인간과 사회를 두 개로 쪼개이 성찰히겠디는 암시다.
불해자不解者는 중의법重意法이다. ①글자를 알지 못한다. ②해자가 아니다. 해자解者는 장자 제물론에서 '메시아'를 말한다. 후술한다.

3 해마다 연경에서 심양의 여러 아문(관아)과 팔기八旗의 봉급을 지급하면 심양에서 다시 흥경興京·선창船廠·영고탑寧古塔 등지로 나누어 보내는데, 그 돈이 1백 25만 냥이라 한다.[27]

4 저녁에는 달빛이 더욱 밝다. 변계함에게 함께 가상루에 가자고 하였더니, 변군이 쓸데없이 수역에게 가도 좋으냐고 물었다. 수역의 눈이 휘둥그레지면서 질책하였다.

"성경은 황성이나 다름없는데 어찌 함부로 밤에 나다닌단 말씀이오."

수역의 호통에 변군은 완전히 기가 꺾이고 말았다. 수역은 실로 어젯밤의 일을 모르는 모양이다. 만일 알게 되면 나도 붙잡힐까 두려워서 일부러 알리지 않고 홀로 빠져 나갔다.[28]

장복에게는 혹시라도 나를 찾는 이가 있으면 잠시 뒷간에 갔다고 둘러대라고 일러두었다.

27

125만 냥은 '황성→심양→흥경 등'으로 간다. 연암은 그 반대의 흐름을 간과하였다. 황성에서 돈이 나온다면, 황성으로 들어가는 돈이 있을 것이다. 또한 그 돈(有)의 '착취'를 견인하는 보이지 않는 힘(無)이 있을 것이다.

28

'황성은 밤에 나다니지 못한다.' 이것이 수역의 언행 이면에 있는 대전제다.
'수역이 알면 연암을 붙잡는다.' 이것이 연암의 언행 이면에 있는 대전제다.
모두 엉터리 대전제들이다.
'대전제를 맹신하지 말라.'

夢飮酒者	꿈속에서 술을 마신 사람이
旦而哭泣	아침에 일어나 울고,
夢哭泣者	꿈속에서 통곡하며 눈물 흘린 사람이
旦而田獵	아침에 일어나 밭 갈고 사냥한다네.
方其夢也	한창 꿈을 꾸고 있을 때에는
不知其夢也	그것이 꿈인 줄도 모르고
夢之中又占其夢焉	꿈속에서 꿈을 꾸어 점을 치지 않던가.
覺而後知其夢也	꿈에서 깨어난 뒤에야 꿈인 줄 아는 법
且有大覺而後	또한 유유도 크게 깨달은 다음에야
知此其大夢也	여기가 커다란 꿈속인 줄 알지.
而愚者自以爲覺	그럼에도 우자는 깨달았노라 자처하여 29
竊竊然知之	도둑고양이처럼 아는 체하면서
君乎牧乎固哉	왕이여 재상이여 부르며 미혹에 빠뜨리는구나.
丘也與女	그게 바로 곡자인 바, 공자가 네게 한 말은
皆夢也	모두 꿈속의 말이라네.
予謂女夢	너의 허황한 꿈을 지적하는 내 말도
亦夢也	또한 꿈속의 잠꼬대라네.
是其言也	이런 이야기는
其名爲弔詭	조궤(≒궤변)라 하겠지만
萬世之後而一遇大聖	만세가 지난 후 한 번 큰 성인을 만나면
知其解者	그 '해자解者'를 알아볼 것이니 30
是旦暮遇之也	아침에 헤어져 저녁에 만날 격이 아니겠느냐.

29
통렬한 공자비판이다. 그러나 연암은 장자의 비판을 비판한다.

30
장자는 공자의 기망欺罔에서 인간을 구할 메시아[解者]를 기다린디. 그러니 결괴는 무엇인가?

『장자』 제물론濟物論에 있는 구작자瞿鵲子의 질문에 대한 장오자長梧子의 대답 형식의 글이다.

"우자愚者는 깨달았노라 자처하여 …왕이여 재상이여 부르며 미혹에 빠뜨리는구나."

장자는 공자를 우자라 비난하면서, 메시아[解者]를 기다린다. 그러나 만세가 지난 후 실현된 결과는 무엇인가?

장자가 예언한 메시아[解者]는 오지 않고, 공자의 도道가 대대손손 중화세계를 지배해온 것이다. 어찌된 일인가?

거기에 대한 대답이 열하일기이며, 쌍둥이필담(속재필담과 상루필담) 과 〈호질〉, 그리고 「옥갑야화」 등의 판타지다.

일기의 핵심은 2문단의 우언이다. 두 사람은 결견結臂과 해견解臂으로 모습을 바꾼다. 그리고 빈랑檳榔(사랑방)을 쪼갠다. 하나의 인간이 까마귀인간과 공작새인간으로, 하나의 기관(사회)이 숙儵(하부구조)과 홀忽(상부구조)로 쪼개진다. 이것이 인간과 사회를 바라보는 작가 연암의 눈이며, 주인공이 회복해야 할 철학의 눈이다.

> ### ※열하일기와 판타지
>
> 자잘한 우언들을 제외하고, 열하일기에는 세 개의 판타지가 있다. 2중판타지(속재필담과 상루필담), 호질, 옥갑야화가 그것이다.
>
> 1. 속재필담과 상루필담: '상부구조−하부구조'를 움직이는 사람들.
> 2. 호질: '상부구조−하부구조'에서 바라본 중화세계.
> 3. 옥갑야화: '상부구조−하부구조'의 타도와 건설을 위한 혁명.
>   열하일기는 타도와 건설의 서사다. 타도해야 할 것은 인간을 기망하고 착취하는 '상부구조와 하부구조'다. 건설해야 할 것은 인간적인 '상부구조와 하부구조'다. 세 개의 판타지는 열하일기의 골격이다.

성경잡지 | 맹신자를 위한 사기꾼의 표지들

속재필담: 골동품장수들의 깃털극장

속재필담粟齋筆談

나오는 사람들.

전사가田什可

자는 대경代耕, 또 다른 자는 보정輔廷. 호는 포관抱關이며 무종인無終人이다.[31] 스스로 전주田疇의 후손이라 한다. 고향은 산해관山海關인데, 태원인太原人 양등楊登과 함께 이곳에 점포를 내었다. 나이는 스물아홉이요, 신장은 칠척이며 넓은 이마와 높은 코에 풍채가 준수하다. 그는 옛 골동품의 내력을 잘 알고 남에게 다섯나감한 성품이다.

이구몽李龜蒙

자는 동야東野 호는 인재麟齋이며 촉蜀 땅의 면죽인綿竹人이다.[32] 나이는 서른아홉이요, 신장은 칠척이다. 입이 네모반듯하고 하관이 널찍하다. 글 읽는 소리가 낭랑한 것이 마치 관악기 소리 같다.

목춘穆春

자는 수환繡寰이며 호는 소정韶亭. 촉蜀 사람이다. 나이는 스물넷

31
포관抱關은 문지기 또는 청지기. 무종인無終人은 '끝이 없는 사람' 으로서 대대로 내려온 청지기들을 말한다.

32
구몽은 호곡장론의 육노망 선생의 이름이다. 또한 주공周公의 후예가 동야씨다. 그만큼 동야는 주역 등 경전에 능통한 '중화의 혈통' 이다.

이요, 눈매가 그린 듯 수려하나 글을 모르는 게 흠이다.

온백고溫伯高

자는 목헌騖軒이며 촉蜀 땅의 성도인成都人이다. 나이는 서른하나
인데 역시 까막눈이다.

오복吳復

자는 천근天根이며 항주인杭州人이다. 호는 일재一齋. 나이는 갓
마흔이다. 학문은 깊지 않지만 성품은 온화하고 중후하다.

비치費穉

자는 하탑下榻이며, 호는 포월루抱月樓 또는 지주芝州 또는 가재
稼齋로 대량인大梁人이다. 나이는 서른다섯인데 아들을 여덟이나
두었다. 서화에 능하고 조각도 잘하며, 또한 능히 경전을 담론한
다. 집이 가난한데도 남들을 잘 도와주는데, 이는 여러 아들들
이 복을 받게 하기 위함이라 한다. 목수환·온목헌을 위하여 회
계를 보아줄 목적으로 방금 촉에서 돌아온 것이라 한다.[33]

배관裴寬

자는 갈부褐夫이며 노룡현盧龍縣 사람이다. 나이는 마흔일곱이
요, 신장은 7척 남짓하다. 아름다운 수염에 술을 잘하고 필체가
나는 듯 하며, 너그러운 품이 장자의 풍도를 지녔다. 스스로 '과
정집薖亭集' 두 권을 출판하고 또 '청매시화靑梅詩話' 2권을 지었
다. 아내 두杜씨는 29세에 죽었다. '임상헌집臨湘軒集' 한 권이 있
어서 나에게 서문을 부탁하였다.

그 외 몇몇 사람이 더 있으나, 모두 녹록하여 기록할 가치가 없
다. 목수환이나 온목헌 같은 풍채도 없는 한낱 장사치 무리에 불
과하여, 이틀 밤이나 함께 놀았지만 이름도 잊어버렸다.

연암 (목춘을 바라보며)그림 같은 눈매를 가진 젊은이가 멀리 고향을 떠나와 있음은 무슨 까닭이오? 동야와 온공과는 모두 촉 사람인즉 친척이라도 되는 것이오?

동야 그에겐 아무것도 묻질 마십시오. 그의 얼굴은 비록 관옥冠玉처럼 수려하지만 머릿속엔 아무 것도 든 게 없답니다.

연암 평가가 너무 지나치지 않소!

동야 온형과 수환은 이종형제지만 저와는 아무런 관계가 없습니다. 우리 세 사람이 배에다 촉蜀의 비단을 싣고 병신년(1776) 2월에 촉을 떠나 삼협三峽을 거쳐 오중吳中(강소성)으로 들어가 물건을 넘기고 장사를 하려고 구외口外(만리장성 밖)로 니와 이곳에 점포를 낸 지 벌써 3년이랍니다.

나는 목춘에게 끌려서 기어코 그와 필담을 하려고 하였지만, 동야가 손을 저으면서 만류한다.

동야 온과 목 저 두 분은 입으론 봉황을 읊을 수 있으나 눈으론 '돼지 시豕'와 '돼지 해亥'를 분간하지 못하는 까막눈이랍니다.

연암 그럴 리가요?

배관 허튼 소리가 아닙니다. 귀로는 수천 권의 경전을 들었지만 눈엔 '고무래 정丁'자도 빅지 않는답니다. 하늘에 글 모르는 신선이 없는데, 오히려 인간 세상에 말 잘하는 앵무새가 있는 셈이죠.

연암 그렇다면 진림陳琳 같은 문장가의 글이라 해도 그들의 두통을 낳게 하는 데는 아무런 소용이 없겠군요.

배관 이것이 도도滔滔한 흐름이랍니다. 한漢이 육국六國을 봉하고 나서 곧 그것이 잘못임을 깨달았다는 고사와도 같이 이른바 귀로 들어가서 입으로 새어나오는 공부법이라는 거죠. 지금 향교나 서당에서도 글 읽기에만 급급할 뿐, 강의를 하지 않습니다. 그런 까닭에 귀로 듣는 것은 요요了了하지만 눈으로 보면 망망茫茫하고, 입으로는 능히 제자백가를 양양洋洋하지만 손으로는 한 글자를 쓰기도 알알戛戛합니다.

동야 귀국의 공부법은 어떻습니까?

연암 책을 펴놓고 읽는 법을 가르치되 소리와 뜻을 함께 익힌답니다.

배관 (연암의 글에다 동그라미를 치며)그 법이 정말 옳습니다. 34

2

연암 비공은 언제 촉을 떠나셨습니까?

비치 이른 봄이었습니다.

연암 촉에서 여기가 몇 리나 됩니까?

비치 한 5천여 리나 된답니다.

연암 비공의 여덟 용龍(아들)은 모두 한 어머니가 낳으셨나요?

비치가 대답을 못하고 미소만 짓자 배관이 끼어들었다.

배관 아닙니다. 소실 두 분이 좌우에서 끼고 도와 드렸답니다. 난 저 사람의 팔룡八龍이 부러운 게 아니라 마누라들이나 한 번 간음해 봤으면 좋겠소이다. 35

還有兩小夫人 左右夾助 吾不羨他八龍 慕渠一姦

배관의 농담에 온 방안 사람들이 폭소를 터뜨렸다.

연암 오실 때 검각劍閣의 잔도棧道를 지나셨나요?

비치 그럼요. 좁디좁은 조도鳥道 일천 리, 하루 열두 시간을 걸어도 줄곧 원숭이 소리뿐이죠.

배관 정말 촉蜀으로 가는 길은 배로 가나 뭍으로 가나 험난합니다. 이백의 시에 이른바 '하늘에 오르기보다 더 어렵다難於上天'이라는 말이 바로 이를 두고 하는 말이죠. 내가 신묘년辛卯年(1771년)에 강을 거슬러 촉蜀으로 들어갈 때에는 74일 만에 겨우 백제성白帝城에 닿았습니다. 배를 탈 때는 때마침 늦은 봄철이라 강 언덕에는 백화가 만발하였지요. 쓸쓸한 창 아래 나그네 외로운 밤 길기도 한데 소쩍새는 피를 토하고 원숭이는 울부짖으며 학이 울고 매가 웃으니, 이것은 고요한 강물 위의 달 밝은 경치였습니다. 절벽 위에서 떨어져 내리는 큰 바위들이 강물 위에서 서로 부딪히며 번갯불이 번쩍이니, 이것은 여름 장마 때의 경치입니다. 이런 길을 걸어서 비록 100근 황금덩이와 1,000필의 비단이 생긴다 한들 머리칼이 세고 가슴이 타는 그 고생을 어찌 하겠습니까?

연암 비록 고생이야 하겠지만, 그런 경치라면 저 육방옹陸放翁의 '입촉기入蜀記'를 읽을 때처럼 미상불 흥겨워 춤이라도 너풀너풀 추고 싶지 않을까요?

배관 꼭 그렇지도 않습니다.³⁶

3

이날 밤에는 달이 대낮처럼 밝았다. 전사가가 술과 음식을 차리느라고 이경二更에야 겨우 돌아왔다. 호떡 두 소반, 양 곱창 곰국 한 동이, 오리고기 한 소반, 닭찜 세 마리, 삶은 돼지 한 마리, 과실 두 쟁반, 임안주臨安酒 세 병, 계주주蓟州酒 두 병, 잉어 한 마리, 백반白飯 두 냄비, 잡채 두 그릇. 모두 돈으로 친다면 열두 냥 어치나 된다. 포관(전사가)이 앞으로 나와 공손히 말했다.

포관　지주地主로서 박의薄儀를 갖추느라고 오늘밤 선생님의 좋은 말씀을 듣지 못하였습니다.

연암　(교의에서 내려 예를 갖추며)이렇게 수고하시니 도리어 받기가 황송합니다.

일동　(일어서면서)멀리서 귀하신 손님이 오셨는데 도리어 부끄럽습니다.

모두들 일제히 일어나서 자리를 옮기고 점방 문을 닫았다. 들보 위에 부채 모양의 사초롱 한 쌍을 달았는데, 겉에는 꽃과 새, 유명한 시구詩句가 적혀 있다. 그리고 네모난 유리등 한 쌍이 낮처럼 밝게 비친다. 여러 사람들이 각기 한두 잔씩 권하는데 닭이나 오리는 모두 주둥이도 발도 떼지 않았고, 양고기 국도 비위에 맞지 않아서 떡과 과실만 먹었다. 포관이 필담한 종이쪽을 두루두루 열람하고는 연신 "좋아, 좋아."하고 감탄한다.

포관　선생께서 아까 저녁 전에 골동을 구하셨으면 하시더니, 어떤 양식의 진품眞品을 구하시렵니까?

연암　비단 골동뿐만이 아니라 문방사우까지도 사고 싶습니다. 정말 희귀하고 고아한 것이라면 값은 따지지 않으렵니다.

포관　선생께서 곧 북경에 들르시면 유리창琉璃廠 같은 데도 들르실 테니 구하기는 어렵지는 않을 것입니다. 다만 진품과 짝퉁을 분간하기가 쉽지 않을 텐데, 선생의 감식력은 어느 정도나 되시는지요?

연암 궁벽한 바다 구석에 살고 있는 사람이라 감식안이 고루한데, 어찌 진짜 가짜를 분간하겠습니까?

포관 이곳은 말이 좋아 행도行都이지 중국에선 촌구석이라 단지 몽고나 영고탑 또는 선창 등지를 상대로 상품을 매매하는데, 오랑캐 습속이 유치하고 미련하여 우아한 것을 감상할 줄을 모르므로 '비색고요秘色古謠'는 거의 여기까지 오지 않습니다. 하물며 은殷 주周의 제사그릇 같은 것이야 어디 있겠습니까. 귀국의 미美에 대한 편력도 중국 내지와는 달라서 일찍이 귀국 상인들을 보았더니 비록 차와 약재 같은 것들을 사면서도 상품의 질은 따지지 않고 무조건 값만 것만 찾더군요. 그러고서야 어떻게 진짜 가짜를 논할 수 있겠습니까.[37] 차나 약재뿐만 아니라 모든 물건이 무거워 실어 나르기 어려우니까 으레 변문에서 사가지고 돌아가더군요. 그러므로 북경 장사꾼들이 미리 내지內地에서 쓰지 못할 물건들을 변문으로 넘겨 보내서 서로 입을 맞추어 사기를 쳐서 폭리를 취한답니다. 그러니 선생께서는 구하시는 것은 세속에 널린 싸구려가 아니고, 또 우연히 타향에서 만나 불과 몇 마디 말을 주고받은 사이이지만 벌써 지기知己가 되었으니, 비록 '중심中心'을 선물하진 못할망정 어찌 가짜를 내놓아서 인상을 구기겠습니까?

연암 선생의 이 말씀은 진심에서 우러나오는 것이니, 가히 '이미 술로 취하게 하고 또 덕德으로써 배부르게 한다.[既醉以酒

37
조선 상인들은 싸구려들만 사간다. 전사가는 연암에게 열심히 선전한다. 진짜를 구입하라고.

又飽以德]' [38]고 할 만합니다.

포관 너무나 과분한 사랑이십니다. 내일 아침 다시 오시면, 점포에 있는 감상할 물건들을 진열해 놓겠습니다.

비치 내일 아침 일을 미리 강의할 필요는 없소이다. 오늘은 선생을 모시고 이 밤의 즐거움을 다하도록 합시다.

여러 사람들이 모두 "옳소."라고 호응한다.

4

포관 옛날 공자께서도 "오랑캐의 땅에 살고 싶다. 군자가 그곳에 산다면 무슨 비루함이 있겠느냐." 하셨습니다. 상공相公께서 비록 편방에서 태어나셨으나 기氣가 넓고 높고 밝아서 문文은 능히 공맹孔孟의 서書를 통달하시고 예禮는 능히 주공周公의 도道에 이르셨으니, 이미 한 분의 군자이십니다. 다만 한스러운 것은 우리가 서로 떨어진 땅에서 각자 하늘 한 모퉁이 아래서 살고 있는데, 이렇게 만나 서로 마음의 회포를 다 풀지 못한 채 만나자 곧 헤어지게 되니 이를 어찌 하오리까 어찌 하오리까[奈何奈何]. [39]

동야 (전사가의 필담종이에 수없이 동그라미를 치면서)실을 엮어서도 표현하지 못할 애처로움이 실로 내 마음을 붙드는구려.

다시 두어 순배 술잔이 돌아간다.

동야 이 술 맛은 귀국의 것과 비교하여 어떻습니까?

연암 임안주는 너무 담백하고, 계주주는 지나치게 향기로워서, 본분이 청淸의 향기가 아닌 듯합니다. 우리나라 법法도 서원[都有]에서 빚습니다. [40]

[臨安酒太淡 薊州酒過香 似非本分清香 弊邦法醸都有]

포관　소주燒酒도 있습니까?

연암　있습니다.

포관은 곧 몸을 일으켜 벽장에서 비파를 꺼내어 몇 곡조를 뜯었다.

연암　옛날에도 연燕·조趙에는 비분강개한 노래를 부르는 선비가 많다고 일컬었으니 여러분도 응당 노래를 잘 하시겠죠. 원컨대, 한 곡조 들려주시지요.

배관　잘 부르는 이가 없답니다.[41]

동야　옛날 연·조의 비분강개한 노래는 가난하고 작은 나라의 선비로서 뜻을 이루지 못한 선비들에게서 나온 것이었죠. 지금이야 사해가 한 집이 되고 성스런 천자天子가 위에 계셔서, 사민四民이 생업을 즐기고 현자賢者는 깃털 옷[羽衣]을 입고 의례儀禮를 갖추어 밝은 조정에 나가 갱재시가賡載是歌(임금과 신하가 서로 인정하는 찬양가)를 부르고, 우자愚者는 강구康衢의 연월煙月 속에서 경착시가耕鑿是歌(밭 갈고 우물 파며 부르는 노래)를 부르며 아무런 불평이 없는데, 어찌 비가悲歌가 있을 수 있겠나이까.[42]

연암　성스런 천자가 위에 계시면 나아가 섬김이 마땅할 것인데, 여러분은 모두 당세當世의 영걸英傑이라 재주가 높고 학문이 출중하거늘, 어찌 벼슬[仕]을 하지 않으시고 이렇게 시장판에서 녹록하게 묻혀 지내십니까?

배관　벼슬이야 '벼슬 사仕'를 가진 전사가田仕可에게나 어울리는 일이죠.

배관의 농담에 좌중은 한 바탕 폭소를 터뜨렸다.[43]

동야　벼슬이야말로 때와 운수가 있는 것인즉, 함부로 욕심낼 일은 아닐 것입니다.

동야는 곧 책꽂이 위에서 선문選文 한 권을 뽑아서 나에게 한 번 읽기를 청한다. 나는 곧 '후출사표後出師表'를 골라 우리나라식 구두법을 달지 않고 높은 소리로 읽었다. 여럿이 둘러앉아 듣다가 무릎을 치며 좋아하지 않는 이가 없다. 동야는 내가 다 읽기를 기다려서 유량庾亮의 '사중서감표辭中書監表'를 골라 읽었다.44 그의 높았다 낮았다 하는 음절이 분명해서 비록 글자를 하나하나 알아들을 수는 없으나 지금 어느 구절을 읽고 있는지는 충분히 알 수 있었다.

5

벌써 달이 지고 밤이 깊었는데 문 밖에는 인기척이 끊이지 않았다.

연암 성경에는 나금邏禁(순라巡邏가 통행을 금지하는 것)이 없습니까?

포관 있습니다.

연암 그런데 길에 행인이 끊이지 않음은 무슨 까닭입니까?

포관 다들 긴한 볼일이 있는 거겠죠.

연암 아무리 볼 일이 있다한들, 어찌 밤중에 나다닐 수 있단 말입니까?

포관 왜, 못 다니겠습니까. 등燈이 없는 자는 감히 다니지 못합니다.45 거리거리마다 군포軍舖가 있어 갑군들이 창과 곤봉을 들고 지켜 서서 도적들을 감시하기를 낮과 밤의 구별이 없이 하는데, 어찌 밤이라고 다니지 못하리까.

연암 그렇다면 밤이 깊어 졸음이 쏟아지는데, 이제 저는 초롱을 들고 사관으로 돌아가야겠군요.

44
유량은 동진 명제 때의 실권자로서 '중서감'이라는 자리에서 물러나 영창현공이 되어 권력을 농단했다. 연암은 후출사표로 출사를 권유한다. 그러나 동야는 사중서감표로 더 좋은 권력을 위해서 벼슬 따위는 사양하겠다고 화답한다.

45
등이 없는 자는 신분이 낮은 상민 천민들이다.

배관　(전사가와 한 목소리로) 불편불편不便不便. 돌아가는 것은 안 됩니다. 반드시 파수꾼에게 검문을 당할 것입니다. 이 깊은 밤에 혼자서 어딜 왕래하느냐 추궁할 것이고, 선생께서 이 곳 처소까지 밝히면 이곳이 시끄러워질 것입니다.[46] 선생께서 졸리신다면 이 누추한 곳에서라도 잠시 눈을 붙이시죠.

목춘이 곧 일어나서 탑榻 위의 털방석을 말끔히 털고 나를 위해서 누울 자리를 마련해 주었다.

연암　이젠 졸음도 갑자기 달아났군요. 다만 나 때문에 여러분께서 하룻밤 잠을 설칠까 걱정입니다.

일동　아니오, 전혀 졸리지 않습니다. 이도록 고귀하신 손님을 보시고 아름다운 이야기로 하룻밤을 지새우는 것은 평생 얻기 어려운 좋은 인연인가 합니다. 이런 밤이라면 하룻밤이 아니라 석 달 밤을 지샌다한들 어찌 싫증이 나겠습니까.

모두들 흥이 도도하여 다시 술을 데워오라 안주를 가져 오라 야단들이다.

연암　술을 다시 데울 필요는 없습니다.

일롱　찬 술은 페肺를 해칠 우려가 있을뿐디리 술독이 이[齒]에 스며듭니다.[47]

오복吳復이란 자는 밤새도록 단정히 앉았는데 눈매가 범상치 않기에 그에게 물었다.

연암　일재一齋선생께선 오중吳中을 떠나신 지 몇 해나 되시는지요.

오복　열한 해나 되었습니다.

연암　무슨 일로 고향을 떠나 이렇게 바쁘게 사십니까?

46

불편불편, 동어반복의 화법이다. 연암이 돌아갈 수 없는 것은 신분이 낮아서가 아니다. 예속재는 중대한 국가 프로젝트를 수행하는 곳이므로 보안통제가 엄격하기 때문이다.

47

10일자 일기 卍체뇨에서 만난 복녕의 '생과일과 냉수를 경계하라' 는 말과 같은 말로서 중화주의라는 동질성을 보여준다.

오복　장사를 평생의 업으로 삼고 있기 때문이죠.

연암　가족들도 이곳에 따라와 계십니까?

오복　나이는 벌써 40세입니다만, 아직 장가는 들지 못했습니다.

연암　오서림 선생의 휘는 영방穎芳으로서 항주杭州의 고명한 선
　　　　비이신데 혹시 노형의 일가가 아닙니까?

오복　아닙니다.

연암　해원解元 육비와 철교鐵橋 엄성과 향조香祖 반정균은 모두
　　　　서호西湖의 명망 높은 선비들인데 노형은 혹시 잘 아시는
　　　　지요?

오복　모두들 서로 이름을 통한 적도 없습니다.[48] 제가 고향을
　　　　떠난 지 오래되었으니까요. 다만 육비가 그린 모란그림을
　　　　본 기억은 납니다. 그는 호주湖州 사람입니다.

조금 뒤에 이웃 닭들이 서로 홰를 친다. 나는 매우 고단한데다
술까지 취하여 탁자 위에 걸터앉은 채 꾸벅꾸벅하다가 곧장 코를
골고 잠이 들었다. 훤하게 밝아올 무렵에야 놀라서 일어났다. 주
위를 둘러보니, 다른 사람들 역시 탑 위에 자리를 깔거나 혹은 의
자에 앉은 채 잠들어 있었다. 홀로 두어 잔 술을 기울이고 배관을
흔들어 깨워서 가노라 고하고는 곧 숙소로 돌아오니 벌써 아침 해
가 떴다. 장복은 깊은 잠에 빠졌고 일행 상하가 모두 일어나지 않
았다. 장복을 툭 차 깨워서, "누가 날 찾는 이가 없었느냐?"하고 물
었더니, 장복은 "아무도 없더이다."한다. 곧 세숫물을 재촉하여 망
건을 두르고 바삐 상방上房으로 갔다. 여러 비장과 역관들이 바야
흐로 정사에게 아침 문안을 아뢰는 중이었다. 아무도 간밤의 일을
눈치 채지 못한 것을 마음속으로 적이 기뻐하며, 장복에게 "입 밖

에 내지 말라."고 분부하였다.

6

아침 죽을 약간 마시고 곧바로 예속재에 갔다. 모두들 돌아가고, 포관과 동야가 옛 기물들을 진열하다가 나를 보고는 깜짝 놀라며 나를 반긴다.

포관 선생은 밤을 새고도 고단하지 않습니까?

연암 비적은 밤낮을 가리지 않는 법입니다.[49] [夙夜匪懈]

포관 그럼, 차나 한 잔 드시죠.

조금 앉았으려니 한 아름다운 청년 하나가 밖에서 들어와 찻잔을 받들어 내게 권하였다. 이름을 물었더니 부우재傳友梓라 하고, 집은 산해관에 있으며 나이는 열아홉이라 한다. 선생이 골동품들을 다 진열하고 나에게 감상을 청한다. 호壺(호리병)과 고觚(술잔) 정鼎(솥) 이彛(그릇, 제기) 등이 모두 열하나인데, 큰 것 작은 것 둥근 것 모난 것이 제각기 다르고, 그 빛과 색깔이 하나하나가 고아古雅하여, 관지款識를 살펴보니 모두 주周·한漢 시대의 물건이다.

포관 무늬[文]를 고증할 필요는 없습니다. 이들은 모두 최근 금릉·하남 등지에서 새로 주조한 것이라, 꽃무늬와 관지는 비록 옛 것을 본떴지만 모양부터가 질박하지 않고, 빛깔 또한 순하지 못해서, 만일 이것들을 진짜 고동古銅 사이에 갖다놓으면 사史와 야野인지 대번에 탄로 날 것입니다. 제가 비록 몸은 시전市廛에 있지만 마음은 늘 학교學校에 두고 있던 차에 이제 군자를 만났으니 마치 백붕百朋을 얻은 심정인즉, 어찌 위조품을 내밀어 오점을 남겨서 백년을 부심負心하겠습니까?[50]

49
'숙야비해夙夜匪懈'는 『시경』 대아大雅 증민烝民에 나오는 구절이다.[6월 27일자 일기 참조] 연암은 자기 자신을 비적에 비유하고 있다. 그러나 더 큰 비적은 다름 아닌 전포관이다.

50
골동품[古董]은 이미 고동古銅으로 바뀌었다. 예속재가 출판에 관계된 곳이라는 말이다.
사史와 야野: 논어 옹야雍也편16장(子曰 質勝文則野 文勝質則史 文質彬彬然後 君子)
몸은 시전에 마음은 학교에: 논어 옹야편 18장(子曰 知之者 不如好之者 好之者 不如樂之者)
위조품을 내밀이……: 논어 옹야편 17장(子曰 人之生也直 罔之生也 幸而免)
결국 포관의 말은 논어 옹야편에 대한 풍자다. 후술한다.

나는 여러 기물들 중에서 창 같은 귀가 달리고 석류 모양의 발이 달린 화로 하나를 들고 자세히 훑어보니, 납다색臘茶色에 제법 제도가 정밀하였다. 들어 올려 화로 밑바닥을 보니 '대명선덕년제大明宣德年製'라고 양각으로 새겨져 있었다.[51]

연암 이 주조법이 자못 빼어나지 않습니까?

포관 사실대로 말씀드린다면 이것은 선덕 연간에 만든 화로가 아닙니다. 선덕 연간의 화로는 대개 납다색 수은으로 잘 문질러서 속속들이 스미게 한 뒤 다시 금가루를 이겨 칠하였으므로, 오랜 세월 불을 피워 사용하다보면 저절로 붉은 빛으로 변하는데, 그것을 어찌 함부로 흉내 낼 수 있겠습니까.

연암 옛날 동銅에 청록색 주반珠斑(주사의 얼룩무늬)이 생기는 것은 흙 속에 오랫동안 파묻어 두었기 때문이라 하여 무덤 속 골동품이 귀하다고 하지 않습니까? 그런데 이 그릇들이 갓 주조한 것이라면 어떻게 이런 빛깔을 낼 수 있는지요?

포관 그것은 불가합니다.[次不可不可][52] 대략 옛날 동銅은 흙 속에 들어가면 청색이 되고 물에 들어가면 녹색이 됩니다. 무덤에서 나온 부장품은 수은 색깔을 띠는 것이 많은데, 누군가는 시체의 수은이 스며든 것이라고 하지만, 그것은 사실이 아닙니다. 상고시대에는 흔히 수은으로 염殮을 하였기 때문에 제왕이 능묘에서 출토된 물건들이 수은으로 점염沾染되어 있었습니다. 해가 지날수록 깊이 스며들기 때문에 대략 신구와 진위가 쉽게 분별이 됩니다. 옛 기물은 비단 동육銅肉이 질박하고 두터울 뿐 아니라 본신

本身이 발광하여 천연적으로 형형한 윤기가 납니다. 그러나 수은색은 역시 전체에서 나오는 것이 아니라 혹은 반면에 혹은 귀에 혹은 다리에 부분적으로 나타나거나 때로는 반점으로 나타나기도 합니다. 청록색 주반珠斑도 역시 마찬가지입니다. 때로는 반심반천半深半淺 하고 때로는 반정반탁半淨半濁 하고. 그러나 탁濁하다고 더러운 것이 아니라 무거운 것이 가라앉아 거칠게 투명하며, 정淨하다고 건조한 것이 아니라 습기가 찬 것처럼 반질반질한 윤기가 흐릅니다. 가끔 주사硃砂가 점점이 깊숙이 침투한 것이 있는데, 가장 무거운 것이 갈색입니다. 이것이 흙속에 들어가 해를 묵다 보면 정색 녹색 비췌색 붉은 색으로 변하며 섬김이 반점을 이루어 버섯반점[芝菌斑] 같기도 하고 구름에서 머리를 내민 햇무리 같기도 하고 흩날리는 눈꽃송이 같기도 합니다. 이것은 흙 속에서 천년을 묵지 않고서는 불가능한 것으로 최상품이라 할 수 있습니다.[53]

옛날 명나라 선종황제가 갈색 무늬를 좋아해서 선덕연간에 만든 화로는 갈색이 많습니다. 최근 섬서에서 선덕연간의 제품을 많이 모방했는데, 선덕연간의 제품에는 꽃무늬가 없다는 사실을 몰랐으니, 꽃무늬를 넣어 만든 것은 모두 모조품입니다.[54]

빛깔을 비슷하게라도 내는 방법은 그릇을 주조한 뒤에 칼로 문양紋과 이치理를 새깁니다. 그 다음 땅 구덩이를 파서 소금물 몇 동이를 붓고 마를 때까지 기다렸다가 거기에 동銅을 넣어 몇 년간 묻어두면 자못 오래된 빛깔이 나

53

진짜골동품은 어떻게 탄생하나? 요임금 순임금과 같은 인물들의 이야기를 기공(수은으로 엽히는 것)한 다음 오랜 숙성과정(관념화)을 거쳐 탄생한다.
천년 묵은 골동품은 어떤 모양?
"반심반천半深半淺 반정반탁半淨半濁……"
논어 옹야편 16장(子質勝文則野 文勝質則史 文質彬彬然後 君子)에 규정한 군자의 모습이다.

54

사군자四君子를 비유한다. 사군자四君子(매화 난초 국화 대나무)라는 명칭은 명말의 진계유(1558~1639)의 저서에 처음으로 등장한다. 따라서 선덕 연간(1425~1435)에는 사군자가 유행하지 않았을 것이다.

는데, 이것은 하품을 만드는 졸렬한 수법에 지나지 않습니다. 더 교묘한 수법은 붕사 한수석 망사 담반 금사반 등으로 가루를 만들어, 그것을 소금물과 조화하여 그것을 붓으로 골고루 찍은 후 잘 말린 다음 다시 씻고 씻은 다음에는 다시 붓질을 하고 그렇게 하기를 하루 3~4회를 하고 나서 깊은 구덩이를 판 다음 그 안에 숯불을 피워 구덩이를 달구고 진한 초醋를 구덩이에 뿌리면 펄펄 끓다가 곧 마릅니다. 마침내 그 그릇을 구덩이에 넣고 그 위에 초醋찌꺼기를 듬뿍 넣은 뒤 흙으로 다시 두텁게 덮어 공기구멍이 없게 합니다. 3~4일 후 꺼내어 보면 각양각색의 고풍스런 빛깔들이 새겨져 있지요. 여기에 다시 대나무 잎을 태운 연기를 쏘이면 색은 더 푸르게 됩니다. 다시 밀랍으로 문질러 수은색을 내게 하는 방법은, 강침鋼針으로 가루를 만들어 마찰摩擦을 시키고 다시 백랍白蠟으로 닦고 문지르면 곧 고색古色이[55] 나타납니다. 마지막으로 일부러 그릇의 귀를 하나 떼어낸다든지 그릇의 몸에 약간 흠집을 낸다든지 하여 은殷 주周 진秦 한漢 대의 물건을 만들어내는데, 이는 더더욱 염증厭症이 나는 노릇이죠.[56] 선생께서 뒷날 북경 유리창에 가시면 모두 먼 지방에서 온 장사치와 거간꾼들로 가득한데, 물건을 사실 적에 흐리멍텅하게 처신하여 비웃음을 사는 일이 없기를 바랍니다.

연암 선생께서 이와 같이 정성껏 일러주시니 정말 감동입니다. 저는 내일 이른 아침에 황성으로 출발하는데, 선생께서 문방과 서화와 모든 그릇들에 대하여 옛 것과 오늘날의

성경잡지 | 맹신자를 위한 사기꾼의 표지들

것이 같은 점과 다른 점 이름과 진위를 기록하여 어두운 사람에게 길잡이가 되어주시길 부탁드립니다.

포관 선생께서 이 몸을 외면하지 않으시겠다고 약조하신다 면,[57] 그리 해 드리는 것은 어렵지 않습니다. 응당 『서청고감』과 『박고도』에 나오는 물목들에 참고로 제 의견을 첨부하여 올리도록 하겠습니다.

포관과 달빛을 타고 다시 오기로 약속하고 일어나 숙소로 돌아오니 벌써 아침식사가 준비되었다고 한다. 잠깐 상방에 들어가 빨리 조반을 먹고 다시 나왔다. 정 진사가 계함과 내원과 함께 역시 유람을 나서면서 나를 원망했다.

"혼자서 구경하러 다니면 재미가 좋은가 봐요?"

내원이 말했다.

"그래봤자 별로 구경한 것도 없을 것입니다. 옛날 광주 생원이 처음 서울에 와서 이리저리 두리번거리다가 인사 한 마디도 제대로 못하여 서울 사람들의 웃음거리가 되었다더니 우리가 바로 그 꼴이군요. 게다가 난 두 번째라 아무런 재미도 없구려."

길에서 비치費穉를 만났더니 나를 이끌고 융난 가게로 들어가서 오늘 밤 가상루에 모이자고 부탁한다. 나는 이미 전포관田抱關과 예속재에서 만나기로 약속했고, 어제 저녁에 모였던 여러분들이 다 모이기로 했다며 사양했다. 비생이 말했다.

"아까 포관과도 잘 이야기 되었습니다. 이제 선생이 외국의 손님으로 녹명鹿鳴을 노래하며 상도上都로 가시는 길인즉, 우리들이 선생을 위해서 백구白駒의 옛 시를 읊는 심정은 누구나 다 같을 것

57
기브 앤 테이크 방식. 이것이 명나라와 차별화되는 청나라 중화주의의 특징이다. 그러나 그 상호적 군신관계는 결코 새로운 방식은 아닐 것이다.

58

'녹명鹿鳴' 과 '백구白駒' 는 모두『시경』소아小雅편에 있으며, 제왕이 재주와 덕망이 높은 선비를 회유하는 내용이다. 후술한다.

59

『시경』진로振鷺편.
하나라와 상나라의 후예들이 무리를 지어 주나라 왕실에 제사 지내러 가는 모습을 백로와 백로를 닮은 새로 묘사하였다.[진로는 백로가 무리지어 가는 모습이다.] 비생은 연암을 진로를 닮은 사람에, 수재상인들을 진로에 비유하고 있다. 후술한다.

60

십이행와十二行窩.
송나라 소옹邵雍 강절康節선생이 명성이 자자하여 당시 호사가들은 곳곳에 행와를 지어놓고 선생이 오기를 기다렸다. 비생은 가상루라는 '행와' 를 지어놓고 연암을 기다린다는 뜻이다.
작가 연암은 왕안석의 신법개혁에 반대했던 소옹선생에 비판적이며, 소옹을 흉내 내는 수재상인들은 두말할 필요도 없다.

입니다.[58] 배공이 이미 촉蜀 중의 온공溫公과 함께 요리料理를 준비하였은즉, 이 약속을 어기시면 안 될 것입니다.”

내가 말했다.

“어제 저녁엔 너무 많이 여러분께 폐를 끼쳤는데 오늘밤 또 그와 같은 부담을 드린다면 감히 어떻게 갈 수 있겠습니까?”

비생이 말했다.

“산에 좋은 목재가 있다면 목공은 마다않고 베어 올 따름이요, 진로振鷺와 진로를 닮은 사람은 피차가 싫어하지 않는 법입니다.[59] 십이행와十二行窩를 지을 때 애당초 기약한 바 없었으니, 사해가 동포가 된 지금 누가 후박을 따지겠습니까.”[60]

山有嘉木 惟工所度 振鷺斯容 彼此無斁 十二行窩 元無定約 四海同胞 孰爲厚薄

마침 내원배가 거리를 배회하다가 나를 찾아 점포 안으로 들어왔다. 나는 황망히 필담筆談하던 종이쪽을 걷어치우고 비치에게 고개를 끄덕여서 응낙하였다. 비치 역시 내 뜻을 알아차리고 빙그레 웃으면서 턱을 끄덕였다. 계함이 종이를 찾으며 함께 필담을 하고자 하기에 내가 먼저 일어나면서 말했다.

“그는 더불어 이야기할 상대가 못 되네.”

계함 역시 웃으며 일어선다. 비치가 문까지 나와서 내 손을 넌지시 잡고 은근한 뜻을 비친다. 나는 고개를 끄덕이며 나왔다.

[논어 옹야雍也편 16장]

子曰 質勝文則野 文勝質則史 文質彬彬然後 君子.

공자 가로되. 바탕이 겉치장보다 두드러지면 거칠고, 겉치장이 바탕보다 두드러지면 너무 작위적이다. 바탕과 겉치장이 모두 빛나야만 군자라 할 것이다.

[논어 옹야雍也편 17장]

子曰 人之生也直 罔之生也 幸而免.

공자 가로되, 인생이란 곧 정직이다. 기망의 인생은 요행으로 (위기를)모면하는 것이다.

[논어 옹야雍也편 18장]

子曰 知之者 不如好之者 好之者 不如樂之者.

공자 가로되, 아는 사람은 좋아하는 사람만 못하고, 좋아하는 사람은 즐기는 사람만 못하다.

이상 공자님 말씀을 한 번에 풍자하는 것이 6문단이다.

"만일 이것들을 진짜 고동古銅 사이에 깆다놓으면 사史인시 야野인지 대번에 탄로 날 것입니다. 제가 비록 몸은 시전에 있지만 마음은 늘 학교에 두고 있던 차에 이제 군자를 만났으니 마치 백붕百朋을 얻은 심성인속, 어찌 위조품을 내밀어 오점을 남겨서 백년을 부심하겠습니까?"

그러므로 '옹야雍也'는 무엇인가?

옹야16장은 '군자 만들기'다.

옹야17장은 야합이다. 민중을 속이되 군자에게는 정직하라.

옹야18장은 선비의 3등급이다. [知之者]군자를 알라. [好之者]군자(깃털)를 좋아하고 소인배를 혐오하라. [樂之者]더 세련된 군자(공작새깃털)를 창조하라.

연암은 1단계인 好之者다. 예속재(씨앗을 뿌리는 서재)의 주인장 전사가는 이미 樂之者의 경지에 있으며, 연암을 회유한다. '더 좋은 깃털 만들기'과업에 동참하라고.

그들은 어떤 깃털을 창조하고 있을까?

요임금이 천하를 다스린 지 50년이 되던 해. 요임금은 과연 천하가 잘 다스려지고 있는지 확인하고자 평민차림으로 거리에 나섰다. 어느 번화가에 이르자 아이들의 노랫소리가 들렸다.

立我烝民	우리 백성들이 살아가는 것은
莫匪爾極	그대의 극이 아닌 것이 없네.
不識不知	부지불식간에
順帝之則	황제의 법을 따르고 있네. 61

임금이 다시 발길을 옮기자 이번에는 어떤 노인이 길바닥에 두 다리를 뻗고 앉아 한 손으로는 배를 두드리고 또 한 손으로는 땅을 치며 노래를 부르고 있었다.

日出而作	해가 뜨면 밭에 나가 일하고
日入而息	해가 지면 집에 들어와 쉬고
鑿井而飮	우물 파서 물을 마시고
耕田而食	밭을 갈아 밥을 먹는데 62
帝力于我何有哉	황제의 덕이 내게 무슨 소용이 있으랴.

61
앞에서 '강구康衢의 노래' 라 한 이유가 "부지불식간에 임금의 법을 따르고" 라는 구절에 있다.

62
착정이음鑿井而飮과 경전이식耕田而食을 조합하여 연암은 '경착시가耕鑿是歌' 라 하였다.

성경잡지 | 맹신자를 위한 사기꾼의 표지들

유가의 선비들은 이 두 노래를 '황제의 고마움도 모를 만큼 배부른 백성들의 노래'라 하면서 덕치德治의 표상으로 선전하여 왔다. 그야말로 아전인수식 해석이다. 모순은 무엇인가?

첫 번째, 아이가 어떻게 황제의 극極을 알았겠는가. 또한 어떻게 '부지불식간에' 황제의 법을 따르고 있음을 알겠는가. 황실에서 만들어 유포한 노래라는 증거다.

두 번째, 노인의 노래는 원망의 노래다. '황제의 덕'만 없었다면 우물 파고 밭 갈아 살 수 있을 텐데. 그 소박한 편화를 잃어버린 현실을 땅을 치며 통곡하는 분노의 노래다. 그런데도 선비들은 기쁨의 노래라고 가르친다. 〈호곡장론〉처럼.

요순임금의 덕을 창조히 듯이, 예속제외 수재상인들은 또 다른 덕을 창조하고 있다. 연암을 꼬신다. 함께 공작새깃널을 창소하사고. 더 좋은 깃털로 세상을 지배하자고.

呦呦鹿鳴(유유녹명)	사슴이 소리 내어 울며
食野之苹(식야지평)	들에서 쑥을 뜯네.
我有嘉賓(아유가빈)	내게 좋은 손님 와서
鼓瑟吹笙(고슬취생)	거문고를 타고 피리를 부네.
吹笙鼓簧(취생고황)	피리를 불고 황簧을 치며
承筐是將(승광시장)	광주리를 들어 선물 올리네.
人之好我(인지호아)	사람들이 나를 좋아하니
示我周行(시아주행) 63	내게 道도의 유해을 일러주게.

— 『시경詩經』 소아小雅편 '녹명鹿鳴'—

63
주행周行의 원조는 도덕경25장
(獨立不改, 周行而不殆)이다.

수재상인들은 '녹명'으로 연암에게 청나라 황제에게 선물을 바치고 주행周行(道도의 원리)을 일러주라고 한다. 그러면 황제는 무엇을 준다는 것인지 『시경』 소아편 '백구白駒'를 보자.

皎皎白駒(교교백구)	희디 흰 망아기
食我場苗(식아장묘)	내 밭의 풀 먹이리라.
縶之維之(집지유지)	매어두고 묶어두어
以永今朝(이영금조)	아침 내내 잡아놓으리.
所謂伊人(소위이인)	바로 그 사람
於焉逍遙(어언소요)	어느 새 노닐고 있구나.
皎皎白駒(교교백구)	희디 흰 망아기
賁然來思(분연래사)	분연히 내게로 달려오리.
爾公爾侯(이공이후)	그대를 공公으로 후侯로 삼아
逸豫無期(일예무기)	영원히 편히 즐기게 하리라.
愼爾優遊(신이우유)	삼가 그대를 넉넉하게 대접하리니
勉爾遁思(면이둔사)	부디 그대는 다른 생각은 거두시오.
皎皎白駒(교교백구)	희디 흰 망아기
在彼空谷(재피공곡)	저 빈 골짜기에 있구나.
生芻一束(생추일속)	싱싱한 꼴풀 한 다발
其人如玉(기인여옥)	그 사람은 옥 같은 얼굴이로다.
毋金玉爾音(무금옥이음)	그대의 말을 금옥같이 여길지니
而有遐心(이유하심)	그런데도 나를 멀리하겠는가.

과연 '백구白駒'는 군왕과 군자의 결합을 위한 구체적인 '계약조건'을 잘 제시하고 있다. 중화주의의 핵심전략으로서 제왕과 군자들의 담합이다. 그러면 왜 수재상인들과 조선의 선비는 청나라 황제를 도와야 하는가? 『시경』 '진로振鷺'를 보라.

振鷺于飛(진노우비)	백로가 무리지어 날아가네
于彼西離(우피서옹)	저 서쪽 옹택離澤으로 가네.
我客戻止(아객려지)	우리 손님 오셨는데
亦有斯容(역유사용)	역시 같은 모습이네.
在彼無惡(재피무악)	저쪽에도 나쁘지 않고
在此無斁(재차무역)	이편에도 싫어할 이유가 없지.
庶幾夙夜(서기숙야)	바라건대, 밤낮없이 정성을 다하여
以永終譽(이영종예)	마침내 영예를 거두시기를.

아我는 주나라 황실이다. 객客은 하夏의 후예인 기杞와 상商[또는 殷]의 후예인 송宋이다. 주나라 천하가 된 후 기杞와 송宋이 고기를 들고 주나라 제삿집에 달려갔다. 그것을 본받아 명나라 후예들(수 새상인들)은 청나라 제삿집에 고기를 들고 달려온 것이며, 그것이 소중화의 선비가 동참해야 하는 이유다.

상루필담: 비단장수들의 멋진 신세계

상루필담商樓筆談

1

저녁이다. 더위가 오히려 찌는 듯하고 하늘가엔 붉은 햇무리가 사방을 드리웠다. 나는 밥을 재촉해 먹고 잠깐 상방에 가서 조금 앉았다가 곧 일어나면서 혼잣말로 중얼거렸다.

"고단한데다 더위가 특히 심하니 일찍 자야겠군."

뜰로 내려와서 배회하면서 틈만 있으면 나갈 궁리를 하는데, 마침 내원과 주 주부 노 참봉 등이 밥 먹은 후 뜰을 거닐면서 배를 문지르며 트림을 하고 있다. 바야흐로 달빛이 서서히 어리면서 사방은 고요해지기 시작했다. 주 주부가 달그림자를 따라 빙빙 돌면서 부사가 요양에서 지은 칠언율시를 외고, 또 자기가 차운次韻한 것을 읊고 있었다. 나는 황망한 걸음으로 마루로 올라갔다가 도로 물러서면서 노 참봉에게 말했다.

"형님께서 매우 심심해하시더군."

"사또[使道]께서는 너무나 적막하실 것입니다."

노 참봉은 곧 정사가 있는 당堂 안으로 향한다. 주 주부도 근심스런 낯빛으로 "요즘 병환이 나실까 걱정입니다."하면서 곧장 당堂으로 향하자 내원도 뒤를 따라 들어갔다. 나는 그제야 재빨리 문을 나가면서 장복에게 "어제처럼 잘 꾸며 대려무나." 분부하였다.

마침 변계함이 밖에서 들어오다가 나에게 물었다.

"어디를 가시오?"

나는 속삭이듯 말했다.

"달빛을 타고 어디 좋은 데 가서 밤새 이야기나 하는 게 어떤가?"

"어딘데요?"

"어딘지는 따지지 말고."

계함이 머뭇거리고 뒤뚱거리는 사이에 마침 수역이 들어온다. 계함이 수역에게 물었다.

"달빛을 타고 좀 거닐다 와도 무상無傷하지 않겠습니까?"

수역이 깜짝 놀라서 뭐라고 운운하는가 싶더니, 계함은 찍소리 못하고 금방 꼬리를 내렸다.

"의당 그렇습지요."

나도 아무렇게나 내뱉었다.

"그럴 것 같습니다."

수역가 계함은 앞서거니 뒤서거니 낭廊으로 들어가면서 뒤를 돌아다보지 않기에 나 혼자 슬그머니 빠져 나왔다.[64]

한길에 나오니 비로소 가슴이 후련하였다. 더위도 한결 물러가고 달빛이 땅에 가득하다. 먼저 예속재로 갔더니, 벌써 점포 문이 닫혔는데 전생은 어딘지 나가고 동야만 혼자 있었다. 동야가 청한다.

"잠깐 앉아서 차나 드시죠. 전포관은 곧 돌아올 겁니다."

내가 말했다.

"가상루에 여러 사람들이 벌써 모여서 기다릴 텐데."

"가상루에서 만날 가약佳約은 벌써 알고 있습니다. 제가 모시고 갈 것입니다."

마침 전포관이 손에 붉은 양각등羊角燈을 들고 들어와서 곧 가자고 재촉한다. 동야와 함께 담뱃대를 입에 문 채 문을 나섰다. 한 길은 하늘처럼 넓고 달빛은 물결처럼 영롱하다. 전생이 손에 들었던 초롱을 문 위에 매다는 것을 보면서 내가 물었다.

"초롱을 들지 않아도 무방한가요?"

동야가 대답했다.

"아직 밤이 되지 않았으니까요." ⁶⁵

드디어 천천히 거리를 거닐었다. 길가의 상점들은 벌써 문이 닫혔고, 문 밖엔 모두 양각등을 걸었는데 푸른 색에서 붉은 색까지 가지각색이다. 가상루에는 여러 사람들이 난간 밑에 죽 늘어서 있다가 내가 도착하는 것을 보고는 모두들 반가워하며 점포 안으로 맞아들인다. 배관, 동야, 비치, 포관, 온목헌, 목수환, 오복 등이 모두 모였다. 배관이 말했다.

"박공朴公은 가히 신망 있는 선비라 할 만합니다."

마루 가운데에 부채 식으로 만든 사초롱 한 쌍이 걸려 있고 탁자에는 촛불 두 자루가 켜졌는데, 어魚·육肉·소蔬·과果 들을 이미 차려져 있다. 또 북벽 밑에도 별도로 한 상을 차려 놓았는데, 여러 사람들이 나에게 먹기를 청한다. 내가 "저녁밥이 아직 덜 내려갔습니다."하며 사양하자 비생이 손수 더운 차 한 잔을 따라서 권한다. 마침 자리에 처음 보는 손님이 있기에 나는 그의 성명을 물었다.

"저이는 마영馬鐌이라 하며, 자는 요여耀如입니다. 집은 산해관인데 장사하러 이곳에 왔으며, 나이는 스물셋이고 글도 대략 안답니다."

2

비치가 먼저 화두를 내놓았다.

비치 『논어』의 '오십독역五十讀易'에 대하여, 어떤 이들은 원래 '정복독역正卜讀易'이었는데 복卜자에다 한 획을 그어 십十으로 바꾸어버렸다 하는데 선생은 어떻게 생각하십니까?

연암 오십독역의 오십五十은 비록 졸卒자가 아닌가 하고 의심할 수는 있겠으나, 정복正卜의 착오라는 것은 곧 허공에 구멍을 뚫는 격입니다. 『주역周易』은 비록 복서지서卜筮之書이기는 하지만, 계사繫辭편에도 점占과 시筮라는 말은 있어도 복卜자는 보이지 않습니다. 또한 복卜자는 곤丨자에다 한 점(丶)을 더한 것이지 일一자의 획을 그은 건 아닙니다.[66]

비치 어떤 사람들은 『서경』의 무약단주오無若丹朱傲의 오傲자를 오奡자의 잘못이라 하면서, 그 아래 망수행주罔水行舟라는 구절을 보아서도 단주오丹朱傲가 아니라 단주오丹朱奡로서 단주丹朱와 오奡 두 사람으로 보는 게 옳다고 합니다.

연암 오奡가 능히 뭍에서도 배를 저었다 하였으니, 무약단주오無若丹朱奡라고 하면 망수행주罔水行舟와 그럴싸하게 뜻이 부합합니다. 그러나 오傲와 오奡는 비록 음은 흡사하지만 글자모양은 아주 다릅니다. 또한 오奡와 착浞은 모두 하夏나라 태강왕太康王 때의 사람인즉 그보다 한 참 이전인 우순虞舜시대와는 너무 요원하지 않습니까.[67]

66
논어원문: 子曰 假我數年 五十以學易 可以無大過矣(술이述而편)
五十讀易: 공자는 50세에 '주역'을 읽었다.
正卜讀易: 정복은 변혁[易]을 읽는다.
연암의 2가지 반론을 보라.
첫째, 주역에 복卜자가 없다는 근거로 논어의 복卜을 부정한다.
둘째, 동문서답이다. '卜→十'을 물었는데, '丨→卜'으로 대답한다.

67
"無若丹朱傲(단주처럼 오만[傲]하지 마십시오.)"
요임금은 자신의 아들(단주)을 버리고 순임금에게 왕위를 물려주었다. 무약단주오는 서경 '익직益稷' 8장 우禹가 순舜임금에게 전하는 이야기에 있는 구절. 작가 연암은 해석을 바꾸어 단주를 재평가한다.
"無若丹朱奡(단주와 오奡만큼 위대한 인물은 없습니다.)"
그러나 주인공 연암은 궤변으로 재고를 묵살해버린다.
작가의 메시지는 무엇인가?
正卜讀易: 변혁[易]을 읽어라.
無若丹朱奡: 단주와 오奡처럼 아버지(통념)를 버리고 인간을 위한 세상을 건설하라.

동야 선생의 변증이 딱 맞습니다."

3

연암 (전포관에게)부탁드린 골동품 목록은 이미 쓰기 시작하셨지요?

포관 점심 때 마침 조그마한 일이 생겨서 아직 반도 베끼지 못했습니다. 내일 새벽까지 마무리해서 떠나시는 길에 잠시 점포 앞에서 행차를 멈추시면, 제 손수 수하 사람에게 전해 드리겠습니다.

연암 선생께 이렇듯 수고를 끼쳐서 죄송합니다.

포관 이 정도야 붕우상사朋友常事가 아니겠습니까. 도리어 진작 못해 드린 것이 부끄럽습니다.

연암 여러분은 일찍이 천산千山을 구경하셨지요?

일동 여기서 백여 리나 되어 아직 아무도 가보지 못했답니다.

연암 병부낭중兵部郎中 복녕福寧이란 분을 아십니까?

포관 모릅니다. 다른 친구들 역시 다들 모를 것입니다. 그는 벼슬하는 선비이고, 우리는 장사치들인데 어찌 서로 만날 수 있겠습니까.

동야 선생은 이번 길에 면가面駕(황제알현)를 하시겠지요?

연암 사신들이야 뵐 수 있겠지만, 나는 한갓 종인從人이라 그 반열에 참가할 것 같지 않습니다.

동야 왕년에 어가御駕가 능릉에 거둥하실 때 귀국의 종관從官들이 모두 천자의 존안을 가까이 뵙는 것을 보았는데, 우리네는 도리어 그들이 부럽더군요.

연암 여러분은 어째서 우러러 뵙지 못합니까?

배관 어찌 감히 당돌한 짓을 할 수 있겠습니까. 그저 문 닫은 병풍 뒤에 숨죽이고 있을 뿐이죠.

연암 황상께서 거둥하실 때면 아이 어른 할 것 없이 들판에 모여들어 다투어 그 '깃털 달린 늙은이[羽旄]'를 우러러보려고 할 것 아닙니까?

배관 [不敢不敢]어찌 감히 쳐다볼 수 있겠습니까? [68]

연암 지금 조정 각로閣老들 중에 가장 덕망이 높은 분은 누구입니까?

동야 그들 이름은 모두 만한진신영안滿漢搢紳榮案에 실렸으니 한번 훑어보시면 알 수 있을 것입니다.

연암 그러나 '영안榮案'을 본다한들 어찌 그들의 사업事業이야 알겠습니까?

동야 우리네야 모두 초야草野에 묻힌 몸이어서 지금 조정에 누가 주공周公인지 소공召公인지, 또 누가 꿈으로 등용되고 누가 점[卜]을 통해서 등용되었는지를 모르지요. [69]

연암 심양성 안에 경술經術과 문장에 능통한 선비가 몇이나 있을까요?

배관 저는 녹록해서 들은 바가 없습니다.

포관 심양 서원書院에 3~4명의 거인擧人이 있는데 마침 과거보러 북경에 가고 없답니다.

연암 여기서 북경까지 1천 5백 리. 그 연로에 명사들과 덕망 있는 선비들이 많을 텐데, 그들의 성명姓名을 알려주시면 찾아보는데 참고할까 합니다.

포관 산해관 밖은 아직도 변방이라 지기地氣가 거칠고 사람이

68
불감불감, 동어반복의 화법이다. 황제 우상화의 한 단면이다. 동어반복으로 작가가 전달하고자 하는 것은 우상화의 주체가 수재상인들이라는 점.

69
주공周公은 주나라 무왕의 동생으로 중국의 예악제도를 정비한 인물로서 공자의 롤모델이다. 소공召公은 무왕이 은殷을 정복하는데 공을 세워 봉을 받아 연나라를 세운 인물이다. "꿈으로 등용"은 은殷나라 고종이 명재상 부열傅說을 등용한 일화를 말한다. "점으로 등용"은 주나라를 세운 문왕이 여상呂尙 강태공을 만난 일화를 말한다.

투박하여 북경 가는 연도엔 모두 우리네 장사꾼들과 같
이 족히 소개할 만한 사람이 없답니다. 또한 사람을 천거
하기란 가장 어려운 노릇이어서 고작 자기가 아는 사람이
나 거명한다는 것이 자칫 자기가 좋아하는 사람에게 형
식적인 대답을 하는 것에 불과할 수도 있습니다. 그랬다
가 한번 높으신 눈으로 보시어 마음에 차지 않는다면, 제
자신은 부질없는 소리를 한 꼴이 되고 상대방에겐 실망
을 드릴 뿐입니다. 이제 무슨 좋은 바람이 불어와서 선생
의 얼굴을 뵙고 선생의 덕망을 우러르며 촛불을 밝히고
마음을 토로하게 되었으니, 이 어찌 꿈엔들 생각이나 했
던 일이겠습니까. 이는 실로 하늘이 맺어 준 연분이라 아
니할 수 없습니다. 천하에 한 사람의 지기知己를 얻는다면
그것으로 족하여 더 이상 한이 없을 것입니다. 이제 선생
께서 가시는 길에 스스로 좋은 사람을 만날 것인즉, 어찌
타인으로 말미암아 만날 사람을 정하여 세워놓을 일이겠
습니까.[70]

4

술이 몇 순배 돌았다.

비치 (먹을 갈고 종이를 펴면서) 목수환이 선생의 필적을 얻어서 간
직하고 싶답니다.

나는 곧 반향조가 양허養虛 김재행金在行을 보낼 때 지어 준 칠
언절구 중에서 한 수를 써서 주었다.

동야 반향조란 귀국의 이름 높은 선비입니까?

연암 우리나라 사람이 아닙니다. 그는 전당인錢塘人으로 이름

은 정균廷筠인데, 지금 중서사인中書舍人으로 있고 향조는
그의 자랍니다.

배관은 또 한 공첩空帖을 내어서 글씨를 청한다. 먹이 짙고 붓
이 부드러워 글씨가 썩 잘 되었다. 내 스스로도 이렇게 잘 써질 줄
은 몰랐는데, 다른 사람들 역시 크게 감탄하여 마지않는다. 술 한
잔 마시고 글씨 한 장 써 내치고 하는 사이에 필태筆態가 물 흐르
듯 유연해진다. 몇 장 남은 종이에 진한 먹으로 고송古松과 괴석怪
石을 그렸더니, 여러 사람들이 더욱 좋아하여 다투어 종이와 붓을
내놓고 삥 둘러서서 서로 써 달라고 조른다. 또 일조一條의 검은
룡龍을 그리고 붓을 퉁겨서 짙은 구름과 소낙비를 그렸다. 지느러
미는 꼿꼿이 세워지고, 등 비늘은 뒤죽박죽 붙었으며, 발톱이 얼
굴보다 더 크고, 코는 뿔보다 더 길다. 모두들 크게 웃으며 기이하
다고 한다. 전포관과 마횡馬鐄이 초롱을 들고 먼저 돌아가려 하기
에 내가 물었다.

연암 이야기가 한창 무르익었는데 선생은 왜 먼저 가시렵니까?

포관 저희들도 돌아가고 싶진 않습니다. 다만 선생님과의 약속
(골동품 목록을 작성하는)을 지키려니 하는 수 없습니다. 내일
이침 문에 나서서 작별 고하겠습니다.

내가 아까 그린 검은 용을 들고 촛불에 사르려 하자, 온목헌이
급히 일어나서 빼앗아 고이 접어서 품속에 간직한다.

배관 (껄껄 웃으면서) 관동 천 리에 큰 가뭄이 들까 걱정입니다

연암 어째시 가뭄이 든단 말씀이오?

배관 만일 이게 화룡火龍으로 변한다면 누구든지 괴로워 울부
짖지 않을 수 없을 걸요.

모두들 한 바탕 웃었다.

배관 용은 어진 것이 있고 나쁜 것이 있는데, 화룡이 가장 지독하답니다. 건륭乾隆 8년 계해癸亥(1743) 3월에 산해관 밖 여양閭陽 벌판에 용 한 마리[一條龍身]가 떨어졌지요.[71] 구름도 없이 천둥이 치고, 비도 내리지 않는 마른 하늘에 번갯불이 번쩍이고, 산해관 밖 늦은 봄 날씨가 별안간 6월 불볕더위로 변하였답니다. 용이 있는 곳으로부터 백 리 안은 모두 펄펄 끓는 도가니 속 같았습니다. 사람과 짐승이 목말라 죽은 게 부지기수였고, 장사치와 나그네도 다니지 못하고, 살아 있는 사람들은 밤낮 없이 발가벗고 앉아도 부채를 손에서 놓지 못했답니다. 황제께서 분부를 내리시어 관내의 얼음 창고에서 얼음 수천 수레를 내어 관 밖에 고루 나눠주어 걱정을 덜려고 하였죠. 그러나 용 가까이 있던 나무와 흙과 돌은 모두 콩 볶듯 타버리고 우물과 샘은 부글부글 끓었습니다. 그러다가 용이 드러누운 지 열흘이 지나자 갑자기 폭풍이 몰아치고 천둥이 치면서 콩알 같은 빗방울이 쏟아졌습니다. 그런데도 대릉하大陵河의 집들이 비속에서도 저절로 불이 나곤 하였지만, 더 이상 사람과 짐승에겐 아무런 해도 없었답니다. 용이 떠날 때엔 사람들이 나가 보니, 바야흐로 몸을 일으켜서 하늘로 오르려 하는데 처음엔 무척 굼뜨게 머리를 쳐들고 꼬리를 끄는 것이 마치 낙타가 일어서는 모양인데 길이는 겨우 서너 길밖에 되지 않더랍니다. 그러다가 입으론 불을 뿜고 꼬리만 땅에 붙이고는 한 번 몸을 굼틀하매 비늘마다 번갯불이 번쩍이고 우레 소리가 나면서 공중에서 빗발이 쏟아지더랍니다. 이윽고 몸을 해묵은 버드나무 위에 걸치자, 머리로부터 꼬리에 이르기까지 10여 길이나 되며, 소낙비가 강물을 뒤엎는 듯 퍼붓더니 이내 멎었답니다. 사람들이 그제야 하늘을 쳐다본즉 그 몸집의 웅장함이 동쪽 구름 사이에 뿔이 나타나고 서쪽 구름 사이엔 발톱이 드러나는데, 뿔과 발톱 사이가 몇 리나 되더랍니다. 용이 떠나간 뒤엔 날씨가 청명하여 도로 춘삼월 날씨가 되고, 용이 누웠던 자리엔 몇 길이나 되는 맑은 못이 파이고, 못 가에 있던 나무와 돌은 모두 타버리고 반쯤만 남았으며, 마소들은 털과 뼈가 모두 타서 녹아버렸고, 크고 작은 물고기 죽은 것이 산더미처럼 쌓여 그 냄새에 사람이 가까이 갈 수도 없었답니다. 그런데 한 가지 이상한 점은, 용이 걸렸던 버드나무는 잎 하나도 떨어지지 않았다는 것입니다.[72] 그 해에 관동 일대에 큰 가뭄이 들어서 9월이 되도록 비가 내리지 않았답니다. 그래서 나는 선생께서 그린 이 용이 가서 또 그런 재앙을 일으킬까 걱정입니다.

일동이 모두 한바탕 크게 웃었다. 나는 큰 잔에 스스로 술을 부어 죽 들이키며 말했다.

연암 이 이야기에 아주 술맛이 도는군요.

내 말에 수재상인들은 이구동성으로 호응한다.

일동 옳습니다. 이번엔 우리 각기 한 잔씩 돌려서 박공의 술맛을 돋웁시다.

연암 여러분이 그 용의 이름을 아십니까?

72
버드나무 보호는 10일자 일기의
‘유조변’ 조성사업의 일환이다.

내 질문에 누군가는 '응룡應龍'이라 한다. 또 어떤 이는 '한발旱魃'
이라 대답하였다.

연암 아니에요. 그 이름은 강철罡鐵이라 합니다. 우리나라 속담
에 '강철이 지나간 곳엔 가을도 봄이 된다.'라는 말이 있지
요. 바로 가뭄으로 흉년이 드는 것을 이르는 말입니다. 그
래서 가난한 사람들이 일을 하여도 농사가 잘 되지 않으
면 '강철罡鐵의 가을'이라 합니다.

배관 그 용 이름 한 번 기이하구려. 내가 태어난 때가 바로 그
해이니, 곧 '강철의 가을'이라. 그러니 어찌 내가 가난을 면
할 수 있겠소이까. (길게 목소리를 빼며 처량하게) 강처罡處~.

연암 아니오, 강처罡處가 아니고 강철罡鐵이라니까요.

배관 강천罡賤~.

연암 천賤이 아니라 도철饕餮의 철餮과 같은 철鐵이라니까요.

동야 (크게 웃다가 이내 커다란 소리로) 강청罡靑~.[73]

모두들 허리를 잡고 웃었다. 대개 중국 사람들의 발음엔 갈葛
·월月 등의 '리을' 받침이 잘 안 되기 때문이다.

5

내가 말머리를 돌렸다.

연암 여러분은 모두 오吳·촉蜀에서 태어났으면서 이렇게 멀리
장사를 와서 해를 거듭 바꾸시면 고향 생각이 간절치 않
습니까.

오복 간절타 뿐이겠습니까.

동야 고향 생각이 날 때마다 심신이 산란해집니다. 천애天涯·지

각地角과도 같은 먼 곳에 와서 사소한 이문을 다투다 보니, 연로하신 어머니께서는 부질없이 해 저문 여문閭門(마을 입구의 문)에 기대어 나를 기다리시고, 젊은 아내는 침실을 홀로 지키게 됩니다. 그리하여 오랫동안 편지마저 끊어지고, 꾀꼬리 소리엔 꿈결에서조차 고향 땅을 밟지 못하니, 어찌 사람으로서 머리가 세지 않겠습니까. 더욱이 밝은 달 맑은 바람에 잎이 지고 꽃 피는 시절이면 하염없이 애간장이 타들어가니 이를 어이하오리까.

연암 그렇다면 진작 고향에 돌아가서 몸소 밭을 갈아 우러러 어버이를 섬기고, 아래로는 처자를 거느릴 계획을 세우시지 않고, 어찌하여 이렇게 하찮은 이문을 좇아서 멀리 타향을 헤맨단 말입니까. 설사 이리하여 재물이 의돈猗頓과 겨루고 이름이 도주陶朱와 같이 된다한들 무슨 즐거움이 있겠습니까? 74

동야 꼭 그렇지만은 않습니다.

우리 고향 사람들도 더러는 반딧불을 주머니에 담아 넣고 송곳으로 정강이를 찌르면서 글공부하며, 아침에 나물밥 저녁엔 소금 찬으로 가난을 견디는 이가 많습니다. 그러한 정성을 하늘이 가엾이 여기셨는지 때로는 비록 하찮은 벼슬이나마 꿰차는 일이 있으나, 만 리 타향에 일터를 찾아다니느라 고향을 떠나 사는 건 매한가지지요. 혹시 친상을 당하든지 파면이 거론된다든지 한다면 고생은 말할 것도 없습니다. 또 관직을 가진 자는 마땅히 그 직職에서 죽어야 할 것인 바, 혹시나 몸가짐을 삼가지 못하여 잘

74
의돈과 도주는 학문에서 생업으로 길을 바꾸어 재벌이 된 인물들. 연암은 '장사'로 돈을 버는 것보다는 벼슬을 선호한다. 그러나 수재들은 벼슬을 마다하고 '장사'를 선택한다. 왜?

못이 있을 때엔 장물臟物을 도로 토해내야 할뿐더러 쌓아 놓은 업적이 한 순간에 무너질 것이니, 그때서야 비록 황견黃犬의 탄식을 한들 무슨 소용이 있겠습니까. 저희들이야 배운 것이 일천하니 벼슬길도 가망 없고, 그렇다고 손가락에 피를 묻히고 얼굴에 땀을 흘리는 장인바치로 살아갈 가망도 없습니다. 귓바퀴에 흙먼지를 뒤집어쓰고 목이 쭈글쭈글해지면서 쌀 한 톨을 거두어들여 백년을 살아간들, 나서 늙고 병들어 죽을 때까지 좁은 고장을 한 걸음도 떠나지 못한 채, 마치 여름 벌레가 겨울엔 나오지 못하듯이 허무한 일생을 마칠 터이니, 차라리 하루 빨리 죽는 것만 못할 것입니다.

이제 가게를 내고 물건을 사고파는 생활이 비록 하류라 운운하지만, 근본으로 돌아가 보면 하늘이 한 개의 극락계極樂界를 열고 땅이 그것(극락)을 설치한 것이니, 쾌활림快活林에 앉아 도주공陶朱公의 편주扁舟를 띄우고 단목씨端木氏의 수레를 잇달아서 유유히 사방을 다녀도 아무런 거리낌이 없습니다.[75] 비록 황도에 대저택은 없지만 황도와 대도시를 정통하니 마음 닿는 곳이 곧 내 집이요, 드높은 처마와 화려한 방 안에 몸과 마음이 한가롭고, 모진 추위나 혹심한 더위에도 자유자재로 방편을 만들어 살아갑니다. 그리하여 어버이께 위안을 드리고, 처자들도 원망치 않게 하고, 진퇴進退에 구애받지 않고, 영화와 치욕을 잊고 살아가니, 농사와 벼슬살이 양 업에 비하여 고락이 어떠하겠습니까?

75
도주는 오월吳越전쟁에서 월나라 왕을 도운 일등공신이지만, 벼슬을 사양하고 장사로 성공한다. 단목씨端木氏는 공자의 제자 중 거부가 된 자공子貢의 성이다. 두 인물의 비결은 무엇인가? 도주공은 벼슬을 사양한 게 아니다. 애당초 돈을 위하여 권력으로 우회한 것이다. 단목씨는 유행(禮)의 창조자인 공자를 만나 패션을 지배하였으리라. 수재들은 그들을 벤치마킹한다. 예속재는 패션을 창조하고, 가상루는 옷을 지배한다. 멋진 신세계는 하늘과 땅 사이에 있다. 인문과 경영 사이에 말이다.

또 저희들은 벗을 사귐에 있어서 지성至性을 다한답니다. 옛 글에 "3인이 같이 행하면 그 중에 반드시 나의 스승이 있고, 두 사람이 마음을 합하면 굳은 쇠라도 끊을 수 있다.[三人行必有我師 二人同心 其利斷金]"[76] 하였으니, 이보다 더 큰 전하의 지락至樂이 어디 있겠습니까.[77] 사람의 한평생에 구차한 것은 동무가 없다는 것 한 가지일 것입니다. 도대체 아름다운 취미라고는 없이 그저 입고 먹는 것밖에 모르는 족속들은 도통 이런 맛을 모른답니다. 세간에 있는 다소간의 면목이 가증스럽고 말씨가 멋대가리 없는 자들의 안중에는 오직 옷가지와 밥사발만 눈에 뜨일 뿐, 흉중에 동무를 사귀는 즐거움이라곤 소금도 없답니다.[78]

연암 중국은 사민四民으로 나뉘어 분업적인 생활을 하고 있는 만큼 귀천의 차별이 없을 터, 혼인이나 벼슬을 얻는데도 아무런 장애가 없겠지요?

동야 중국에는 금기가 있습니다. 벼슬아치들은 장사치나 장인바치와는 혼인을 못합니다. 이것은 벼슬 풍토를 깨끗하게 하려는 것인 바, 그럼으로써 귀도천리貴道賤利와 숭본억말崇本抑末을 도모하는 것입니다.[79] 우리네는 모두 대대로 장사하는 집이므로 사대부의 집과는 혼인을 할 수 없습니다. 비록 돈과 쌀을 바쳐서 생원生員을 얻을 수는 있지만, 역시 향공鄕貢(지방직 과거합격자)을 거쳐서 거인擧人이 되는 것은 허용하지 않습니다.

비치 그러나 그 법法은 다만 고향에서만 유효할 뿐, 타관에 나

76

三人行必有我師는 『논어』 '술이述而' 편에 있으며, 二人同心 其利斷金은 『주역』 '계사' 편에 있는 공자의 주석이다.

77

논어와 주역의 공자님 말씀은 왜 천하지락인가?
2인이란 왕과 선비, 정치권력과 학문권력의 야합이다. 선비는 깃털을 만들고, 왕은 덕(깃털)이라는 무기로 착취한다. 후술한다.

78

동야는 붕우朋友의 멋을 자랑하며 상인를 비웃는다. 고상하게 돈 버는 방법을 모른다고.

79

귀도천리貴道賤利: 도道는 귀하고 이利는 천賤하다.
숭본억말崇本抑末: 근본을 숭상하고 말단을 억누른다.
이것은 모두 덕본재말德本財末 또는 '정덕-이용-후생'과 다름없는 것으로 『논어』三人行必有我師와 같은 맥락이다.

가면 반드시 그렇지는 않습니다.

연암 한 번 제생諸生(여러 가지 유생儒生)이 되기만 하면 사류士類(선비)로 행세하는 것은 허용됩니까?

동야 허용됩니다. 제생諸生은 그 명목이 허다하여 늠생廩生[국가 급비생給費生]·감생監生·공생貢生 등 여러 가지 명목이 있는데, 이들 중에서 생원으로 뽑혀 오르기 때문에 한 번만 생원에 통과되면 구족九族에게 빛을 주는 일입니다. 그러나 이웃들이 해를 끼치는데, 관권官權을 등에 업고 시골 구석에서 마구잡이로 전횡하는 것이 생원들의 전문기량입니다. 사류士類에도 세 부류가 있으니, 상등은 벼슬아치가 되어 관록을 먹는 것이요, 중등은 학관學館을 열어서 생도를 모집하는 것이요, 하등은 남에게 구차하게 빌붙어 돈을 꾸러 다니는 축들입니다. 속담에 이른바 "남에게 빌붙어 사니 체면이 서지 않는다."는 말도 있지만, 당장 살길이 막연하니 그러지 않을 수도 없답니다. 추위와 더위를 가리지 않고 줄곧 쏘다니면서 사람을 만나 말을 할까 말까 주저하는 태도부터가 그들의 구차한 정상을 보여주는 것이죠. 한때는 고담준론만 하던 선비가 이제는 세상에서 가장 염증이 나는 존재가 되고 만 것입니다.[80] 속담에 '남에게 구하는 것이 나에게 스스로 구함만 못하다'고 했듯이, 장사를 하면 이 지경에 이르지는 않을 텐데 말입니다.

6

연암 중국의 상정觴政엔 반드시 묘한 방법이 있을 터인데, 어제오늘 이틀 밤을 여럿이 모여 마셔도 주령酒令을 내지 않음은 무슨 까닭입니까?

배관 그런 것은 이미 옛날의 상정觴政이죠. 지금은 하찮은 수레꾼이나 금고지기 따위들이 다 즐기는 일이어서 풍류도 우아한 일도 아닙니다.

비치 〈입옹소사笠翁笑史〉에 용자유龍子猶의 고려 승려의 주령 이야기를 실렸더군요. 어떤 사신이 고려에 갔는데, 고려의 어떤 중과 사신의 술자리가 벌어졌답니다. 먼저 중이 영슈을 내었습니다. 항우項羽와 장량張良이 서로 산傘 하나를 놓고 다투는데, 항우는 우산雨傘이라 하고 장량은 양산凉傘이라 하였답니다. 그러자 사신이 창졸간에 대답하기를, 허유許由와 조조鼂錯가 호리병[胡盧] 하나를 놓고 다투는데, 허유는 유호로油胡盧[기름호리병]라 하고 조조는 조호로醋胡盧[식초호리병]라 하였다고 합니다.[81] 그런데 그 고려 승려의 이름을 아십니까?

연암 이 영슈은 전혀 이치에 닿지 않을뿐더러 중의 이름도 전해지지 않습니다.

닭이 우는 소리를 듣고 잠시 눈을 붙였다가 문 밖에 사람들이 웅성거리기에 곧 일어나 사관으로 돌아왔다. 아직 날이 채 밝지 않은 시간이라 옷을 벗고 취침하였다가 조반을 알리는 소리에 깨었다.

81

도道란 무엇인가?
노자와 장자는 우산이라 한다. 공자와 맹자는 양산이라 한다.
도道라는 병에는 무엇이 들있나?
누자·장자의 병에 들어있는 것은 기름(인간해방의 철학)이다. 공자·맹자의 병에 들어 있는 것은 식초(인간을 기망하는 기술)다.

善行無轍跡	좋은 행동은 자국을 남기지 않으며
善言無瑕謫	좋은 말은 하자가 없으며
善數不用籌策	좋은 계책은 주판을 두드리지 않는다.
善閉無關鍵而不可開	잘 닫은 문은 잠그지 않아도 열리지 않으며
善結無繩約而不可解	좋은 관계는 강요하지 않아도 풀리지 않는다.
是以聖人	그러므로 성인은
常善救人而無棄人	사람을 쓰되 버리지 않으며
常善救物而無棄物	물건을 쓰되 버리지 않으니
是謂襲明	이것을 일러 '습명(조화의 빛)'이라 한다.
善人不善人之師	선인은 불선인의 스승이며
不善人善人之資	불선인은 선인의 자본이다.[82]
不貴其師	師를 존중하지 않고
不愛其資	資를 사랑하지 않으면
雖知大迷	비록 지식을 쌓더라도 크게 미혹할지니[83]
此謂要妙	이것을 일러 '요묘'라 한다.

—도덕경 제27장—

82
자본은 단지 생산자본(수단)이 아니다. 사랑해야 할 목적인 동시에 자원인 인간이다.

83
노자는 인간들에게 '미혹하지 말라'고 소리친다. 그러나 누군가는 이 대목에서 '인간을 미혹하는 비법'을 읽을 것이다.

"선인은 불선인의 스승이며, 불선인은 선인의 자본이다."

자본[資]은 단지 생산수단이라는 말일까?

〈속재필담〉과 〈상루필담〉의 판타지 형식을 생각하라. 연암은 선비를 두 개의 인격으로 분할하였다. 인간은 누구나 까마귀인간인 동시에 공작새인간이라는 말이다. 반대로 우리는 합쳐진 '인간'의 개념을 생각할 수 있으며, 그것이 근대인간을 탄생시킨 실체enrity 개념이다. 선인善人과 불선인不善人, 師와 자資. 이것은 인간을 구분하고자 함이 아니다. 내 안에 까마귀와 공작새가 있듯이, 인간세계는 선인善人과 불선인不善人, 師와 자資 등 다양성의 결합이다.

師를 존중하라. 資를 사랑하라.

성경잡지 | 맹신자를 위한 사기꾼의 표지들

그것이 철학의 시작이다.

"…비록 지식을 쌓더라도 크게 미혹할지니"

노자는 인간들에게 '미혹하지 말라'고 소리친다. 그러나 누군가는 이 대목에서 '인간을 미혹하는 비법'을 읽었으리라.

子曰 三人行必有我師焉. 擇其善者而從之 其不善者而改之

공자왈, 세 사람이 길을 가면 반드시 내 스승이 있다. 그 중 선한 사람을 가려서 따르고, 선하지 못한 사람은 고쳐야 하느니라.84

—『논어』술이述而편—

84
노자의 인간(善人 不善人)과 공자의 인간(善者 不善者).
노자의 다양성을 공자는 선악으로 대체하고 있다.

공자는 노자가 다양성의 개념으로 제시한 선인善人과 不善人을 선악이라는 차별의 개념으로 바꾸어버렸다.

(본문) 同人, 先號咷而后笑

동인 괘는, 처음에 불러서 통곡하지만 나중에 웃는 것이다. 85

(주석) 子曰 君子之道 或出或處 或默或語 二人同心 其利斷金 同心之言 其臭如蘭

공자 가로되, 군자의 도道는 혹은 나아가고 혹은 머물며, 혹은 침묵하고 혹은 말하는 것이니, 두 사람이 마음을 합하면 그 이利는 능히 쇠를 끊고, 그 말씀은 향기가 난초처럼 그윽하다.86

—『주역』계사繫辭편—

85
주역의 동인同人괘는 협력의 미학이다.

86
공자의 동인同人괘는 군자의 미학이나. 인간을 미혹하는 비법이며, 그들만의 승리의 비결이다.

주역의 동인同人괘는 협력의 미학이 있다. 그러나 공자는 군자의 미학으로, 그리고 야합의 미학으로 바꾸어버렸다.

"군자의 도道는 혹은 나아가고 혹은 머물며, 혹은 침묵하고 혹은 말하는 것이니"

나아가는 군자는 왕과 신하들이며, 머무는 군자는 보이지 않는 곳에서 깃털을 창조하는 선비들이다. 왕이 침묵할 때, 선비들은 덕德을 가르치리라. 그러므로 두 사람(왕과 선비)이 마음을 합하면 두꺼운 무쇠라도 능히 끊을 것이다. 난초처럼 그윽한 말씀으로 만백성들을 기망할 수 있을 것이니 말이다. 이것이 인간을 미혹하는 비법이며, 그들만의 승리의 비결이다.

그러므로 도道란 무엇인가?

노자·장자에게 그것은 해방의 철학이다. 공자·맹자에게 그것은 '인간을 지배하는 기망의 기술'이다. 공자·맹자가 기망의 철학자라면, 최고의 실천가는 요순임금. 작가는 〈속재필담〉의 격양가에 이어 〈상루필담〉은 요임금의 아들 단주이야기를 우민정치의 사례로 제시하였다.

無若丹朱傲 惟漫遊是好 傲虐是作 罔晝夜額額 罔水行舟 朋淫于家 用殄厥世 『서경』 '익직益稷' 제8장)

단주처럼 오만하지 마소서. 게으르고 놀기를 좋아하며 오만하고 학대를 저지르며 낮과 밤을 잊고 쉬지 않으며 물과 뭍을 가리지 않고 배를 끌고 다니며 집집마다 들어가 붕우들과 음란하게 술을 마시다가 요순임금의 세상이 끊기게 될 것입니다.(해석통론)

그러나 연암은 이러한 유가의 해석을 뒤집어 무약단주오無若丹朱傲(단주처럼 오만[傲]하지 마십시오.)를 무약단주오無若丹朱敖(단주와 오

髯만큼 위대한 인물은 없습니다.)로 바꾸어버렸다. 연암의 메시지를 19세기말의 혁명사상가 강증산(강일순)의 목소리로 보자.

"대선생(강증산)께서 말씀하시기를, '낮과 밤을 잊고 쉬지 않으며'라 함은 부지런히 백성을 고충을 살폈다는 말이다. '물과 뭍을 가리지 않고…'라 함은 대동세계를 이루고자 부지런히 뛰어다녔다는 말이다. '집집마다 들어가 술을 마셨다'함은 백성들과 즐거움을 한께 하였다는 말이다. '요순임금의 세상이 끊길 것'이라 함은 요순임금의 차별세상을 타도하고 평등한 인간세상을 건설하고자 시도하였다는 말이다."[천지개벽경]

"사師를 존중하지 않고 자資를 사랑하지 않으년, 그세 비혹힐지니."(『도덕경』 27장)

노자는 널리 인간들에게 미혹을 경계하였건만, 공자는 그 경구에서 '인간을 미혹시키는 비법'을 읽어내었다.

"만세가 지난 후 한 번 큰 성인을 만나면, 그 해자解者를 알아볼 것이니."(『장자』 제물론)

장자는 인간을 해방할 메시아[解者]를 기다렸건만, 공자는 그 해자解者의 지혜로 인간을 시배하였다.

그러므로 연암은 무어라 하는가?

메시아를 기다리지 말라. 인간해방은 오직 민중의 각성에 달린 것이니.

다시 '노파와 당나귀들'의 세상으로

7월 12일 무자戊子.

보슬비가 오다가 곧 멎었다.

심양에서 원당願堂까지 3리, 탑원塔院 10리, 방사촌方士邨 2리, 장원교壯元橋 1리, 영안교永安橋까지 14리를 갔다. 다시 통나무를 엮어서 만든 다리 길을 따라 쌍가자雙家子까지 5리, 대방신大方身 10리, 모두 45리를 가서 점심을 먹었다. 대방신에서 다시 마도교磨刀橋까지 5리, 변성邊城 10리, 홍릉점興隆店 12리, 고가자孤家子 13리, 모두 40리다. 이날 85리를 가서 고가자에서 묵었다.

아침 일찍 출발하여 가상루에 이르렀다. 배관이 홀로 나와 맞이하며 온백고는 잠이 깊이 들었다고 한다. 나는 손을 들어 배관과 작별하고, 발길을 돌려 예속재에 갔더니 전사가와 비치가 나와 맞이한다. 전생은 두 통의 봉투를 내밀었는데, 한 통을 열어보니 내게 보내는 편지로서 골동품목록이 기록된 것이었다. 또 한 통은 겉에 붉은 쪽지를 붙였는데 "許太史台邨先生手啓허태사태촌선생수계"라 쓰어 있다. 전생이 말했다.

"이것은 저의 고심苦心에서 나온 것으로 아무런 객기客氣도 없습니다. 조선관朝鮮館과 서길사관庶吉士館은 나란히 붙어있사오니, 선생이 북경에 도착하시는 날 이 편지를 허태사 선생께 전하십시오. 저 허태사 선생은 말 한 마디도 저속함이 없고 문장이 아름다운 즉 반드시 선생과 좋은 만남이 될 것입니다. 편지 속에 선생의 대명大名과 덕을 나타내었으니 결코 헛걸음이 되지 않을 것입니다."

나 역시 전사가에게 당부하였다.

"여러 공公들을 면면이 만나서 하직하지 못하여 매우 서운합니다. 선생께서 이러한 뜻을 잘 전해 주시오."

전생이 고개를 숙여 인사하고 내가 막 몸을 일으키려 할 때 전생이 말했다.

"저기 목수환이 옵니다."

목수환은 한 청년을 데리고 왔는데, 청년은 손에 포도 한 광주리를 들었다.[87] 청년은 나를 만나기 위하여 예물로 포도를 가지고 온 모양이다. 그는 나를 향하여 공손히 절을 한 다음 앞으로 다가와서 내 손을 잡는데 오랜 친구처럼 느껴졌다. 그러나 갈 길이 황망하여 이내 손을 들어 작별하고 점방을 떠나 말에 올랐다. 청년은 말 머리로 다가와 양손으로 포도 광주리를 받들었다. 나는 말 위에서 한 송이를 집고 다시 손을 들어 사의를 표하고 길을 떠났다. 잠시 후 고개를 돌려 보니 전송객들은 아직도 점방 앞에서 내 뒷모습을 바라보고 서 있다. 길이 바빠서 미처 그 청년의 성명을 묻지 못한 것이 가히 애석하다.

연거푸 이틀 밤이나 잠을 설쳤으므로 해 뜬 뒤에 고단함이 더욱 심하였다. 창대로 하여금 굴레를 놓고 장복과 함께 양쪽에서 부축하게 하였다. 말 위에서 한숨 달게 잤더니, 비로소 정신이 맑

87
속재필담의 '녹명鹿鳴'과 같은 장면이다. '녹명'에서 손님은 군왕에게 거문고와 피리를 연주하면서 광주리를 바친다. 전사가와 목수환은 하나의 인격이다. 그 하나는 두 개의 인격으로 분리되어 두 가지 선물을 바친다. 전사가는 깃털을, 목수환은 재물을. 두 가지 선물을 받은 연암은 이제 판타지 세계에서 인간세상으로 돌아온다.

아지고 주위의 물색이 한층 더 선명하였다. 장복이 말했다.

"아까 몽고 사람이 낙타 두 마리를 끌고 지나가더이다."

"왜, 내게 알리지 않았느냐!"

장복을 꾸짖었더니, 창대가 대답했다.

"그때 코 고는 소리가 천둥치듯 하여 아무리 불러도 대답이 없는 것을 어쩌란 말입니까. 쇤네들도 생전 처음 보는 것이라 어떤 동물인지 정확히는 모르지만 아마도 낙타인가 싶습니다."

나는 창대에게 되물었다.

"그 생긴 모습이 어떻더냐?"

"정말 형언하기 어렵습니다. 말[馬]인가 하다보면 두 쪽으로 갈라진 발굽과 꼬리 모양이 영락없는 소[牛]이고, 소인가 하다보면 머리에 뿔이 없고 상판대기는 양羊이고, 양인가 하면 털이 곱슬곱슬하지 않고 등에는 두 봉오리가 우뚝 솟았을 뿐 아니라 머리를 쳐든 모습은 거위 같기도 하고, 눈을 뜬 모양은 꼭 청맹과니와 같습디다."

"과연 그게 낙타였구나. 크기는 얼마나 되더냐?"

창대는 한 길이나 되는 허물어진 담을 가리키며 대답하였다.

"높이가 저만하더이다."

"이 담엘랑 처음 보는 물건이 있거든 비록 졸 때거나 식사할 때를 막론하고 반드시 알려야 한다." [88]

뉘엿뉘엿 지는 해가 정면으로 말 머리를 비춘다. 강가에 나귀 떼 수백 마리가 물을 먹고 있다. 한 노파가 손에 수숫대를 들고 나귀를 모는데, 일고여덟 살 된 어린아이가 노파를 따라 다닌다. 그녀는 시골 마나님으로 몸에는 푸른 색 짧은 치마를 입고 발엔

 성경잡지 | 맹신자를 위한 사기꾼의 표지들

검은 신을 신었다. 머리카락이 모두 **빠져** 뻔질뻔질한 게 마치 바가지처럼 빛나는 머리에 정수리 밑에 겨우 한 치도 안 되는 쪽을 들고는 거기에 온갖 꽃을 수북이 꽂았다.⁸⁹

노파가 장복을 보고 조선담배를 달라 하기에 내가 노파에게 물었다.

"저 나귀들은 모두 당신네 한 집에서 기르는 것인가?"

노파는 머리를 끄덕이고는 저만치 가버린다. 노파가 내 말을 알아들었는지는 알 길이 없다.⁹⁰

89

노파는 예속재에서 만들어내는 깃털을 머리에 꽂고 당나귀들을 지배하고 있다.

90

연암은 작가의 표지를 알아들었을까?
다양한 혈통의 당나귀(인간)들을 노파(선생)는 획일적인 인간으로 길들여버렸다는 사실을. 노파는 인간을 길들여버린 유가의 선비들이라는 사실을.

고동록: 북학에 나부끼는 북벌의 깃털

고동록古董錄[91]

1. 文王鼎 召父鼎 亞虎父鼎 此商周上賞

문왕정文王鼎 소부정召父鼎 아호부정亞虎父鼎. 이것들은 모두 상商·주周 시대의 유물로서 상상上賞(최고의 예술품)에 해당됩니다.[92]

2. 周王伯鼎 單徒鼎 周豊鼎 皆唐天寶中局鑄 軆小 最宜書齋薰燎

주왕백정周王伯鼎 단도정單徒鼎 주풍정周豊鼎. 이것들은 모두 당唐 천보天寶(당 현종의 연호) 연간에 국가기관에서 주조한 것으로, 몸집이 작아서 서재書齋에서 향불 피워 제사 지내는 데 가장 적당합니다.[93]

3. 商父乙鼎 父巳鼎 父癸鼎 商子鼎 秉仲鼎 饕餮鼎 李婦鼎 商魚鼎 周盍鼎 商乙毛鼎 父甲鼎 此皆元時姜娘子倣鑄

상부을정商父乙鼎 부이정父巳鼎 부계정父癸鼎 상자정商子鼎 병중정秉仲鼎 도철정饕餮鼎 이부정李婦鼎 상어정商魚鼎 주익정周盍鼎 상을모정商乙毛鼎 부갑정父甲鼎. 이것들은 모두 원나라 때 강姜의 낭자娘子

가 옛것을 본떠서 주조한 것입니다.[94]

4. 周大叔鼎 周縊鼎 俱堪入書室淸供

주대숙정周大叔鼎 주련정周縊鼎. 이것들은 감堪(천도)을 갖춘 것으로 서실書室에 입고되어 청淸나라에 기여[供]하고 있습니다.[95]

5. 鼎爐之環耳 傲口爪腹鷄腿 皆爲下品 不堪入玩 勿取可也

솥[鼎]이나 향로[爐]의 환이環耳(고리 귀)가 배와 닭 뒷다리를 입으로 불평하고 손톱으로 할퀴는 것에 관대한 것은 전부 하품으로 취급되어, 감상할 것이 못 되므로 구입할 필요가 없습니다.[96]

6. 周師望 敦兕敦翼 敦 商母乙鬲 周蔑敖鬲 商虎首彝 周辛彝 已上俱載博古圖中

주周나라 스승[師]은 외뿔소[兕]를 다스리고자[敦] 날개[翼] 다스리기를[敦] 꾀한[望] 바, 상모을력商母乙鬲 주멸오력周蔑敖鬲 상호수이商虎首彝 주신이周辛彝를 만드는 데 힘썼으니[敦], 이는 모두 〈박고도博古圖〉에 실려 있습니다.[97]

7. 近日新刻 西淸古鑑 製式尤精 先於書肆中 索見西淸古鑑 按名審圖 先講其式樣 精雅入賞者 次於廠中 或隆福報國寺市日 索之俱有不爽

최근 새로 출판된 〈서청고감西淸古監〉에 실린 제식製式은 더욱 정교하니, 먼저 서점[書肆]에 가서 〈서청고감〉을 찾아 이름을 파악하고 그림을 살펴서 그 양식을 연구한 후에 정아精雅한 것을 골라

94

강강姜(제나라)의 낭자娘子가 옛 그릇을 본떠서 만들었다는 것은, 〈호질〉에서 과부 동리자가 학문과의 간음으로 삼강오륜(세 발 달린 솥)을 만들었다는 비유와 같은 말이다.

95

본떠서 만든 그릇(법)들은 이미 청나라에 기여하고 있다. 서실書室은 사고전서를 보관하는 사고四庫를 말한다.

96

솥[鼎]은 법률을 향로[爐]는 예법을 의미한다. 백성들의 불평이나 저항에 '관대한' 법은 버려라.

97

외뿔소(비판적인 신하)를 다스리기 위해서는 군신관계를 규율하는 법만으로는 부족하다. 그래서 주나라 스승은 날개(부자관계 남녀관계) 다스리는 법을 만들었다.

창중廠中에나 혹은 융복사隆福寺나 보국사報國寺의 장날에 가서 찾아보시면 틀림없이 있을 것입니다.98

8. 觚尊觶此三器 皆酒具 亦可揷花 以供燕居淸賞

고觚 준尊 치觶. 이 세 가지는 모두 술그릇이지만 역시 꽃을 꽂을 수 있어서 '연거청상燕居淸賞'에 쓰고 있습니다.99

9. 官窰法式品格 大約與哥窰相同 色取粉靑 或卵白汁水瑩 厚如凝脂 爲上品 其次淡白油灰色 愼勿取之 紋取氷裂鱔血爲上 細碎紋紋之下品 勿取可也

대체로 관요官窰는 법法의 양식과 품격이 가요哥窰와 다름없습니다. 빛깔은 분청粉靑 혹은 난백卵白을 취하되 옥빛 물기가 기름응어리처럼 번지르르한 것이 상품으로 취급되고, 그 다음이 담백색澹白色이오니, 부디 유회색油灰色은 취하지 마십시오. 무늬는 빙렬문氷裂紋 또는 선혈문鮮血紋이100 상품이고, 그 밖의 세세하고 졸렬한 무늬는 하품이니 취하지 마십시오.

10. 其製亦多博古圖中取式者 無論鼎彝瓶壺觚尊諸式 但短矮肥腹 俗惡無足入甁 勿取可也

그 제도는 역시 대부분이 〈박고도博古圖〉에서 본 딴 것입니다.101 정鼎·이彝·병瓶·호壺·고觚·준尊 등 어느 것을 막론하고 제반 법들[諸式]은 키 작고 배불뚝이 놈들을 습속이 추악하고 볼품없는 놈이라 하여 쳐다보지도 않으니, 절대로 취하지 마시기 바랍니다.

98
〈박고도〉에 있는 법도는 구식이다. 새롭고 보다 정교한 법도는 〈서청고감〉에 있다.

99
연거청상燕居淸賞은 '연경의 청나라 황실 우상화'를 말한다.

100
빙렬문氷裂紋과 선혈문鮮血紋은 청대의 주요 도자기 양식이다. 그러나 여기서는 '선혈鮮血이 낭자한 명나라 충신들'이 법도를 만들어내는 데 가장 훌륭한 무늬라는 말이다.

101
〈박고도〉는 명나라의 중화주의를 담은 책을 비유한다. 청나라는 그 바탕 위에 빙렬문과 선혈문 등을 반영하여 또 다른 중화주의를 창조하고 있다.

저는 지난 초겨울 북경에 갔다가 봄 중순에 돌아왔습니다. 황성에 있을 때 날마다 유리창琉璃廠에 갔는데, 눈에 띄는 게 모두 진기하여 이루 다 형용할 수 없었습니다. 그때 저의 심경은 마치 '하백河伯이 자기 얼굴의 누추함을 알았다[河伯知醜]'는[102] 고사와도 같이 물건들을 따져보기도 전에 먼저 기가 죽었습니다. 저 금창金閶 지방에서 올라온 부박한 무리들이 마치 이와 벼룩처럼 들러붙고 날뛰는데, 유리창 점포들을 돌아다니며 값을 함부로 올려 불러서 비단 값을 10배 이상으로 폭등시켰을 뿐 아니라, 온갖 감언이설로써 사람의 굳은 결심을 녹일 정도였습니다. 저는 초행길이라 그들의 감언이설에 어지럽고 황감하여 삼관三官(눈·입·귀)이 멀어지고 오장五臟이 전도顚倒되어 털끝만큼도 덕德(이익)을 보지 못하고 몇 배의 우愚(손해)만 얻어 돌아오고 말았습니다. 가만히 이 일을 생각하면 문득 머리카락이 솟는 듯 괴로우니 이는 어인 까닭일까요? 제가 시골에서 성장하여 촌티를 버리지 못한지라, 돌덩이를 보배로 여기고 물고기 눈깔과 진주를 구별하지 못함은 어쩔 수 없는 일이지만, 다만 분노를 금할 수 없는 것은 그들의 조롱거리가 될 만큼 막대한 값을 치렀으니, 이는 이른바 도척盜跖의 배를 불린 셈이 된 것입니다.[103] 이제 선생이 북경으로 가시는 마당에 제가 이런 구구한 말씀을 드리는 것은, 행여나 선생과 같은 외국손님이 후일 본국에 돌아가 중국에는 사기꾼들만 있더라고 하실까 두려워서입니다.[104]

아울러 충심으로 말씀드리건대, 제가 옛 서화에 대한 안목이 일천하여 함부로 말씀드리긴 어렵사오나 서화들은 대체로 역대 현인들의 손으로 쓰거나 그린 것은 아니지만, 후세의 명필들이 잘 모

102
『장자』 추수秋水편.
황하黃河의 신 하백河伯이 물을 따라가다 북해 바다에 이르러 끝없이 펼쳐진 동해를 바라보며 탄식하였다. 그러자 북해의 신 '약若'이 말했다.
"우물 안 개구리는 바다를 알지 못한다. 또 여름 벌레는 얼음을 모른다. 당신은 우물에서 나와 큰 바다를 보고 자기의 추함을 알았으니, 이제 더불어 큰 진리를 논할 수 있으리라."
그러므로 전사가 자기의 추함을 알았다면, 하백처럼 반성해야 할 것이다. 그러나…….

103
도척은 『장자』에서 공자를 일갈했던 정의의 도적. '부박한 무리들'은 다름 아닌 제2의 도척盜跖들로써 이제 중화주의를 청산하려는 개혁시상기들이다.

104
전사가 말하는 '사기꾼'은 영혼이 살아있는 신비일 것이니.

사한 것이어서, 비록 노련한 경지는 아니더라도 역대 명필들의 전형典刑을 엿볼 수 있을 것이니 미불米芾, 채경蔡京, 소식蘇軾, 황정견黃庭堅 등의 작품은 모두 찾아보는 것이 좋을 것입니다.[105]

전날 선생께서 저를 비루하고 외람되다 여기시지 않고 현인을 추천해 달라 하셨는데, 연로에 서서 이야기 한들 뾰족하게 도움을 드리기 어렵고 또한 선생께서 수레를 멈추어 찾는다는 것도 용이치 않을 것입니다. 하여 제가 황성에 있을 때 며칠 만나서 지기의 우정을 맺은 허태사許太史 조당兆黨 선생을 소개합니다. 허조당 선생의 자는 태촌台村이고 계파는 호북인湖北人입니다.[106] 여기 선생에게 보내는 편지가 있사오니 북경에 도착하시거든 한림원을 찾아 선생을 방문하여 제 천명을 대고 편지를 전하시기 바랍니다. 선생과 제가 이렇게 친밀한 사이임을 아신다면 필시 외면하지는 않을 것입니다. 아울러 말씀드리건대 태촌의 성품이 호방하여 잘못 천거하였다는 허물은 없을 것입니다.

마지막으로 박공 노야께서는 깍듯하게 예를 갖추지 못함을 양해하여 주십사 전사가는 머리 숙여 아뢰옵니다.

4단7정론을 비웃는 까마귀들의 퍼포먼스

7월 13일 기축己丑.

날은 맑으나 바람이 심하다.

고가자孤家子에서 새벽에 떠나 8리를 가서 거류하巨流河에 이르렀다. 일명 주류하周流河다. 거류하보까지 7리, 필점자 3리, 오도하 2리, 사방대 5리, 곽가둔 3리, 신민둔 3리, 소황기보 4리 모두 35리를 가서 점심을 먹었다. 소황기보에서 대황기보까지 8리, 유하구 12리, 석사자 12리, 영방 10리, 백기보 5리, 모두 47리다. 이날 도합 82리를 가서 백기보白旗堡에서 묵었다.[107]

■ 이날 새벽에 일어나 아침 세면을 하자니 몹시 싫증이 난다. 달이 비로소 지자 하늘엔 온통 총총한 별들이 반짝이고 촌닭들이 서로 다투어 홰를 친다. 몇 리를 못 가서 희뿌연 안개가 널리 퍼져 넓은 벌판이 삽시에 은빛 바다를 이루었다. 한 무리의 의주 만상들이 서로 지껄이며 지나가는데, 그 소리가 마치 꿈속에서 기서奇書를 읽는 것처럼 몽롱하여 분명히 들리지 않는 것이 영적이고 환상적인 느낌이 극에 달하였다. 조금 뒤에 하늘에 서광이 비치기 시자하자 길가에 늘어선 수많은 버드나무에서 매미 울음소리가

107
백기를 들고 항복할 것이라는 복선이다.

일시에 터져 나온다. 저들이 그렇게 울부짖지 아니한들 한낮 더위가 몹시 뜨거울 줄을 누가 모르랴. 점차 들판에 가득했던 안개가 걷히고 먼 마을 사당 앞에 세운 깃발이 마치 돛대와 같다. 동쪽 하늘을 돌아보니 불타는 구름이 용솟음치는데 벌건 불덩이가 옥수수 밭 저편에 솟을 듯 말 듯 천천히 떠오르며 온 요동 벌판을 붉게 물들인다. 땅 위를 오가는 말과 수레, 아름다운 나무와 집, 추호秋毫와도 같은 삼림들이 모두 수레바퀴 같은 불덩이 속에 잠긴다.[108]

2 신민둔의 시전과 여염閭閻은 요동 못지않게 번화하다. 한 전당포에 들어가니 뜰 가득히 시렁을 만들고 그 위에 포도 덩굴을 올려 녹음綠陰이 영롱玲瓏하다. 뜰 가운데엔 여러 가지 괴석怪石을 포개어 쌓아 한 개의 가산假山을 만들어 놓았다. 그 산 앞에 높이 한 길이나 되는 항아리가 있는데 항아리 속에는 연꽃 너덧 포기가 피어 있고, 땅을 파서 한 칸 나무통을 묻고 그 속에 비오리[鸂鶒] 한 쌍을 기른다. 가산에는 종려나무, 추해당, 석류 등을 심은 화분 십여 개가 놓여 있다. 붉은 휘장 밑에는 의자를 나란히 놓고 우람한 사내 대여섯이 앉아 있다가 나를 보고 일어나 읍하며 앉기를 청하고 시원한 냉차 한 잔을 권한다. 점포 주인이 붉은 종이 두 장을 꺼내는데 지면에는 젖빛과 금빛으로 이룡螭龍(뿔 없는 용, 이무기) 두 마리가 곱게 그려졌는데, 주련을 써 달라 청한다. 나는 글을 썼다.

鴛鴦對浴能飛繡　　원앙 한 쌍 목욕하자 비단이 나는 듯
菡萏初開不語仙　　갓 피어난 연꽃송이 말없는 신선일세.[109]

내 글씨를 구경하던 사람들은 일제히 소리를 지르며 필법이 아름답다고 칭찬이다. 점포 주인은 나그네 선비를 일등 자리에 앉게 하였다.

"영감은 잠깐만 기다려 주십시오. 제가 다시 좋은 종이를 가지고 오겠습니다."

주인이 일어나더니 조금 뒤에 왼손에 종이를 들고 오른손엔 진한 먹을 받쳐 들고 왔다. 백로지 한 장을 잘라 석 자 길이로 만들어 문 위에 붙일 만한 좋은 액자를 써 달라 한다. 내가 연로沿路에서 보니, 점포 문설주에 기상새설欺霜賽雪이란 네 글자가 써 붙여 있는 것이 가끔 눈에 띄었다. 나는 마음속으로 생각하였다.

'장사치들이 자기네들의 애초에 지닌 심지心地가 깨끗하기는 가을 서릿발 같고, 게다가 또 희디흰 눈빛보다도 더 밝음을 스스로 나타내기 위함이 아닐까. 며칠 전에 난니보爛泥堡를 지날 때 어떤 점포 문설주에 붙인 이 넉자의 필법이 심히 기묘하기에, 내 한참 말을 멈추고 감상해 본즉 상실霜雪이란 두 글자는 틀림없이 미불米市의 글씨체거니 생각했는데, 이제 그 글씨체로 한번 써봄직도 하구나.'

이런 생각을 하면서 먼저 붓끝을 먹물에 담가 붓을 낮추었다 높였다 하여 검은 광채에 붉은 기운이 오르는 듯싶게 농염을 고른 다음 종이에 임하여 왼쪽에서 오른편으로 쓰기 시작하여 '설雪'자가 완성되었다. 이는 비록 미원장米元章에야 비길 수 없겠지만 어찌 동태사董太史만이야 못하랴 싶었다. 구경꾼들의 수가 점점 늘어나고, 그들의 입에서 일제히 탄성이 쏟아진다.

"글씨기 퍽이나 잘 되었습니다"

이어서 '새賽'자를 썼더니 역시 사람들은 "잘 되었다."라고 칭찬한다. 그러나 점포 주인의 얼굴에는 '영 아니다'라는 기색이 역력하다. 나는 생각했다.

'새賽자는 획이 너무 빽빽한데다가 패貝자는 글씨가 길어져서 마음에 들지 않아 언짢게 생각하는 것이야. 또 붓 끝에 너무 먹물이 베어서 색자 왼쪽에 떨어뜨려 번지는 바람에 반점이 있는 표범무늬가 되어버렸다고 저 무식한 놈은 무슨 큰 흠집이나 난 것처럼 생각하는 모양이군.'

그런 생각을 하면서 일필휘지로 상霜과 기欺 두 자를 쓰고는 붓을 내던지고 한번 순독順讀하여 보았다. 기欺·상霜·새賽·설雪. 네 개의 큰 글자가 또렷하다. 그러나 주인은 머리를 절레절레 흔들며 싸늘하게 말했다.

"이게 우리와 무슨 상관이오?"

나는 "또 봅시다."라고 내뱉으면서 몸을 일으켜 나왔다.

'이런 촌구석 장사치를 전날 심양 사람들과 비교할 수는 없지. 저 따위 무지렁이들이 어찌 내 글을 알아보겠어!' 110

❸ 이날 해가 뜬 뒤에 바람이 온 누리를 뒤덮을 듯이 불어치더니, 오후에는 멎어 공중에 한 점 바람기도 없어 폭염이 더욱 찌는 듯하다. 영안교永安橋에서부터 아름드리 통나무를 엮어서 다리를 놓았는데, 다리의 높이는 두세 길이나 되고 넓이는 다섯 길이 되며, 양쪽의 나무 끝이 가지런하여 마치 한 칼로 자른 듯싶다. 다리 밑 도랑엔 맑은 물이 끝도 없이 흐르고 푸른 진흙 벌은 윤기가 감도는 것이 만일 개간해서 논을 만든다면 이 벌판은 1만구의 수전水田이 될 것이다. 그러면 해마다 몇 억 만 섬의 벼를 거두어들일

110

상인들은 반란을 일으켰다.
사건을 두 개로 나누어보자.
一, 연암은 기상새설이라 써 주지만(理發), 상인들은 거부(氣不隨)한다. 주리론의 이발기수理發氣隨에 대한 비판이다.
一, 상인의 냉담한 반응(氣發)에 연암은 상인을 혐오(羞惡之心)한다(理乘). 주기론의 기발이승氣發理乘에 대한 풍자다.

지 알 수가 없다. 누군가 이렇게 말했다.

"강희황제가 일찍이 『경직도耕織圖』와 『농정전서農政全書』을 지었으니, 지금 황제도 역시 노농가老農家의 자제이신만큼 이 산해관 밖의 푸른 듯 검은 기름진 땅이 상상전上上田이 될 줄 어찌 모르겠는가. 다만 저 산해관 밖의 땅은 실로 자기네들의 근본지향根本之鄕으로 삼으려는 것이다. 물벼로 기름지고 향기로운 밥알을 백성들에게 늘상 먹게 한다면, 힘줄이 풀리고 뼈가 연약해져서 더 이상 용맹을 쓸 수 없게 될 것이다. 그러느니 차라리 항상 수수떡과 밭벼밥을 먹게 하여, 백성들로 하여금 주림을 잘 참고 혈기를 돋우고 구복口腹의 사치를 잊어버리게 하는 것만 못하다. 정녕 천 리의 기름진 땅은 버릴지언정 그들로 하여금 메마른 땅에 정의를 위해서 사는 백성이 되게 하려는 것. 이것이 황제의 심원려深遠慮."[111]

연로沿路에서 보니 2리나 3리마다 마을과 우물들은 끊어졌다 이어졌다 하는데, 수레와 말이 끊임없이 이어지고 좌우의 점포들 또한 가관이 아닌 게 없다. 봉황성에서 여기까지 비록 사치와 검소한 정도는 차이가 있지만, 그 양식과 규모는 한결같다. 시시때때로 몽롱한 가운데 눈앞을 스쳐지나가는 것들이 실로 놀라운 것 반가운 것들이 적지 않건만 이루 다 적을 수가 없다.

4 날이 저물어 먼 곳에 자욱한 연기에 싸인 점포들이 보이자 말을 재찔힘러어 숙소로 달리는데, 오이밭에서 한 늙은이가 나와 밀 잎에 엎드려서 서너 칸 되는 초가집을 가리키면서 하소연했다.

"이 늙은 게 혼자 길가에서 참외를 팔아서 오늘 내일 지내는데, 아끼 당신네 조선 사람 사오십 명이 이곳을 지나다가 잠시 쉬면서 처음엔 값을 내고 참외를 사 드시더니, 떠날 때 참외를 한 개씩 손

111
명나라가 망한 후 요동벌판에 살던 수많은 만주족들은 중원으로 들어갔다. 텅 빈 벌판에 청나라는 봉금령封禁令을 내린다. 연암의 말마따나 근본지향으로 삼고자. 그러나 그것은 표면적인 이유일 뿐이다. 황제의 심모원려는 무엇일까? 조선조정도 봉금령을 인정하여 도강을 금지한 반면, 청나라는 군사기지화 하였다. 그리하여 우리는 압록강 이북에 대한 지배권을 완전히 빼앗겨버렸다. 또한 청나라의 털모자산업(7월 22일자)은 봉금령의 중요한 부산물이다. 광활한 벌판에 농민의 유입과 개간을 금지하여 양羊을 키운 것이다. 영국의 엔클로저가 양이 사람을 쫓아냈다면, 중국에서는 양이 사람을 막았다.

에 쥐고 소리를 지르면서 달아나버렸습니다.”

“그럼, 왜 그 우두머리 어른에게 고하지 않았소?”

늙은이는 눈물을 흘리면서 더더욱 서글프게 말한다.

“그렇지 않아도 그리하였는데 그 어른이 벙어리인척 귀머거리인 척 하시는데 나 혼자 어찌 사오십 명의 장정들을 당하오리까. 이제 도 쫓아가니까 한 사람이 가는 길을 막으며 참외로 냅다 제 면상 을 갈기니, 눈에선 별안간 쌍 번갯불이 일어나고 아직도 참외물이 마르지 않았습니다.”

결국은 청심환을 달라고 조르기에 나는 없다고 하였다.[112] 그러 자 노인은 창대의 허리를 꼭 껴안고 참외를 팔아달라고 강요하면 서 곧 참외 다섯 개를 면전에 갖다 놓았다. 나는 역시 갈증을 해 소하고자 참외 한 개를 깎아서 먹어본즉, 향기와 단맛이 특별하기 에 장복더러 남은 네 개를 마저 사가지고 가서 밤에 먹기로 하고, 창대와 장복에게도 각각 두 개씩을 먹였다. 모두 아홉 개인데, 늙 은이는 낯짝 두껍게 80문文을 부른다. 장복이 50문을 주자 대노大 怒하며 받지 않는다. 창대와 둘이 주머니를 털어 세어본즉 모두 71 문이라, 그것을 주기로 하고 나는 먼저 말에 올랐다. 장복으로 하 여금 돈을 주게 하였더니 장복이 주머니를 뒤집어 보이자 그 연후 에야 노인은 돈을 받았다.

처음에 눈물을 흘리며 불쌍하게 보이고는 참외 아홉 개로 굴레 를 씌워 근 100문이나 되는 어처구니없는 값을 요구하니 참으로 통탄할 노릇이다. 그러나 우리 종복들이 연로에서 강탈하는 짓거 리가 더욱 통탄할 노릇이다.[113]

어두워서야 숙소에 이르렀다. 참외를 내어 박래원과 변계함 등

에게 주어 저녁 뒤 입가심으로 먹게 하고, 길에서 하인들이 참외를 빼앗았다는 이야기를 하였더니, 여러 마두들이 이구동성으로 말했다.

"그런 일은 전혀 없었습니다. 그 교활한 늙은이가 서방님이 홀로 떨어져 오시는 걸 보고는 허황된 거짓말을 꾸미고 불쌍한 표정을 지어서 청심환을 우려내려 한 것이죠."

나는 비로소 늙은이의 쇼show를 깨달았다. 늙은이의 더러운 짓을 생각하니 더더욱 분통을 참을 수 없었다. [114]

'대체 그 노인의 갑작스런 눈물은 어디서 솟았을까?'

시대가 말한다. [115]

"그 자는 분명 한족일 것입니다. 만주인들은 그다지 요악한 짓은 하지 않습니다." [116]

114
비로소 '지극한 것' 이 터졌다. 노인의 허위→연암의 칠정(怒) 허위의 눈물[情]이 연암의 지극한 정情을 뚫은 것이다. 그러므로 기발이승은 틀렸다.

115
기발氣發(7정)의 눈물이 아니다. 허위의 7정, 즉 '(-)7정' 의 눈물이다. 그러므로 울음은 7정에서 나온다는 '사단칠정론' 은 틀렸다.

116
지연인외 눈물은 7정의 눈물이다. 문명인의 눈물은 (-)7정의 눈물이다.

사단四端은 이理에서 발發하므로 순선純善이요, 칠정七情은 기氣를
겸겸兼하였으므로 선악善惡이 있다.

퇴계의 사단칠정론(주리론)이다. 조선 성리학의 거장 퇴계에게 도
전장을 내민 것은 고봉高峯 기대승奇大升이다.

기대승이 퇴계에게
칠정七情 외에 사단四端이 따로 있는 것이 아닌데, 사단은 이理에서
발하여 불선不善이 없고 칠정은 기氣에서 발하여 선악善惡이 있다고
한다면, 결과적으로 이와 기는 확실히 둘이 되는 것이니…… 이것은
의심하지 않을 수 없는 것입니다.

칠정을 옹호하는 기대승의 반박은 애틋하다. 그러나 논쟁은 이
미 거대한 동굴에 갇혀있다. 노자(도덕경27장)의 다양한 인간을 선
악善惡으로 바꾸어버린 공자(논어 '계사'편과 주역 '동인괘')의 프레임에
말이다. 주리론主理論 대 주기론主氣論의 대결 2라운드는 우계牛溪
성혼成渾 대 율곡 이이李珥의 논쟁이다.

우계가 율곡에게.
인심人心은 기氣를 위주로 하고 도심道心은 이理를 위주로 한 것이 퇴
옹退翁(퇴계)이 '사단은 이발理發이요, 칠정은 기발氣發이다'라고 한
것과 무슨 다른 점이 있겠는가. 이理와 기氣의 호발互發이 천하의 정
리定理인즉 퇴옹의 본 바가 역시 정당하지 않은지 자세히 연구하여 일
깨워 주기를 바라네.

율곡이 우계에게.
만일 형兄,(성혼)의 말대로 이기호발理氣互發이라 한다면, 사람의 마

음에 이理와 기氣 두 개의 뿌리가 있어서 발하기 전에 이미 인심人心 도심道心의 묘맥苗脈이 있다는 것인 바, 이理가 발하면 도심道心이고 기氣가 발하면 인심人心이라는 것이니, 그렇다면 우리 마음에 2본本이 있는 것이 된다. 그러나 무릇 발하는 것은 기氣요, 발하는 소이연所以然은 이理이다. 기氣가 아니면 능히 발하지 못하고, 이理가 아니면 발할 소이연이 없는 것이니, 선후先後나 이합離合도 없는 것이요 이기호발이라 할 수 없는 것이다.

먼저 호곡장론(7월8일자)에서 이야기한 〈연금술사〉를 보자.

"여기는 부둣가이고, 부둣가에는 도둑놈들이 많다구요."

산티아고의 돈은 곧 친구(사기꾼)에게 맡겨지고, 잠시 상점의 아름다운 단검에 눈길을 주는 사이에 '친구'는 어디론가 사라져버린다. 모든 것을 잃어버린 산티아고의 독백을 보라.

"나 역시 다른 사람들과 똑 같아. 어떤 일이 실제 일어나는 대로 세상을 보는 게 아니라, 그렇게 되었으면 하고 바라는 대로 세상을 보는 거지."

사기꾼이 노린 것은 이른 바 '소망적 사고'. 사기꾼은 피라미드로 가겠다는 산티아고의 간절한 소망을 정확히 꿰뚫었다.

그러면 참외장수 노인이 겨냥한 연암의 소망은 무엇일까?

어떻게든 4단의 인간으로서의 품위를 유지하겠다는 간절한 소망이다. '설마 측은지심을 포기하지 않겠지.' 참외장수 노인은 연암의 허위를 겨냥하여 허위의 눈물을 흘린 것이다.

이제 산티아고의 두 번째 사각을 보라.

"그 순간 나는 깨달았다. 이 세상은 가진 것을 몽땅 털린 피해자의 눈으로 볼 수도 있지만, 보물을 찾아가는 모험가의 눈으로 볼

7월 13일 기축

수도 있다는 사실을."

사기꾼에게 한 번 당한 산티아고는 피해자의 눈과 모험가의 눈을 성찰하였고, 이슬람상인의 크리스털 상점에 취직하여 떼돈을 벌어들인다. 사기꾼에게 배운 약탈의 기술로.

그러나 연암은 산티아고처럼 똑똑한 친구가 아니다.

"늙은이의 쇼를 생각하니 더더욱 분통이 터졌다."

이쯤이면 사단칠정론의 기만성을 알아야 할 것이다. 자신을 속인 진정한 사기꾼이 노인이 아니라 공자 맹자 주자 퇴계 율곡이라는 사실도.

"대체 그 노인의 갑작스런 눈물은 어디서 솟았을까?"

아직도 연암은 '피해자의 눈'조차 뜨지 못했다. 자신의 '소망적 사고'를 바라보지 못하기 때문에.

그러나 연암에게 한 번 기대를 걸어보자. 산티아고처럼 떼돈을 벌어들일 수 있을지.

성리학 프레임에 가려진 합일의 길

7월 14일 경인庚寅.

개다.

백기보白旗堡에서 소백기보까지 12리, 평방 6리, 일반랍분一半拉門[일명 일판문一板門이다.] 12리, 곡산둔 8리, 이도정 12리, 모두 50리를 가서 그곳에서 점심을 먹었다. 이도정에서 은적사까지 8리, 고가포 22리, 고정자 1리, 십강자 9리, 연대 6리, 소흑산 4리, 모두 50리다. 이날 1백 리를 가서 소흑산에서 묵었다.

1 오늘은 말복이다. 늦더위가 더욱 혹심할 것이고 또 참站이 멀어서 일행은 새벽에 출발하였다. 나는 정비장鄭裨將 변주부와 함께 먼저 떠났다. 길에서 어제 해돋이 광경을 이야기했더니, 두 사람은 꼭 한번 구경하고자 하였으나 막상 해가 뜰 무렵엔 동녘 하늘에 운무雲霧기 걷히지 않아 광경이 어제보다 훨씬 못하다. 해가 이미 한 길 남짓 땅 위에 솟았을 때 그 밑으로 층운層雲이 만 가지 형상을 그리다가 금빛 찬란한 용이 되어 뛰고 날아오르고 진동히고 흔들리며 신출귀몰 온갖 재주를 부리건만, 해는 다만 천천히 허공으로 솟이오를 뿐이다.[117]

117

10일자 ‘상서로운 태양’ 은 그들만의 태양이다. 13일자 ‘모든 것을 잠기게 하는 태양’ 역시 지배의 태양이다. 오늘은 모두(구름)의 개성늘 허용하는 관용의 대양이다.

2 요양에서부터 소소한 성과 연못을 많이 거쳐 왔으나, 이루 다 기록할 수 없었다. 『맹자孟子』에 이른바 '3에 걸친 성城이요 5리에 이르는 곽郭'이라 하였는데, 비단 군郡이나 읍邑 소재지뿐만 아니라 한적한 시골 자연부락에까지 성곽들이 널렸으며 그 제도 역시 도시의 큰 성들과 다름이 없다.[118]

일판문과 이도정은 땅이 움푹 파인 곳이어서 비가 조금만 와도 진창이 되고, 바야흐로 봄이 되어 겨우내 얼었던 얼음이 녹을 무렵에는 자칫 시궁창에 한 번 빠지면 사람도 말도 한 순간에 보이지 않게 되어 지척에 있어도 구출하기 어렵다. 작년 봄에 산서山西 장사꾼 20여 명이 모두 건장한 나귀를 타고 가다가 일판문에 이르러 일시에 함몰되었으며, 우리나라 마부도 두 명이나 빠져버렸다 한다. 『당서唐書』에는 이런 이야기가 있다.

"당태종이 고구려를 치려다가 뜻을 이루지 못한 채 돌아오는 길에 발착수渤錯水에 이르렀는데, 80리 진펄이 길을 가로막아 수레와 말이 지나갈 수 없었다. 이에 장손무기長孫無忌와 양사도楊師道 등이 1만 명을 거느리고 나무를 베어 길을 쌓고 수레를 잇달아 다리를 놓았다. 이 때 당태종 역시 말 위에서 손수 나무를 나르며 부역을 도왔으며, 때마침 눈보라가 몰아치자 횃불을 밝히고 건넜다."

지금 발착수가 어디인지 알 길이 없으나, 요동벌 천 리는 흙이 떡가루처럼 부드러워서 비를 맞으면 반죽이 되어 마치 엿 녹은 것처럼 되어버린다. 자칫하면 사람의 허리와 무릎까지 빠지고, 겨우 한 다리를 빼면 또 한 다리가 더 깊이 빠지게 된다. 만일 제 때에 발을 빼지 못하면, 땅 속에 무언가 빨아들이는 것이 있는 듯이 온 몸이 빨려 들어가 흔적조차 없어지게 된다.

지금은 청淸 황제가 자주 성경으로 거둥하므로, 영안교에서부터 나무를 엮어 다리를 놓아 진펄에 방비하였다. 다리는 고가포까지 2백여 리를 하나의 다리처럼 뻗쳤으니 막대한 물자도 대단하거니와, 그 나무 끝이 한 치의 편차도 없이 2백 리 양연兩沿이 마치 먹줄로 퉁긴 듯이 되었으니, 가히 그 정교한 기술을 짐작할 만하다. 고로 민간에서 항상 쓰는 물건들 역시 효율과 규모면에서 이와 다름없으니, 덕보德保 홍대용이 "중국의 심법心法을 당할 자가 없다"라고 한 것이 바로 이런 것을 두고 한 말이다.[119] 지금 이 '다리 길'은 3년 만에 한 번씩 고친다고 한다. 『당서』의 발착수는 아마 일판문과 이도정 사이를 말한 듯싶다.[120]

3 이골관鴉鶻關을 지나면서부터 매양 보는 마을마다 흰 패루를 높다랗게 세운 집들이 있는데 이는 초상집들이다. 패루는 삿자리로 짓지만 기왓골이나 용마루 장식은 석조 목조 건물과 조금도 다름없으며, 높이는 너덧 길이나 되고 상갓집 문 앞에서 10보쯤 떨어져 세운다. 패루 밑에는 악공들이 늘어앉아서 징과 피리 날라리를 밤낮을 가리지 않고 조객이 문 앞에 당도하면 요란하게 불고 두드려댄다. 상식上食이나 제전祭奠이 있을 때는 안에서 나는 곡소리에 맞추어 반주하듯이 연주한다.

십강자에 이르러 잠시 쉴 때였다. 정 진사, 변 주부와 함께 한가하게 시니를 거닐다가 한 삿자리로 만든 패루에 이르렀다. 바야흐로 내가 패루의 제도를 상세히 구경하려 할 즈음 악동들은 요란스런 두드리고 불어대기 시작하였다. 두 사람은 엉겁결에 귀를 막고 도망치고, 나 역시 두 귀가 먹을 것 같아서 손을 흔들어 소리를 멈추라 하였지만 그들은 힐끔힐끔 돌아보기만 할 뿐 마냥 불

119
일판문과 이도정 사이 진펄에서 산서상인과 조선마부들이 빠져 죽었다고 한다. 그러면 200여리 정교한 다리는 무엇인가? 특별한 사람들만 위한 다리다. 그것이 맹자의 '인화人和'이며, 홍대용이 지적한 '중국의 심보[心法]'이다.

120
영안교(12일자)에서부터 고가포까지는 200여리. 당태종이 고구려로 가는 길에 발착수에서 80여리 진펄을 만났다면, 발착수는 '일판문과 이도정 사이'일 수 있다. 그러나 돌아오는 길이었으므로, 연암의 추측은 어림없다. 연암은 '방향(목적)'을 바라보지 못한다. 성곽의 목적도, 다리의 목적도.

고 두드리고 난리다. 나는 초상제도가 보고 싶어서 바야흐로 걸음을 옮겨 대문 앞으로 다가갔다. 문 안에서 한 상주喪主가 뛰어나오더니 곡소리를 하면서 내 면전에 다가서더니 죽장竹杖을 내던지고 재복재기再伏再起 하였다. 엎드리면 머리를 땅에 박는다. 일어나면 땅에 발을 동동 구르면서 비 오듯 눈물을 쏟아내며 무수히 슬프게 고한다.

"창졸간에 변고가 일어나 어찌해야 할지 모르겠습니다."

상주 뒤에 따라온 5~6명은 모두 흰 두건을 썼는데, 나를 양쪽에서 부축하고 문 안으로 들어가니 상주 역시 곡을 멈추고 따라 들어온다. 때마침 건량의 마두 이동二同이 안에서 나오기에 나는 하도 반가워서 엉겁결에 물었다.

"이제 어찌해야 하겠느냐?"

"소인은 죽은 사람과 동갑이라서 전부터 서로 친하게 지냈습니다. 그래서 조금 전에 들어와서 그 처를 조문하고 나오는 길입니다."

"조문은 어떻게 하는 거냐?"

"상주의 손목을 잡고 '당신의 아버지는 하늘로 돌아가셨습니다.' 하면 됩니다."

이동은 나를 따라 도로 안으로 들어오며 말을 이었다.

"부의로 백지白紙권이나 줘야 할 것이니 소인이 마련해 보겠습니다."

집 앞에는 삿자리로 큰 패루를 세웠는데 그 만든 법이 기이하다. 뜰에는 온통 흰 베로 포장을 치고 따로 내외 복친들의 자리를 마련하였다.

이동이 말했다.

"주인이 주안을 대접하면 좀 앉았다 가십시오. 손도 안 대고 그냥 일어서버리면 큰 수치로 여긴답니다."

"이왕 들어왔으니 이 또한 좋은 관광이지만, 다만 상주가 조문을 받으려면 괴롭겠구나."

"아까 조문은 끝났으니 다시 하실 필요는 없습니다."

이동이 삿자리 집을 가리키면서 말했다.

"저게 빈소입니다요. 남녀 상주들은 모두 집을 비우고 이곳 빈소로 옮겨오지요. 장막 안에는 기복朞服 공복功服 등121 복식에 따라 각각 자리가 마련되어 있는데 장사가 끝나면 각자 집으로 돌아갑니다."

휘장 속에서 유일한 여인이 자꾸자꾸 머리를 내밀고 이쪽을 바라보는데, 여인은 백포白布를 두른 머리 위에 마질麻絰(수질의 한 종류)을 얹었다.122

이동이 말했다.

"저이는 망자亡者의 첩[少女]인데, 산해관에 사는 부유한 상인의 처妻로 시집을 간답니다." 123

잠시 후 상주가 패루에서 나와 걸상에 앉는다. 흰 두건을 쓴 몇 사람이 국수2그릇, 과실과 두부와 채소는 각각 한 쟁반, 차 누 잔과 술 한 주전자를 탁자 위에 벌여 놓았다. 그리고 내 면전에 빈잔 세 개를 놓고 탁자 맞은편에 빈 의자를 갖다놓고 잔 세 개를 놓고는 이동에게 앉기를 청한다124 [請二同坐].

이동이 고사固辭하며 가로되,

"우리 누야께서 앉아계신데, 감히 머리를 맞대고 앉을 수는 없소이다."

라고 분명히 천명하고는 곧 밖으로 나가더니 백지 한 권과 돈 일

121
복인服人들은 망인과의 촌수에 따라 복식이 다르다. 작가는 상복으로 관복을 암시하고 있다. 상례에서 오복친五服親이 있다면 관복에는 오복五服이 있다. '고동록'에서 주나라 스승이 외뿔소를 다스리는 비결이다.

122
여인은 누구인가?
망인의 아내나 자녀의 상복은 주로 참최복 또는 자최복이다. 참최복을 입는 상인은 마麻를 두르고 저질苴絰을 쓴다. 자최복을 입는 상인은 포布를 두르고 마질을 쓴다. 출가한 딸은 머리를 풀지 않는다. 그러므로 여인은 아내나 미혼인 딸이다

123
기존번역들은 소녀少女를 '딸'로 번역한다. 그러나 제3자가 '딸'을 소녀라 부르는 일은 없으며, 결국 소녀는 첩이다. 상중에 첩의 재가再嫁가 결정되었다는 것은 망자의 유언에 따른 것이다.

124
請二同坐는 두 기지로 해석될 수 있다.
1. 이동에게 앉기를 청하다.
2. 둘이 함께 앉기를 청하다.
어느 쪽으로 보더라도 결과는 마찬가지다. 작가는 이동의 이름으로 실루픽담에서 부 주역이 '동인괘'와 공자의 '二人同心'을 환기하고 있다 양반과 상놈이 함께 앉아라. 그것이 동인괘일 것이다.

초—鈔를 갖고 들어와서 상주 앞에 놓고 내가 부의賻儀한다는 뜻을 말한다. 상주는 걸상에서 내려와 머리를 조아리며 공손히 사례하였다. 나는 대충 음복하는 시늉만 하고 곧 일어나 나오자, 상주가 문 밖까지 따라 나오며 전송한다. 문에 접한 양쪽 행랑[廂]에서는 막 죽마竹馬를 만들어 종이를 붙이고 있었다.[125]

잠시 후 사신 행렬이 이곳에 이르러 말을 멈추었다. 이어서 부사가 도착하여 가마를 옹위하여 가는 도중에 아까 목격한 '조상지례弔喪之禮'를 이야기 했더니 모두들 박장대소한다.[126]

4 이도정二道井은 촌락과 여염집들이 자못 번화하다. 은적사隱寂寺는 큰 절이지만 자못 부서지고 망가졌다. 비석에는 시주한 조선인 이름들이 새겨졌는데, 모두 의주 상인인 것 같다. 여기서부터 의무려산醫巫閭山이 보이기 시작한다. 멀리 서북쪽 하늘가를 가로막은 모습이 마치 푸른 장막을 드리운 것 같은데, 뾰족뾰족 솟은 봉오리들은 분명하게 보이지 않는다. 혼하를 건넌 후 무릇 다섯 번이나 강을 건넜는데 모두 배로 건넜다. 이곳에서부터 연대煙臺가 시작되어 5리마다 하나씩 있다. 직경은 10여 장丈이요, 높이는 5~6 장丈이며, 쌓은 제도는 성과 다름이 없다. 대臺 위에는 포砲 구멍을 뚫고 여장女墻을 둘렀는데, 명나라 때 척계광이 만들었다는 팔백망八百望이 곧 이것이다.[127]

소흑산小黑山은, 넓은 들판에 낮은 언덕들이 점점이 이어지다가 불쑥 솟아오른 언덕이 크고 작은 봉오리들을 지키는 형세여서 붙여진 이름이다. 여염집들이 즐비하고 시전과 점포들이 번화하여 신민둔에 못지않다. 푸른 황무지에 말, 노새, 소, 양 수천수백 마리가 떼를 지어 풀을 뜯고 있으니, 역시 대거처大居處라[128] 이를 만하다. 일행 하인들은 으레 이 소흑산에서 돼지를 삶아 서로 위로하는 게 관례인데, 장복과 창대 역시 오늘밤에 가서 얻어먹겠다고 여쭙는다.[129]

⑤ 이날 밤 달빛이 대낮처럼 환하고 밤공기가 한결 시원하였다. 저녁 식사 후에 밖으로 나가서 아득히 먼 들판을 바라보니, 저녁 짓는 연기가 모락모락 퍼지는데 소와 양들이 제각기 집으로 돌아간다. 아직 문을 닫지 않은 점포들이 있기에 그 중 한 집에 들어갔다. 내가 들어오는 것을 보고 길에서 놀던 사람들이 뒤따라 들어와서 뜰에 가득하다. 다시 일각문을 들어서니 마당처럼 넓은 뜰에 네 사람이 탁자를 가운데 놓고 삥 둘러앉았는데, 그 중 한 사람이 탁지를 차지하고 '신추경상新秋慶賞'이란 넉 자를 쓴다. 자줏빛 먹 불그레한 종이 위에 흰 달빛이 비끼어서 똑똑히 보이지는 않으나, 붓놀림이 매우 서툴러 겨우 글자 모양이나 갖춘 정도였다. 나는 마음속으로 다짐하였다.

'저들의 필법이 저토록 옹졸하니, 내 실력을 자랑할 때로구나.'

여러 사람들이 그 글씨를 다투어가면서 구경하고 곧 집 앞 한 가운데 문설주 위에 붙였으니, 이는 대개 달구경을 경축하는 방문榜文이다. 그들은 모두 일어나 그림 앞으로 가서 뒷짐을 지고 구경을 한다. 아직 탁자 위엔 남은 종이가 있기에 나는 걸상에 앉아서 남은 먹을 진하게 묻혀 시비是非를 생각해보지도 않고 곧바로 커다랗게 '신추경상新秋慶賞'이라 써 갈겼다. 그 중 한 사람이 내가 쓴 글씨를 보더니 뭇 사람들에게 소리쳐 모두 탁자 앞으로 달려왔다.

"조신 사람이 글씨 참 잘 쓰네."

"동이東夷도 글씨가 우리와 같네."

129
4문단은 두 가지 법도.
팔백망은 차별이며, 소흑산은 관용이다. 3문단 5문단을 두 가지 시각(차별과 관용)에서 바라보는 복선이다.
3문단에서 초상집에는 '함께(二同)'라는 가치가 있었다. 또한 두 개의 도道가 있는 마을(二道井)이었다. 하나는 공자의 예법(기망과 억압)이며, 하나는 자기 첩妾을 시집가도록 허락하는 망인의 법도(관용과 포용)이다.

"글자는 같은데 소리는 다르대."

모두들 떠들썩하다. 내가 붓을 척 던지고 일어섰더니 모두들 내 손목을 잡으면서 눌러 앉힌다.

"영감은 잠깐만 앉아 계십시오. 존함은 뉘시오니까?"

내가 성명을 써 보이니 그들은 더욱 기뻐한다. 내가 처음 들어올 때엔 본체만체 하더니, 내 글씨를 본 다음에는 분에 크게 기뻐하면서 지나치게 반긴다. 급히 차 한 잔을 내오고 또 담배를 붙여 권하는 게, 사람대접이 싹 달라졌다. 그들은 모두 태원太原 분진汾晉 사람으로, 지난해에 이곳에 와서 장식품가게를 열었다. 비녀 귀걸이 가락지 등을 파는데, 가게 이름을 '만취당晚翠堂'이라 한다. 그 중 세 사람의 성은 하나는 최崔이며 하나는 유柳 하나는 곽霍이다. 모두 문필文筆이 짧아서 말할 것도 없으나, 그나마 곽생霍生이 가장 나아 보인다. 다섯 사람 모두 나이 서른 남짓인데 마치 노새처럼 기운이 세고 희멀건 얼굴에 눈매가 시원하기는 하나 맑고 우아한 멋이라곤 전혀 없다. 요전에 심양에서 만난 오吳 촉蜀 사람들과는 영 딴판이다. 이것만으로도 사방 풍토가 같지 않음을 족히 알겠다. 산서에서 장수가 난다는 말은 과연 빈 말이 아니었으니 말이다. 내가 곽생에게 물었다.

"그대는 태원 사람인데, 귀향의 금납錦衲 곽태봉郭泰峯이라는 어른을 아시나요?"

"모릅니다."

그리고는 곽霍곽郭 두 글자를 써놓고는 양자에 점을 콕콕 찍으면서 말했다.

"이것은 곽태조郭太祖의 곽郭이고, 저는 곽거병霍去病의 곽霍입니다." 130

연암과 곽생의 깃털전쟁이다. 곽霍은 공작새(학), 곽郭은 성곽城郭. 그러므로 곽생은 말한다. "나는 성곽(경계)을 쌓지 않는 공작새(선비)다."

 성경잡지 I 맹신자를 위한 사기꾼의 표지들

내가 웃으며 말했다.

"어찌 분양汾陽과 박륙博陸을 인용하지 않고 하필 주태조周太祖나 표요嫖姚(곽거병의 수하교위)를 끌어다 대십니까?"

곽생은 물끄러미 바라볼 뿐 말이 없었다. 아마도 제 딴에는 나를 곽霍곽郭도 가리지 못하는 만주인쯤으로 생각하여 점을 찍어가며 구분을 밝혀주었으리라.[131]

곽생이 말했다.

"등주登州에서 뭍에 내리셨으면 어찌해서 이리로 오셨소이까?"[132]

"아니, 거기로 오지 않았소. 우리는 육로로 3천 리를 걸어 바로 북경까지 가는 길이오."

"조선은 곧 일본日本입니까?"

마침 한 사람이 붉은 종이를 가지고 와서 글씨를 써 달라 하더니 일행들이 몰려와서 사람들은 점점 늘어간다. 내가 붉은 종이엔 글씨가 잘 되지 않으니 계란빛 종이를 달라고 하자, 어떤 사람이 재빨리 분지粉紙 몇 장을 가져 왔다. 나는 구양수歐陽修의 〈취옹정기醉翁亭記〉와 소동파의 〈적벽부赤壁賦〉에서 각 한 구절씩을 취하여 하나의 시를 지어 적었다.

翁之樂者山林也　　옹은 산과 숲을 즐기노니
客亦知夫水月平　　객은 물과 달을 아시나요.[133]

여러 사람들이 좋다고 환성을 지른다. 모두들 서로 다투어 먹을 갈고 종이를 구하느라 분주하게 왔다 갔다 한다. 나는 마치 판결문을 쓰듯 쉴 새 없이 붓을 휘둘러대었다.

131
연암은 말귀를 알아듣지 못하고 계속해서 상대 공작새를 제압하려고 한다.

132
곽생은 어이가 없는지 물끄러미 바라보다가 일침을 가한다. 등주登州는 공작새마을. 거기서 놀지 왜 만리장성을 넘어 까마귀마을로 왔느냐?

133
시의 주제는 '합일슴一'이다. 연암은 곽생에게 말한다. 그래 나는 잘난 척하는 공작새. 그렇지만 까마귀들아. 우리 한 번 같이 놀아보세.

"술을 할 줄 아십니까?"

"어찌 말술인들 마다하겠습니까."

한바탕 폭소가 터지고 어느새 따끈한 술 주전자를 가져오더니 연거푸 석 잔을 권한다.

"주인장께서도 한 잔 하시지요."

"여기는 술 마시는 사람이 한 명도 없답니다."

구경하던 사람들은 서로 다투어 빈과 사과 포도 등을 권하며 먹으라 한다.

"달빛이 밝다 해도 글씨 쓰기는 어려우니 촛불을 켜주면 좋겠소."

곽생이 말했다.

"천상에 한 조각 거울이 달렸으니 인간세상의 만개의 등불보다 낫지 않을까요?¹³⁴

누군가 물었다.

"상공께서는 눈이 어두우신가요?"¹³⁵

"그렇습니다."

그들이 곧 네 개의 촛불을 밝혀주는데, 문득 어제의 일이 떠올랐다.¹³⁶

'어제 전당포에서 '기상새설欺霜賽雪'이란 넉 자를 썼는데 주인의 안색이 갑자기 나빠졌단 말이야. 오늘은 기필코 설치雪恥를 하리라.'

"주인댁 점포 머리에 달 만한 액자가 어떨까요?"

내가 제의를 하자, 그들은 일제히 대답하였다.

"그거야말로 정말 좋겠습니다."

내가 드디어 '기상새설欺霜賽雪'이란 넉 자를 썼다. 여럿이 서로 쳐다보는 품이 어제 전당포 주인과 마찬가지로 수상스럽다는 생각이 들었다. 순간 재빨리 선수를 쳤다.

"이건 아무런 상관없는 것입니까?"

"그렇습니다. 저의 집은 부인네들 장식품을 파는 집이지 밀가루 집은 아니니까요."

나는 비로소 내 잘못을 깨닫고는, 어제 일이 부끄러워졌다.

"나도 모르는 바 아니지만, 이것은 시험 삼아 써 본 것뿐이오."

그렇게 얼버무리고 며칠 전 요양 점포에서 본 '계명부가鷄鳴副珈(닭이 울면 비녀를 꽂는다)'라는 간판이 퍼뜩 생각나기에 '부가당副珈堂'이란 석 자를 써 주었다. 그들은 소리치며 좋아한다.

"이게 무슨 뜻이옵니까?"

"귀댁에신 부인네들의 장식을 전문으로 한다 하니, 『시경詩經』에 이른바 부계육가副笄六珈라는[137] 말과 같은 말이오."

곽생이 말했다.

"이렇게 저의 집을 빛내주셨으니 그 은덕을 무엇으로 갚을 수 있겠습니까." [138]

다음날 북진묘北鎭廟를 구경하기로 되었으므로 일찍 돌아왔다. 일행 여러 사람들에게 아까 일을 이야기하니 모두들 허리를 잡고 웃었다.

그 뒤로는 점포 앞에 '기상새설欺霜賽雪'이란 넉 자를 볼 때미다 이것이 반드시 밀가루집이로구나 생각하였다. 이는 그 심지의 맑고 깨끗함을 이름이 아니라, 밀가루[麵]가 서릿발처럼 가늘고 눈보다 희다는 것을 자랑함이다.[139] 어기서 면麵이란 곧 우리나라에서 이른바 '밀가루[眞末]'이다.[140]

박래원, 변세함, 조 주부와 함께 다음날 북진묘를 유람하기로 약속했다.

137
시경 '君子偕老 副笄六珈' (군자와 해로偕老하리라. 쪽머리 비녀에 여섯 구슬이 박혔으니)의 한 구절이다. 후술한다.

138
계속해서 각을 세우던 곽생의 태도가 달라졌다.

139
그러나 '기상새설欺霜賽雪' 은 '심지' 와 '밀가투' 모두를 니타내는 카피(copy)다. 결국 연암은 '부가당副珈堂' 이란 간판으로 성공하였지만, 아직 성공의 이유를 깨닫지 못하고 있다. 후술한다.

140
"면麵이란 곧 밀가루(眞末)다."
그러나 면麵은 밀가루 또는 국수를 말한다.

君子偕老(군자해로)	군자와 해로하리라
副笄六珈(부계육가)	쪽 비녀에 여섯 구슬이 박혀 있으니.
委委佗佗(위위타타)	여유로운 걸음 거리는
如山如河(여산여하)	산처럼 강처럼 기품이 넘치고
象服是宜(상복시의)	왕후의 복장에 어울리는데
子之不淑(자지불숙)	그대의 부정한 행실을
云如之何(운여지하)	어찌 사실대로 말하겠는가.
玼兮玼兮(자혜자혜)	빛나고 고와라
其之翟也(기지적야)	장끼의 꼬리처럼 흘러내리는 옷깃이여.
鬒髮如雲(진발여운)	치렁치렁 구름 같은 머리엔
不屑髢也(불설체야)	가발도 필요 없구나.
玉之瑱也(옥지진야)	옥으로 만든 귀 구슬에다
象之揥也(상지체야)	상아로 만든 머리꽂이에다
揚且之晳也(양차지석야)	눈부신 뽀얀 살결이여
胡然而天也(호연이천야)	어찌 그렇게 하늘같고
胡然而帝也(호연이제야)	어찌 그리도 제후같은가.
瑳兮瑳兮(차혜차혜)	희고 고와라
其之展也(기지전야)	그대의 예복이여.
蒙彼縐絺(몽피추치)	어리어리한 주름진 갈포 옷 속에는
是紲袢也(시예번야)	바로 살결에 달라붙은 속옷이구나.

—『詩經』용풍鄘風편 군자해로君子偕老—

이보다 더 여자를 매혹하는 달콤한 언어들이 있을까. 그대는 아름다운 천상의 여인. 요부처럼 섹시하고 소녀처럼 청초하다. 설령 행실이 부정한 여인이더라도. 이런 예복을 입고 쪽머리에 여섯 구슬 박힌 비녀를 꽂는다면.

『시경』은 왜 이렇게 저속하고 음탕한 이야기를 실었을까?

『맹자』'공손추公孫丑'와 마찬가지로 '경계 만들기'다.

성경잡지 | 맹신자를 위한 사기꾼의 표지들

아름다운 여인들이여, 쪽머리를 틀고 비녀를 꽂아 군자君子와 해로하라. 여인들은 하나 둘 쪽머리에 공작새깃털(비녀)을 꽂는다. 까마귀여인들과의 차별화를 위하여. 여인들의 쪽머리 풍속은 군자君子라는 이름의 공작새를 더더욱 아름답게 만들어 주리니, 이것이 『시경』의 경계(군자와 소인배)만들기다.

일기는 어제와 마찬가지로 두 개의 사건을 중심으로 이루어져 있다.

❸ 초상집 조문게임	❺ 점포 간판게임
공자의 예법에 따리 　상주는 허위(?)의 눈물을 흘리고 　연암은 허위(?)의 문상으로 호응한다.	시경의 노래를 따서 　연암은 허위의 간판을 써주고 　상인은 진실한 고마움으로 화답한다.

초상풍속에서 형식은 공자의 예법을 따르지만, 내용에서는 공자의 취지(과부의 수절)와는 달리 첩의 재가를 허용하는 망인의 해방의 철학이 깃들어 있나. 상주의 눈물과 손님의 문상은 허위일 수도 있고 진실일 수도 있다. 그러나 진실성여부에 불구하고 그 행위들은 '함께[二同]'라는 가치를 추구하는 미풍양속일 것이다.

점포에서는 어떤가?

어제는 '기상새설'이라는 카피로 망신을 당하였지만, 오늘은 '무가당'이라는 간판으로 톡톡히 설욕하였다. 그것으로 일단 선비와 상인들의 '합일'은 성취되었다.

　　그러나 연암은 '기상새설'의 실패요인을 모르고 '부가당'의 성공요
인을 모른다. 부가당이라는 카피는 깃털을 욕망하는 여인들의 마
음을 유혹할 것이고, 쪽머리 풍속은 더더욱 확산되리라는 점을.

　　연암이 모르는 더 중요한 것은 무엇인가?

　　성곽과 다리(2문단), 공자의 예법, 명나라의 팔백망(4문단), 시경의
노래 등에 숨어있는 제왕과 성인들의 은밀한 목적이다. 그 은밀한
목적이며 인간을 두 종류의 인간으로 분리하는 중화주의이며, '기
상새설'이니 '부가당'이니 하는 간판들은 중화주의를 방방곡곡으로
실어 나를 것이다. 결국 '부가당'으로 상인과의 '합일'은 이루어졌지
만, 보다 큰 틀에서 '장벽'이 만들어지고 있다.

　　사단칠정론은 틀렸다. 그들은 허위의 눈물(칠정)과 허위의 사단
을 말하지 않았다. 그러나 허위라고 해서 그 자체가 악惡은 아니
라는 점을, 어제와 오늘 벌어진 4개의 게임이 보여주고 있다. 공작
새인간을 바라보는 새로운 안목이 필요하리라.

　　〈연금술사〉에서 산티아고는 한 번의 실패를 통하여 자신의 '소망'
을 자각하고 '피해자의 눈과 보물을 찾아가는 모험가의 눈'을 발견
한다. 그러나 미련한 연암은 아직 갈 길이 멀다.

馴迅隨筆

제7장

일신수필

공자왈 맹자왈 사회의 파노라마

일신수필서:
진군하라, 공자님의 태산으로

01

성경잡지는 '표지' 다. 일신수필은 '경험' 이다. '표지' 가 이론적이라면, '경험' 은 실증적으로 사회와 역사를 통찰한다.

02

공자는 태산(상계)에 올라 천하(하계)를 바라보았다. 부처는 십방세계를 바라본다. 서양인들 역시 세상 밖에서 세상을 바라본다. 그렇다면 우리도 그들처럼 한눈에 세상을 볼 수 있을 것이다. 어떻게 볼 것인가?

일신수필서馹汛隨筆序

한갓 입과 귀에 의지하는 무리들과 학문을 논할 수는 없는 일이다.[01] 하물며 평생을 다 바쳐도 정情과 양量 양면에서 충분한 경지에 이르지 못하는 것이 학문임에랴.

성인聖人이 태산泰山에 올라 천하를 작다고 말했다고 하면, 사람들은 마음속으로는 그렇지 않을 것이라고 생각하면서도 입으로는 그렇다고 응답할 것이다. 그러나 부처가 시방세계[十方世界]를 바라본다고 하면 사람들은 곧 망상이라고 배척할 것이며, 서양 사람들[泰西人]이 큰 배를 타고 지구 밖을 돌아다녔다 하면 괴이하고 허탄한 이야기라고 꾸짖을 것이다. 그러면 나는 누구와 함께 천지의 크나큰 구경을 이야기할 수 있겠는가.[02]

아아, 성인聖人은 240년 동안의 역사를 쓰고 지우고 하여 이름을 『춘추春秋』라 하였으니, 그 240년 외교와 전쟁의 역사도 한 번 꽃피고 낙엽 지는 것에 지나지 않을 것이다.

아아, 슬프도다. 내가 빠르게 글을 써 나가다가 여기에 이르러

한 점을 찍는 사이는 순식瞬息에 지나지 않건만, 눈 한번 깜빡하는 순瞬과 숨 한번 쉬는 식息 사이에 벌써 조금 전 과거[小古]와 바로 지금[小今]이 나뉜다. 그러면 옛날[一古]이란 것이나 오늘날[一今]이란 것 역시 눈 한 번 크게 깜빡하고 숨 한번 크게 내뿜는 시간의 차이에 불과할 것이다. 그럼에도 우리는 그 무상한 시간 속에서 온갖 명예를 추구하며 별의별 사업을 도모하고 있으니, 이 어찌 슬픈 일이 아니겠는가.03

언젠가 나는 묘향산에 올라 상원암에서 하룻밤 묵은 일이 있다. 밤새 대낮처럼 달빛이 밝아 창문을 열고 동쪽을 바라보니, 절 앞에 자욱한 안개 위에 달빛이 은은하게 비치는데, 별안간 안개는 수은 빛 바다가 되고 그 바다 밑으로 그르렁거리는 소리가 은은히 들렸다. 그 광경을 바라보던 중들이 서로 말했다.

"저 하계에는 천둥이 치고 폭우가 쏟아지고 있을 걸세."

며칠 뒤에 산을 내려와 안주安州에 이르니, 그 날 밤에 과연 천둥·번개와 함께 폭풍우가 쏟아져 평지에 물이 한 길이나 고여 여러 민가들이 침수되었다고 한다. 나는 말을 멈추고 속으로 씁쓸히 되뇌었다.

'어젯밤 나는 비구름 밖에서 밝은 달을 껴안고 밤을 세웠구나. 저 묘향산은 태산에 비하면 겨우 조그만 둔덕에 지나지 않은데도 하계下界와 상계上界의 다름이 이와 같거늘, 하물며 성인聖人이 천하를 살펴봄에 있어서랴.' 04

저 설산雪山의 고행을 수행한 이는 공씨孔氏의 집안에서 세 번이나 아내를 쫓아낸 일, 백어伯魚가 공자보다 일찍 죽은 일, 공자가 노나라 위나라에서 구차하게 변장했던 일, 그러고도 그들이 출세를 하였다는 사실은 내다보지 못하였으리라. 과연 그랬다면 지수화풍地水火風이 모두 공空이 된다는 것은 정말 한심한 말이다.[05]

저들(?)은 또 성인聖人과 불씨佛氏의 시각이 지구의 울타리를 벗어나지 못했다고 하면서 자기들은 땅을 어루만지고 하늘을 달리며 별을 보듬어 미치지 않는 곳이 없다고 하니, 그들의 혜안[觀]은 2씨(儒氏·佛氏)보다 나을 것이다. 그런데 그들이 이국땅에 와서 말을 배우고, 백발이 되도록 남의 글을 익히면서 불후의 사업을 꾀하고 있으니, 이는 대체 무슨 까닭인가?[06]

대저 귀로 듣고 눈으로 보았다는 것들은 이미 지나간 과거의 일. 이미 경과하여 존재하지 않는 옛날의 증거를 가지고 학자들이 거짓을 창조한다 하여도 그 진위를 고증할 증거 또한 없는 법. 그러므로 억지로 책을 쓰는 것은 사람들로 하여금 그것을 반드시 믿게 하고자 함이니, 우리 유가儒家가 이단을 배척하는 이론을 보고는 그 찌꺼기들을 주워 모아 억지로 불교를 배격하고, 불씨佛氏의 천당지옥설을 보고는 기꺼이 그 껍데기를 받아들여…… (몇 글자 누락)…… 그러니까 내 이번 여행은…… (이하 누락)…….

'똥거름 장관론'의 한계적 시야

가을 7월 15일 신묘辛卯.

맑다.

박래원과 변계함, 소 주부와 함께 새벽에 소흑산을 떠나 중안포까지 30리를 가서 점심을 먹었다. 또 일행보다 먼저 출발하여 구광녕舊廣寧을 지나 북진묘北鎭廟를 구경하고 달밤에 40리를 가서 신광녕新廣寧에서 묵었다. 북진묘를 구경하기 위해 우회하느라 왕복 20리를 더 걸었으니 모두 90리를 간 셈이다. 그러나 정리록程里錄에 실린 백대자 망우대 사하자 굴가둔 삼의묘 북진보 양장하 우가둔 후가둔 이대자 소고가자 대고가자 등의 지명과 거리에 착오나 오류가 많아서 그대로 계산하면 180리나 되니 뭐가 맞는 것인지 잘 모르겠다. 이 날도 무척 더웠다.

우리나라 선비들은 북경을 다녀온 사람을 만나면 반드시 이렇게 물어본다.

"중국에서 제일 장관壯觀이 무엇이던가?"

그러면 사람들은 제각각 자기가 좋아하는 볼거리들을 주워섬긴다. 광활한 요동 벌판이 장관이라느니. 요동백탑(白塔)이 장관이라느니. 산해관이 장관이라느니. 각산사 망해정 조가패루 유리창, 호권虎圈, 상방象房, 동악묘, 북진묘 등 중국의 장관은 이루 헤아릴 수 없을 정도로 많다.

1 일류 선비라면 몹시 쓸쓸하고 근심어린 표정으로 이렇게 대답할 것이다.

"중국에는 아무것도 볼 만한 게 없지. 왜냐고? 황제가 머리를 깎아 변발을 하고 문무백관과 선비들, 그리고 백성들이 모두 변발을 한 마당이다. 비록 공덕功德이 은나라 주나라를 따르고 부강함이 진나라 한나라를 앞선다 한들, 백성이 생겨난 이래 머리를 깎은 천자는 없었다. 비록 육롱기陸隴其·이광지李光地의 학문이 있고, 위희魏禧·왕완汪琬·왕사징王士徵의 문장이 있고, 고염무顧炎武·주이존朱彛尊의 박식이 있다 한들 무슨 소용이 있겠는가. 한 번 머리를 깎았으면 그것으로 호로胡虜인 것이요, 호로胡虜는 곧 개돼지인 것이다. 우리가 개돼지에게 무슨 볼 일이 있단 말인가."

이거야말로 제1등의 의리義理인즉, 말하는 사람도 묵연默然하고, 사위에 앉아 듣는 사람도 숙연肅然해질 것이다.⁰⁸

2 이류 선비라면 이렇게 대답할 것이다.

"지금 청나라의 성곽이란 저 만리장성의 떡고물이요, 궁실은 모두 아방궁의 찌꺼기다. 선비와 백성들은 위魏·진晉의 화려함을 숭배하고, 풍속은 대업大業(수양제의 연호)과 천보天寶(당현종의 연호) 연간의 사치와 화려함을 본받았다. 신성한 고을과 땅이 더럽혀져 산천이 비린내 누린내 풍기는 마당으로 변했고, 성인들의 자취가 막히고 끊겨서 언어조차 따라지들의 것을 쓰는데, 무슨 볼만한 게 있겠는가. 진실로 10만의 군사를 얻을 수 있다면 급히 장성으로

08
일류 선비는 정통 성리학자들이다.

 일신수필 | 공자왈 맹자왈 사회의 파노라마

달려가 산해관을 쳐들어가서 중원에 앉아있는 오랑캐들을 쓸어버린 연후에야 비로소 장관을 말할 수 있을 것이다."

이는 『춘추春秋』를 제대로 읽은 자의 말이다. 『춘추』란 존화양이尊華攘夷의 책이다. 우리나라가 명明을 섬긴 지 200년 동안 한결같이 충성을 하였으니 명색은 속국이라 하나 실상은 한 나라나 다름없었다. 임진왜란(1592) 때 신종황제가 천하의 군사를 움직여 우리를 구원하였으니, 우리나라 사람들의 머리끝에서 발바닥까지 터럭 하나라도 황제의 은혜 아닌 것이 없었다. 병자호란(1636) 때 청淸나라 군대가 쳐 들어오자, 의열황제는 곧 총병 진홍범에게 명하여 시급히 각 군영의 수군水軍을 징집하여 구원병을 파견하였다. 홍범이 출병할 때 산동순무 안계조가 속국은 이미 무너져서 깅화도마저 적의 수중에 들어갔다 아뢰니, 황제는 계조가 힘껏 구원하지 않은 탓이라 하여 준엄하게 꾸짖었다. 이때 천자는 안으로 복주·초주·양주·당주 등 각지에서 일어나는 난리가 위급한 사정이었음에도, 밖으로 속국에 대한 근심이 더욱 절박하여 불에 타고 물에 빠진 조선을 구하려는 염원이 골육지방骨肉之邦보다도 더하였다. 그러나 중원은 천붕지탁天崩地坼의 비운을 만나 온 인민들이 머리를 깎아 무두 되놈이 되고 말았다. 그리하여 벼방 바다 동쪽만이 이런 수치를 면했으니 중국을 위하여 원수를 갚고 치욕을 씻으려는 마음이야 어찌 하루인들 잊을 수 있었겠는가. 그리하여 우리나라 사내부들은 『춘추』의 존양시론을 받들기를 마치 하늘처럼 여기며 백 넌을 하루같이 이어왔으니 가히 장한 일이라 하겠다.⁰⁹

3 그러나 존주尊周는 주周를 높이는 데만 국한할 것이요, 양이攘夷는 오랑캐에 대해서만 쓸 일이다. 왜냐하면 중국의 성곽과 건

물과 인민들이 옛날과 같이 남아 있고, 정덕正德·이용利用·후생厚生의 도구도 예전과 다름없다. 최崔·노盧·왕王·사謝의 씨족도 없어지지 않았고, 주周·장張·정程·주朱의 학문도 사라지지 않았다. 하夏·은殷·주周 삼대 이후 성스럽고 현명한 임금들과 한漢·당唐·송宋·명明의 찬란한 법률 제도도 변함없이 남아 있다. 저들이 오랑캐일망정 실로 중화문명이 자기에게 이로움을 알고 마치 본시부터 자기 것인 양 한다. 대개 천하를 위하여 일하는 자는 진실로 인민에게 이롭고 나라에 도움이 되는 것이라면, 비록 그 법이 오랑캐에게서 나온 것일지라도 이를 거두어 본받아야 하거늘, 하물며 삼대이후 성제聖帝·명왕明王과 한·당·송·명으로 이어져 내려오는 법임에랴. 성인이 『춘추』를 지으실 때 물론 중화를 높이고 오랑캐를 물리쳤으나, 그렇다고 오랑캐들이 중화를 더럽힘에 분노하여 중화의 훌륭한 문물마저 물리친다는 말은 듣지 못하였다. 그러므로 진실로 오랑캐를 물리치려면 중화의 유산을 모조리 배워야 한다. 먼저 우리나라의 유치한 문물을 덮어버리지 말고 밭갈기, 누에치기, 그릇굽기, 풀무 등으로부터 상공업에 이르기까지 남이 열을 배울 때 우리는 백을 배워서 먼저 우리 인민들에게 이롭게 해야 한다. 그 연후에 회초리를 마련해 두었다가 저들의 굳은 갑옷과 날카로운 무기를 매질할 수 있도록 한 뒤에야 '중국에는 아무런 장관이 없다'고 말할 수 있을 것이다.

나는 3류 선비다.[10] 나는 이렇게 말하리라.

"중국의 장관은 깨진 기와 조각과 똥거름이다."

대개 저 깨어진 기와조각은 쓰레기에 불과한 물건이지만, 담을 쌓을 때 둘씩 포개어 물결무늬를 만들거나 넷씩 동그랗게 둘러 둥

10
3류선비는 북학파를 말한다. 북벌론자와의 차이는 방법론에 불과하다. 결론적으로 성리학과 북벌파와 북학파는 모두 같은 것이다. 그들의 슬로건을 보라. "오랑캐를 때려잡자!"

근 고리처럼 만들면 저절로 좋은 무늬가 된다. 깨진 기와조각으로 벽돌담을 천하의 명품으로 탄생하는 것이다. 또 집집마다 뜰 앞에 벽돌을 깔지 못할 형편이라면, 여러 빛깔의 기와조각과 시냇가의 조약돌을 꽃·나무·새·짐승의 모양으로 땅에 깔아놓으면 비가 오더라도 진창이 될 염려가 없다. 말하자면 부서진 기와조각으로 조약돌은 천하의 예술품으로 탄생하는 것이다.

똥은 천하에 더러운 물건이다. 그러나 똥거름을 밭에 거름으로 쓰기 때문에 황금처럼 소중히 여겨 길에 내다 버린 똥이 없으며, 말똥을 줍는 자는 삼태기를 들고 말 뒤를 따라 다닌다. 똥을 주워 모으는 자들은 4각형이나 6각형 8각형으로 쌓아 누각이나 돈대 모양으로 민드니, 똥 무디기만 보더라도 중국의 이용후생을 심작할 수 있다.

그러므로 나는 이렇게 말하겠노라.

기와 조각이나 똥 무더기가 중국의 장관이라고.[11] 어찌 저 성곽과 연못, 궁궐과 누각, 점포나 여관, 목축, 저 광막한 벌판, 신기한 연수煙樹 등만이 장관이라 할 수 있으랴.

4 구광녕성은 의무려산醫巫閭山 밑에 있다. 앞에는 큰 강이 있고 강물을 끌어다 해자를 만들었으며, 두 개의 탑塔이 히늘 높이 솟아 있다. 성에 못 미쳐 몇 마장 되는 곳에 큰 사당이 하나 있는데, 단청을 새로이 하여 찬란하게 눈에 든다. 광녕성 동문 밖 다리 입구에 새긴 패하覇夏가 매우 웅장하고 기묘하나. 겹문을 들어가 거리를 보니 점포들의 번화함이 요동 못지않다. 영원백寧遠伯 이성량李成梁의 패루가 성 북쪽에 있다. 혹자는 이렇게 말한다.

"광녕은 본시 기자箕子의 나라로 우관冔冠을 쓴 기자의 소상이

11
"중국의 장관은…똥거름이다."
한계는 무엇인가?
7월 1일자 일기에서, 깨진 기와조각과 조약돌 너머에 닭의 역병이 있었다. 똥거름 너머에는 수숫대, 수숫대 너머에는 벽돌이, 벽돌 너머에는 성곽이 있다. 그 성곽은 인간을 중화와 오랑캐, 군자와 소인배로 분리하는 경계 만들기. 그러므로 똥거름 너머를 바라보시 못하는 것이 연암 박지원이다.

있었는데 명明 가정嘉靖 연간의 난리에 타버렸다."

성이 겹으로 되었는데 내성은 온전하나 외성은 많이 헐었다. 집 집마다 남녀노소가 몰려나와 우리를 구경하려고 떼를 지어 에워싸는 바람에 빠져나가기가 힘들었다.

성 밖의 관제묘는 그 장려함이 요양의 것과 비슷하다. 문 밖에는 희대戲臺가 있어 웅장하고 화려하고 사치스럽다. 마침 여러 사람들이 모여서 연극을 하는 모양인데, 갈 길이 바빠서 구경하지 못하였다.[12]

천계天啓(명나라 휘종) 연간(1621~1627)에 왕화정王化貞이 이영방李永芳에게 속아서 그의 날랜 장수 손득공孫得功이 적군을 성 안으로 맞아들이매 광녕이 떨어지고 천하의 대세가 돌이킬 수 없게 되어버렸다.[13]

12

중요한 것을 놓쳐버렸다는 복선이다. 다시 연극을 보는 것은 7월 22일. 그날 주인공은 '똥거름 장관론'을 철회하고 '연극 장관론'을 선언할 것이다.

13

북학의 위험성을 암시하는 말이다. 개념이 없는 이용후생은 트로이의 목마와도 같은 재앙이다.

북진묘기:
공자에게 빼앗긴 철학

북진묘기北鎭廟記

1 북진묘는 의무려산 밑에 있다. 뒤에는 천 개의 봉오리들이 병풍처럼 두르고, 앞으로는 광막한 벌판이 펼쳐졌으며, 오른편에 푸른 바다를 끼고, 광녕성을 어루만지듯 무릎 아래 두었다. 만호萬戶의 집에서 피어오르는 연기로 푸른 띠를 두른 층탑이 하얗게 빛난다. 그 지형을 살펴본즉 평지에서 낮은 언덕이 되고 점점 높아지면서 수길 언덕이 되어서 하늘을 우러르거나 땅을 굽어보거나 거칠 것이 없다. 해가 뜨고 달이 지고 바람이 불고 구름이 이는 변화가 모두 그 안에서 일어난다. 동면을 바라보면 오나라 제나라기 한 자 한 치 거리에 있어서 손가락 끝에 닿을 듯한데, 다만 내 시력이 무궁하지 못한 것이 한스러울 뿐이다.[14]

2 사당은 웅진하고 심오하고 괴걸魁傑하여 자신보다 나은 세 아무 것도 없다는 듯 바다와 산을 세어하고 있다. 북진묘는 북방을 관장하는 신神 현명제군玄冥帝君을 제사하는 사당으로 그 종신從神들은 함께 모셨는데, 모두 곤포袞袍를 입고 면류관冕旒冠을 쓰고

14

신선한 성지(의무려산)에서 순례자는 한없이 감개무량하다. 그러나 순례는 숭배를, 숭배는 맹신을 의미한다. 마법의 성지에서 연암은 조금씩 바보가 되어간다.

옥봉玉奉과 옥홀玉笏을 쥐고 서 있는 모습이 위엄이 있으면서도 엄숙하여 보는 사람으로 하여금 경외심을 불러일으킨다. 향정香鼎은 높이가 여섯 자 남짓하고 간사한 신神과 괴상한 귀신들을 조각하였는데, 푸른 비취빛이 깊숙이 스며들어 배어 있다. 그 앞에 놓여 있는 검은 항아리는 족히 쌀 10석은 들어감직한 데, 촛불 네 개를 켜서 밤낮없이 밝히고 있다.

일찍이 순舜임금이 중국 열 두 개의 산을 봉선封禪할 때 이 의무려산을 유주의 진산으로 삼은 이후 그 전통이 하夏·상商·주周·진秦으로 이어졌으니, 대대로 중국의 왕조들은 오악五嶽(다섯 개의 큰 산)이나 사독四瀆(네 개의 큰 강) 못지않게 예우하였다. 비록 이 사당이 어느 시대에 창건되었는지는 알 수 없으나 당나라 개원開元(당 현종의 연호) 때에 의무려산의 신을 광녕공廣寧公으로 봉하였고, 요遼·금金 때부터 왕의 호칭을 더하여, 원元 대덕大德(원성종의 연호) 연간에는 정덕광녕왕貞德廣寧王에 봉하였다. 명나라 홍무洪武(명태조의 연호) 초에 '북진의무려산지신北鎭醫巫閭山之神'이라 칭하여, 해마다 설이 되면 향을 하사하여 제사하고 축은 천자의 성명까지 고하였다고 한다. 나라에 큰 식전이 있으면 예관禮官을 보내어 제사하였다. 지금 청나라는 동북에서 일어났으므로 특히 이 산의 신을 숭배하고 받드는 것이 더욱 심하다. 누군가 말했다.

"옹정 황제가 아직 등극하기 전에 칙명을 받들고 분향하러 와서 그 제삿날 밤에 재실에서 자는데, 꿈에 신인神人이 나타나 그에게 커다란 구슬 한 개를 주었는데 그 구슬은 곧 태양으로 변하였다. 그 길로 돌아가서 황위에 오르게 되자, 황제는 이 사당을 크게 중수하여 그 신인의 은덕을 갚았다."

사당 앞에는 다섯 문의 패루가 있는데 순전히 돌로만 만들어서 기둥이며 서까래며 지붕과 추녀를 막론하고 나무 하나도 쓰지 않았다. 패루의 높이는 너덧 길이나 되고 그 구조의 공교함이나 조각의 아름다움은 가히 신의 경지라 할만하다. 패루 좌우에는 각각 돌사자가 있는데 높이는 두 길이나 되었다. 묘문廟門에서부터 흰 돌로 층계를 놓았다.

묘문의 왼편에는 절이 있다. 절 마당에는 두 개의 비석이 서 있는데, 하나는 '만수선림萬壽禪林' 또 하나는 '만고유방萬古流芳'이라 하였다. 절에는 큰 금불상 다섯 좌를 모셨다. 절 오른쪽에 문 하나가 있다. 왼쪽에 고루鼓樓가 있고, 오른쪽에 종루鍾樓가 있다. 그 두 누각 사이에 또 3개의 문이 있고 그 앞에는 3개의 비각碑閣이 있는데 모두 황와각黃瓦閣이다. 그 중 둘은 강희제康熙帝가 짓고 쓴 글이고, 또 하나는 옹정제가 짓고 쓴 글이다.¹⁵

3 정전正殿은 푸른 유리기와를 이었다. 북벽에는 '울총가기鬱葱佳氣'라는 옹정제의 제題가 있고, 층계 위에는 동서로 돌화로가 마주 서 있는데 높이는 한 길 남짓하다. 동서에 설치된 행랑[廊]과 곁채[廡]가 수백 칸이다.

정전 뒤에는 빈 전각이 있는데, 그 제도는 성선과 다름없이 금벽金碧으로 휘황찬란하다. 그러나 속에는 아무 것도 없이 텅 비어 있다.

그 뒤에 또 다른 전각 한 채가 있는데, 그 제도는 역시 정전과 같으며, 내부에는 소상 둘이 모셔져 있다. 면류관을 쓰고 옥홀玉笏을 쥔 이는 문창성군文昌星君이요, 봉관鳳冠(여자신선용 관)을 이고 구슬 띠를 두른 이는 옥비낭랑玉妃娘娘이다. 그 좌우에는 두 동자가 시립하고, 편액에는 '건시령구乾始靈區'라는 건륭황제의 글씨가

있다. 바깥문에서부터 층계가 시작되는데 흰 돌로 난간을 둘러서
그 선명하고 매끄러운 자태가 마치 옥 같다. 거기다가 이룡과 도
룡뇽을 새겨서 행랑과 곁채와 층계를 두루 둘러 전전前殿에까지
이르고, 전전에서 연결되고 이어지고 구부러지고 꺾이고 하면서
후전後殿에 닿는데, 전망이 호연晧然하여 티끌 하나 없다.[16]

전각의 앞뒤에는 역대 큰 비석들이 나란히 세워진 것이 마치 파이
랑 같고, 거기에 새겨진 비문은 모두 나라를 위하여 복을 기원하는
글이다. 그 중 송의 연우비延祐碑(연우는 송宋 인종仁宗의 연호)가 가장 오
래된 것이다. 서쪽 각문角門을 나서자 몇 길이나 되는 창벽蒼壁이 있는
데 '보천석補天石'이라 새겼다. 이는 명나라 순무巡撫 장학안張學顔의 글
씨인데, 다시 한 칸쯤 떨어진 곳에 '취병석翠屏石'이라 새겨져 있다.

④ 동문으로 나와 수백 걸음을 가자 커다란 바위가 있는데, 한
가운데가 볼록하고 완만하게 경사진 것이 마치 거북 등과 같다.
바위에는 난폭한 조각으로 '여공석呂公石'이라 새겼으며, 또 '회선정
會仙亭'이라 하였다. 그 위에 오르자 의무려산의 '부여방박지세扶輿
磅礴之勢'가[17] 한 눈에 들어온다. 홀연 조그만 정자 하나가 바위를
의지하여 서 있는데 흙섬돌을 두 계단 쌓고, 띠 이엉으로 지붕을
이어 끝을 가지런하게 잘랐는데, 그 맑고 깨끗하고 그윽하고 아득
한 운치가 보는 이의 마음을 말끔히 씻어주는 듯하다. 거기에 앉
아 잠깐 쉬는데, 변군이 말했다.

"비유하자면 감사監司가 고을을 순시하며 아침저녁으로 산해진
미만 대접을 받다가 온통 속이 거북하고 구역질이 날 즈음에 문득
산뜻한 야채 한 접시를 보니 그냥 구미가 당기는 격이군요."

내가 웃으며 말했다.

“그야말로 참 의원다운 말이로군.”

조군이 말했다.

“늘 분단장한 기생들에게 둘러싸여 노느라 미녀와 추녀를 분간조차 못할 지경에 별안간 시골집 싸리문에서 가시나무비녀에 베치마를 수수하게 차려입은 여인을 만나 저도 모르게 눈이 훤하게 뜨이는 격이 아니겠습니까.”

“그건 호색가다운 말이로군. 설사 자네들 말이 맞다 하더라도 여기 흙섬돌과 띠 이엉은 천자에게 양쪽의 안목과 입맛을 깨닫게 할 것이네.”[18]

■5 돌아와 행랑 아래에 앉았는데, 사당을 지키는 도사 세 사람이 보였다. 부채와 종이, 그리고 청심환을 각각 3개씩 꺼내어 선물하였더니, 그들은 모두 기뻐한다. 뜰 앞에 복숭이가 한창 무르익었는데, 노사가 복숭아를 한 쟁반 따다 주었다. 그것을 본 우리 하인배들이 나무 아래로 달려가 나뭇가지를 꺾으며 마구잡이로 복숭아를 딴다. 내가 그만두라고 꾸짖었지만, 능히 금禁하게 하지는 못하였다. 도사가 말했다.

“왜 기운을 낭비하십니까? 배가 부르면 저절로 그만두겠지요.”[19]

도사는 다시 하인배들에게 말한다.

“마음껏 따 먹는 것은 좋지만 나뭇가지랑 낫치지 마오.[20] 그대로 두었다가 명년에 다시 때맞춰 오구려.”

그 도사의 성명은 이붕李鵬이요, 호는 소요관逍遙館 또는 찬하도인餐霞道人이라 한다.[21]

뜰에는 반쪽이 말라죽은 고송古松 한 그루가 서 있다. 황제가 갑술년甲戌年(건륭 19년) 거동 때에 남겼다는 시詩와 그림이 바위에 새겨져 있다.

三十輻共一轂	서른 개의 바퀴살이 살통에 모였으니
當其無	그 텅 빈 곳이 있어서
有車之用	수레는 쓸모가 있다.
埏埴以爲器	찰흙을 빚어 그릇을 만드는데
當其無	그 텅 빈 곳이 있어서
有器之用	그릇은 쓸모가 있다.
鑿戶牖以爲室	문과 창을 뚫어 방을 만드는데
當其無	그 텅 빈 곳이 있어서
有室之用	방은 쓸모가 있다.
故	고로,
有之以爲利	모든 유有가 이利를 발휘하는 것은
無之以爲用	무無가 그 용용用을 창조하기 때문이다.

—도덕경 제11장—

「성경잡지」는 사기꾼들의 표지였다. 「일신수필」은 색즉시공 공즉시색의 눈으로 노자의 유有와 무無를 성찰하는 장이 이다. 16일부터 8일간의 일기는 '역사 대 현실'. 시간이라는 무대 위에 유有와 무無를 올려놓기 위한 준비작업이 〈북진묘기〉와 〈수레제도〉다. 〈북진묘기〉에서 도사의 옷을 입은 선비는 도교철학을 '저절로'철학이라고 왜곡해버렸다. 그들이 숨겨버린 노자의 철학은 무엇인가? 어떻게 무無를 창조하고, 유有를 착취하는가?

일신수필 | 공자왈 맹자왈 사회의 파노라마

수레제도:
잃어버린 노자를 찾아서

수레제도[車制]

1 사람이 타는 수레는 태평차太平車라 한다. 바퀴 높이는 팔꿈치에 낳는다. 서른 개의 바퀴살이 하나의 살통에 모였으니,[22] 대추나무로 둥글게 테를 메우고 쇳조각과 쇠못을 온 바퀴에 입혔다. 그 위에는 둥근 방을 만들어 세 사람이 들어갈 수 있다. 방은 청포靑布 혹은 능단綾緞 혹은 우단羽緞으로 휘장을 치고 더러는 담황색 주렴을 드리워 은 손잡이를 사용하여 여닫게 만든다. 좌우에는 유리를 붙여서 창을 내고, 방 앞에는 횡판을 놓아 수레꾼[御者]의 자리를 민든다.[23] 방 뒤에는 역시 종자從者가 있는다. 가마는 나귀 한 마리가 끌지만 먼 길을 갈 때는 말이나 노새 수를 더 늘린다.

2 짐을 싣는 것은 대차大車라 한다. 바퀴 높이가 태평차보다 약간 낮으며 바퀴살은 입井자형으로 되었고, 적재량 8백 근을 기준으로 하여 양마兩馬를 메우고, 8백 근이 넘을 경우에는 짐을 보아서 말 숫자를 늘린다. 짐 위에는 삿자리로 방을 만들되 선실船室처럼 그 속에 안고 누울 수 있게 만든다. 대솔大率을 거느린 수레는

말 6필匹을 쓰는데 수레 밑에 커다란 왕방울을 달고 말 모가지에 조그만 방울 수백 개를 둘러서 댕그랑댕그랑 하는 소리로 밤을 경계한다. 태평차는 바퀴가 돌고, 대차는 축軸(굴대)이 돈다. 쌍 바퀴가 똑같이 둥글므로 능히 똑같이 회전하여 빨리 달릴 수 있다. 끌채 밑에 매는 말은 제일 튼튼한 말이나 건장한 나귀를 사용하며, 가로 걸치는 멍에를 쓰지 않고 조그만 나무 안장을 만들어 가죽끈으로 끌채 머리에 얽어매어서 말을 묶는다. 나머지 말들은 모두 소가죽 끈으로 배띠를 하고 멍에를 매어서 끌게 한다. 짐이 무거우면 수레가 바퀴 밖으로 튀어 나오게 하는데, 짐 높이가 몇 길이 되는 경우도 있고 끄는 말은 많으면 십여 필까지 늘릴 수 있다. 수레꾼[御者]을 간차적看車的이라 부르는데, 짐 위에 덩실 높이 앉아서 손에는 긴 채찍을 쥐고 길이 두 발이나 되는 끈 두 개를 그 끝에 매어서, 그것을 휘둘러 때린다. 힘을 제대로 쓰지 않는 놈이 있으면 귀며 옆구리며 가리지 않고 때리는데, 그 채찍질하는 소리가 우레처럼 요란하다.[24]

3 독륜차獨輪車는 뒤에서 한 사람이 끌채를 잡고 수레를 민다. 응당 중앙에 바퀴(또는 윤리)가 있는데 바퀴(또는 윤리)의 절반은 수레(또는 상여) 위로 솟았다. 좌우에 상자를 만들어 상자 속에 물건을 실어서 한쪽으로 쏠리지 않도록 한다. 바퀴 위에는 북을 반으로 자른 것 같은 모양의 덮개를 씌워 바퀴와 짐이 서로 닿지 않도록 한다. 끌채 밑에 짧은 막대가 양쪽으로 드리워져 있는데, 갈 때는 끌채와 함께 들리고 멈출 때는 바퀴와 함께 멈추어 수레가 쓰러지지 않도록 버팀목 역할을 한다. 연로沿路에서 떡·엿·능금·오이 등을 파는 상인들이 모두 이 독륜차를 이용하며, 또 밭에 거

름 내는 일에도 편리하다. 일찍이 시골 부인 둘을 보았는데 양쪽 상자에 앉아서 각기 어린애 하나씩을 안고 있었다. 물을 실을 때는 좌우에 각각 대여섯 통씩 싣는다. 실린 짐이 무겁고 많으면 밧줄로 한 사람을 묶어서 끌게 하거나 두 사람 혹은 세 사람을 마치 배에 닻줄을 메듯이 묶어서 수레를 끌게 한다.[25]

獨輪車 自後一人胘轅而推之 當中爲輪 輪之半 旣出輿上 則左右爲箱載物 不得偏重 當輪處爲半皷形 夾輪以隔離之 使輪與物不相礙 胘轅下有短棒雙垂 行則與轅俱擧 止則與輪俱停 所以支吾撑柱 使不傾翻也 沿路賣餠餌菓蓏者 皆用獨輪車 尤便於田中輸糞 嘗見兩村婦 分坐兩箱 各抱一子 載水者 左右各五六桶 載物重且阜 則一人繫繩而曳之 或二人三人 如船之牽纜

4 대저 수레란 하늘에서 나와서 땅 위로 기는 것으로, 땅 위를 항해하는 배요, 움직이는 집이다. 나라에서 크게 쓰이는 것으로 수레보다 더한 것은 없다. 그러므로 『주례周禮』에 나라와 임금의 부富를 물으면 수레 숫자로 대답했다 하니, 수레는 단지 짐을 싣고 사람이 타는 '물건'에 불과한 것이 아니다. 수레 중에도 융차戎車·역차役車·수차水車·포차砲車 등이 있어서 천 가지 백 가지 제도가 있으므로 이제 창졸간에 이루 다 이야기할 수는 없다. 그러나 타는 수레와 싣는 수레는 민생民生이 걸린 급선무로서 시급히 연구하지 않을 수 없는 문제이다. 내 일찍이 담헌 홍대용과 참봉 이성재 등에게 이렇게 말한 적이 있다.

"수레의 제도는 무엇보다도 궤도를 통일하는 게 우선이다. 이른바 궤도를 통일한다는 것은 무엇을 말함인가? 두 바퀴 사이의 간격을 통일한다는 말이다. 두 바퀴의 간격이 일정한 법식[恒式]에 어긋남이 없으면 만 대의 수레라도 바퀴자국은 하나로 통일된다.

25

3 문단 독륜차는 가정이다. 바퀴는 법도다. 법도의 절반은 초상에 관한 것이다. 남자는 두 개의 집을 지어서 두 명의 부인을 둔다. 재산이 많은 사람들은 노예들을 부린다.

이른바 '거동궤車同軌'라는 것이 곧 이것을 말함이다.[26] 만일 두 바퀴 사이를 자의적으로 넓히고 좁힌다면 길 가운데 바퀴가 지나간 자취가 어찌 한 틀에 들 수 있겠는가."

이번에 천 리 길을 오면서 날마다 수없이 많은 수레를 보았으나, 앞 수레와 뒷 수레는 언제나 한 자국을 따라갔다. 그러므로 애쓰지 않고도 통일되는 것을 일철一轍이라 하고, 뒤에서 앞에 간 수레자국을 가리켜 전철前轍이라 한다. 성 문턱 수레바퀴 자국이 움푹 패어서 홈통을 이루니 이른바 '성문지궤城門之軌'가 그것을 말함이다.[27]

우리나라에도 전혀 수레가 없는 것은 아니다. 그러나 그 바퀴가 온전히 둥글지 못하고 바퀴 자국이 한 틀에 들지 않으니, 이는 수레가 없는 것과 마찬가지다. 그런데 사람들은 늘 이렇게 말한다.

"우리나라는 길이 험하여 수레를 쓸 수 없다."

대체 이게 무슨 망발인가. 나라에서 수레를 쓰지 않으니까 길이 닦이지 않을 뿐이다. 수레가 다니면 길은 저절로 닦이게 될 것인데[車行則道自治],[28] 어찌하여 좁은 길거리와 험준한 비탈길을 탓한단 말인가. 일찍이 『중용中庸』에 이르기를, "배와 수레가 이르는 곳, 서리와 이슬이 내리는 곳"이라 하였으니, 이는 수레가 어떠한 먼 곳이라도 능히 이를 수 있다는 말이다.[29] 중국에도 검각구절劍閣九折과 태행양장太行羊腸과 같은 위험한 고갯길이 있지만, 말을 채찍질하여 가지 못하는 곳은 없다. 그리하여 관關·섬陜·천川·촉蜀·강江·절浙·민閩·광廣 등지와 같은 먼 곳에도 큰 장사치들에서부터 가족을 이끌고 부임하러 가는 벼슬아치들까지 수레바퀴가 서로 잇대어서 자기 집 대문 마당과 다름없이 다녀서 우렁차게 꽝꽝 거리는 수레바퀴 소리가 대낮에도 끊이지 않는다. 지금 우리가 지나온 마천摩天·청석靑石의 고개와 장항獐項·마전馬轉의 언덕들이 어찌 우리나라의 고개보다 덜 위험하겠는가. 그 가파르고 험준한 지세야 우리나라 사람들도 목격目擊한 바이지만, 그렇다고 수레가 다니지 않는 길이 있던가. 중국의 재화가 풍성하고 넉넉한 것은 재화가 한 곳에 머무르지 않고 원활하게 유통되기 때문이니, 그것이 모두 용차지리用車之利다.[30] 지금 아주 가까운 일례로 우리 사신 행렬을 보자. 모든 폐단을 없애버리고 우리가 만든 수레에 사람과 물건을 싣는다면 곧바로 연경에 닿을 것이다. 무엇을 꺼려서 하지 못한단 말인가.

영남嶺南 어린이들이 새우젓을 모르고, 관동關東 백성들이 아가위를 절여서 간장 대신 쓰고, 서북西北 사람들은 감과 귤의 맛을 모르며, 바닷가 사람들은 새우나 정어리를 거름으로 밭에 내건만 서울에서는 한 움큼에 한 푼씩 하니 이렇게 귀함은 무슨 까닭인가. 지금 육진六鎭의 마포麻布, 관서關西의 명주, 영남 호남의 저지楮紙, 해서海西의 솜·쇠, 내포內浦(서해안)의 생선·소금 등은 모두 만백성을 위한 일용품으로서 필수불가결한 것들이다. 청산靑山(충북)·보은 사이의 천 그루 대추와 황주黃州·봉산鳳山 사이의 천 그루 배, 흥양興陽(진님고흥)·남해南海 사이의 천 그루 귤·유사, 임천林川(충남)·한산韓山의 천 이랑 모시, 관동의 천 통의 벌꿀 등은 모두 민생을 위한 일용품으로서 교역해 써야 할 물건들이다. 그런데도 이곳에서 천한 물선이 저곳에서는 귀하며, 이름은 들어보았으나 실지로 보지 못하였다. 어찌된 까닭인가? 그것은 오로지 힘이 없어서 멀리 나르지 못하기 때문이다. 사방이 겨우 몇 천 리 밖에 안 되는 나라임에도 백성들이 산업에 눈을 뜨지 못하고 이와 같이 가

난한 것은, 한 마디로 말하면 수레가 다니지 않는 까닭이라 하겠
다.[31]

그 연유를 청하여 물어보자. 어찌 수레가 안 다니는 것인가. 한 마디로, 이는 사대부士大夫들의 과오다. 사대부들은 평생 글을 읽으면서, "『주례』는 성인이 지으신 글이야." 하면서 윤인輪人이니 여인輿人이니 거인車人이니 주인輈人이니 하고 떠들어댄다. 그러나 끝내 그들은 수레를 만드는 방법이 무엇인지, 움직이는 방법이 어떠한지는 도무지 연구하지 않는다. 이것이 이른 바 '도독徒讀(공허한 독서)'이라는 것이니, 학문에 무슨 도움이 되겠는가![32]

아아, 슬프도다. 황제黃帝가 수레를 창조하였다 하여 헌원씨軒轅氏라는 이름으로 불린 뒤에 백 천 년의 세월을 지나는 동안 몇몇 성인들이 심사心思와 목력目力을 기울이고 온갖 손재주를 발휘하였다. 또 몇몇 공수工倕와 같은 공교한 장인들의 손을 거치고, 또 위나라 상앙商鞅과 진나라 이사李斯 같은 이들이 제도를 통일하였으며, 보잘것없는 현관縣官들의 학술을 믿고 장려한 것이 몇 백 명은 넘을 것이다. 그들이 연구하여 숙련하고 행동하여 이루어낸 것이 어찌 우연이겠는가. 참으로 수레가 민생의 일용에 이로운 것이고, 국가의 대기大器이기 때문인 것이다.[33]

이제 내가 날마다 보면서 놀랍고도 반가운 것은, 이 수레의 제도로 미루어 만사를 두루 짐작할 수 있게 되었다는 것이다. 또한 어렴풋이나마 몇 천 년을 이어온 뭇 성인들의 고심苦心을 알 수 있겠다.

밭에 물을 대는 것으로 용미차龍尾車·용골차龍骨車·항승차恒升車·옥형차玉衡車 등이 있고, 화재를 구원하는 것으로는 홍흡虹吸·학음鶴飮 등의 제도가 있으며, 전쟁에 쓰는 수레로는 포차砲車·충차

衝車·화차火車 등이 있다.³⁴ 이들은 모두 서양의 『태서기기도泰西奇器圖』와 강희제康熙帝가 지은 『경직도耕織圖』에 실려 있다. 또한 글로 설명된 것으로는 『천공개물天工開物』, 『농정전서農政全書』 등이 있으니 뜻있는 이가 잘 연구한다면 우리나라 백성들의 극도에 달한 가난병도 얼마쯤 구제할 수 있을 것이다. 지금 나는 불 끄는 수레를 목격하였기에 대략 그 제도를 기록하여 장차 귀국하여 깨우치고자 한다.

5 북진묘北鎭廟에서 달빛을 타고 신광녕新廣寧으로 돌아오는 길이었다. 성 밖 어떤 집에 저녁나절에 불이 나서 이제 겨우 불길을 잡을 즈음이었다. 길 위에 수차水車 3좌가 있어서 막 거두어 가려고 하고 있었다. 내가 그들을 멈추어 세우고 먼저 그 이름을 물었더니 수총차水銃車라 한다.³⁵ 다음에 그 제도를 살펴보았다. 바퀴가 넷 달린 사륜차인데 위에 커다란 목재 구유가 놓여 있다. 구유 속에는 커다란 구리그릇[銅器]이 있으며, 구리그릇 속에는 두 개의 구리통[銅筒]이 있다. 구리통 중간에 목이 을乙자형으로 생긴 수총手銃이 세워져 있다. 수총은 발이 둘이어서 좌우 구리통에 통하고, 양쪽 구리통은 짧은 다리가 있고 밑에는 암호暗戶들이 있는데, 동엽銅葉으로 사립문을 만들어서 물을 따라 여닫게[開闔] 되었다. 두 동통銅筒 주둥이에는 구리판[銅盤]으로 뚜껑을 만들었는데, 그 둘레가 구리통과 꼭 맞았다. 구리판 한복판에 쇠기둥[鐵柱]을 관통시키고 가목架木을 붙여 가목架木으로 구리판을 내렸다 올렸다 할 수 있게 한다. 구리판이 드나들며 오르락내리락 하는 것은 가목架木에 달려 있다. 마침내 동분銅盆 안에 물을 부어 몇 사람이 가목架木을 밟자 곧 농통銅筒 입구의 구리판이 솟았다 내렸다 한다. 대략 물을

빨아들이는 묘妙는 구리판에 있다. 구리판이 동통 입구까지 솟으면 동통 밑에 있는 암호暗戶들이 모두 일시에 스스로 열려 외부의 물을 빨아들인다. 구리판이 동통 속으로 들어가면 동통 밑에 있는 암호들은 화살소리를 내며 저절로 닫힌다. 이에 따라 통 속의 물은 팽창하여 갈 곳이 없으므로 물총 다리에서 내달려 을乙자형 물총목으로 들어가 성내고 깔보면서 위로 부딪쳐 뿜어져나간다. 물길은 직사直射거리가 10여장이며 횡으로는 3~40보를 내뿜는다. 그 제도는 생황笙簧을 닮았다. 급수 담당자는 연방 목재구유에 물을 부을 따름이다. 옆에 있는 두 수레의 제도는 이것과는 자못 다르다. 특별한 곡절이 있을 듯한데, 상세히 볼 겨를이 없었다. 그러나 그 물을 빨아들이고 내뿜는 기술은 큰 차이가 없다.[36]

自北鎭廟 乘月還新廣寧 城外民舍 夕日失火 方纔救熄 路中有三座水車 方欲收去 余令小停 而先問其名 曰水銃車 次閱其制 四輪車上 置一座大木槽 槽中置大銅器 銅器中置兩座銅筒 銅筒中間 立乙頸水銃 水銃爲兩股 通于左右兩筒 兩筒有短脚 而底有暗戶 以銅葉爲扉 令隨水開闔 兩筒之口 有銅盤爲蓋 圓經緊適筒口 盤之正中 串鐵柱架木 以壓盤 亦以擧盤 盤之出入升降 隨木架焉 乃灌水銅盆中 數人互踏木架 則筒口銅盤 一陷一湧 大約納水之妙 在於銅盤 銅盤湧齊筒口 則筒底暗戶 倏翕自開 以吸外水 銅盤陷入筒裏 則筒底暗戶 弸盎自闔 於是筒裏之水 澎漲無所歸 乃自銃脚走入乙頸 忿薄上衝而噴之 直射爲十餘仞 橫噴可三四十步 其制肖笙簧 汲水者連注於木槽而已 傍兩車制 頗異此 而尤有曲折 未可造次詳看 然其吸噴之術大同耳

6 곡식 빻는 일은 대아륜大牙輪을 2층으로 포개어 쓴다. 철鐵로 (수레의)축軸을 꿰어 집안까지 연결하여 집안에 설치된 기계를 돌린다. 아륜牙輪이라는 것은 자명종과 같아서 저어齟齬(톱니바퀴)가 서로 맞물리게 되어 있다. 집안 네 모퉁이에도 역시 2층으로 된 맷

돌판[磨盤]을 놓았는데, 맷돌판의 가장자리 역시 톱니바퀴로 되어 있어 대륜大輪의 톱니牙와 서로 맞물린다. 대륜大輪이 한 바퀴 돌면 여덟 개 맷돌판이 다투어 돌아가는데, 순식간에 밀가루가 눈처럼 쌓인다. 이 법은 시간을 알리는 종鐘과 닮았다.[37]

길가의 민가에는 집집마다 연자방아와 나귀 한 마리씩 있다. 곡식을 빼앗는 자들은 녹독碌碡(푸른 돌의 독)을 사용한다. 또한 나귀가 끌어서 절구질을 대신하기도 한다.

7 가루 치는 법은 밀실密室에 바퀴가 셋이 달린 요차搖車를 쓴다. 바퀴는 앞이 두 개, 뒤가 한 개이다. 수레 위에 네 개의 기둥[四柱][38]을 세우고 그 위에 몇 석을 담을 만큼 큰 체(가루치는 기구)를 두 층으로 흔들거리게 놓는다. 윗 체에 가루를 붓고, 아래채는 비워 두어서 윗 체에서 걸러져 나온 가루를 받아 더 보드라운 가루를 치도록 되어있다. 요차 앞에는 막대기 하나를 가로질렀는데 막대기의 한쪽 끝은 수레와 묶여 있고 또 한쪽 끝은 방 밖으로 뚫고 나간다. 밖에 기둥 하나를 세워서 그 막내기 끝을 잡아매고, 기둥 밑에는 땅을 파서 큰 목판木板을 기둥 밑을 받쳤다. 목판 밑 한가운데에 받침을 괴어 그 양쪽을 뜨게 하고는, 마치 가마에서 키질(불을 피우는 부채질)을 하는 법과 같이 의자에 앉으면 목판이 위로 올라가 발을 약간만 움직여도 목판의 양 끝이 서로 오르내리고, 목판 위의 기둥이 견디지 못하여 마구 요동친다. 그러면 그 기둥 끝에 가로지른 막대기가 맹렬하게 밀고 내치고 하여[猛加推排], 방 안의 수레가

앞으로 갔다 뒤로 갔다 한다. 집안 네 벽에 10층으로 시렁을 매어서 그릇을 그 위에 올려놓아 날아오는 가루를 받아 챙긴다. 39

집 밖 의자에 앉아 있는 사람은 발을 놀리면서 책도 읽고 글씨도 쓰고 손님과 수작도 하는 등 못하는 일이 없다. 등 뒤에서 '요알지향擾戛之響'(예법을 두고 왈가왈부하는 소리)이 들리지만, 누가 왜 그렇게 시키는지는 알 바 아니다. 대체로 그 발 움직이는 공력은 아주 미미하지만 거두어들이는 공功은 매우 크다. 우리나라 여자들이 몇 말 가루를 한 번 치려면 머리도 눈썹도 삽시에 하얗게 되고 팔이 나른해져서 마비가 될 지경이다. 그 일이 편안하고 고단함, 득과 실 모든 점을 비교해보면, 이 법法이 어떠한가.

篩麪之法 密室中置三輪 搖車其輪 前兩而後一 車上立四柱 危置兩層大筵 可容數石 上筵注麪 下筵空置 以承上筵 更羅細粉 搖車之前 直架一木 木之一頭攬車 一頭穿出屋外 屋外立一柱 以繫木頭 柱底坎地 置大木板 以承柱根 板底正中 爲枕以泛之 如鼓冶之法 椅坐板上 微動其足 則板之兩頭 互相低昂 板上之柱 不勝搖蕩 於是柱頭橫架 猛加推排 而屋中之車 一前一卻 屋中四壁 十層設架 置器其上 以承飛粉 屋外坐椅者 看書寫字 對客酬談 無所不宜 但聞背後擾戛之響 而不知孰所使然也 蓋其動足甚微 而收功甚鉅 我東婦女一筛數斗之輪 則一朝鬢眉皓白 手腕麻軟 其勞逸得失 比諸此法何如也

8 고치 켜는 소차繅車는 더욱 묘妙하니 마땅히 본받아야 한다. 위 곡식 빻는 법과 같이 대아륜大牙輪을 쓰되 소차의 양쪽 머리에 아륜의 톱니바퀴가 서로 맞물려서 쉴 새 없이 저절로 돌아간다. 소차繅車라는 것은 큰 물레로서 몇 아름이나 처먹는 놈이다. 수십 보 밖에서 고치를 삶고, 그 사이에 수십 층 시렁을 매달되 높은 것에서부터 점차 낮아지는 형세를 취한다. 시렁 머리마다 쇳조각을 세워서 구멍을 뚫고 겨우 바늘귀 같은 구멍에 실을 먹인다.[每架頭

竪鐵片穿孔 僅如針耳 納絲其孔] 틀이 움직이면 바퀴가 돌고, 바퀴가 돌면 얼레가 따라 도는데 그 톱니들이 서로 맞물려서 빠르지도 느리지도 않게 천천히 밀고 당겨 격激하지도 탁濁하지도 않게 그 자연에 맡기므로 실이 정밀한 것과 거친 것이 뒤섞이는 탈이 없는 것이다. 실이 솥에서 나와 물레로 들어가기까지 쇠 구멍[鐵孔]을 두루 거치는 동안 터럭은 다듬어지고 가시랭이는 떨어져 물레에 들어가지 않는다. 몸은 이미 햇볕에 쪼이면 결潔이 빛나고 밝은 윤기가 흐르는 것이 다시 잿물에 삶아 표백할 필요도 없이 곧바로 베틀에 올릴 수 있다.[40]

우리나라의 실을 뽑는 법이란, 오직 손으로 당길 줄만 알지 수레를 쓸 줄을 모른다. 사람의 수手으로 하기 때문에 이미 하늘이 내린 틀이 자연의 흐름을 잃어버려 속도가 불규칙해진다. 손놀림이 격해지면 노한 실과 놀란 고치가 뛰어오르고 내달려서 뒤죽박죽 뽑히며 소판繅板에 쌓이는데, 어지럽게 뒤섞여 실마리를 찾을 수 없게 엉겨 붙은 덩어리는 이미 광택을 잃게 된다. 사沙를 누르고 핵核을 얽다보면 끊어지곤 하는데, 거친 것을 제거하고 정精으로 교화하자니 입과 손가락만 피곤하다. 이제 소차와 비교해보라. 공력을 쓰는 법이 어느 쪽이 기민하고 어느 쪽이 둔한가?

고치가 여름을 나도 애벌레가 되지 못하게 하는 기술을 물었더니 이렇게 대답하였다. 약간 볶으면 나비가 되지 못한다. 또 더운 구들'에 말리면 나비도 되지 못하고 애벌레도 되지 못하므로 겨울철에도 실을 뽑을 수 있다.[41]

繅車尤妙 宜可效也 爲大牙輪 如轉磨之法 繅車兩頭 亦爲牙輪 齟齬
互當 不息自轉 繅車者 大罌之盈數抱者 烹繭於數十步之外 而中間設數
十層架 漸次爲高下之勢 每架頭竪鐵片穿孔, 僅如針耳 納絲其孔 機動而

9 여기까지 오는 길에 날마다 상여喪輿를 만났는데, 그 제도가 한결같지는 않으나 크기만 하고 질은 둔하였다. 수레는 너무 커서 거의 두 칸 방만큼 한데 오색 비단으로 휘장을 치고, 거기다 구름·꿩·참새 같은 여러 가지 그림을 그렸으며, 꼭대기는 은銀으로 도배를 하거나 오색실을 땋아 늘어뜨렸다. 양쪽 끌채의 길이는 거의 7~8길이나 되는데, 붉은 칠과 황동黃銅으로 도금하여 찬란하게 꾸몄다. 가로대[橫杠]는 전후 각 5개로써 역시 긴 것은 3~4길인데 다시 짧은 장대를 대어 양쪽 끝을 어깨 위에 걸친다. 상여꾼은 수백 명에 이상이고, 명정銘旌은 모두 붉은 비단에 금빛 글씨를 적었다. 명정대는 세 길이나 되는데 검은색 바탕에 황금빛 용을 그렸다. 명정대는 기다란 장대로 만든 받침대 위에 얹어놓고, 아홉 사람이 메고 간다. 붉은 일산 한 쌍, 푸른 일산 한 쌍, 검은 일산 한 쌍이 명정 뒤를 따르고, 그 뒤에 피리·퉁소·북·나팔 등 악대가 서고, 승려와 도사들이 각기 복장을 갖추어 불경과 주문을 외면서 상여 뒤를 따른다.[42]

중국은 만사가 간편하지 않은 게 없어 쓸데없이 낭비하는 게 하나도 없는데, 상여제도만은 도무지 이해할 수 없는 일이다. 이는 본받을 것이 못 된다.

9 문단은 4단계(풍속 마케팅). 교육이 '인재'를 획일화하는 수단이라면, 풍속은 대중적인 획일화 수단이다. 풍속 중에서도 초상풍속이 가장 중요하다.

『중용中庸』 제28장

子曰	공자 가로되
愚而好自用	어리석은 것들이 나서기를 좋아하고
賤而好自專	천한 것들이 다스리기를 좋아하는구나.
生乎今之世	지금의 세상에 태어나
反古之道	옛 도道로 돌아가려 하나니
如此者	여차한 놈들은
栽及其身者也	벼락 맞을 놈들이다.
非天子	천자가 아니면
不議禮	예禮를 논하지 못하고
不制度	제도를 만들지 못하고
不考文	문장을 상고하지 못한다.
今天下	지금 천하는
車同軌	수레는 궤軌에 부합하고
書同文	서書는 문文에 부합하고
行同倫	행行은 윤倫에 부합한다.
雖有其位	비록 그 지위가 있어도
苟無其德	진실로 그 덕이 없으면
不敢作禮樂焉	감히 예악을 짓지 못하고
雖有其德	비록 그 덕이 있어도
究無其位	진실로 그 지위가 없으면
亦不敢作禮樂焉	또한 감히 예악을 짓지 못한다.
子曰	공자 가로되
吾說夏禮	내가 하나라의 예를 말하려 하나
杞不足徵也	기杞(夏의 후예)는 족히 징徵하지 못하며
吾學殷禮	내가 은나라 예를 배우려 하나
有宋存焉	송宋(殷의 후예)은 겨우 명맥만 남았도다.
吾學周禮	내가 주나라 예를 배우니
今用之	지금의 용用에 맞는지라
吾從周	나는 주나라의 예禮를 따르리라

수레제도

　"천자가 아니면 예禮를 논하지 못하고 제도를 만들지 못하고 문
장을 상고하지 못한다."
　인간의 역사에 이렇게도 뻔뻔한 독재자가 또 있었을까?
　일찍이 프랜시스 베이컨은 '알렉산더는 토지의 복된 약탈자, 그
의 스승인 아리스토텔레스'는 학문의 복된 약탈자라고 규정하였
다. 아리스토텔레스에 비하면 공자야말로 학문의 독재자이자 부자
의 정을, 부부의 사랑을, 붕우의 우정을 모두 앗아 가버린 진정한
약탈자가 아닌가. 그런데도 누구 하나 '약탈자'라고 소리치는 이 없
었던 것이 중화세계의 슬픈 역사다. 공자 이후 2500년이나 길들여
져 온 '획일적인 인간'들의 사회를 연암은 맹자의 글로 보여준다.

高子曰 禹之聲 尙文王之聲
　　　　　고자왈, 우임금의 음악이 문왕의 음악보다 낫습니다.
孟子曰 何以言之　맹자왈, 무슨 근거로 그러느냐?
曰以追蠡　　　　고자왈, 종에 달린 끈이 좀먹은 모양이 근거입니다.
曰是奚足哉 城門之軌 兩馬之力與
　　　　　맹자왈, 어찌 그 근거로 족하단 말이냐.
　　　　　성문의 수레자국이 말 한두 필의 힘으로 되겠느냐.

—『맹자』진심盡心편—

　우임금의 음악은 훌륭하다. 문왕의 음악도 훌륭하다. 그러나 그
들은 누군가 만들어놓은 음률을 따라간 한 두필의 말에 불과하
다. 음악의 음률은 누가 만들었는지 모르지만, 예禮와 제도와 문장
의 영역에서의 음률, 즉 '통일된 수레바퀴'를 만든 창조주는 의심의
여지도 없이 공자님이다. 그러니 맹자의 '성문지궤城門之軌'는 중용

31장에 담긴 '인간획일화 프로젝트'의 결과를 고스란히 담아낸 기가 막힌 레토릭rhetoric이 아닌가.

도대체 맹자는 공자가 초래한 중화인들의 슬픔을 연민하는 것인가? 아니면 공자의 '업적'을 찬양함인가? 안타깝게도 대답은 후자다. 그렇게도 중국의 병증을 예리하게 진단하고, 번뜩이는 문장으로 풀어내면서도 공자에게 동조했던 맹자. 그러므로 그 이후는 어쩔 수 없는 '공자왈 맹자왈' 떠들어대는 요지경세상이다. 학문과 풍속과 제도 모든 것을 한 손에 움켜쥔 약탈자에게 바치는 선비들의 낯 뜨거운 찬사를 보라.

준용 제31장

唯大卜全聖	오직 천하의 성인만이
爲能聰明睿知	능히 총명과 예지를 갖추어
足以有臨也	족히 사물을 밝힐 수 있으며,
寬裕溫柔	능히 관유하고 온유함을 갖추어
足以有容也	족히 용서를 베풀 수 있으며,
發强剛毅	능히 강인함과 꿋꿋함을 갖추어
足以有執也	족히 사업을 집행할 수 있으며,
齊莊中正	능히 장중하고 중정함을 갖추어
足以有敬也	족히 언행을 절제할 수 있으며,
文理密察	능히 문리와 혜안을 갖추어
足以有別也	족히 사리를 분별할 수 있다.
溥博淵泉	두루 그리고 깊이 에아리기늘
而時出之	때를 맞후이 행히니니
溥博如天	두루 헤아림은 하늘과 같고
淵泉如淵	깊이 헤아림은 연못과 같다.
見而民莫不敬	혜안을 공경하지 않는 백성들이 없고

言而民莫不信	말씀을 믿지 않는 백성들이 없고
行而民莫不說	행동을 기뻐하지 않은 백성들이 없다.
是以	그런 고로
聲名洋溢乎中國	명성은 중국에 넘쳐흘러
施及蠻貊	그 시혜가 오랑캐들에게까지 이르나니
舟車所至	배와 수레가 이르는 곳
人力所通	사람의 힘이 통하는 곳
天之所覆	하늘이 덮여 있는 곳
地之所載	땅이 받치고 있는 곳
日月所照	해와 달이 비추는 곳
霜露所隊墜	서리와 이슬이 내리는 곳마다
凡有血氣者莫不尊親	무릇 산 자라면 존친하지 않는 이가 없으니
故曰配天	고로 하늘의 짝이라 하는 것이다.

『중용』은 '사람 사는 모든 곳'을 비유하여 "배와 수레가 이르는 곳"이라 하였다. 연암은 "배와 수레가 이르는 곳"을 근거로 '수레는 어디든 갈 수 있다'라는 궤변을 구사하였다.

무엇을 풍자하는 '궤변'인가?

『중용』31장은 공자예찬이다. 그런데 공자를 칭송하는 기준은 다름 아닌 공자가 만들어낸 잣대들(예법 제도 문장 등으로 창조된 온갖 가치들)이니, 선수가 심판을 겸한 격이다.

공자는 세상의 모든 '가치'를 창조하였고, 그것으로 세상을 지배하였다. 공자의 비결은 무엇인가?

"有之以爲利 無之以爲用"

무無의 용用이 있기에 유有의 이利가 있는 법. 그러므로 우상(나쁜 無)을 창조하라. 그리하여 유有를 착취하라.

그 창조와 착취의 프로세스를 폭로한 것이 5~9문단이다.

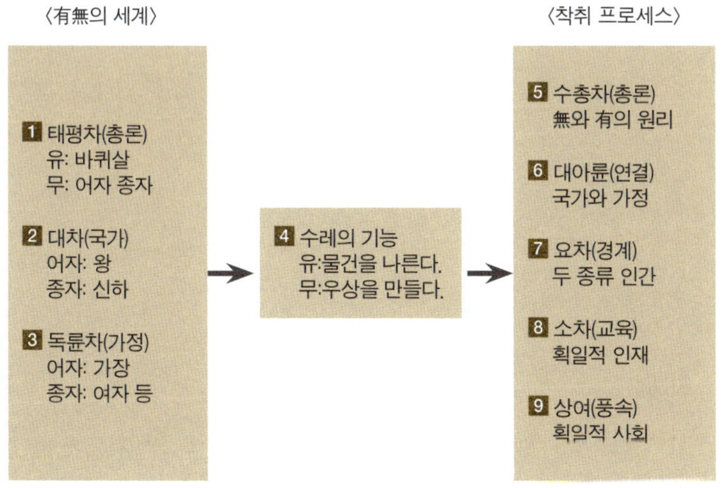

[총론]   불 끄는 수레: 백성들에게 無를 주입하여 有를 착취하라.

어떻게 무無를 창조하고 주입하는가?

[1단계]   곡식 빻는 수레: 국가와 가정을 '억지로' 연결한다.

[2단계]   가루 치는 수레: 인간을 군자와 소인배로 나눈다.

[3단계]   고치 켜는 수레: 주입식교육으로 인재를 획일화한다.

[4단계]   초상용 수레: 초상풍속으로 획일적 사회를 만든다.

'희대戲臺'외:
깃털학문과 물신숭배의 나라

희대戲臺

사관寺觀이나 묘당廟堂 맞은편 문에는 반드시 희대戲臺(극장)가 하나씩 있다. 대개 들보는 일곱 개인데 혹은 아홉 개를 설치하여 높고 깊숙하고 웅걸하여 보통 점사店舍들과는 비할 바가 아니다. 이렇게 깊고 넓지 않으면 만 명이나 되는 사람을 들일 수 없는 까닭이다. 등자凳子며, 탁자며, 의자며, 평상이며 모든 앉을 자리는 적어도 천을 헤아리고, 붉은 칠이 정교하면서도 사치스럽다. 연로 천리에 왕왕 삿자리를 설치하여 누각이나 궁전 모양을 본떠서 높은 희대를 만들었는데, 그 시공법이 기와집보다 더 나아 보인다. 현판에는 혹은 '중추경상中秋慶賞'이라 하였고, 혹은 '중원가절中元佳節'이라 하였다. 소소한 시골 마을이라 사당이 없는 곳에는, 반드시 정월 보름과 8월 보름을 맞이하여 이러한 삿자리로 희대를 만들어 여러 가지 광대놀이를 연출한다. 일전에 고가포古家舖를 지나다가 보니, 길에 수레가 끊이지 않고 수레마다 여인 7~8 명씩 탔는데 모두 진한 화장에 고운 나들이옷 차림새였다. 그런 수레들이 몇 백대였는데, 이는 모두 소흑산小黑山에 가서 광대놀이를 구경하고 해가 저물어서 돌아가는 시골 부인네들이었다.[43]

시사市肆

이번 천여 리 길에 지나온 시전과 점포들은 봉성·요동·성경·신민둔·소흑산·광녕 등이다. 그 대소와 사검奢儉(사치와 검소함)에 차이가 없지 않은데, 그 중 성경이 가장 화려한 편이다. 성경의 점포들은 모두 비단 창문에 수놓은 무늬요, 길을 사이에 두고 늘어선 술집들은 더욱 금벽金碧이 찬란하였다. 다만 한 가지 괴이한 것은 금빛과 녹색으로 채색한 난간이 처마 밖으로 불쑥 솟았는데, 여름 장마를 겪고도 그 단청 빛이 퇴색하지 않은 것이있다. 봉성은 동쪽 변두리에 있는 변문이라 궁벽한 오지이지만, 그곳의 의자·탁자·주렴·휘장·담요 등의 기물들과 화초까지도 모두 처음 보는 것들이었다. 그 문패며 간판들이 서로 사치·화려함을 다투어 그 겉치레를 위하여 낭비하는 돈이 무려 천금을 넘는다. 이렇게 하지 않으면 매매賣買가 잘 되지 않을뿐더러 재신財神이 도와주지 않는다고 한다. 그들이 모신 재신은 대부분 관공關公의 소상인데, 탁상에 향불을 피우고 아침저녁으로 미리를 조아리며 섬하는 정성이 가묘家廟보다 더하다.[44] 이로 미루어 보면 산해관 안의 습속은 가히 상상할 만하다.

길을 끼면서 물신을 파는 행상들은 혹은 크게 소리쳐 판다. 그러나 칭포靑布를 과시하는 자[賣靑布者]는 손에 쥔 땡땡이(북채를 흔들면 양 끝에 달린 구슬이 북을 두드리는 작은 북)를 흔들고, 남에게 자랑하기 위하여 번말을 한 자[爲人開剃者]는 철간鐵簡을 두드리고, 빛나는 대머리를 자랑하는 자[賣油者]는 바리때를 두드린다. 또 더러는 쇠징·죽비·목탁 따위를 갖고 다니는 자도 있다. 그들이 거리를 돌며 두드리는 소리가 그치지 않으니, 집 안에서 어린 아이들이 달려 나와 소리를 지른다. 그들이 큰 소리로 외치지 않아도 사람들은 단지 두드리는 소리만 들으면 벌써 그들이 과시하는 물건을 알아맞힌다.45

小賈之行于道路者 或高聲叫賣 而如賣靑布者 搖手中小鼗 爲人開剃者 彈手中鐵簡 賣油者 敲鉢 或有持金鉦竹篦木鐸而行者 周回街坊 不撤敲響 則人家門裏 走出小孩子叫之 未嘗見大聲叫賣者 但聞敲響 則已辨其貨物

점사店舍

점사는 뜰이 넓어서 적어도 수백 보는 된다. 그렇지 않으면 수레와 말과 사람들을 수용하지 못할 것이다. 그러므로 문에 들어가서도 한 마장을 달려야 전당前堂에 이르니, 그것으로 그 광활함을 가히 알 만하다. 행랑 사이에는 의자·탁자 30~50개가 놓였고 마굿간에는 돌구유가 있는데 길이는 두세 칸 너비는 반 칸쯤이다. 돌이 아니면 벽돌을 쌓아서 구유를 만들었다. 뜰 가운데 역시 나무구유 수십 좌를 나란히 배열하여 양쪽 머리에 아귀진 나무로 받쳐 두었다.

기명器皿은 오로지 그림 그린 자기만 쓰고, 백동白銅·놋쇠·주석 등의 그릇은 보이지 않는다. 비록 궁벽한 두메산골에 다 허물어져 가는 오두막집에서 날마다 쓰는 식기라 하더라도 모두 금벽金碧 채화가 그려진 사발과 접시들이다. 이는 사치를 숭상해서 그런 것이 아니다. 도공陶工과 요가窯家들이 공功을 행하는 방식이 본래

   일신수필 | 공자왈 맹자왈 사회의 파노라마

그러하기 때문에 아무리 조잡한 도자기를 쓰려 해도 구할 수 없는 것이다. 자기가 깨지거나 흠집이 있어도 버리지 않고 밖으로 쇠못을 박아서 다시 완성하여 쓴다. 다만 아무리 해도 내가 알지 못할 것은, 못이 그릇 속으로 삐져나오지도 않고, 교묘하게 감싸서 붙인 흔적을 드러내지 않는다는 점이다. 높이 몇 자나 되는 여러 가지 빛깔의 술잔과 오지병이며, 꽃을 꽂고 깃털을 꽂는 병과 두루미병[罇] 따위 것은 어딜 가나 흔히 볼 수 있다. 이로 미루어 보면, 우리나라 분원分院에서 구운 물건들은 저자에 내놓지도 못할 것들이다.

아아, 그릇 굽는 법 한 가지가 제대로 되지 못하여 온 나라의 만사萬事 만물萬物이 전부 이 그릇 꼴이 되어 마침내 풍속을 이루었으니 어찌 통탄할 일이 아니겠는가.[46]

교량橋梁

교량은 모두 무지개[虹蜺] 다리여서 성문과 같다. 큰 것은 돛단배가 지나갈 수 있고, 작은 것도 거룻배는 통과할 수 있다. 석조 난간에는 흔히들 구름무늬와 공하蚣蝑(새끼용)·고리蛟螭(이무기) 등을 새겼고, 목조난간에는 역시 단청을 입혔다. 그리고 다리 양쪽 머리에 땅으로 들어가는 곳에는 모두 팔八자로 담을 쌓아서 보호하게 하였다. 지나온 것 중에서 만보교萬寶橋·화소교火燒橋·장원교壯元橋·마도교磨刀橋가 가장 큰 것들이다.[47]

橋梁 皆虹蜺如城門 大可揚帆 小者亦可以通舠艓 石欄 鐫刻雲物蚣蝑 蛟螭蝮 木欄 亦施丹綠 橋之兩頭入陸處 皆爲八字翼墻以護之 所經萬寶橋 火燒橋 壯元橋 磨刀橋 最人

명나라인간, 청나라인간1

7월 16일 임진壬辰.

개다.

정진사 변주부 내원과 함께 또 서늘한 새벽에 먼저 출발하기로 약속하였다. 신광녕에서 흥륭점興隆店까지 5리, 쌍하보雙河堡 7리, 장진보壯鎭堡 5리, 상흥점常興店 5리, 삼대자三臺子 3리, 여양역閭陽驛 15리, 모두 40리를 가서 점심을 먹었다. 이곳에서부터 등마루 없는 집이 시작된다. 여양역에서 두대자頭臺子까지 10리, 이대자二臺子 5리, 삼대자 5리, 사대자四臺子 5리, 왕삼포王三舖 7리, 십삼산十三山 8리. 이날 80리를 가 십삼산에서 묵었다.

1 새벽에 신광녕을 떠날 때 기울어가는 달이 아직 땅 위에서 몇 자 위에 걸려 있었는데, 그 모습이 창량蒼凉하면서도 둥글둥글하였다. 계수나무 그림자가 성글게 드리우고, 옥토끼와 은두꺼비는 금방이라도 손으로 만져볼 수 있을 듯한데, 흩날리는 항아姮娥(달에 사는 선녀)의 얼음처럼 투명한 옷자락 속으로 비치는 옥 같은 살결이 아른거리는 듯하다. 나는 정 진사를 돌아보면서 말했다.

"이상한 일이구먼, 오늘은 해가 서쪽에서 뜨는구려."

정 진사는 그것이 진짜 달인 줄을 깜박 잊어버리고 내 말을 따라 무심코 대답한다.

"늘 이른 새벽에 숙소를 나서다보니 정말 동서남북을 가리기가 어렵군요."

정 진사의 말에 모두들 허리를 잡고 웃었다. 조금 뒤에 달이 점점 기울어져 지평선 아래로 사라지자 그제야 정 진사도 역시 크게 웃었다.⁴⁸

2 붉은 아침노을이 물결처럼 번지며 벌판 숲에 가로지르더니, 홀연 천만 개의 기이한 봉우리로 변하여 솟아오른다. 그 형세가 수레를 부여잡은 돌들이 부딪치듯[扶輿磅礴] 용이 서린 듯 봉황이 춤추는 듯 천리 벌판에 끝없이 펼쳐진다. 나는 정 진사를 돌아보며 말했다.

"허, 장백산이 뽀얗게 눈에 들어오는구먼."

정 진사 뿐 아니라 모두들 탄성을 자아낸다. 그러나 조금 뒤에 구름과 안개가 말끔히 걷히자, 해는 이미 세 발은 솟아올랐는데 하늘에는 한 점 티끌도 없다. 별안간 저 멀리 마을 나무숲 사이로 햇빛이 스며드는데, 마치 맑은 물이 하늘에 고인 듯, 연기도 아니며 안개도 아니요, 높지도 낮지도 않게 내내 나무 사이를 감돌며 훤하게 비치는 모양이 마치 나무가 물 가운데 서 있는 것 같다. 그 기운이 차츰 퍼지며 먼 하늘에 가로 번지는데, 흰 듯도 하고 검은 듯도 한 것이 커다란 수정거울처럼 오색찬란하다는 것 외에도 일종의 광기光氣가 더 있었다. 비유를 잘하는 이들은 곧잘 '강물 빛 같다'느니 '호수의 색깔 같다'느니 하지만, 그것만으로 말끔하고도 투명하게 비치는 저 광경을 형언하기는 턱없이 부족하다. 마을 집

새벽달에 대한 가벼운 농담으로 '기만'의 위험을 암시하고 있다. 車同軌 城門之軌 따위의 말장난으로 동쪽과 서쪽이 뒤바뀔 수 있는 것이 인간이다.

들과 수레와 말들의 그림자가 모두 거꾸로 비친다.

태복이 말했다.

"이것이 곧 계문연수薊門煙樹올시다."

내가 말했다.

"계주薊州가 여기서 천리이거늘 어찌 연수煙樹가 여기 있단 말인가."

의주 상인 임경찬林景贊이 대답하였다.

"계문이 비록 이곳에서 멀지만 여기서부터 통상 '계문연수薊門煙樹'라 한답니다. 날씨가 청명하고 바람이 잔잔한 때면 요동 천 리 벌에 언제나 이런 현상을 볼 수 있지요. 계주에 들어가더라도 만일 바람이 불고 날씨가 음침하면 볼 수 없답니다."

대저 겨울에 날씨가 맑고 기온이 따스한 날이면 관내외에서 언제나 이런 광경을 볼 수 있다고 한다.[49]

3 때마침 여양閭陽은 장날이라 온갖 물건이 모여들고 수레와 말들이 거리를 가득 메웠다. 어떤 새장수가 아로새긴 듯한 초롱 속에 갖가지 새를 넣어서 팔고 있는데, 매화아梅花兒 요봉아幺鳳兒 오동조梧桐鳥 청작아靑雀兒 화미조畵眉鳥 등등 형형색색의 새들이 들어있었다. 새 장수는 새를 실은 수레가 여섯, 우는 벌레를 실은 수레가 둘인데, 그 지저귀는 소리에 온 장판이 마치 깊은 산 속에나 들어온 듯싶다.[50]

4 국화차 한 잔, 보리떡 두 덩이를 사먹고, 거기서 역관 조명회를 만나서 어떤 술집에 들어갔다. 마침 소주를 내린다기에 다른 집으로 발길을 옮기려 했더니 술집 소인배 두 명이 화를 내며 조명회에게 달려들어 머리로 앙가슴을 받으며 꼼짝 못하게 한다. 조

는 부득이 웃으며 자리에 돌아와 돼지고기 볶음 한 쟁반, 계란볶음 한 쟁반, 술 두 주발을 사서 배불리 먹고 다시 길을 나섰다.[51]

5 멀리 십삼산을 바라보니, 산기슭이 파여 토사土砂가 드러난 곳도 없이 다만 산맥이 뻗어 내려오다 큰 벌판 가운데 13개의 돌산 봉우리가 날아와 앉은 듯하다. 그 보일락 말락 기이하게 솟은 모습이 마치 여름 하늘에 피어오르는 구름 봉우리 같다.

머리가 허옇게 센 늙은이 하나가 조그만 장대 끝에 고리를 달아서 참새 한 마리를 앉히고 색실로 발을 잡아 묶어 길 가운데서 놀리고 있다. 새를 놀리는 방법은 거의 이런 식이다.

더위에 지쳐서 졸음이 쏟아지기에 말에서 내려 걷기로 했다. 7~8세쯤 되어 보이는 아이 하나가 머리에는 새빨간 실로 뜬 여름 모자를 쓰고 몸에는 항주杭州산 비단으로 만든 고동색 구름무늬 두루마기를 두르고 흑공단 신을 신고 사뿐사뿐 걸어오는데 얼굴은 눈처럼 희고 눈매가 그림처럼 아름답다. 내가 짐짓 길을 막아섰더니, 아이는 놀라지도 않고 두려워하는 빛도 없이 앞에 와 공손히 절하고 땅에 엎드려 머리를 조아린다. 나는 황망히 아이를 안아 일으켰다. 맨 뒤에 한 노인이 멀찌감치 따라오는데, 얼굴 가득히 웃음을 머금고 말했다.

"이 애는 이 늙은 몸의 손자입니다. 노야老爺께서 이놈을 귀여워하시니, 무어라 고마운 말씀을 드려야 할지⋯⋯."

나는 아이에게 물었다.

"나이는 몇 살이나?"

"아홉 살입니다."

"성과 이름은 무엇이냐?"

51
솔로베니아 철학자 슬라보예 지젝은 현대소비자들이 nothing을 욕망·소비한다고 한다.
연암은 술집 주인에게 선택권이 있다고 한다. 무슨 말인가?
술집 주인은 無(nothing)를 창조한다. 손님의 영혼을 사로잡은 무 無는 손님에게 명령한다. 이 집에서 술[有]을 마시라고.

"제 성은 사謝입니다."

아이는 곧 신발 속에서 작은 쇠붙이 하나를 꺼내어 땅에다 글자를 써서 말했다.

"효孝는 백행百行의 근본이요, 수壽는 오복五福의 으뜸이라. 저의 할아버지가 제게 축원하시기를 사람의 자식으로서 효도를 해야 한다 하시는 한편, 장수하라 축원하는 뜻으로 수壽라 하셨으니 효수孝壽라 부르옵니다." 52

나는 경이로워서 정신이 아찔하였다.

"지금 무슨 글을 읽고 있느냐?"

"두 책은 벌써 외웠고 지금은 『논어論語』 학이學而편을 읽는 중입니다."

"두 책이라니 무엇 무엇인가?"

"대학大學과 중용中庸입니다."

"그러면 강의도 이미 끝났느냐?"

"두 책은 그냥 외우기만 하였고, 논어는 강의를 받는 중입니다. 그런데 선생께서는 성이 무엇이옵니까?"

"내 성은 박朴이다."

"그 성은 『백가원百家源』에도 없는 것이옵니다."

노인은 내가 아이를 귀여워하는 것을 보고는, 얼굴에 웃음을 가득 머금고 말했다.

"고려 노야老爺께서는 부처님처럼 관대하신 어른이십니다. 아마 슬하에 많은 봉황 같은 아드님에 기린 같은 손자님들을 두셨을 테니, 그 손자들을 생각하셔서 남의 어린이를 귀여워하시는 게죠."

"내 나이는 많이 먹었으나 아직 손자를 안아보지 못하였습니다.

일신수필 ┃ 공자왈 맹자왈 사회의 파노라마

어른께서는 연세가 얼마나 되셨나요?"

"헛되이 쉰여덟 해를 보냈소이다."

나는 부채를 아이의 손에 쥐어 주었다. 노인은 허리춤에서 쇠사슬 고리에 달아매었던 비단 수건과 아울러 부싯돌까지 얹혀 주면서 못내 고마운 뜻을 표한다. 내가 노인에게 물었다.

"영감님은 어디 사시는지요?"

"여기서 멀지 않습니다. 왕삼포王三舖라는 곳이죠."

"손자의 조숙한 지혜가 옛날 왕王과 사謝 가문의 풍류에 부끄럽지 않을 듯합니다."

"조상님의 혈통은 이미 끊어졌는데, 어찌 감히 그 옛날 으뜸가는 강좌江左의 풍류를 바랄 수 있겠습니까?"

길이 바빠서 드디어 서로 작별하려니, 아이가 공손히 절하면서 하직인사를 한다.

"노야老爺께서는 먼 길에 몸조심하십시오."

길을 가면서 그 사씨 아이의 절묘한 눈매와 행동거지가 삼삼하게 눈에 밟힌다. 사생謝生은 땅에 글을 써서 주고받은 몇 마디만 보더라도 가히 담론과 토론을 할 만한 상대였는데, 애석하게도 갈 길이 황망하여 사는 곳조차 찾아보지를 못하였다.[53]

명나라인간, 청나라인간2

7월 17일 계사癸巳.

개다.

아침에 십삼산을 떠나 독로포禿老舖까지 12리, 배로 대릉하大陵河를 건너기까지 14리, 대릉하점大陵河店까지 4리를 와서 이곳에서 묵었다. 이날 겨우 30리를 갔다.

대릉하는 장성 밖에서 발원하여, 구관대九官臺와 변문을 뚫고 광녕성 동쪽을 지나 두산斗山을 나와서, 금주위錦州衛 지경으로 들어와 점어당點魚塘에 이르러 동쪽으로 흘러 바다로 들어간다.

호행통관護行通官 쌍림雙林이라는 자는 조선수통관朝鮮首通官 오림포烏林哺의 아들인데, 집은 봉성에 있다. 말은 호행이라 하지만 저는 태평차를 타고 뒤를 따를 뿐, 그의 행동거지는 우리 사행이 관여할 바가 아니다. 그는 네 명의 하인을 거느렸는데, 하나는 성이 악鄂이며 연로의 식사와 말 먹이를 구하는 일을 담당한다. 또 하나는 이李인데 어깨 위에 매를 가지고 다니면서 오고가는 길에 꿩 사냥이나 일삼는다. 또 하나는 서徐라는 사람인데 자기말로는 의주부윤 서모徐某의 일가친척이라 한다. 또 한 사람은 감甘씨라 한다. 그들은 모두 조신 사람이고 나이도 열아홉 살이며 눈매가 사랑스러워서 쌍림의 길동무가 되었다 한다. 다만 한 가지 우리나라에는 감甘이란 성은 없으니, 이는 가히 의심스러운 일이다.[54]

내 책문에 든 지 10여 일이 되어도 쌍림의 꼴을 본 적이 없다. 그런데 통원보의 시냇물을 건널 때(7월 6일) 언덕에 올라가서 내가 "물살이 가히 무섭군." 하였다. 이때 언덕 위에 깨끗하게 차려입은 되놈 하나가 우리 역관들과 함께 서 있다가 선뜻 조선말로 "물살이 무섭습니다. 그런데도 용하게 건너셨습니다."하였다. 그 날 저녁 연산관에 이르러 그 자가 수역에게 물었다.

"아침나절 물 건널 때 기골이 장대한 이가 거 누구요?"

"대대인大大人의 일가 형제 되시는 분이오. 훌륭한 문장기이신데 괸괴차 오셨딥니다."

"그러면 사점四點인가요?"

"아니오, 대대인大大人의 적친嫡親으로서 삼종형제입죠."

"그럼, 이량우천伊兩羽泉이구먼."

한자 음으로 '이량우천'이란 일냥오전一兩五錢이다. 일냥오전은 1냥 반半을 말한다. 1냥 반은 곧 양반兩半이라, 조선의 사족士族을 양반兩班이라 하므로, 양반兩半과 양반兩班이 음이 같아서 쌍림은 '일냥오전一兩五錢'이라는 은어를 구사한 것이다. 사점四點이란 서庶라는 글자에 점이 네 개 달린 것을 가리키는 말이니 우리나라 서얼庶孼을 말함이다.[55]

매년 사행을 갈 때마다 담당 역관이 공금으로 은 4천 냥을 가져가서 5백 냥은 호행장경에게, 7백 냥은 호행통관에게 주어 수레를 고용하고 노삿논으로 삼게 한다. 그러나 실상 그들은 한 푼도 쓰지 않고, 상사와 부사의 주방에서 돌아가면서 두 사람을 먹인다. 쌍림은 그 사람됨이 교활하고 조선말을 잘 한다고 한다.

지난 날 소황기보에서 점심을 먹을 때였다. 여러 비장·역관들과 둘러앉아서 한담을 나누는 중에 쌍림이 밖에서 들어왔다. 여러 사람이 모두 반겨 맞이하지 않을 수 없었다. 쌍림이 부사의 비장 이성제와 다정하게 이야기하다가 다시 내원에게 말을 걸었다. 두 사람은 이번 사행이 두 번째여서 이미 구면이었다. 내원이 쌍림에게 일러 말했다.

"내, 영감께 섭섭한 일이 있소이다."

"무슨 일입니까?"

"정사께서는 비록 작은 나라의 사신이라 할지라도 우리나라에서는 정일품 내대신內大臣으로 황상께서도 각별히 예우하시는 데, 영감은 대국 사람이지만 조선통관인즉 우리 사또에게 마땅히 예의를 갖추어야 하거늘, 두 분 사신께서 말을 갈아타시거나 가마를 멈추실 때마다 영감배令監輩들은 마땅히 수레를 멈춰 기다려야 할 것인데도 번번이 요란스럽게 수레를 몰아서 지나면서 조금도 거리낌이 없으니 이게 무슨 도리道理란 밀이오. 그래서 호행장경도 영감을 본받으니 더욱 개탄할 일이외다."

그러자 쌍림이 발끈 하여 정색을 하면서 쏘아붙인다.

"무슨 소리! 그것은 당신이 모르는 거요. 대국의 체모는 당신네 나라와는 절대 비교가 안 되는 것이오. 대국에서 칙사를 가면 당신네 나라의 의정대신조차 우리를 대등하게 예우하여 서로 말을 높이거늘, 어찌 당신 따위가 듣도 보도 못한 체모를 운운하며 나를 훈계한단 말이오!"

　조 역관 학동學東이 내원에게 눈짓하여 더 다투지 말라 하였으나, 내원은 소리를 높여서 질책한다.

　"그럼, 영감의 종놈은 어느 존전이라고 어깨에 매를 낀 채 의기양양하게 지나간단 말이오. 그런 해괴한 일이 다시금 보이면 내 곧바로 곤장을 내릴 테니 영감은 괴이하게 여기지 마시오."

　쌍림이 대답하였다.

　"그것은 아직 보지 못하였소. 만일 내가 보기만 하면 단매에 처치해 버리겠소."

　쌍림이 조선말을 잘한다고 하지만 그의 입에서 나오는 말들은 태반이 분명하지 못하고, 다급하면 도로 북경 말이 튀어나오곤 한다. 공연히 7백 냥 돈을 갖다버리는 꼴이니 참으로 애석한 일이다. 내가 이때 종이를 꼬아서 코를 쑤시니, 쌍림이 제 코담배 항아리를 끌러서 내밀었다.

　"재채기를 하시려오."

　나는 그와 말을 건네기도 싫고 또 코담배 항아리를 쓰는 법도 알지 못하므로 받지 않았다. 쌍림이 날 보고 몇 번이나 말을 걸고 싶어 했으나 내가 더욱 뻣뻣하게 앉아 있으니 그는 곧 일어나 가 버렸다.[56]

　그 후 역관들의 말을 들은즉, 쌍림은 내가 자기와 대화를 기피하므로 무안을 당하여 매우 노하였다 한다. 그리고 그 아비가 높은 자리에 앉아 있으니 만일 쌍림의 노염을 시면 구경하리 드나드는데 반드시 불편이 있을 것이고, 또 속담에 웃는 낯에 침 못 뱉는다고 하였으니 지난번에 쌍림을 냉대한 것은 좋은 일이 아니라고들 한다. 나 역시 마음에 그러려니 여겼다.

이윽고 사행은 먼저 떠나고, 나는 곤히 잠들었기 때문에 늦게 일어나서 막 밥상을 물리고 행장을 차리는 차에 쌍림이 들어온다. 나는 웃는 얼굴로 맞이하였다.

"영감을 오래 보지 못했소. 그동안 별 일 없었소이까?"

쌍림은 크게 반기면서 담배를 달라느니 주련을 써 달라느니 진짜진짜 청심환을 달라느니 단오 유첩선油帖扇을 달라느니 이것저것 요구한다. 나는 고개를 끄덕이며 말했다.

"짐차가 오면 모두 받들어 드리리다. 그보다도 내 먼 길을 말을 타고 오느라 자못 고단하니 오늘은 그대의 태평차에 같이 탔으면 좋겠소이다."

쌍림은 쾌히 허락하며 말했다.

"서방님과 함께 타면 저는 영광입니다." ⁵⁷

그렇게 하여 함께 출발하는데, 쌍림은 왼쪽 자리를 내게 내주고 눈을 크게 떠서 수레를 몰았다. 또 장복을 불러 수레 오른쪽에 앉히고는 장복에게 말했다.

"내가 조선말로 묻거든 너는 북경말로 대답하여라."

쌍림과 장복 두 사람이 수작하는 것을 들으니 포복절도할 지경이었다. 쌍림의 조선말은 세 살 먹은 아이가 '밥 달라'는 말을 못하여 '밤 달라'는 식이고, 장복의 중국말은 반벙어리가 이름 부르는 듯 줄곧 '애애'하는 소리만 거듭하는데, 참으로 혼자 보는 게 애석할 지경이었다. 그 중에도 쌍림의 우리말이 장복의 중국말보다 한참 못하여 말끝마다 존비尊卑를 가려 쓸 줄 모르고, 말마디를 돌릴 줄도 모른다. 쌍림이 장복에게 물었다.

"너, 우리 아버지[父主]를 보았니?"

쌍림은 어떤 인간인가? 담배와 청심환을 욕망하는 까마귀인간이다. 또한 영광의 깃털을 갈망하는 공작새인간이다.

장복이 대답한다.

"칙사 나왔을 때 보았소이다. 대감 수염이 멋지신데 내가 보행으로 뒤를 따르며 연거푸 권마성勸馬聲을 지르니, 대감은 만면에 함박웃음을 지으며 '네 목청이 좋구나. 그치지 말고 계속 소리쳐라.' 하더이다. 그래서 내가 쉬지 않고 외쳤더니 대감이 연방 '좋아, 좋아.' 하시더니 곽산郭山에 이르러선 손수 다담상을 차려주었지." 58

"우리 아버지 눈구멍이 요악妖惡스럽지?"

장복은 크게 웃으며 대답하였다.

"꿩 잡는 매 눈깔 같더라."

"옳아. 너, 장가杖家 들었니?"

"집이 가난해서 아직 못 들었다."

"이런, 불상不祥한지고."

불상不祥이란 조선말로 불쌍하다는 말이다.59 다시 쌍림이 말했다.

"그런데 의주 기생이 몇 개냐?"

"아마 30~50개 정도 된다."

"예쁜 것도 많겠지?"

"예쁘다 뿐이오. 양귀비 같은 것도 있고, 서시西施 같은 것도 있소. 이름이 유색柳色이라는 기생은 수줍은 꽃과 밝은 달 같은 자태이고, 또 춘운春雲이란 기생은 구름을 멈추고 남의 애를 끊을 만큼 창唱을 잘한다오."

"그런 기생이 있는데 내가 갔을 때에는 왜 나타나지 않았지?"

"만일 한 번만 보았다면 대감은 넋이 빠져 구천九天 구름 밖으로 날아가 버리고, 손에 쥐었던 만 냥 돈이 저절로 사라져 저 압록강을 다시 건너오지 못했을 것이리다."

쌍림은 손뼉을 치고 깔깔거리면서 말했다.

"내 다음에 칙사를 따라가거든 네가 조용히 데려와라."

장복이 머리를 흔들며 말했다.

"잘 안 될 거요. 남에게 들키면 목이 달아나게요." [60]

두 사람은 한바탕 크게 웃었다.

이렇게 대화를 주고받으면서 30리를 갔다. 두 사람은 서로 자신의 외국어 실력을 시험한 것인데, 겨우 책문에 들어온 뒤 길에서 주워들은 장복이 평생을 공부한 쌍림보다 훨씬 낫다. 이것으로 보더라도 우리말보다 중국말이 훨씬 쉬움을 알겠다.

수레는 삼면을 초록빛 천으로 휘장을 쳐서 걷어 올린 다음, 동서 양쪽에는 주렴을 드리우고 앞에는 공단으로 차일遮日을 쳤다. 수레 안에는 포개舖盖가 놓여 있고, 『유씨삼대록劉氏三代錄』 두어 권이 있었는데, 비단 언문諺文 글씨가 너절할 뿐 아니라 책장이 찢어진 것도 있다. [61] 내가 쌍림더러 읽어보라 하였더니, 쌍림은 몸을 흔들면서 소리를 높여 읽었으나, 전혀 말이 되지 않고 뒤범벅이 되어 버린다. 입 안에 가시가 돋친 듯 입술이 얼어붙은 듯 군소리를 수없이 내며 끙끙거리는데, 한참 들어도 멍하기만 할 뿐 무슨 소린지 알 수 없으니 늙어 죽도록 읽어도 아무런 소용이 없을 것이다. [62]

길에서 사신이 말을 갈아타는데 쌍림은 수레에서 뛰어 내려 점포 속으로 몸을 숨겼다가 사신이 떠난 뒤에 천천히 수레에 올랐다. 일전에 내원이 그를 나무랐을 때 겉으로는 뻗대면서도 속으로는 움찔했던 모양이다. [63]

명청교체기 역사1:
우상의 죽음

7월 18일 갑오(甲午).

개다.

새벽에 대릉하점을 출발하여 사동비까지 12리, 쌍양점까지 8리, 소릉하 10리, 소릉하교 2리, 송산보 18리 합계 50리를 가서 점심을 먹었다. 송산을 출발하여 행산보까지 18리, 십리하점 10리, 고교보 8리, 합계 36리를 갔으니 이날 모두 86리를 행군하였다.

1 사동비四同碑 근처에 이르자, 길가에 큰 비석 넷이 있었다. 사동비라는 이름은 그 비석의 제도가 꼭 같다는 데서 유래한 것이다. 그 중 첫 번째는 만력萬曆 15년(1587) 8월 29일에 왕성종王盛宗을 요동전둔유격장군으로 삼는다는 칙문을 새긴 것으로 위에는 광운지보廣運之寶라는 인장이 새겨졌는데, 비문 가운데 노추虜酋(여진 족의 왕을 오랑캐 우두머리로 비하한 말)라는 두 글자는 모두 지워져 버렸다. 두 번째 비석은 만력 15년(1587) 11월 4일에 왕성종을 요동도지휘체통행사로 삼아서 금주 지방을 지킨다는 칙문을 새긴 것이다. 그 셋째는 만력 20년(1592) 9월 3일에 왕평王平을 요동유격장군

으로 삼는다는 칙문을 새긴 것이다. 그 넷째는 만력 22년(1594) 10월 10일에 왕평으로 유격장군금주통할을 삼는다는 칙문을 새긴 것으로 위에는 칙령지보勅令之寶라는 인장이 새겨져 있다. 왕평은 왕성종의 아들이 아니면 조카인 듯싶다. 그들이 노추虜酋를 잘 막았다 하여 신종 황제가 칙명을 내려 이를 표창하고, 큰 비석에 새겨서 세상 사람들에게 그들의 갸륵함을 드러냈다. 그런데 왕성종이 만일 요동에서 대대로 장수의 직책에 있었다면, 임진왜란에 참전하여 왜놈들을 무찔렀을 것이다. 그러나 그러지 않았다. 어찌된 일인가! 64

먼저 온 사행의 비장들은 매번 이 비석에 도착하면, "모일 모시에 산해관을 나와 모일 모시에 이곳을 지나가다."라는 기록을 적어놓았다.

❷ 말을 키우는 곳들은 어디나 몇 천 마리씩 키우는데 모두 백색白色이다. 배로 소릉하를 건넜다. 수천 대의 수레가 쌀을 싣고 지나가는데 흙먼지가 하늘을 덮었다. 해주에서 금주로 가는 것이다. 큰 바람이 사납게 일어나기에 나는 말을 급히 몰아 먼저 점포에 들어가 잠시 눈을 붙였는데, 정사가 뒤따라 와서 알려주었다.[正使追至爲言]

"낙타 수백 마리가 철鐵을 싣고 금주로 들어가더군."

공교롭게도 낙타를 보지 못한 것이 벌써 두 번째다. 65

강변에는 민가 수백 호가 있었는데, 지난해 몽고인들에게 노략질을 당하였다 하여 모두 아내들을 잃고 몇 리 뒤로 물러났다. 지금 그 길가에는 퇴락한 관아의 네 벽을 둘렀던 무너진 담장만이 부질없이 서 있는데, 강가 아래 위에 흰 장막을 치고 병사들이 수

자리를 서고 있다. 대저 이 강은 몽고의 지경에서 50리 밖에 되지 않은 곳이어서 며칠 전에도 몽고기병 수백 기가 몰려왔다가 수비가 있음을 보고는 도망쳐버렸다고 한다.[66]

牧馬處處成群 一隊幾千餘匹 皆白色 舟渡小凌河 數千車載米而過 塵土漲天 自海州運入錦州 大風暴起 余先疾馳入舖中小睡 正使追至爲言 橐駝數百頭 載鐵入錦州云 余巧未之見者再矣 河邊居民數百戶 去歲 爲蒙古所掠 盡失其妻 撤移數里地 今其路傍頹垣 周遭四壁徒立 沿河上下 設白幕戍守 盖蒙境距河五十里也 數日前蒙古數百騎 猝至河邊 見有守備而遁去云

3 송산보, 행산보, 고교보, 탑산 사이의 약 100여 리는 마을과 시장 점포가 있기는 하지만, 가난하고 쇠락하여 도무지 생기가 없어보였다.

아아, 슬프다. 이곳이 숭정崇禎(명나라 마지막 황제의 연호) 경진·신사 연간(1640~41)에 명나라 장졸들이 떼죽음을 당한 곳이다. 이제 벌써 백여 년이 지났건만 아직도 소생하는 기색이 없으니, 그 당시 용쟁호투의 자취를 가히 짐작할 수 있겠다.

지금의 건륭황제가 쓴 전운시全韻詩를 보면 다음과 같은 주석이 있다.

"숭덕崇德 6년(1641) 8월 명의 총병 홍승주洪承疇가 구원병 13만 명을 송산에 집결하자, 청태종이 곧 군사를 거느리고 출정하였다. 마침 코피가 터지고 증세가 더욱 심해지자 행군 3일째 되는 날 왕자들과 패륵貝勒들이 천천히 행군하기를 청했으나 태종은 승리의 길은 빠른 행군에 있다면서 6일 만에 송산에 이르러 군사를 송산·행산 사이에 배치하여 한길을 가로 막았다. 명나라 총병 여덟 명이 선봉을 진격해왔지만 간단히 무찌르고, 그들이 필가산筆架山

에 쌓아둔 양식을 빼앗고, 해자(도랑)를 파서 송산과 행산을 연결
하는 길을 차단하였다.

그날 밤 명나라 장수들이 일곱 진영의 군사들을 거두어 송산성
가까이에 진을 쳤다. 청 태종은 장수들에게 '오늘 밤 적병이 반드
시 도망갈 것이다'라고 유시하고는 호군護軍 오배鰲拜 등에게 명하
여 사기四旗의 기병을 거느리고 전봉과 몽고 군사가 학익진比翼陣
(두 마리 새가 날개를 맞닿은 모양의 진)을 유지하면서 바닷가로 이르도
록 하였다. 또한 몽고장수 고산액진 고로극固魯克 등에게 명하여
행산으로 가는 길목에 복병을 두어 적의 진로를 차단하게 하였다.
또한 열넷째 아들인 예군왕에게는 금주로 가서 탑산으로 가는 길
을 차단하라 하였다.

그날 밤 초경初更에 명나라 총병 오삼계吳三桂 등이 바닷가로 도
망치는 것을 추격하고, 또 파포해巴布海 등을 시켜서 탑산 길을 끊
고, 무영군왕武英郡王 아제격阿濟格에게 명하여 역시 탑산으로 가서
적을 쳐부수게 하였다. 패자貝子 박락博洛에게 군사를 거느리고 상
갈이채桑噶爾寨에 가서 적을 쳐부수게 하고, 고산액진 담태주譚泰柱
를 시켜서 소릉하에 가서 곧바로 해변까지 진격하여 적의 귀로歸
路를 끊게 하고, 매륵장경梅勒章京 다제리多濟里에게 명하여 패하여
달아나는 적을 추격하게 하였다. 또한 고산액진 이배伊拜 등을 행
산에 보내어 사방에서 도망쳐오는 명병明兵을 치게 하였다. 몽고인
고산액진 사격도思格圖 등에게 명하여 도망하는 병사를 추격하
게 하고, 국구國舅 아십달이한 등에게 명하여 행산 병영을 가보
고 만일 그곳 사정이 좋지 않으면 즉시 다른 곳으로 진을 옮기게
하였다.

그 이튿날 예군왕과 부영군왕에게 명하여 탑산의 사대四臺를 에 워싸고 서양식 대포 홍의포紅衣礮를 퍼부었다. 명의 총병 오삼계와 왕박王樸이 행산으로 달아나자, 이날 태종은 병영을 송산으로 옮기고 해자를 파서 포위하였다. 이날 밤 명나라 총병 조변교가 진을 버리고 포위망을 뚫고 탈출하려고 여러 차례 시도하자 다시 내대신 석한 등과 사자부락四子部落 도이배에게 명하여 각각 정병 250명을 거느리고 고교보와 상갈이보에 매복케 하고 태종이 친히 군사를 거느리고 고교보 동쪽에 이르러 패륵 다탁多鐸에게 명하여 군사를 매복시켰다. 오삼계와 왕박이 패하여 달아나다가 고교보에 이르렀 는데, 복병이 사방에서 일어나 겨우 몸을 빼쳐 도망하였다.

이 싸움에서 명병 5만 3천 7백 명을 죽이고, 말 7천 4백 필, 낙 타 60두, 삽옷과 투구 9천 3백 벌을 노획하였다. 행산 남쪽에서부 터 탑산까지 쫓기다가 바다로 뛰어들어 죽은 자도 부지기수였는데 시체가 마치 물오리와 따오기처럼 물에 둥둥 떠 있는 모습이었다. 청군은 실수로 다친 자가 겨우 여덟일 뿐, 그 나머지는 코피도 흘 리지 않았다."

아아, 슬프다. 이것이 이른바 송산·행산의 싸움이다. 각라覺羅는 신해킨 밖의 이자싱李自成이요, 이사성은 산해관 안의 각라였으니, 명나라가 아무리 망하지 아니하려 한들 아니할 수 있을 것인가. 당 시 13만 대군으로도 청의 수천 명에게 포위되자 잠시 손가락으로 가리키고 바라볼 정도의 짧은 순간에 마른 나무가 쓰러지듯 썩은 새끼줄이 끊기듯 무너져 벼렸두다. 홍승주 오삼계 같은 천하무적의 맹장들이 한번 청태종과 마주치자 혼비백산하여 13만의 군사가 지 푸라기처럼 물거품처럼 사라지고 말았다. 사태가 이 지경에 이르면

어찌할 수 없이 기수氣數가 그렇다 할 수밖에 없지 않겠는가.[67]

4 언젠가 인평대군麟坪大君이 지은 『송계집松溪集』을 읽었는데, 이런 이야기가 있었다.

"청병이 송산을 포위하였을 때에 마침 효종대왕께옵서 세자의 몸으로 인질이 되어 청나라 진영에 계셨는데, 청군이 잠깐 다른 곳으로 막사를 옮긴 사이에 영원총병 오삼계가 만 명의 기병을 이끌고 포위를 뚫고 탈출하였으니, 당초 막사가 있던 곳이 바로 그 길목이었다."

이거야말로 왕령王靈이 계신 곳에 천지신명이 힘을 합하여 도우셨다는 명백한 증거가 아니겠는가.[68]

5 밤에 고교보에 묵었다. 이곳은 왕년에 사행이 은銀을 잃어버린 곳이다. 지방관은 이로 말미암아 파직을 당하였고, 부근 점포에 형을 받고 죽은 사람이 있었으므로 갑군甲軍이 밤이 새도록 야경을 돌면서 우리나라 사람을 도적과 다름없이 엄하게 방비한다. 숙소의 창고지기가 말했다.

"이곳 사람들은 조선 사람을 원수같이 보아서 집집마다 문을 닫아걸고 일체 조선인을 접촉하지 않고 다음과 같은 노래를 부른답니다."

고려야, 고려야. 고려는 끔찍하게도 묵었던 여관 주인을 죽였구나. 천 냥 돈으로 어찌 4~5명의 목숨을 앗아간단 말이냐. 우리들 가운데도 몹쓸 놈이 많지만 너희들 일행 중엔들 어찌 간사한 모사꾼이 없을 것인가. 그 장물을 은닉하여 도망가는 수법이 몽고인과 다르지 않구나.

내가 일행에게 물었더니, 어느 역관이 대답했다.

「지난 병신년(1776) 영조대왕의 승하를 알리는 사행이 갔다가 돌아오는 길에 이곳서 공금 은銀 1천 냥을 잃어버린 일이 있습니다. 사신이 의논하여 이렇게 말했답니다.

"이는 국가에 반납해야 할 나라의 돈으로서 명백하게 용처를 밝히지 못하는 이상 전부 반납해야 하는 것이 국법이다. 지금 공연히 분실을 당하였으니, 그냥 돌아가면 무슨 말로 변명을 할 수 있겠는가. 잃어버렸다고 하면 누가 믿어줄 것이며, 변상을 하자면 누가 감당하겠는가."

그리하여 사신이 지방관에게 정문呈文을 올리자, 지방관은 곧 중후소中後所 참장에게 전보하고, 중후소에서는 금주위錦州衛에 전보하고, 금주에서는 산해관 수비守備에게 전보하였답니다. 수비는 며칠 사이에 예부에 진보하여 황제의 칙시가 내려져 딘 하루 만에 내려왔습니다. 칙서는 이 지방의 공금으로 잃어버린 돈을 보상하고, 또 해당 지방관이 평소 순찰을 제대로 하지 않아 불미스런 일이 발생한 책임을 물어 지방관을 파직하였습니다. 또한 숙소 주인과 이웃에 사는 용의자들을 잡아다가 닦달하였는데, 그 중 너덧 사람이나 죽었습니다. 사행이 미처 심양에 도착하기도 전에 황제의 칙서가 내려졌으니, 그 거행의 신속함이 여차하답니다. 그 이후 그곳 부 사람들은 우리나라 사람을 원수같이 생각하니, 괴이한 일은 아닐 것입니다.」69

대체 의주의 말몰이꾼들[刷驅輩]은 태반이 흉악한 놈들이다. 오직 사행에 붙어서 생계를 유지하는 축들이라 해마다 북경을 제 집 드나들 듯 한다. 하지만 의주부에서 공시적으로 그들에게 지급하는 수당은 고작 1인당 백지 60권이니, 100여명의 말몰이꾼들은 좀도둑질이라도 하지 않고서는 오고가지도 못할 노릇이다. 그들은 압록강을 건넌 뒤로는 낯도 씻지 않고 머리를 싸매지도 않아 머리털이 더부룩하여 먼지와 땀이 엉기고 비바람에 시달린 옷과 벙거지가 찢어지고 헤어진 꼴이 귀신도 아니고 인간도 아니요 흡사 도깨비를 방불케 한다. 이 무리 중에는 열다섯 살짜리 아이가 있는데 벌써 이 길을 세 번이나 드나들었다 한다. 처음 구련성에서 보았을 때는 제법 말쑥하였는데 반 길도 못 가서 작열하는 햇빛에 얼굴이 그슬리고 시꺼먼 먼지가 살갗에 녹슨 듯 달라붙어 오직 두 눈만 빠끔하니 희게 보일 뿐, 훝고쟁이마저 다 낡아서 엉덩이가 다 드러났다. 이 아이가 이러할진댄 다른 놈들이야 말할 나위도 없다. 전혀 수치심도 모르고 도둑질은 예사로 알고 밤에 사관에 들면 백 가지 꾀를 짜내어 어떻게든 훔치려든다. 그러기에 이들을 막으려는 주인의 수단 역시 무척이나 발전하였다.

지난해 동지冬至 사행 때의 일이다. 의주 상인 하나가 은화를 몰래 가지고 왔다가 말몰이꾼에게 살해당하였는데, 두 마리 말이 모두 머리쓰개를 뒤집어쓰고 재갈을 입에 문 채 압록강을 건너 돌아와 각기 자기 집으로 들어간즉, 이 말들을 증거로 삼아 마침내 범인을 처벌했다고 한다.

그들의 흉험함이 여차하니 고려보에서 은을 잃어버린 것이 어찌 이놈들의 소행이 아니라 할 수 있으리오.⁷⁰

그러나 이는 오히려 사소한 일일뿐이다. 만일 병자호란 같은 일이 다시 일어난다 하면 용천과 철산 서쪽은 이미 우리 땅이 아닐 것이다. 이것은 변방을 지키는 장수들 역시 알아두지 않으면 안 될 것이다.⁷¹

이날 밤 바람이 심하여 날이 새도록 하늘을 뒤흔들었다.

70

⑤ 문단의 구조를 보라.
1. 사신단이 고교보에서 은 1천 냥을 분실하는 사건이야기다.
2. 사건이야기를 들은 연암은 의주 말몰이꾼들이 흉악하고 어쩌고 하면서 장광설을 펼친다.
3. 포복절도할 논리학이다. 말이 자기 집으로 돌아온 것(이유)은 말몰이꾼이 죽였다는 결론과 아무런 관계가 없다.
누가 1천 냥을 훔쳤는가?
"이 놈들의 소행이 아니라 할 수 있으리오."
포복절도할 결론이다.
작가의 메시지는 무엇인가?
중화주의의 모순이다. 소중한 이웃을 오랑캐로 매도하기 때문에 명나라는 망한 것이다. 그 모순의 역사를 우리는 아직도 멈추지 못하고 있다.

71

명나라는 '산해관 밖의 오랑캐와 산해관 안의 오랑캐'로 망했다. 조선의 사대부들은 압록강 안의 민족을 오랑캐로 만들고 있다. 그러므로 조선은 망할 것이다. 아니지, 하루빨리 죽어야 한다.

명청교체기 역사2:
우상의 부활

7월 19일 을미乙未.

개다.

새벽에 고교보를 떠나 탑산塔山까지 12리, 주사하朱獅河 5리, 조라산점罩羅山店 5리, 이대자二臺子 10리, 연산역連山驛 7리, 모두 32리를 가서 점심을 먹었다. 또 연산역에서 오리하자五里河子까지 5리, 노화상대老和尙臺 5리, 쌍수포雙樹舖 5리, 간시령乾柴嶺 5리, 다붕암茶棚菴 5리, 영원위寧遠衛 5리, 모두 30리이다. 이날 62리를 가서 영원성 밖에서 묵었다.

1 이지께 벌써 부시 서장관과 함께 새벽 일찍 탑산에 가서 해돋이를 구경하자고 약속하였으나, 모두 늦게 출발하는 바람에 탑산에 이르자 해는 이미 3간竿이나 솟아 있었다. 동남쪽으로 큰 바다와 하늘이 맞닿는 지점에, 폭풍을 피하어 들어왔던 많은 상선商船들이 일시에 돛을 달고 바다로 항히고 있었는데, 그 광경이 마치 물에 뜬 오리 떼 같았다.[72]

2 영녕사永寧寺는 숭정崇禎 연간에 조대수祖大壽가 창건한 절이

라 한다. 불교 사찰이나 관묘關廟는 요동에서 처음 그 웅장하고 화려함을 보고 대략 기술한 바 있다. 그 이후 연도沿道에서 수없이 본 것들이 비록 대소의 차이는 있겠지만 그 제도는 대체로 같아서 이루 다 기록하기도 어려울 뿐 아니라 구경하는 것도 자못 싫증이 나서 나중에는 들어가 보지도 않았다.

길가에 10여 길이나 되는 높은 봉오리가 있는데, 그 이름은 구혈대嘔血臺라 한다. 전하는 말에 따르면, "청 태종이 이 봉우리에 올라서 영원성 안을 굽어보다가 명나라 순무巡撫 원숭환袁崇煥에게 패하여 피를 토하고 죽었으므로 이 이름이 붙여졌다."고 한다.

영원성 안 한길에 조가패루祖家牌樓가 마주 서 있는데, 양루兩樓 사이가 수백 보나 되며 두 패루는 모두 삼문三門으로 되어 있는데, 매 기둥마다 앞에 몇 길이나 되는 돌사자를 앉혀놓았다. 하나는 조대악祖大樂의 패루요, 또 하나는 조대수祖大壽의 패루다. 높이는 모두 6~7 길이나 되는데, 대수의 패루가 조금 낮은 편이다. 둘 다 옥결 같은 흰 돌로 층층이 쌓아 올려, 추녀·도리·들보·서까래며, 기와·처마·들창·기둥에 이르기까지 나무는 한 토막도 쓰지 않았고, 조대악 패루는 오색 무늬가 있는 돌로 세웠다. 두 패루를 세운 솜씨와 그 아로새긴 공력은 거의 사람 힘으로 능히 할 수 있는 경지가 아니었다.

조대악 패루에는 열서列書로 삼대三代를 고증하여 증조 조진祖鎭과 할아비 조인祖仁, 아비 조승교祖承敎의 사적을 적었는데, 전면에는 원훈초석元勳初錫이라 하고, 후면에는 등단준열登壇峻烈, 맨 위층에는 옥음玉音이라고 썼다. 주련柱聯에는 다음과 같이 새겨져 있다.

무덤가 소나무 갓 심은 듯한데 충절은 4대를 쌓았구나
옥돌처럼 빛나는 영예 천추에 빛나리.
松檟如初 慶善培于四世 琳琅有赫 貴永譽于千秋

그 뒷면에는 또 다음과 같은 찬양시가 새겨져있다.

굳세고 늠름한 노래 믿음직한 간성의 중책이요
임금이 괴오시매 갸륵한 공훈 금석에 새겼구나.
恒赳興歌 國倚干城之重 絲綸錫寵 朝隆銘鼎之褒

조대수의 패루에도 열서로 사대四代의 역사를 썼는데, 중조와
조부는 조대악 패루와 같고, 아버지는 조승훈이다. 임진왜란(1592)
이 일어났을 때 조승훈은 요동 부총병으로 기병 3천 명을 거느리
고 맨 먼저 구원하러 왔던 사람이다. 윗층에는 확청지열廓淸之烈이
요, 아래층에는 사대원융四代元戎이라 썼으며, 그 앞뒤 주련과 거기
에 새겨진 금수禽獸와 병마전투지상兵馬戰鬪之狀은 모두 양각陽刻이
다. 주련의 글은 바빠서 적지 못했다.

조가祖家는 요동일대에서 대대로 이름난 장수 집안이다. 숭정 2
년(1629) 11월에 청병이 황성을 쳐들어오매 이해 12월에 독사督師
원숭환이 조대수, 하가상 등을 거느리고 산해관 안으로 늘어와 구
원하는데, 지나는 곳마다 군대를 배치하여 수비하게 하였다. 황제
는 원숭환이 왔다는 소식에 매우 고무되어 그로 하여금 구원군
선부를 농솔하게 하였다. 청나라는 황제와 원숭환을 이간하려고
장수 고홍중高鴻中을 시켜 사로잡은 명나라 태감太監 두 사람이 듣
는 곳에서 일부러 귓속말로 속삭였다.

"오늘 우리가 군사를 철수한 것은 아마 원숭환과 밀약이 있었기

때문일 걸세. 아까 두 사람이 와서 한汗을 만나 이야기하다 한참
만에야 돌아갔다네."

양태감楊太監이 잠든 체하고 그 말을 가만히 엿듣고 있었는데,
잠시 후 청이 짐짓 그를 돌려보내자 양태감은 이 일을 황제에게
일러 바쳤다. 양태감의 말을 들은 황제는 마침내 원숭환을 잡아
투옥하였다. 조대수는 크게 놀라 하가강과 더불어 군사를 거느리
고 동으로 달아나서 산해관을 헐고 탈출하였다. 그 후 금주·송산
의 전투에서 조대악·조대성·조대명 삼형제는 모두 사로잡히고, 조
대수는 대릉하성을 지키다가 청군에게 양식이 바닥난 채 포위당
하여 마침내 항복하고 말았다.⁷³

3 이제 그들의 패루는 우뚝 서 있지만, 농서隴西(감숙성) 가문의
명성은 이미 무너져 부질없이 후세 사람의 웃음거리로 전락하였으
니 그 무슨 소용이 있으리오.⁷⁴

今其牌樓峥嶸 而隴西之家聲隤矣 徒爲後人之嗤點 有何益哉

대수가 성 안에서 생활하던 곳은 문방文防이라 하고, 성 밖에
선 지내던 곳을 무당武堂이라 하는데, 지금은 다른 사람이 차지하
고 있다. 서쪽 서너 길 되는 담장 안에 조그만 일각문이 서 있는
데, 그 문과 담장의 제도가 패루의 기묘한 솜씨와 비슷하다. 담장
안에는 두어 칸 정사精舍가 남아 있는데, 이 지방 사람들은 오늘날
까지도 손가락으로 가리키며 대수가 한가한 날 글 읽던 곳이라 한
다.⁷⁵

大壽城內所居稱文防 城外所居稱武堂 今爲別人所占 而西邊數仞墻
開一小角門 門墻制作 頗似牌樓之奇巧 墻內猶存數楹精舍 土人至今指
謂大壽暇日讀書之堂云

이날 밤 큰 천둥과 비가 새벽까지 그치지 않았다.

73

원숭환 웅정필 조대수 등 끝까지
명나라를 지키다가 억울하게 죽
어간 충신들. 명나라는 그들을 버
렸지만 청나라는 지극히 그들의
원혼을 달래준다. 건륭제는 왜 전
운시와 화려한 패루를 세워 그들
의 넋을 기리는가?

74

연암은 아직도 호화찬란한 기념
비의 효용을 모른다. 노자의 有車
之用을 모른다.

75

문방과文防 무당武堂.
문文으로 막고 무武로 지킨다. 그
러나 문文은 우상을 만들고, 우
상은 무武를 움직이는 법. 대수는
문방에서 우상의 노예가 되어, 무
당에서 명나라 황제에게 죽도록
충성하였으리라.
"사람들은 손가락으로 가리키며
대수가 한가한 날 글 읽던……"
사람들의 아련한 향수 속에서 죽
은 명나라 우상은 이제 청나라의
우상으로 부활하고 있다.
조선은 무엇을 하고 있을까?

일신수필 | 공자왈 맹자왈 사회의 파노라마

이 건륭황제의 '조서'에 비추어본다면, 우리나라의 3학사(홍익한, 오달제, 윤집)와 청음 김상헌의 사적은 응당 청나라 태조실록에 실려 있어야 마땅하거늘, 아무런 기록도 없으니 무슨 까닭인가. 대저 외국의 대신으로 존주양이를 위하여 3학사나 청음과 같은 사례는 천고에 없는 일이다. 천하 만세를 위하여 스스로 공명정대한 논의를 한다는 건륭황제가 유독 우리나라 현자들에 대해서는 개략이나마 기술하지 않은 까닭은 외국의 일이어서 미처 챙기지 못한 것일까? 중국 문인들이 왕왕 청음 선생을 언급한 일은 있지만, 그것은 그의 쓸쓸한 시 몇 편을 인용하는 것일 뿐, 일월과도 비길 만한 그의 절개를 기리는 자는 없으니 어찌된 일인가. 나는 청음이라는 두 글자를 들을 때마다 미상불 머리카락이 곤두서고 맥박이 벌떡벌떡 뛰지 않은 적이 없으며, 남모르게 목구멍이 막히고 가슴이 답답해지며 한숨만 간신히 쉬곤 하였는데. 아, 어찌하란 말인가. 어찌하란 말인가.

-「동란섭필銅蘭涉筆」에서-

"어찌하란 말인가. 어찌하란 말인가."

주인공은 장렬하게 죽어간 3학사 등의 충절이 평가절하 되고 있음을 한탄한다. 작가는 무어라 하는가? 청나라는 명나라 충신들의 무덤에서 청나라의 춘추대의를 부활시킨다. 조선은 생사람들을 죽여서 죽어가는 숭명대의를 살려내고 있다. 건륭황제도 여암도 할 말을 잃어버릴 수밖에 없는 기가 막히게 슬픈 역사다.

총석정관일출
― 민중의 태양을 기다리며

7월 20일 병신丙申.

아침에 개었다가 늦게 비가 왔다.

이날 새벽에 영원성을 떠나 청돈대까지 7리, 조장역 6리, 칠리파 7리, 오리교 5리, 사하소 5리, 모두 30리를 가서 점심 먹었으니, 사하소는 곧 중우소中右所다. 점심을 먹은 후 찌는 듯한 더위가 비를 빚더니 겨우 간구대 3리를 와서 큰 비가 왔다. 비를 무릅쓰고 연대하 5리, 반랍점 5리, 망하점 2리, 곡척하 5리, 삼리교 7리, 동관역 3리, 모두 30리이다. 이날 60리를 갔다.

청돈대는 해돋이를 구경하는 곳이다. 부사와 서장관이 닭이 울 무렵에 먼저 떠나서 해돋이를 구경하자고 내게 하인을 보내어 같이 가기를 청했으나, 나는 사양하고 푹 자고나서 늦게 출발하였다.[76]

대체로 해돋이 구경도 역시 운이 따르는 일이다. 나는 일찍이 동해를 유람하며 총석정叢石亭에서 해를 보고 옹천에서 해를 보고 석문石門에서 해를 보았지만 모두 성에 차지 않았다. 혹은 늦게 도

정중한 부탁을 거절해놓고 사양이라 한다. 언어를 조심하라.

일신수필 | 공자왈 맹자왈 사회의 파노라마

착하여 해가 이미 바다를 떠난 다음이거나, 혹은 밤새 잠을 자지 않고 일찍 나가 보면 구름과 안개에 가려서 보지 못하곤 하였다. 대개 일출시 하늘에 구름 한 점 없으면 잘 구경할 수 있을 것 같지만 실상은 이보다 무미건조한 것이 없다. 이는 다만 붉은 구리 쟁반 한 덩이가 바다 가운데에서 나오는 것일 뿐 아무런 가관이 없는 것이다.[77]

해는 곧 임금의 상象이다. 요堯임금을 찬양하여 "바라보면 구름이요[望之如雲], 다가서니 해일러라[就之如日]."라고 하였으니, 해가 뜨기 전에는 반드시 많은 구름 기운이 그 주변으로 몰려들어 마치 앞길을 인도하듯 뒤를 따르는 듯 의장을 갖추는 듯 천승千乘·만기萬騎가 왕을 옹위하여 깃발이 펄럭이고 용과 뱀이 꿈틀기리듯 한 연후에아 비로소 장관이라 힐 수 있을 것이다.[78]

그렇다고 구름이 너무 많이 끼면 도리어 어두침침하게 가려져서 또한 볼 것이 없을 것이다. 대저 새벽녘 밤의 순수한 음기陰氣에 태양 빛이 작렬할 즈음 바위 봉오리에 서린 구름과 시냇물과 연못에 피어나는 안개가 각각 서로 조응照應하여 아침해가 뜰락 말락 할 때 원망스러운 듯 수심에 찬 듯 침애沉霾한 무無가 빛을 발하는 법이다.

내 일찍이 총석정에서 일출을 보고 읊은 '총석정관일출'이라는 시詩가 있다.

行旅夜半相吽膺	나그네들 한밤중에 서로 주고받는 말
遠雞其鳴鳴未應	먼 곳의 닭이 울었는가? 아직 안 울었다.
遠雞先鳴是何處	멀리서 들리는 첫 울음 소리 그곳이 어디메뇨?
只在意中微如蠅	마음에서 나는 소리라 파리소리처럼 가늘다네.
5　村裏一犬吠仍靜	촌마을 한 마리 개 짖는 소리마저 잠잠해지니
靜極寒生心兢兢	적막에 잠긴 가난한 서생 마음속이 떨려오네.
是時有聲若耳鳴	이때 또 다른 소리가 귓가에 울리는데
纔欲審聽簷雞仍	귀 기울여 들어보니 처마 위 닭 울음소리더라.
此去叢石只十里	예서 총석정까지는 불과 십여 리
10　正臨滄溟觀日昇	창망한 바다를 마주하여 해돋이를 보리라.
天水溷洞無兆眹	하늘과 물이 뒤엉켜 일출은 조짐조차 없는데
洪濤打岸霹靂興	성난 파도 언덕에 부딪쳐 벼락소리 이는구나.
常疑黑風倒海來	거센 바람 휘몰아쳐 온 바다를 뒤집는가 싶더니
連根拔山萬石崩	얽혀진 나무뿌리가 산을 뽑아 만석이 무너지네.
15　無怪鯨鯤鬪出陸	고래와 곤어 싸우다 뭍으로 나온들 괴이할 것 없고
不虞海運值搏鵬	바닷물이 솟아 대붕을 덮친들 걱정할 것 없지만
但愁此夜久未曙	다만 이 밤 다하여도 새벽이 안 올까 걱정이라.
從今混沌誰復徵	혼돈의 세상에 누가 새 태양을 떠올릴 것인가?
無乃玄冥劇用武	무無 즉 현명玄冥이 그 위력을 다 써 버렸나.
20　九幽早閉虞淵氷	땅바닥 문이 일찍 닫혀 심연이 얼어붙었나.
恐是乾軸旋斡久	행여 저 하늘 굴대가 오래도록 빙빙 돌다가
遂傾西北墮環絙	서북으로 기울어 하늘에 묶은 줄이 끊어졌나.
三足之烏太迅飛	세 발 까마귀 너무 빨리 날아가니
誰呪一足繫之繩	누가 주술로 그 발 하나를 끈으로 묶을 건가.
25　海若衣帶玄滴滴	해약(바다 귀신)의 옷과 띠엔 검은 물이 뚝뚝
水妃鬢鬖寒凌凌	수비(바다여신)의 쪽머리 찬 얼음이 얼얼한데
巨魚放蕩行如馬	큰 물고기 말처럼 함부로 날뛰느라
紅鬐翠鬣何髼鬙	붉은 갈기 푸른 갈기 제멋대로 헝클어졌구나.
天造草昧誰叅看	하늘이 초매를 창조할 때 그 누가 보았던가.

30	大叫發狂欲點燈	작은 등불 켜려고 소리 지르며 발광하더니
	攙搶擁彗火垂角	찌르고 부딪쳐 혜성에 붙은 불 뿔을 드리우는데
	禿樹啼鶹尤可憎	앙상한 나무 위에서 우는 부엉이 얄밉구나.
	斯須水面若小瘢	잠깐 만에 바다 위에 작은 멍울 맺히더니
	誤觸龍爪毒可疼	용의 발톱에 잘못 채여 독이 올라 퍼지듯이
35	其色漸大通萬里	그 빛깔 점점 커져 만 리에 퍼져가니
	波上邃暈如雉膺	물결 위 붉은 무늬 꿩 가슴 모습이라.
	天地茫茫始有界	천지가 아득히 펼쳐져 물질계가 창조되더니
	以朱畫一爲二層	붉은 빛 선 하나로 2층으로 나뉘었네.
	梅澀新醒大染局	매화 떫은맛을 새롭게 깨달아 온누리를 물들여
40	千純濕色縠與綾	천 가지 색으로 비단 무늬 이루었네.
	作炭誰伐珊瑚樹	누가 산호를 찍어 내어 숯을 만들었나
	繼以扶桑益熾蒸	이어 뽕나무를 더하니 더더욱 불길이 뜨거워라.
	炎帝呵噓口應喎	염제는 풀무를 부느라 응당 입이 비뚤어지겠고
	祝融揮扇疲右肱	축융은 부채를 부치느라 오른팔이 아프겠지.
45	鰕鬚最長最易爇	새우 수염 가장 길다지만 불사르기도 가장 좋고
	蠣房逾固逾自脀	달팽이 집 굳다지만 저절로 익혀지네.
	寸雲片霧盡東輳	조각 구름 조각 안개 동으로 모여들어 80
	呈祥獻瑞各效能	찬란한 온갖 상서로움을 제각각 그려내네.
	紫宸未朝方委裘	천자께 조회를 드리기 전이라 갖옷은 던져두고
50	陳辰設黼仍虛凭	도끼 그린 병풍 치고 예복을 걸었네.
	纖月猶賓太白前	조각달은 아직 샛별 앞에 마주 서서
	頗能爭長薛與滕	등나라·설나라처럼 자못 장단을 다투도다.
	赤氣漸淡方五色	붉은 기운 점점 엷어지며 오색을 발산하고
	遠處波頭先自澄	머나먼 곳 물결 머리 먼저 스스로 맑아지니
55	海上白怪皆遁藏	바다 위 온갖 괴물 모두 도망쳐 숨어버리고
	獨留羲和將驂乘	희화(해를 몰고 가는 신)만 홀로 수레를 타누나.
	圓來六萬四千年	육만 사천 년을 둥글던 저 태양이
	今朝改規或四楞	오늘 아침엔 혹 네모로 바뀌려나?
	萬丈海深誰汲引	만 길 바다 속에서 그 누가 끌어올렸나? 81

80

25~28행: 옷과 쪽과 갈기 따위의 깃털들은 모두 엉망이다.

29~48행: 천지개벽의 모습. 37~38행에서 유有와 무無의 세계가 열린다.

39~40행에서 다양한 기氣가 탄생한다.

41~48행에서 산호 뽕나무 염제 축융 새우 달팽이 조각구름 등 다양한 생명과 사물들이 제각각 재주를 뽐내며 자연과 생명의 탄생을 돕고 있다. 그들은 각자 자기 역할을 할 뿐 태양을 옹위하지 않는다.

81

49~70행: 새로운 질서의 탄생. 60행은 인내천人乃天. 하늘의 법이 아니라 인간 스스로의 법칙으로 살아가는 세상이다. 새로운 인간세상으로 가기 위하여 70행은 영웅을 기다린다.

60	始信天有階可陞	이제 믿겠노라. 하늘에 계단 있어 오를 수 있음을.
	鄧林秋實丹一顆	등림의 가을 과실 중 붉은 것은 하나이니
	東公綵毬蹙半登	동공이 찬 비단 공이 쭈그러들어 반만 솟았네
	夸父殿來喘不定	해와 경주하던 과보는 뒤에 와서 숨을 헐떡이매
	六龍前導頗誇矜	여섯 용이 앞을 인도하며 자못 으스대누나.
65	天際黯慘忽顰蹙	하늘가 어두워지더니 홀연 안색을 찌푸리네.
	努力推轂氣欲增	햇바퀴를 힘껏 끌어올리려 기운을 내느라
	團未如輪長如瓮	바퀴처럼 둥글지 못하여 항아리처럼 길어지고
	出沒若聞聲砯砯	솟았다 잠겼다 철석 소리 들리는 것만 같아.
	萬物咸覩如昨日	어제와 같이 환하게 만물을 두루 비추려면
70	有誰雙擎一躍騰	누군가 두 손으로 번쩍 들어 올려야 할 텐데.

대개 해돋이 광경은 천변만화千變萬化 하여 사람마다 보는 바가 같지 않을뿐더러 꼭 바다에서 구경할 것도 아니다. 내가 요동 벌에서 날마다 해돋이를 보았는데 하늘이 개서 구름이 없으면 햇덩이가 그리 크지 않아 보인다. 열흘을 두고 보아도 날마다 다르다. 부사와 서장관은 오늘도 역시 구름이 가려서 보지 못하였다 한다.

오후에 더위가 맹렬하더니 소낙비가 억수로 쏟아졌다. 우장(비옷)이 찌는 듯하고 가슴이 더부룩한 것이 아마 더위를 먹은 듯싶다.82 잠자리에 들 때 큰 마늘을 갈아 소주에 타서 마셨더니, 그제야 배가 누그러져 잠을 붙일 수 있었다. 밤새도록 큰 비가 내렸다.

일신수필 | 공자왈 맹자왈 사회의 파노라마

비단장수의 사주학,
만주소년의 논어3장

7월 21일 정유(丁酉).

잠깐 비오다 개다 하며 날씨가 변덕스러웠다.

불어난 강물에 막혀서 동관역東關驛에 머물렀다.

1 누군가 인근 여관에 등주登州에서 온 이 선생이라는 자가 묵었는데, 점을 잘 친다고 한다. 마침 이 선생이 사람을 보내어 조선 사람을 만나고 싶다 한다기에 식후에 찾아갔다. 이 선생이 운명을 추리하는 법은 태을수太乙數라 하기에 내가 물었다.

"이것은 자미두수紫微斗數가 아니오?"

이 선생이 대답하였다.

"이른바 자미紫微는 소수小數에 불과합니다. 이 태을太乙로 말하자면, 태을 일성一星이 자미궁紫微宮에 있어서 천일생수天一生水에 속하므로 '태을'이라 하오. 을乙이란 곧 일一이요, 수水는 조화의 근본이며, 육임六壬은 역시 물이요, 둔갑遁甲 역시 태을이라. 이는 『오월춘추吳越春秋』 같은 책에서도 분명히 효험을 밝혔고, 64괘란 것도 그 책에 나오지 않는 것이 없소이다. 그러므로 장수 된 자로

서 이 육임법과 둔갑법에 도통하지 않으면 기변奇變을 알지 못하
는 법이오."

　내 본시 성미가 관상이니 운명예언을 좋아하지 않아서 평생 그
법을 알지 못하며, 또 그가 말한 육임이니 둔갑이니 하는 것들은
허망한 거짓말에 불과하므로 사주四柱를 말해 주지 않았다. 그 자
역시 자신의 기술을 과장하여 자랑하며 후한 복채나 우려내려다
가 내 기색을 살펴보고는 자못 냉담해져서 더 이상 수작을 하지
않았다.⁸³

　2 캉 맞은편에 한 노인이 안경을 쓰고 앉아서 글을 베끼고 있
었다. 그 쪽으로 자리를 옮겨 노인이 베끼는 것들을 들여다보니 모
두 근세의 시화들이다. 노인은 안경을 느슨하게 내리면서 붓을 멈
추고 말했다.

　"존경하는 손님께서는 먼 곳을 오시는 길에 지은 시로 시첩주머
니가 두둑할 테니, 한두 편 좋은 시를 남겨주시기 바라옵니다."

　베끼는 글씨는 옹졸하지만 시화는 더러 묘한 글귀들이 들어있
었다. 노인 역시 자태가 우아하여 호감이 가고 그가 지닌 소지품
들은 세련되고 귀한 것들이었다. 나는 캉으로 올라가 노인 옆에
앉아 통성명 하였다. 노인 역시 등주登州 사람이다. 성은 축祝인데
이름은 잊어버렸다. 우리나라 부인들의 복장과 머리 풍속에 관하
여 묻기에 내가 대답하였다.

　"모두 중화의 상고시대의 전통을 모방했답니다." ⁸⁴

　축 노인은 '하오하오好好' 한다.

　내가 물었다.

　"귀향貴鄕 여자들의 복식은 어떻습니까?"

"대체로 같습니다. 여자가 출가할 때는 쪽머리를 하지만 비녀는 꽂지 않습니다. 빈부를 막론하고 평민 부녀자는 관을 쓰지 않고 오직 벼슬아치들의 부인들만 관을 씁니다. 남편의 직책에 따라서 비녀에도 품계가 있는데, 두건 제도와 같이 쌍봉채雙鳳釵(쌍봉황비녀)가 최고등급이고, 비봉飛鳳 입봉立鳳 좌봉坐鳳 집봉戢鳳의 구별이 있고, 비취잠翡翠簪(비취빛 비녀)에 이르기까지 모두 품계와 직책이 있습니다. 처녀들은 짧은 치마저고리를 입다가 시집을 가면 소매가 넓은 적삼을 입고 긴 치마에 나풀거리는 띠를 묶습니다."

"등주는 여기서 얼마나 되며, 무슨 일로 이곳에 와 계시오?"

"등주는 옛날 제齊나라 지경으로 이른바 바다를 등진 나라입니다. 육로로는 황성까지 1천 5백 리지만 우리들은 배를 타고 면화綿花를 사러 금주金州에 가다가 이곳에 머물고 있습니다." [85]

축 노인이 베끼는 글에는 다음과 같은 이야기들이 적혀 있다.

"나홍선羅洪先은 길수인吉水人인데 명나라 가정嘉靖 기축년(1529) 장원급제했다. 주연유周延儒는 직례인直隷人인데 만력 계축년(1613) 장원급제했다. 위조덕魏藻德은 통주인通州人인데 숭정崇禎 경진년(1640) 장원급제했다. 주연유는 명나라 황실을 크게 무너뜨렸고, 위조덕은 항복하였으나 적에게 피살당하였고, 나홍선은 공사孔子(문묘)에 종사從祀 되었으나 20년 학도지공學道之功으로 겨우 가슴 속에서 '장원壯元'이라는 두 글자를 지워버렸다."

또 근세의 유림儒林들을 열록列錄하였다.

"육가서陸稼書 선생의 시호는 청헌淸獻으로 문묘文廟에 종사되었다. 탕형현湯荊峴 선생의 휘는 빈斌이요 시호는 문정文正이요 자는 공백孔伯이며 호는 잠암潛菴으로 문묘에 종사되었다. 이용촌李榕村

85
축노인의 정체는 옷장수. 안데르센의 〈벌거벗은 임금님〉에 나오는 이웃 나라(등주)에서 온 사기꾼 디자이너다.

선생 광지光地 운운云云 위상추魏象樞 등은 모두들 큰 선비로 일컬어진다. 서섬포徐蟾圃 건학乾學 운운云云."

축祝 노인은 이야기를 멈추고 다시 글 베끼기에 정신이 없었다. 옆에 있는 다섯 권의 책은 고인古人들의 생년·월·일·시를 적은 것이었는데, 하우씨夏禹氏·항우項羽·장량張良·영포英布·관성關聖 등의 사주四柱가 모두 적혀 있다.[86]

나는 종이 몇 장을 빌려 대략 따라 적었다. 그 때 점을 친다는 이 선생은 방에 없었는데, 내가 축 노인과 함께 겨우 백 명 남짓 되는 인물들의 사주를 베꼈을 때 이 선생이 밖에서 들어와서 보고는 노발대발하며 이를 빼앗아 찢어버리면서 꾸짖었다.

"천기누설天機漏泄이오!"

나는 한 번 껄껄 웃고 일어나 숙소로 돌아왔는데, 내 손에는 찢어진 종이쪽지가 한 조각 남아있었다.

왕서공王舒公 신유 11월 1일 진시생, 부정공富鄭公 갑진 정월 20일 사시巳時생, 소자용蘇子容 경신 2월 22일 사시생. 왕정중王正仲 계해 정월 11일 신시申時생. 한장민 기미 7월 초9일 인시생…….

한장민·왕정중이 어느 때 사람인지 알 수 없으나, 이 모두 귀인임은 짐작할 수 있겠다. 이 선생의 이른바 '천기누설'이란 말은 비루하고도 비루한 말이다.[87]

3 오후에 비가 잠깐 개기에 심심하여 한 상점에 들어갔다. 뜰 안에는 무늬가 있는 대나무로 난간을 두르고, 장미 덩굴을 올린 시렁 아래에 한 길 되는 태호석太湖石이 서 있다. 돌 빛은 파랗고 뒤에는 파초芭蕉가 심어져 있는데 비온 뒤의 빛깔이 더욱 산뜻해 보인다. 난간에 한 사람이 걸터앉아 있는데, 책상 위에는 좋은 붓

과 벼루가 놓여 있었다. 내가 글을 써서 성명을 물었더니, 그는 대답은 하지 않고 손을 내저으며 문 밖으로 나가버렸다. 아마 주인이 아닌가보다 생각하면서 태호석을 구경하려고 잠깐 머뭇거리는데 그 사람이 한 소년을 데리고 웃으며 들어온다. 소년은 내게 공손히 읍을 하고는 앉기가 바쁘게 종이 한 쪽을 내어 만주 글자를 써 보였다. 내가 만주글자를 모른다고 했더니 둘이 다 웃는다. 아마 주인이 글을 모르는 사람이라 맞은편 점포 소년을 데리고 온 모양이다. 소년은 비록 만주글은 잘 알지만 한자는 모른다. 입으로 두어 마디 수작을 해보지만 피차 얼버무릴 뿐이니, 그야말로 이른바 귀머거리 아닌 귀머거리요, 장님 아닌 장님이요, 벙어리 아닌 벙어리 꼴이다.

빙금 소년이 쓴 만주글을 보면서 주인이 옆에서 논어3장의 한 구절을 읊었다.

"먼 곳에서 동무가 찾아오니 또한 기쁘지 아니한가."

有朋自遠方來 不亦樂乎

"나는 만주 글자를 모르오."

내 말은 아랑곳없다는 듯 주인은 두 번째 구절을 읊었다.

"배우고 때때로 익히면 또한 즐겁지 아니한가."

學而時習之 不亦說乎

"그대들은 논어를 이처럼 잘 외면서 어찌 한자를 모른다는 것인가!"

내가 따져 물었지만 주인은 또 다시 동문서답이다.

"남이 나를 알아주지 않더라도 노여워하지 않는다면 또한 군자君子가 아니겠는가." 88

人不知而不慍 不亦君子乎

88
만주소년의 논어3장.
有朋自遠方來…… : 청나라와 조선은 친구다. 왜냐? 조선은 명을 돕는다는 명분으로 명청전쟁에 참전이었지만, 명나라의 등에 비수를 꽂았으니.
學而時習之…… : 청나라는 새로운 중화다. 찍소리 말고 청나라의 문물(신중화)을 배우고 외워라.
人不知而不慍…… : 당신들의 글자(한자)를 알아주지 않는다고 노여워하지 말라. 당신은 군자가 아니던가.

내가 그들이 외운 논어3장을 써 보이자, 그들은 모두 눈이 동그랗게 멍하니 쳐다볼 뿐이다. 이윽고 소나기가 퍼부어서 다른 소리는 들리지 않고 조용히 이야기하기에 좋으나, 글을 모르고 말이 통하지 않으니 어쩔 도리가 없다.[89]

❹ 비에 길이 막혀 숙소에 돌아가지 못하여 갑갑하고 무료하던 차에 청년이 일어나 나가더니 잠시 후 폭우를 무릅쓰고 손에 능금 한 바구니, 달걀 지짐 한 쟁반, 수란(水卵) 한 사발을 들고 왔다. 사발은 둘레가 7위圍(수량단위)나 되고, 두께는 1촌寸, 높이는 3~4촌寸 되는데 푸른 표면에 유리를 입히고 두 볼엔 도철饕餮의 무늬를 새겼으며, 입구에는 큰 고리가 달렸는데 세숫대야로 쓰기에 알맞을 것 같으나 무거워서 멀리 가져 갈 수는 없게 생겼다. 그 값을 물으니 1초鈔라 한다.

상삼象三이 말했다.

"이게 북경에선 은자 2전 밖에 되지 않으나 만일 우리나라에 가져가면 희귀한 보배가 될 것입니다. 하지만 너무 무거워서 옮겨가기가 어려우니 어찌 할 수 없습니다."[90]

❺ 저녁 때 비가 산뜻하게 개기에 또 한 점포에 들렀더니, 역시 등주서 온 장사치 세 사람이 솜을 틀고 고치를 켜고 있었다. 배로 금주金州를 다니는데, 대개 금주의 우가장牛家庄은 등주에서 수로로 2백여 리의 맞은편이건만 순풍에 돛을 달아 쉽사리 왕래할 수 있다 한다. 셋이 모두 약간 글을 아나 다만 사납게 생긴데다 전혀 예의를 모르고 버릇없이 농담을 붙이기에 곧 돌아왔다.[91]

여시관如是觀 — 이것이 장관이다

7월 22일 무술戊戌.

맑다.

동관역에서 출발하여 이대자까지 5리, 유도하고 11리, 중후소2리, 합게 18리를 기서 점심을 믹었다. 중후소를 출발하여 일대자까지 5리, 이대자 3리, 삼대자 4리, 사하점 8리, 섭가분 7리, 구어하둔 3리, 어하교 1리, 석교하 9리, 전둔위 6리, 합계46리를 가서 전둔위에서 묵었다. 이날 모두 64리를 갔다.

1 배로 중후소中後所 냇물을 건넜다. 옛날엔 성이 있었는데 중간에 허물어져서 지금 신축하는 중이다. 점포들과 여염집들이 심양에 버금가는 정도이지만, 관제묘의 웅장함과 화려함은 요동보나 더하여 매우 영험해 보인다.92

일행이 모두 예물을 올리고 머리를 조아리며 산가지를 뽑아 길흉을 점쳐보니. 청대 너석은 참외 한 개를 놓고 무수히 절하더니, 그 참외글 소상 앞에서 우적우적 씹는다. 녀석이 무엇을 빌었는지는 알 수 없으나, 가히 '되로 주고 말로 받겠다.'는 심보라고 하겠다.93

사당문 안쪽 담벼락에 붙여진 푸른색 사자 그림이 가관이다. 아마도 오도자吳道子가 그린 감로사甘露寺의 사자그림을 본뜬 것 같은데, 일찍이 그 그림에 대하여 동파東坡가 '위엄은 이빨에서 드러나고[威見齒] 기쁨은 꼬리에서 나타나네[喜見尾]'라고 찬贊하였으니, 이는 가히 잘 형용했다고 할 만하다.94

2 우리나라에서 쓰는 털모자는 모두 이곳에서 만든 것이다. 점포는 모두 셋이 있는데, 한 점포가 적어도 30~50칸은 되며 거기서 일하는 직공은 모두 백 명이 넘는다. 의주 상인들이 수없이 많이 와서 물건을 예약해 놓았다가 돌아갈 때 싣고 간다. 털모자 만드는 법은 매우 간단하여 양털만 있다면 '나'라도 만들 수 있을 것이다. 그러나 우리나라에선 양을 키우지 않으므로 백성들은 1년 내내 고기 맛을 보지 못한다. 온 나라 수백 만 남녀가 사람마다 털모자 하나씩을 써야만 겨울을 날 것이니, 그 수요를 충당하기 위해서 해마다 중국에 바치는 돈이 족히 10만 냥은 될 것이다. 10년이면 백만 냥이다. 털모자는 겨울에만 쓰다가 봄이 되면 헤어져서 버리는 물건인데, 천 년이 가도 헐지 않는 은銀을 주면서 바꾸어 온다. 한 해 겨울이면 떨어져버릴 물건을 바꾸어오고자 광산에서 파내는 유한한 물건을 한 번 가면 돌아오지 못하는 땅으로 내보내고 있으니, 이 얼마나 생각이 없는 짓인가. 모자를 만드는 사람들은 모두 옷을 벗고 일하며 손놀림은 비바람과 같다. 우리나라에서 갖고 온 은화銀貨의 절반 이상을 이 점포에서 절반이 소모되니, 점포 주인들은 각자 고객을 확보하고자 의주義州 만상들이 오면 반드시 크게 주연을 베풀어 대접한다고 한다.95

3 길에서 도사 세 사람을 만났는데, 그들은 짝을 지어 시장 골

일신수필 | 공자왈 맹자왈 사회의 파노라마

목을 두루 돌아다니며 구걸한다.

첫 번째 도사는 머리에 오사화운방관烏絲畵雲方冠(검은 비단에 구름이 그려진 4각 모자)을 받쳐 이고, 몸에는 옥색추사활수장포玉色縐絲闊袖長袍(옥색 주름실로 짠 소매가 넓고 길이가 긴 도포)와 푸른 항라 바지를 입었다. 허리에는 붉은 비단 나풀거리는 띠[紅緞飄帶]를 두르고, 발에는 붉은 비운방리飛雲方履를 신었으며, 등에는 참마고검斬魔古釰을 둘러메고 손에는 죽간자竹簡子를 쥐었다. 얼굴은 희고 말끔한데, 삼각수염이 텁수룩하여 미목眉目이 잘 보이지 않는다.⁹⁶

두 번째 도사는 머리 위에 두 개의 뿔이 달렸는데, 붉은 비단을 감았으며, 소매가 좁은 푸른 비단 저고리를 입고 어깨에는 은자들이 입는 벽려薜荔를 걸쳤다. 양쪽 허벅지 위에는 호피虎皮로 묶고, 허리에는 붉은 비단 넓은 띠[紅緞廣帶]를 두르고, 발에는 청혜靑鞋를 신었다. 등에는 오악五嶽[중국5대명산]을 그린 비단 족자를 지고 있다. 허리춤에는 금빛 호리병을 차고 손에는 도서道書 한 갑匣이 들려 있는데, 안색은 희고 밝고 미무媚嫵하다.⁹⁷

세 번째 도사는 머리카락을 땋아 어깨에 걸치고 금환金環으로 머리를 물렀다. 몸에는 흑공단활수장삼黑貢緞闊袖長衫(흑공단으로 된 소매가 넓고 긴 적삼)을 섣지고, 발은 맨발이며 손에는 붉은 호리병을 쥐었다. 불그레한 얼굴에 눈은 고리눈이며 입으로는 주문을 외우며 간다.⁹⁸

저자거리 사람들의 안색을 살펴보니 모두 띠[帶]에 억눌려 괴로워하는 표정들이었다.⁹⁹

[觀市人氣色 皆帶厭苦之意]

4 석교하에 다다르니, 강물이 불어서 물과 언덕을 분간할 수 없

을 지경이다. 모두들 지금 곧 건너지 않으면 물은 점점 더 불어날 것이라 하기에, 나는 정사의 가마를 타고 냇물을 건넜다. 먼저 저쪽 언덕에 닿아서 보니 말을 타고 건너는 이들은 모두 하늘만 쳐다보며 얼굴빛이 푸르락누르락 한다. 서장관의 비장 조시학이 물에 떨어져 하마터면 죽을 뻔하여 모두들 몹시 놀랐다. 의주 상인 중에 돈주머니를 빠뜨린 자가 있어 물을 굽어보면서, '아이구, 어머니' 하고 통곡하는 자도 있었다 한다.[100]

5 전둔위 시장 안에는 막 연극이 끝난 모양인지, 야단스럽게 치장한 수백 명의 시골 여자들이 몰려나오고 있었다. 연극하는 광대들은 고관대작들의 망포蟒袍를 몸에 걸치고 상아로 만든 홀笏을 손에 쥐었다. 가죽·종려나무껍질·등나무·말총·실 등의 재료로 만든 다양한 갓들을 쓰고 사모관대紗帽冠帶를 한 모습이 완연히 우리나라 풍속과 다름없으나, 다만 도포는 자줏빛도 있고 방령方領은 검은 선을 둘렀다. 아마 옛날 당唐의 풍속인 듯싶다.

아아, 슬프다. 오랑캐들이 신성한 중원을 장악한 지 이제 백여 년인데, 명나라의 의관풍속은 저 배우들의 익살스런 연극에나 구차하게 남아 있으니, 하늘의 뜻이 진정 이것이었던가. 무대에는 모두 '여시관如是觀'이란 석 자를 써 붙였으니, 거기에 빗대어진 은밀한 의미를 가히 짐작할 수 있겠다.[101]

마침 지현知縣 한 사람이 지나가는데, '정당正堂'이라 쓴 큰 부채 한 쌍, 붉은 일산 한 쌍, 검은 일산 한 쌍, 붉은 우산 한 개, 기旗 두 쌍, 곤봉 한 쌍, 가죽채찍 한 쌍이 기다란 행렬을 이루고, 지현은 가마를 타고 뒤에 활과 살을 가진 기병 5~6명이 뒤를 따른다.[102]

一切有爲法	현상계의 모든 생멸의 법칙은
如夢幻泡影	꿈과 환상과 물거품과 그림자 같고
如露亦如電	이슬과 같고 번갯불 같으니
應作如是觀	삼라만상은 응당 '이와 같이 바라보라.'

—금강경—

'색즉시공色卽是空 공즉시색空卽是色'

색色이 공空이 되고 공이 색이 되는 게 삼라만상의 생멸의 법칙이다. 그러나 금강경은 색色이 공空이 되는 한쪽만을 설명함으로써 숭생을 소극적으로 기망하고 있다. 아마노 중화화된 불교의 한 난면일 것이니, 작가는 부처님 말씀까지 바꾸어버렸다.

여시관如是觀—이와 같이 바라보라. 무대 위에서 명나라의 옷이 사라져갈 때, 객석에서는 청나라의 옷이 탄생한다.

「일신수필馹迅隨筆」은 말을 타듯이 빠르게 달리며 쓴 글. 15일자 똥거름장관론에서 시작하여 22일자 연극장관론에 이르렀다. 그 사이에 작가는 명청교체기라는 역사의 무대에서 인간과 우상의 변화를 그려내었다. '여시관如是觀'이라는 역사적 성찰은 서문(일신수필序)에서 『춘추』를 저술한 공자의 성찰법이자 부처님의 '색즉시공色卽是空 공즉시색空卽是色'의 눈이다. 또한 노자의 눈(유有와 무無)이자 장자의 눈(숙儵과 홀忽)이다. 그러고 보면 그들을 성인이라 부르는 데는 그럴만한 이유가 있었음을 인정해야 할 것 같다. 다만, 세상에는 인간을 위한 성인이 있고, 인간을 기망하는 성인이 있다는 것. 그러므로 각성은 여전히 인간의 몫이다.

무덤가의 붉은 꽃,
아스라한 산상장성

7월 23일 기해己亥.

이슬비 내리다 곧 개었다. 오늘이 처서다.

전둔위에서 아침에 출발하여 왕가대까지 10리, 왕재구5리, 고령역5리, 송령구5리, 소송령4리, 중전소10리, 합계 39리를 가서 점심을 먹었다. 중전소에서 출발하여 대석교7리, 양수호3리, 노군점2리, 왕가점3리, 망부석10리, 이리점8리, 산해관2리, 산해관에 들어가 3리를 더 가서 배로 심하深河를 건너서 홍화포까지 7리를 갔다, 오후에 47리를 갔으니, 이날 모두 86리를 가서 홍화포에서 숙박하였다.

길가에 보이는 분묘들은 모두 담장을 둘렀는데, 그 둘레가 수백 보나 되고, 소나무와 버드나무를 나란히 심어 반듯하게 배열되어 있다. 묘 앞에는 모두 화표주華表柱가 서 있는데, 상象을 세운 것들은 모두 명나라 귀족들의 무덤이다. 문은 3중으로 하거나 혹은 패루로 하였는데 그 제도는 비록 조가패루에는 미치지 못하지만 웅장하고 사치스러운 것들이 허다하다. 문 앞에는 무지개 모양의 돌다리를 놓고 난간을 둘렀는데, 영원성 서문 밖의 조대수 선영과 사하점의 섭씨葉氏의 분묘가 가장 웅장하고 화려하였다.[103]

세 명의 여인이 준마를 타고 마상재馬上才를 하는데, 그 중에 열세 살 난 소녀가 가장 재빠르고 잘 탄다. 머리에는 모두 초립草笠을 쓰고, 좌우칠보左右七步·도괘倒掛·시괘尸掛 등의 기술을 보여주는데, 마치 눈발 나부끼듯 나비가 춤을 추듯 유연하다. 한족 여자들은 살 길이 막막하여 구걸이라도 하지 않으려면 대개 이런 등등의 방법으로 연명할 수밖에 없다고 한다.[104]

언덕 위에는 한 무리 군대가 진영을 벌여놓고 있다. 네 모퉁이에는 깃발 하나씩을 꽂았다. 검劍·극戟·과戈·모矛 따위는 없고, 사람마다 앞에 쳇바퀴만한 큰 화살통을 놓고 모두 수백 개나 되는 화살을 꽂아놓았다. 진의 모양은 정방형正方形인데, 기병들은 모두 말에서 내려 진 밖 어딘가에 흩어져 있다. 내가 말에 내려서 한 바퀴 둘러본즉 다만 둘씩 늘어서 있을 뿐 중권中權(사령부)의 깃발이나 북소리도 없으려니와 또 설치된 천막도 없다. 누군가 이렇게 말한다.

"성경장군이 내일 순시한다오."

또 다른 누군가는 이런 말을 한다.

"성경 병부시랑이 교체되어 신임병부시랑이 점심참에 당도할 예정이어서 중전소 참장參將이 이곳에서 맞이할 예정입니다. 참장이 아직 이르지 아니하므로 진을 풀어 놓은 것인데, 곧 신속하게 모일 것입니다."[105]

들판 연못에 붉은 연꽃이 만발하기에 말을 멈추고 한참 바라보았다.[野池紅蓮盛開 立馬一賞][106]

산상장성山上長城은 산山(인간세상)을 지배하는 만리장성. 붉은 꽃은 또 다른 만리장성이다. 요요입망遙遙入望은 주인공의 성찰의 상태. 비로소 만리장성이 '보일락 말락' 한다.

왕가참에 이르니 산 위에 만리장성이 아스라하게 눈에 들어온다.[山上長城 遙遙入望] 107

부사 서장관, 변 주부, 정 진사와 시종 이학령 등과 함께 강녀묘姜女廟에 갔다가 다시 산해관 밖의 장대將臺를 거쳐 마침내 산해관山海關에 들었다. 저녁나절에 홍화포紅花鋪에 닿았다. 밤엔 약간 감기 기운이 있어서 잠을 설쳤다.

'강녀묘기'외:
만리장성에 우짖는 공무도하가

강녀묘기姜女廟記

깅녀姜女는 싱이 허씨許氏요, 이름은 맹깅孟姜이며, 심서싱陝西省 동관同官 사람이다. 범칠랑范七郎에게 시집갔는데, 범칠랑은 진나라 장군 몽염蒙恬이 만리장성을 쌓을 때 부역하다가 육라산六螺山 기슭에서 죽었다. 꿈에서 남편의 죽음을 본 맹강녀는 손수 옷을 지어 혼자서 천 리를 가서 지아비의 생사를 수소문하다가 이곳에서 장안을 바라보며 통곡하다가 돌로 변하여 굳어버렸다고 한다.

또 어떤 사람은 이렇게 말한다.

"맹강이 그 지아비가 죽었다는 말을 듣고 홀로 가서 남편이 시신을 수습하여 등에 지고 바다에 들어갔는데, 며칠 만에 바다 가운데서 바위 하나가 솟아나 망부석이 되었다."

뜰 가운데 비석 셋이 있는데, 그 기록들은 제각기 내용이 다를 뿐만 아니라 허황한 이야기가 많다. 사당에는 강녀의 소상을 모셨는데, 좌우에는 동남동녀가 시립하였다. 황제가 여기다 행궁을 두었는데, 지난해 심양에 거둥할 때 지나는 행궁들을 모두 중수한 터라 단청이 아직도 휘황찬란하다. 사당에는 당나라 문인 문천상이 쓴 주련이 있고, 망부석에는 황제의 시詩가 새겨져 있으며, 망부석 옆에는 진의정振衣亭이라는 정자가 있다.

당나라 왕건王建의 망부석 시詩는 이 망부석을 읊은 것이 아니다. 『지지地志』에 이르기를 "(강녀의)망부석 하나는 무창에 있고, 또 하나는 태평에 있다." 하였으니, 왕건이 읊은 것이 어느 것인지 알 수가 없다. 뿐만 아니라 진나라 시대에는 아직 섬陝이란 땅 이름이 없었으며 강姜이란 글자는 제나라 여자를 일컫는 말인즉, 허씨를 섬서 동관 사람이라 함은 더욱 터무니없는 말이다.[108]

행궁 섬돌에서 강녀묘까지 돌로 난간을 둘렀고, '방류요해芳流遼海'라는 현판은 지금 건륭황제의 글씨다.

장대기將臺記

만리장성을 보지 않고서는 중국의 크기를 모르고, 산해관을 보지 못하고는 중국의 제도를 모르고, 산해관 밖의 장대를 보지 않고는 장수의 위엄과 존엄을 알지 못한다.

산해관을 1리쯤 못 미치는 지점에 동향으로 네모난 성 하나가 있다. 높이는 10여 길이며 둘레는 수백 보이고, 한 면에 일곱 개의 성가퀴[堞]가 있다. 성가퀴 밑에는 문[圭竇]이 뚫려 있어서 수십 명이 몸을 숨길 수 있게 하였는데, 이러한 문[圭竇]은 모두 스물 네 개이다. 성 하부에도 역시 구멍 문[圭竇] 네 개를 뚫어서 병장기를 보관하고, 그 밑으로 땅굴을 파서 장성 안으로 들어갈 수 있게 하였다.

 일신수필 | 공자왈 맹자왈 사회의 파노라마

역관배들은 모두 한漢나라 때 쌓은 것이라 한다. 그러나 그게 아니다. 어떤 사람은 이 장대를 오왕대吳王臺라고 부른다. 오삼계吳三桂가 산해관을 지킬 때 이 땅굴을 따라와서 불시에 이 대臺에 올라 포를 쏘라고 호령하니, 산해관 안에 있던 수만 명의 병사들이 일시에 고함을 질러서 그 소리가 천지를 뒤흔들고 산해관 밖의 여러 돈대를 지키던 병사들이 모두 호응하여 삽시간에 호령소리가 천 리에 진동하였다고 한다. 일행들과 함께 성가퀴에 기대어 사방을 둘러보니, 북으로 장성이 달리고 남쪽에 창해滄海가 출렁이고 동으로는 넓은 벌판이 펼쳐지고 서쪽으로는 산해관 안을 내려다볼 수 있으니, 이 대臺만큼 전망 좋은 곳은 다시없을 것이다. 산해관 안쪽 수 만 호의 저자거리와 누각들은 마치 손금을 보는 듯 조금도 가려진 곳이 없다. 바다 위에는 한 봉우리가 하늘을 찌를 듯 뾰족하게 솟아 있는데, 이는 곧 창려현昌黎縣 문필봉文筆峯이다.[109]

한참동안 서서 바라보다가 내려오려 하니 아무도 먼저 내려가려는 사람이 없다. 벽돌 쌓은 층계가 높고 험하여 내려다보기만 해도 다리가 후들후들 떨릴 지경이었다. 하인들이 부축하려 하나 몸을 돌릴 땅조차 없어서 사태가 매우 심각하여 낭패였다. 나는 서쪽 층계로 먼저 각신히 내려와 땅에 서서 내 위에 있는 여러 사람을 쳐다보니,[110] 모두 부들부들 떨며 어쩔 줄 모르고 있다. 대개 대臺에 오를 때엔 앞만 보고 층계 하나하나를 밟고 올라가기 때문에 그 위험을 알지 못한다. 그러나 내려오려고 한 번 눈을 들면 내려다보이는 것은 불측不測함이니, 현기증이 일어나는 것은 바야흐로 숭崇이 눈[目]을 지배하는 탓이다.[111]

109
"역관배들은 한나라 때 쌓은 것이라 한다. 그러나 그게 아니다."
천것들이 어찌 역사를 알겠는가.
그러니 정직 자신의 주징은 없다.
반사효과를 노린 것이다. 천것들을 걷어차는 힘으로 오삼계의 호령소리를 더욱 돋보이게 한다. 그런 식으로 중화주의는 무럭무럭 자라나 오삼계 시대 정점에 이르러 화려한 꽃을 피웠으리라.
이제 정점에서 내리막으로 향하는 이야기를 보자.

110
연암은 선비로서의 '고귀함'을 비교적 일찍 버렸다는 말이다.

111
키워드는 불측不測과 숭崇.
불측不測은 ①헤아릴 수 없음 ② 생각이나 행동이 천박함.
숭崇이 있으므로 불측不測은 ① 이 아니라 ②의 뜻이다. 높은 곳에서의 두려움에 대한 이야기는 깃털담론으로 바뀌고 있다.
"숭崇이 눈을 지배하는 탓이다."
공자님의 깃털(중화와 군자)만 숭배하다보니 오랑캐와 소인배는 더럽게 보이는 것이다.

벼슬살이도 이와 같다.[112] 바야흐로 위로 올라갈 때는 한 계단 반 계급이라도 남에게 뒤떨어지는 것이 두려워 남을 밀어젖히면서 앞을 다툰다. 그러다가 마침내 숭고崇高한 몸이 되면 그제야 두려운 마음이 일어나 외롭고 위태로워 앞으로는 한 발자국도 나아갈 길이 없고 뒤로는 천 길 낭떠러지라.[113] 망연자실한 채 누군가에게 매달려서라도 내려오려 해도 그것도 잘 되지 않는 법이니, 천고千 古로부터 그러하였다.[114]

산해관기 山海關記

산해관은 옛날의 유관楡關인데, 왕응린王應麟의 『지리통석地理通釋』에 이런 이야기가 있다.

"우虞의 하양下陽, 조趙의 상당上堂, 위魏의 안읍安邑, 연燕의 유관, 오吳의 서릉西陵, 촉蜀의 한락漢樂은 모두 기필코 웅거해야 할 땅이며 지켜내야 할 성城이다."

명明나라 홍무洪武 17년(1384) 대장군 서달徐達이 유관을 이곳에 옮겨 다섯 겹의 성을 쌓고 이름을 '산해관'이라 하였다. 태행산太行山이 북으로 내달려 의무려산이 되는데, 순舜임금이 열두 산을 봉封할 때 유주幽州의 진산으로 삼았다. 그 산맥은 중국의 동북을 가

  일신수필 | 공자왈 맹자왈 사회의 파노라마

로막는 중국과 오랑캐의 경계선으로서 관에 이르러서는 뭉툭 잘리어 평지가 되어 앞으로 요동 벌을 바라보고, 오른편으로는 창해를 끼었으니, 우공禹貢이 이른 바 "오른편으로 갈석碣石을 끼었다."는 말이 바로 이곳을 말함이다. 장성이 의무려산을 따라 굼틀굼틀 굽이쳐 내려와 각산사에 이르는데, 봉우리마다 돈대로 이어오다가 평지에 들어와서 관을 둔 것이다. 장성을 따라 다시 남으로 15리를 가서 바다에 들어가는 지점에 쇠를 녹여 터를 닦아 성을 쌓고는 그 위에 3층 큰 누각을 세워서 '망해정望海亭'이라 하였으니, 이는 모두 서달이 쌓은 것이다.

산해관의 제1관은 옹성甕城이어서 누각樓閣이 없고, 옹성의 남·북·동을 뚫어서 문을 내고 철문 위의 홍예虹霓(무시개시붕) 이마에는 '위진화이威振華夷'라 새겼다. 제2관은 4층 적루敵樓인데 홍예 이마에 '산해관'이라 새겼고, 제3관은 3층 첨루簷樓인데 '천하제일관天下第一關'이라는 현판을 붙였다.

삼사三使는 모두 일산日傘을 치우고 문무로 반班을 나누어 관으로 들어갔다. 심양에 들어갈 때와 마찬가지로 세관稅官과 수비守備들이 관 안의 행랑에 앉아서 사람과 말을 점검하는데, 봉성에서 직성한 청단淸單(조사서)과 내소한나. 무릇 중국의 상인과 여행자들도 역시 성명과 주소 재물의 이름과 수량을 등록하는데, 간사한 놈을 적발하며 거짓을 방비함이 매우 지엄하다. 수비들은 모두 만수인인데, 붉은 일산을 받치고 파초선芭蕉扇을 부치고 있으며, 앞에는 병정 백여 명이 칼을 차고 시립하였다.

십자가十字街를 성城으로 만들어 사면에 둥근 문을 내고 그 위에 3층 첨루簷樓를 세워 '상애부상祥靄扶桑'이라 현판을 붙였으니 이는 옹정 황제의 글씨다. 원수부元帥府의 문 밖에 돌사자 둘을 앉혔는데, 높이가 각각 몇 길이나 되며 여염과 저자거리가 성경보다 낫고 수레와 말이 무척이나 붐빈다. 사녀士女들은[115] 더욱 화려한 화장으로 꾸몄으니 그 번화하고 풍요롭고 수려한 모습이 이제껏 본 것들과는 비교할 바가 아니다. 대저 이곳은 천하의 으뜸가는 관문이며 또한 서쪽으로 황도皇都가 멀지 않은 까닭이다. 봉성으로부터 천여 리 사이에 보堡니 둔屯이니 소所니 역驛이니 하는 것들을 날마다 보아왔지만, 이제 장성을 보고 나니, 그들의 구도나 솜씨는 모두 이 관에서 본뜬 것이면서도 이 관에 비하면 어린 손자뻘밖에 되지 않는다.

아아, 슬프다. 몽염蒙恬이 장성을 쌓아서 오랑캐[胡]를 막으려 하였건만 진秦을 망칠 오랑캐[胡]는 오히려 집안에서 자라났다. 서달徐達이 이 산해관을 쌓아 오랑캐를 막고자 하였으나 오삼계는 관문을 열고서 적을 맞아들이기에 급급하였도다.[116]

천하가 태평성대를 맞이한 지금 부질없이 지나는 상인과 나그네들의 비웃음만 사게 되었으니, 난들 이 산해관에 대하여 무어라 할 말이 있으리오.[117]

涼風頹樹吼斜陽　　서늘바람 고목을 스치며 석양에 비꼈으니

尙作悲聲吊乃郎　　구슬픈 소리 되어 사내를 조문하네.

千古无心誇節義　　아득한 옛날 절개를 사칭할 맘이 없었건만

一身有死爲綱常　　이 한 몸 죽었다는 건 '강상'을 위함이라.

由來此日稱姜女　　그날부터 내려오며 강녀라 불렸으니

盡道當年哭杞梁　　지극한 도리는 당대의 기량을 울렸다네.

長見秉彝公懿好　　그것을 본받아서 도리를 지킨다면

訛傳是處也何妨　　전한 말이 그르다손 무엇이 해로우랴.

「피서록」에 실린 '강녀묘'에 대한 여러 시詩들 중 건륭황제의 작품이다. 강녀는 절개를 사칭할 마음이 없었는데, 사람들은 절개를 위하여 죽었다 하는구나. 그러나 왜곡인들 어떤가? 그 거짓말을 믿고 후세들이 삼강오륜을 금과옥조로 삼으면 그만이지.

그러면 강녀가 왜 죽었는지 「동란섭필」을 보자.

한漢나라 때의 곽리자고里子高는 조선 사람이다. 새벽에 일어나 배를 타고 나가보니, 백수광부白首狂夫가 머리를 풀어 헤치고 술병을 찬 채 물을 건너려 하고 있었다. 그 아내가 급히 뒤따라오며 말렸으나 듣지 아니하고 드디어 물에 빠져 죽었다. 백수광부의 아내는 공후 를 뜯으며 노래를 불렀다.

公無渡河(공무도하)　　임은 강을 건너지 마시라 하였더니

公終渡河(공종도하)　　임은 기어이 강을 건너고 말았구나

公淹而死(공엄이사)　　임은 물에 빠져 죽었으니

當奈公何(당나공하)　　이제 이 몸은 어찌합니까.

그 소리가 몹시 처절하였는네, 곡소가 끝나자 그녀 역시 물속에 몸을

던져 죽었다. 곽리자고는 집에 돌아와 그의 아내 여옥麗玉에게 이야기
하였다. 여옥은 매우 슬퍼하면서 공후를 끌어안고 그 노래를 따라 불
렀으니, 이것을 공후인箜篌引이라 한다.

―「동란섭필銅蘭涉筆」에서―

백수광부白首狂夫의 미칠 광狂은 '상규常規를 벗어난'이라는 뜻.
그러므로 백수광부는 '상규常規'라는 이름의 인습의 굴레를 거부
하는 반역자를 말한다. 백수광부가 강 건너 해방의 세상을 찾아
가다 강물에 빠져죽었다. 남편의 죽음을 본 여인은 자신도 강물에
몸을 던졌다. 여필종부女必從夫가 아니다. 여필종부女必從夫를 강요
하는 나쁜 세상을 등진 것이다. 이것이 공무도하가와 맹강녀를 바
라보는 연암의 시각. 삼강오륜 때문에 강물에 몸을 던지는 여인들
의 죽음을 왜곡하여 삼강오륜을 창조하는 선비들을 비판한 대표
적인 작품이 〈열녀함양박씨전〉이다.

연암이 안의현감으로 재직하던 1793년 함양에서 젊은 과부의
자살사건이 일어난다. 함양군수 윤광석 등 3인은 〈박씨전〉을 써서
여인의 절개를 칭송한다. 절개를 숭배하는 사회에 대한 절망으로
박씨 여인은 죽었는데, 그들은 가련한 여인의 죽음을 소재로 '절개'
를 우상화한다. 그래서 연암은 또 하나의 '박씨전'을 쓴 것이다.

'강녀묘기姜女廟記'는 여자의 우상이다. 열녀는 아름답다.
거기에서 '군자는 아름답다'라는 중화주의의 씨앗이 뿌려지고
중화와 오랑캐, 군자와 소인배로 갈라진 세상이 탄생한다.
'장대기將臺記'는 그 중화주의라는 공작새 깃털을 버리지 못하는

일신수필 | 공자왈 맹자왈 사회의 파노라마

깃털선비들의 이야기.

그들은 깃털만 따라가다 보니 너무나 높이 올라가 있고, 자신의 위치를 깨달았을때는 이미 늦어버린 다음이다.

그러면 '산해관기山海關記'는 무엇인가?

BC 209년 진시황이 전국을 순행하던 중 병사하였다. 시황제는 황태자인 부소에게 황위를 물려준다는 유서를 남겼지만, 승상 이사李斯와 환관 조고趙高는 유서를 조작하여 18남 영호해嬴胡亥를 황제로 옹립하였다. 황제가 된 영호해는 형제들을 모두 죽이고 이사와 조고에게 전권을 맡긴 채 사치향락에 빠져들었다. BC 207년 영호해는 조고에게 배신당하여 자결함으로써 진나라는 망했다. 망국의 역사가 남긴 교훈을 보라

"시황제는 어떤 신선에게서 빌은 '망진자호亡秦者胡(진나라를 망하게 할 자는 호胡다.)'라는 예언이 적힌 기서숙書를 지니고 있었다. 진시황은 호胡를 흉노족으로 보아 만리장성을 쌓았는데, 그 호胡는 다름 아닌 자신의 막내아들 영호해였다."

진시황 죽음의 역사에서 사마천은 또 다시 중화주의를 창조한 것이다. 연암은 무엇을 하고 있는가?

"아아, 슬프다. 몽염이 장성을 쌓아서 오랑캐를 막으려 하였건만 …서달이 이 산해관을 쌓아 오랑캐를 막고자 …"

사마천을 흉내 내어 명나라와 함께 죽어가는 중화주의를 살려내고 있다.

'정대기將臺記'에서 넌서 승계를 내려왔다는 연암은 또다시 중화의 부역자 노릇을 시작하고 있다.

熱河日記

關內程史 1

관내정사 1
백이·숙제가 사람 잡네

지워지지 않는 중화주의 DNA

가을 7월 24일 경자庚子

개다.

홍화포를 출발하여 범가장까지 20리를 가서 점심을 먹었다. 범가장에서 양하제까지 3리, 대리영 7리, 왕가령 3리, 봉황점 2리, 망해점 8리, 심하역 5리, 고포대 8리, 왕가포 2리, 마붕포 7리, 유관 3리, 모두 48리이다. 이날 68리를 걸어서 유관楡關에서 묵었다. 유관은 유관渝關이라고도 하는데, 지금은 임유현臨渝縣이다.

산해관 안의 분위기는 산해관 동쪽과는 판이하다. 산천이 맑고 아름다워 굽이굽이 그림을 펼쳐놓은 듯하다. 홍화포로부터 비로소 돈대가 있는데 5리 또는 10리마다 하나씩 설치되어 있다.[01] 그 제도는 네모지고 바르며, 높이는 다섯 길이다. 위에는 방 3칸을 만들고, 곁에는 세 길 되는 깃대를 세웠으며, 돈대 밑에 다시 방 5칸을 두었다. 담벼락에는 활집·살통과 표창·화포 등을 그려 붙였고, 방 앞에는 도刀·창鎗·검劍·극戟을 일렬로 꽂았으며, 무릇 봉화 피우는 일과 망보는 일들에 관한 여러 가지 조목을 써서 벽에 둘러 붙였다.[02]

01
여기까지 돈대는 부지기수였다. 6월 28일자 일기의 '대자臺子, 7월 14일자 일기의 연대烟臺가 모두 그것이다. 대자와 연대가 오랑캐 땅에 있는 봉수대 이름이라면, 아름다운 중화에 있는 것은 돈대다.

02
돈대는 오랑캐를 막는 시설이 아니라 오랑캐를 만들어내는 홍보관. 돈대의 역설은 만리장성의 역설이며, 중화주의의 역설이다.

사법살인을 비판하는 입법살인자

7월 25일 신축辛丑

개다.

유관을 출발하여 영가장營家庄까지 3리 상백석포上白石舖 2리 하백석포下白石舖 3리 오가장吳家庄 3리 무령현撫寧縣 9리 양장하羊腸河 2리 오리포午哩舖 3리 노가장蘆家庄 2리 시리포時哩舖 3리 노봉구蘆峯口 5리 다붕암茶棚菴 5리 음마하飮馬河 3리 배음보背陰堡 3리 모두 46리를 가서 점심을 먹었다. 배음보에서 쌍망점雙望店까지 8리 요참要站 5리, 달자영㺚子營 3리 부락령部落嶺 6리 노룡새蘆龍塞 3리 여조驢槽 13리 누택원漏澤園 3리 영평부永平府 2리 모두 43리를 갔다. 이날 89리를 걸어 영평부에서 묵었다.

1 무령현을 지나자 산천이 더욱 호쾌한 기운을 띠고, 성안 거리에는 집집마다 금과 옥으로 만든 편액들을 내걸고 곳곳마다 늘어선 패루들이 휘황찬란히디.03

2 어느 집 앞에 이르자 부사와 서장관의 하인들이 가마를 멈추었다. 다름 아닌 진사 서학년徐鶴年의 집이다. 부사와 서장관이 이 집을 구경하고 있다기에 나도 말에서 내려 들어갔다. 호화로운 집

과 진기한 집기들과 골동품들이 과연 듣던 바와 다름없다. 학년은 십여 년 전에 죽고 두 아들 이 있는데, 장자는 초분苕芬이고 차자는 초신苕信이다. 초신苕信은 제법 문필文筆에 능하여 사고전서四庫全書를04 필사하는 선사지역繕寫之役(필사원)으로 뽑혀서 북경에 가 있고, 맏아들 초분苕芬이 집에 있으나 글재주는 보잘 것 없다고 한다. 방안 가득히 걸어놓은 편액들은 과친왕果親王 아극돈阿克敦 우민중于敏中 악이태鄂爾泰 황제의 셋째 아들과 다섯째 아들의 시詩인데, 모두 홍경으로 제사를 지내러 가는 길에 이 집에 숙박하며 남긴 것이라 한다. 우민중과 아극돈 역시 중국의 명필이라고는 하나 과친왕에 비하면 솜씨가 떨어진다.

침실 문설주 위에 백하白下 윤순尹淳의 칠언절구가 걸려 있고, 문 밖 문설주에는 참판 조명채曹命采가 윤순의 시에 차운한 시를 걸어두었다. 윤공은 과연 조선의 명필이라, 한 점 한 획이 옛 법이 아닌 것이 없이 천부적인 화연華娟한 필체가 마치 구름 가듯 물이 흐르는 듯하다. 뿐만 아니라 먹빛의 짙고 옅음이며 획의 굵고 가늠에 있어서도 신통하게 조화를 이루고 있다. 그런데도 저 중국명필들의 글씨에 비하면 손색이 없지 않음은 어인 까닭인가?

대저 우리나라에서 글씨를 배우는 사람들은 옛날 사람들의 참된 필적을 보지 못하고 한평생 본뜨는 것이 기껏해야 금석문金石文일 뿐이다. '금석문'이란 단지 고인의 글씨에 대하여 그 모습을 상상할 수 있을 뿐, 붓과 먹 사이에 녹아있는 무한한 정신을 찾아내기는 어렵다. 그러므로 아무리 원조 글씨를 방불케 할 만큼 옛 명필들의 서체를 갖추었다 하더라도 그 뼈대가 뻣뻣해져서 도무지 필의筆意가 없으며, 먹빛이 짙어져서 시커먼 돼지처럼 되거나 반대로 너무 옅이서 등나무넝쿨처럼 되기 일쑤다. 이는 다른 것 때문이 아니다. 바로 금석문을 모사하던 습성 때문이며, 또 한 가지 이유는 종이와 붓이 그들과 다르기 때문이다.

중국서 옛날부터 고려의 백추지白硾紙와 낭모필狼毛筆을 일컬어 왔지만, 이는 외국의 진기한 물건이라 해서 그런 것이지 실제로 서화에 좋아서 그런 것은 아니다.

종이는 먹빛을 잘 흡수하고 붓놀림이 순조로운 것이 귀貴한 것이지, 단단하고 질겨서 찢어지지 않은 것이 덕德은 아니다. 명나라 서위徐渭는 "고려 종이는 그림에는 맞지 않고 다만 지폐처럼 두꺼운 점이 좀 낫다."라고 하였으니, 우리나라 종이가 인정받지 못하는 것이 여차하다 우리나라 종이는 다듬지 않으면 모도기 기칠이서 쓰기 힘들고, 다듬이질을 하면 시년이 너무 빳빳해져서 미끄러워 붓이 머물지 않고 먹을 받지 않는다. 그래서 우리 종이가 중국만 못하다고 하는 것이다.

붓은 부드럽고 유순하게 팔과 함께 잘 돌아가는 것이 좋은[良] 것이지, 빳빳하고 강하고 뾰족하고 날카로운 것은 현賢이라 할 수 없다. 그러므로 중국에서 양필良筆이라면 반드시 호주湖州산을 꼽는데, 이는 오로지 양털만 써서 다른 털을 섞지 아니하기 때문이다. 양털은 다른 털에 비하여 가장 부드러우며 가장 부드럽기 때문에 부서지지 않아서, 종이에 닿으면 필자의 뜻에 따라 먹을 놀리는 것이 마치 효자가 어버이의 뜻을 말하기 전에 벌써 알아차리는 것과 같다.

이른바 '낭모필狼毛筆'이란 더더욱 잘못인 말이다. 나는 이리[狼]가 어떤 짐승인지도 알지 못하는데 어찌 그 꼬리를 얻을 수 있겠는가. 이 족제비[鼠狼]라는 놈은 속칭 광獷이라고 하는데, 이른 바 '황필黃筆'이라는 이름이 옳은 말이다.[광獷자에서 녹犭변을 떼고 엄厂을 버리면 황黃 자가 되므로] 이 붓은 억세고 뻣뻣하여 노하여 종이를 찢어버릴 것 같은 모양새가 마치 동서를 가리지 않고 제멋대로 뛰어다니는 철없는 아이 같다. 그래서 우리 붓이 중국 것만 못하다고 하는 것이다.

종이와 붓이 이런 판이니, 제아무리 안동의 명품인 마간석馬肝石 벼루에다가 해주의 명품인 후칠厚漆 먹을 갈아서 왕희지체를 쓰고 삼과절필三過折筆[한 번 획을 긋는데 3번을 꺾는 필법.]을 구사한들 글씨는 앙상하고 볼품없을 것인즉, 아이들이 분판粉板에서 열심히 글씨연습을 하면 또 무슨 소용이 있겠는가.⁰⁵

후당後堂은 매우 고요하고 깨끗하여 세간의 잡된 소리가 들리지 않았다. 강진향降眞香으로 만든 침상이 있는데, 침상 위에 진열해 놓은 것들은 모두 쉽게 볼 수 없는 진기한 물건들이었고, 시렁 위에 놓인 서화는 그야말로 비단표지와 옥 두루마리로 질서 있게 진열되었다. 양방兩房 비장들이 당堂이 떠나갈 듯 어지럽게 밀쳐대며 빙 둘러서서 펼쳐 보는 품이 마치 신문을 펴보듯 옷감을 재단하듯 함부로 접었다 꺾었다 제멋대로 날뛰는 양이 마치 성을 무너뜨리고 적진을 함락시키고 적장의 목을 베고 적기를 빼앗은 병사들과 같은 기세다. 더구나 마음만 조급할 뿐 그 긴 축軸을 지긋하게 보기 어려워서 매번 펼쳐놓고는 곧 후회한다.

"공연히 펴기 시작했네그려."

어떤 사람은 도리어 공연히 만든 공장工匠을 탓한다.

"이렇게 긴 축軸을 무엇에 쓴단 말이야. 병풍도 안 되겠고 족자도 못 만들 것을."

또 어떤 이는 이렇게 말한다.

"나는 그림을 잘 모르지만, 그림이야 주홍빛 까마귀가 최고지."

그리고 보면 집에 한구寒具(손님을 위한 숙박시설)를 갖추지 않았던 진晉나라 서화 애호가 환현桓玄이 왜 명사인지 알겠다. 서편 벽 밑에서 홀연 군대가 진군하는 듯이 우당탕 하는 소리가 나기에 깜짝 놀라서 돌아보니 여러 사람들이 정鼎·이彝·준尊·호壺 등의 고동古董을 구경하고 있다. 나는 하도 민망하여 황망히 문을 나섰다.06

3 그 위아래 집들은 모두 금자金字로 현판을 달아놓았다. 장복만 데리고 집들을 들어가 보았으나 모두 주인이 없었다. 이띤 집에 들어가 보니, 담 밑에 자죽紫竹 수십 그루가 자라고 축대 아래에 벽오동碧梧桐 한 그루가 서 있으며 그 서편에는 두어 이랑쯤 되는 네모난 연못이 있었다. 연못가에는 백석 난간을 둘렀는데, 연못 가운데는 대여섯 자루 연꽃이 떠 있고, 난간 주위에 거위 새끼 세 마리가 노난다. 집 가운데 칸에는 주렴이 깊게 드리워져 있고, 주렴 속에서 뭇 사람들의 지껄이고 웃는 소리가 왁자지껄하다. 나는 곧 못 가에 이르러 잠깐 난간에 기대어 섰는데, 온 집안이 잠잠하여 쥐죽은 듯한데 주렴 너머로 엿보는 것이 어른거린다. 연못가를 배회하면서 연거푸 헛기침을 하면서 인기척을 하였더니, 이윽고 한 동자가 주렴 뒤를 돌아 나오며 넌찌삼치 서서 읍을 한다.

"노장老丈께서는 무엇하러 여기를 오셨습니까?"

다소 고압적인 동자의 말을 장복이 되받았다.

"너희 집 어른은 어니 계시관대 멀리서 오신 손님을 맞이하지 않느냐?"

"아버지는 아까 일가 어른과 함께 고려에서 온 태의관太醫官을 만나러 가셨습니다."

이번에는 내가 한 마디 하였다.

"의원을 찾는 것을 보니 필시 집안에 우환이 있는 게로구나. 내가 태의관이다. 이미 이곳까지 온 마당에 왜 진찰을 마다하겠느냐. 또 진짜 청심환도 있으니, 네가 가서 너의 아버지를 모셔 오너라."

그러나 동자는 들은 체도 않고 옷을 펴서 거위새끼를 몰아 새 초롱에 넣고는, 난간에 세워 둔 낚싯대를 집어서 못 가운데 꺾어진 연잎을 끌어내어 우산처럼 들고 어정어정 가버린다. 주렴 안에는 일고여덟 명이 있는 듯한데, 무어라고 소곤소곤 하면서 입을 막고 가만히 웃는 소리가 들린다. 한참 동안 배회하다가 몸을 돌이켜 문을 나서는데, 장복을 돌아보니 귀밑 사마귀가 요즘 더 커진 듯 싶다.

주부主簿 조명회와 나란히 말을 타고 가면서 말했다.

"무령의 풍속이 좋지 못하더군."

"무령 사람들은 조선 사람을 귀찮은 손님으로 친답니다. 서학년 은 성품이 본래 손님을 좋아하는 편이어서 처음 백하白下 윤순을 만나 흉금을 터놓고 정성을 다해 대접하며 그가 간직했던 서화들 을 다 내어 보여주었답니다. 그 이후 무령현 서진사의 이름이 우 리나라에 회자되어 해마다 사행이 방문하는 것이 관례가 되었습 니다. 그러나 실상 이 고을에는 서씨 집보다 더 나은 집들이 많고 또 손님을 좋아하는 것도 서학년에 못지않지만, 공교롭게도 윤공 이 먼저 학년을 만났고 그 이후 학년이 가진 '물건'들이 우리나라

재상보다도 어마어마히히다는 소문이 퍼지다보니 역관들은 으레 서씨 집으로 찾아 들었던 것입니다. 우리 사행은 하인 수십 명을 거느리는 까닭에 비록 두어 길 되는 대문을 드나들 때에도 반드시 '물렀거라' 벽제호령을 하고, 또한 조용히 기다릴 줄 모르는 조급한 성격 때문에 여간 결례를 저지른 것이 아닙니다. 그리하여 학년의 집에서도 그 접대가 차츰 소원해지다가 그가 죽은 뒤에는 아들들이 조선 손님을 아주 귀찮게 여겨서, 우리 사행이 올 무렵이면 좋은 그릇은 치우고 너저분한 것들만 벌여 놓아서 겨우 관례의 명맥을 유지할 뿐이랍니다. 지금 그 옆집들이 조선 사신을 회피하는 것은 모두 서학년의 집처럼 될까 두려워하기 때문이랍니다." 07

서로를 바라보며 한바탕 웃었다

윤공은 돌아온 뒤에 되놈의 새끼에게 알랑한 재주를 팔았다 하여 탄핵을 당하였으니, 그것은 서학년의 집에 있는 그 시詩 때문이었다. 말에 윤리가 없음이 이 지경이란 말인가.08

尹公之還 以鸞技胡雛遭彈 蓋指此是也 言之無倫 若是哉

4 유주幽州와 기주冀州의 산세는 부여방박扶輿磅礴(수레를 부여잡은 돌대가리들이 부딪치는 형세?)이다. 태행산太行山이 서쪽으로 다가와서 황도皇都를 껴안고, 의무려산이 동쪽으로 내달려 배후(오랑캐지역)를 제압하는 형세가 용이 나는 듯 봉황이 춤추는 듯한데, 각산角山에 이르러 뭉툭 잘리어 산해관이 되었다. 산해관에 들어선 이 개 뭇 산들은 너무 '대닉주징지기大漠麤壯之氣(황야의 거칠고 장엄한 기운)를 빗어나서 남쪽으로 탁 트인 형세가 맑고 빼어나며 밝고 부드럽다. 창려현昌黎縣에 이르자 해변 여러 마을의 산 기운은 더욱 아름디 있다. 우공禹貢의 갈석碣石이 창려현 서쪽 20리쯤에 있으니,

07
중국인들이 조선사신을 꺼리는 것은 사대부들의 벽제호령과 같은 '군림' 하는 태도 때문이다. 예술품을 함부로 취급하는 비장들 때문이 아니다. '편견3' 에는 판단자(연암)의 편견이 개입되어 있다.

08
"말에 윤리가 없음이 이 지경이란 말인가." 言之無倫 若是哉
주인공은 윤순을 오랑캐와 교류하였다고 고발한 거짓말[言]을 한탄하고 있다.
그러나 작가는 '오랑캐와 교류하면 안 된다' 라는 윤리[倫]가 사라져버린 말씀을 개탄하고 있다.

조조曹操의 시詩에 "동으로 갈석에 다다라東臨碣石/아득한 저 바다 구경코저以觀滄海"라는 구절이 곧 이를 말함이다.[09]

창려현에는 한문공韓文公(한유韓愈)의 사당이 있고 또 한상韓湘의 사당이 있다. 『당서唐書』 '본전本傳'에는 문공을 등주鄧州 남양인南陽人이라 하였고, 명나라 육응양이 지은『광여기廣輿記』에는 창려인昌黎人이라 하였다. 송나라 원풍元豊 연간에 이르러 문공을 창려백昌黎伯으로 봉하였으니, 원元나라에 이르러 지원至元 때에 비로소 이곳에다 사당을 세워서 지금도 문공의 소상塑像이 있다고 한다. 내 평생 한문공을 꿈속에서도 그리워했던 터라 여러 사람들에게 함께 가 보자고 하였으나 응하는 이가 없었다. 20리 길을 돌아야 하기 때문이다. 그렇다고 혼자서 가지도 못하였으니 한스러운 일이다.[10]

지나는 길에 동악묘東嶽廟에 들렀다. 뜰에 비석 다섯이 있고 전각 위에는 금자金字로 동악대제東嶽大帝라 써 붙였고, 전각 안에는 중앙에 금신金神 둘을 모셨는데, 모두 단정히 손을 모으고 홀笏을 잡았다. 후전後殿도 제도는 전전과 같은데, 머리에 면류관을 쓴 여상女像 셋을 모시고 낭랑묘娘娘廟라 이름 하였다.

영평부永平府에 이르니, 성 밖으로 굽이쳐 흐르는 강물이 성을 둘러싼 형세가 평양과 흡사하다. 시원하게 툭 트인 것은 평양보다 더 나은데 대동강만큼 맑은 물이 없는 게 흠이다. 전하는 말에, 김황원金黃元이 부벽루浮碧樓에 올라가서 다음과 같은 시를 지었다고 한다.

長城一面溶溶水 장성 한 편엔 용용히 흐르는 강물이요
大野東頭點點山 넓은 벌 동쪽 머리엔 점점이 산이로다.

관내정사1 | 백이·숙제가 사람 잡네

이렇게 두 구절을 읊은 김황원은 아무리 끙끙거려도 시상이 메말라 그 다음을 잇지 못한 채 통곡하면서 누각을 내려오고 말았다고 한다. 그리하여 사람들이 말하기를, "평양의 아름다운 경치가 이 두 구절에 다 표현되었으므로 그 뒤 천 년이나 되는 오랜 시간이 지났건만 다시 한 구라도 덧붙이는 이가 없다."한다. 그러나 나는 늘 이 시구를 못 마땅히 여겨왔다. '용용溶溶'은 큰 강의 형세를 표현하는 데 어울리는 시어가 아니다. 또한 '동두東頭'라느니 '점점 산'이라느니 하지만 고작 거리가 40리에 불과한 들판을 어찌 대야大野라 이를 수 있겠는가.[11] 그런데도 이 글귀를 연광정練光亭의 주련으로 붙였으니, 만일 중국 사신이 정자에 올라가서 읽어보기라도 한다면 대야大野라는 두 글자가 얼마나 가소롭겠는가. 지금 이곳 영평성루 정도는 되어야 가히 "넓은 벌 동쪽 머리엔 점점이 산이로다."라고 하는 것이다.

어떤 이들은 영평 역시 기자箕子의 봉지封地라고 하지만, 이는 잘못된 말이다. 영평은 곧 한漢의 우북평右北平이요, 당唐의 노룡새盧龍塞다. 옛날에는 아주 궁벽한 땅이었던 것이 요遼·금金 때부터 북경에 가까이 있어서 거리와 점포가 다른 곳보다 더 번화하고, 진사進士의 패액牌額이 무령에 비히여 훨씬 많다. 영평부 성분에 '고지우북평古之右北平'이라 써 붙였다.[12]

5 어둠이 깔린 후 정 진사와 함께 조용히 거닐다가 어떤 집에 들어가니, 마침 등불을 켜놓고 고려진공도高麗進貢圖를 새기는 중이었다. 지나온 길에 이런 그림을 바람벽에 붙여놓은 점포들을 흔히 보았는데, 그림들이 너절할 뿐 아니라 판각도 조악하여 가소로웠다. 붉은 도포를 입은 사람은 서장관이고, 검은 삿갓을 쓴 이는

11
강은 작게 표현한다고 트집 잡고 벌판은 크게 표현했다고 트집 잡고 있다. 땅덩어리가 좁은 나라는 시詩를 쓸 자격도 없다는 말이다.

12
황제가 직접 다스리던 시절의 '이름'만 인정하겠다는 말이다. 극장의 우상이다.

역관이고, 우바새 같은 얼굴에다가 담뱃대를 입에 문 이는 행렬
선두의 배장이다. 곱슬 수염에 고리눈을 한 이는 군뢰인데, 지금
이 집에서 새기고 있는 그림은 더욱 볼품이 없어서 꼬락서니들이
모두 원숭이나 다름없었다.

집안에는 세 사람이 있었지만 모두 말을 붙일 만한 상대는 아니
었다. 탁자 위에 커다란 연병研屛이 놓여 있는데, 높이가 두 자 남
짓, 너비는 한 자쯤 되는 화반석花斑石이다. 강산江山과 수목樹木
누대樓臺 인물人物들이 모두 돌무늬를 따라 천연스럽게 빛깔을 내
어 그 미묘한 품이 가히 신神의 경지라 할 만하다.

이때 호응권胡應權이라는 소주蘇州 사람이 화첩畵帖 하나를 가지
고 들어왔는데, 표지는 어지러운 초서를 썼으되 먹똥이 덕지덕지
붙어 너덜너덜하고 더 할 나위 없이 해져서, 한 푼어치도 못 되어
보이건만 호생胡生의 태도를 보니 마치 세상에 다시없는 보배인 듯
사뭇 각듯이 굻어 앉아 여닫곤 한다. 정진사가 침침한 눈으로 두
손에 이를 움켜쥐고 책장을 풍우처럼 재빨리 넘기는데, 호생이 얼
굴을 찡그리는 것이 대단히 못마땅한 기색이다. 정군이 대충 훑어
보고는 휙 집어 던진다.

"겸재謙齋니 현재玄齋이니 하는 것들이 모두 되놈의 호였구먼."

나는 웃으면서 말했다.

"보지 않아도 뻔할 뻔자로군."

그리고 다시 호생에 물었다.

"이것을 어디서 구하셨소?"

"아까 초저녁에 귀국 김상공金相公이 우리 점포에 오셔서 팔고
갔소. 김 상공은 믿음직한 사람이고 또 나와는 친형제나 다름없

이 지내는 사이라 문은紋銀 3냥 5푼으로 샀는데, 다시 표구를 하면 7냥은 족히 받을 수 있을 것입니다. 다만 화가의 관지款識가 없사오니, 바라옵건대 노야께서 이 그림들을 일일이 고증해서 적어 주시옵소서."

호생은 이내 품속에서 붉은 먹통을 꺼내어 선물로 주며, 화가의 이력을 써 주기를 간곡히 부탁한다. 때를 맞추어 주인도 술과 안주를 내어 왔다. 대개 우리나라의 화가들은 이름 쓰기를 꺼려하여, 흔히들 '강호산인江湖散人'이라 하였을 뿐이니 어느 시대 어떤 사람의 솜씨인지 알 길이 없다. 화첩 가운데 간단히 두 글자씩 된 별호別號가 적혀 있기는 하나 분명하지 않아서 누가 누군지를 분간할 수 없으니, 정군이 겸재·현재를 되놈이라 한 것도 괴이한 일은 아니다.

정진사는 초란炒卵(달걀 볶음)을 매우 좋아하는데, 중국말이 서투른데다 또 이빨이 성기어서 책문에 들어온 뒤로 늘 하는 중국말이라고는 오직 '초란炒卵'뿐이다. 다른 말을 하여도 '초란'이라는 소리가 되어버리므로 정진사는 '초란공炒卵公'이라 불리게 되었다. 정군이 무슨 말을 하려다 '초란'이라는 발음을 했는지, 주인이 곧 '초란' 한 쟁반을 지져 가지고 왔다. 줄지에 음식을 빼앗아 먹은 꼴이라 한바탕 웃고 나서 주인에게 사연을 말하고 음식 값을 치르려 하였다. 그러자 주인은 민망하다는 듯 말했다.

"여기는 주반점酒飯店이 아닙니다."

지못 노여워하는 기색까지 띠기에 나는 어쩔 도리 없이 그림 옆에 적힌 별호別號를 참조하여 대강 화가들의 성명을 적어서 사례하였다.[13]

13
연암은 공짜밥을 얻어먹고 엉터리 관지를 저어주었다. 그렇게 왜곡된 서화는 장차 법도라는 이름으로 거듭날 것이다.
누가 백하 윤순을 탄핵하였나? 오랑캐와 교류했다는 거짓말이 아니다. 그 이전에 '오랑캐와 교류하면 안 된다'라는 왜곡된 대전제(법도)가 주범이다.
이제 잎으로 돌아가자.
"초신은 제법 글재주와 서예에 능하여 사고전서를 필사하는 필사원으로 뽑혀서……" (2문단)
초신은 알량한 재주를 팔아 사고전서를 만든다. 연암처럼 사람 잡는 우상을 만들고 있는 것이다.

중화사관에 갇힌 역사비평가

개다. 오후에 큰 바람과 함께 번개가 치고 폭우가 쏟아졌으나 곧 멈추었다.

영평부에서 청룡하까지 1리, 남허장南墟庄 2리, 압자하鴨子河 7리, 범가점范家店 3리, 난하灤河 2리, 이제묘夷齊廟 1리, 모두 16리를 가서 점심을 먹었다. 이제묘에서 망부대望夫臺까지 5리, 안하점安河店 8리, 적홍포赤紅舖 7리, 야계타野鷄坨 5리, 사하보沙河堡 8리, 조장棗塲 10리, 사하역沙河驛 2리, 모두 45리를 갔다. 이날 61리를 가서 사하역 성 밖에서 묵었다.

선선한 새벽바람을 맞으며 영평부를 떠났다. 성 밖 강가에 장이 섰는데, 온갖 물건이 거리를 꽉 메우고 수레와 말이 즐비하였다. 장판에 들어가 능금 두 개를 사는데 옆에 대나무 상자를 멘 자가 있었다. 상자를 열자 수정합水晶盒 다섯 개가 있는데, 각각의 합마다 뱀 한 마리씩 들었다. 뱀은 모두 합 속에 도사리고 있는데 머리를 내민 것이 마치 솥뚜껑에 꼭지 달린 것처럼 한복판에 솟아 있고 두 눈이 반짝반짝 빛난다. 검은 놈 한 마리, 흰 놈 마리, 초록색 둘, 빨간 놈이 하나다. 모두가 함 밖에서 환히 들여다보이지만, 죽었는지 살았는지는 분간하기 어려웠다. 물어보았지만 대답이 모호模糊하다. 대저 뱀은 악창惡瘡에 쓰면 효험이 있다고 한다.[14]

다람쥐 놀리는 자, 토끼 놀리는 자, 곰 놀리는 자 등이 있는데, 이들은 모두 비렁뱅이들이다. 곰은 크기가 개만 한데 칼춤 창춤도 춘다. 사람처럼 서서 다니기도 하고 절을 하고 꿇어앉아 머리를 조아리는 등 사람이 시키는 대로 온갖 시늉을 다하지만, 꼴은 몹시 추악하고 민첩함도 원숭이나 토끼보다 못하다. 쥐의 연기는 더욱 교묘하게 사람의 뜻을 곡해한다고 하는데, 길이 바빠서 상세히 구경하지 못하였다.[15] [鼠之戱尤巧曲解人意 而行忙不得詳觀]

도사道士 둘과 도동道童 하나가 장판에 비러질하며 디닌다. 운관雲冠을 쓰고 하대霞帶를 둘렀는데 눈내는 우아하고 수려하다. 손으로 방울을 흔들며 입으로는 주문[呪籙]을 외는데 그 행동거지가 요망하여 사람인지 귀신인지 모를 정도다. 세 명의 여자가 바야흐로 나그네차림을 하고 말을 타고 달린다.[16]

배로 청룡하와 난하를 건넜다. 따로 '이제묘기夷齊廟記' '난하범주기灤河泛舟記' '고죽성기孤竹城記'가 있다.[17]

이제묘에서 먼저 떠나서 아게타野雞坨에 기의 다 갔을 무렵 날씨가 한 점 바람기도 없이 찌는 듯하였다, 노 참봉, 정 진사, 주명신, 변계함 등과 앞서거니 뒤서거니 이야기하며 가는데, 손등에 갑자기 흰 종지 한 글이 떨이지며 가슴과 등골이 선뜻하기에 사방을 둘러보았으나 아무도 물을 끼얹는 이는 없었다. 다시 주먹 같은 물방울이 떨어지면서 창대의 모자 창을 두드리며 '탕'하는 소리가 들리더니, 또 노고의 갓 위에서노 같은 소리가 들린다. 그제야 하늘

14
엉터리처방전으로서 우상을 조심하라는 복선이다.

15
곡해인의曲解人意는 일기의 키워드. 비렁뱅이들은 쥐를 훈련시키고 쥐새끼들은 '사람의 뜻'을 곡해한다. 사마천이 형가의 뜻을 왜곡하여 '역사'를 만들고, 강녀의 뜻을 왜곡하여 열녀를 만들어온 중화주의를 풍자를 풍자하는 우언이다.

16
〈수호전〉의 한 장면을 연상시키는 변신술이다.
〈수호전〉이 어떻다는 것인가?
〈수호전〉은 수많은 영웅호걸들의 흥미진진한 이야기다. 그러나 우리가 그 흥미진진한 이야기에 빠져들 때, 작가는 교묘하게 '춘추대의'를 주입한다. 눈 깜짝할 사이에 여자로 변신하는 도사들처럼.

17
세 개의 글 중 열하일기에 있는 것은 이제묘기와 난하범주기다. '실수'는 무슨 뜻일까?

을 쳐다보니, 태양 옆으로 바둑돌만 한 구름이 떠 있고 은은히 맷돌 가는 소리가 나더니, 삽시간에 사방 지평선에 각기 자그마한 구름이 일어나는데, 마치 까마귀 머리처럼 표독스러워 보였다. 태양 옆에 있던 검은 구름은 이미 태양의 반쯤을 가렸고, 한 줄기 번갯불이 버드나무 위에 번쩍하더니 이내 해는 구름 속에 가려지고 그 속에서 천둥치는 소리가 마치 바둑판을 밀치는 듯 명주를 찢는 듯하다. 수많은 버드나무가 어둠침침하여 잎마다 번갯불이 번쩍인다. 여럿이 일제히 채찍을 날려 길을 재촉하자 등 뒤에 수많은 수레가 다투어 달리는데, 산이 미친 듯 뒤집히는 듯, 성난 나무가 부르짖는 듯하여 하인들은 손발이 떨리어, 급히 우장을 꺼내려 하나 얼른 부대 끈이 풀리지 않는다. 비·바람·천둥·번개가 사방팔방으로 휘몰아쳐 지척을 분별할 수 없을 지경이니, 말들은 모두 사시나무 떨듯 하고 사람은 숨길이 급하여 할 수 없이 말머리를 모아서 삥 둘러섰는데 하인들은 모두 얼굴을 말갈기 밑에 가리고 섰다. 가끔 번갯불에 비치는데, 노군이 새파랗게 질리어 두 눈을 꼭 감고 곧 숨이 넘어갈 것 같다. 조금 뒤에 비바람이 좀 멎자 서로를 바라보니 얼굴이 모두 흙빛이었다. 그제야 비로소 양편에 있는 집들이 보이는데 불과 40~50보밖에 안 되는 곳에 두고서도 비가 한창 쏟아질 때에는 피할 곳을 찾지 못했던 것이다.

"조금만 더했더라면 숨이 막혀 죽을 뻔했군."

점포에 들어가서 잠깐 쉬려니 하늘이 맑게 개고 바람과 햇빛이 산뜻하였다. 간단히 술잔을 나누고는 곧 떠났다. 길에서 만난 부사에게 물었다.

"어디서 비를 피하셨소?"

부사가 대답하였다.

"가마 문이 바람에 떨어지는 바람에 빗발이 들이쳐서 밖에 서 있는 것이나 다름없었소. 빗방울 크기가 술잔만큼이나 하니 대국은 빗방울조차 무섭소 그려."

나는 변계함에게 말했다.

"나는 더 이상 역사책을 믿지 않겠네."

정 진사가 말을 채찍질하여 앞으로 나서면서 물었다.

"무슨 말씀이오?"

"항우項羽가 아무리 노하여 고함친다 하더라도 어찌 이 우레 소리를 당할쏜가. 그런데도 『사기』에는 항우의 고함소리에 적천후赤泉侯 양무楊武의 인마가 모두 놀라서 몇 리를 물러섰다 히었으니, 이게 거짓말이 아니고 무엇이오. 그리고 항우가 비록 부릅뜬 눈이 이 번갯불반 못했을 터인즉, 항우의 부릅뜬 눈을 보고 여마동呂馬童이 말에서 떨어졌다 함은 더욱 못 믿을 일이오." [18]

여럿이 모두 크게 웃었다.

이제묘기 외:
백이·숙제는 왜 수양산으로 갔을까?

이제묘기夷齊廟記

난하灤河 기슭에 있는 자그마한 언덕을 '수양산首陽山'이라 하고, 그 산 북쪽에 있는 조그만 성을 고죽성孤竹城이라 한다.[19] 성문에는 '현인구리賢人舊里'라는 현판이 붙어있고, 문 오른쪽에는 '효자충신孝子忠臣' 왼쪽에는 '지금칭성至今稱聖'이라 쓰인 비석이 있다. 사당문에 있는 비석에는 '천지강상天地綱常' 문 남쪽 비석에는 '고금사표古今師表'라는 글귀가 새겨져 있으며, 사당문 위에는 '상고일민上古逸民'이란 현판이 걸렸다. 문 안에 비석 세 개가 있고, 뜰 가운데는 비석 두 개가 있으며, 계단 위 좌우에 비석 네 개가 있는데, 모두 명·청 때의 어제御製들이다.

뜰에는 수십 그루의 오래된 소나무가 서 있고, 계단 가에는 흰 돌로 난간을 둘렀다. 가운데에 큰 전각을 세워 '고현인전古賢人殿'이라 하였고, 전각 안에 곤룡포와 면류관을 갖추고 반듯한 홀을 들고 서 있는 것이 곧 백이伯夷와 숙제叔齊다.

전각의 문에는 '백세지사百世之師'라 써 붙였고, 전각 안에 큰 글씨로 '만세표준萬世標準'이라 쓴 것은 강희제의 글씨다. 또 '윤상사범倫常師範'이라 쓴 것은 옹정제의 글씨다. 전각 가운데 귀중한 집기들은 대부분 만력萬曆 연간의 물건들이다. 주련에는 이렇게 적혀 있다.

求仁得仁	인을 구하다 인을 이루었으니
萬古淸風孤竹國	만고의 맑은 바람 고죽국이요.
以暴易暴	폭으로써 폭군에게 저항했으니
千秋孤節首陽山	천추의 외로운 절개 수양산이라. [20]

중앙 뜰에는 두 개의 문이 있는데, 동쪽 문에는 '염완廉頑' 서쪽 문에는 '입나立懦'라 하였다. 또 두 개의 작은 문이 있는데 왼쪽 문에는 '관천盥薦' 오른쪽 문에는 재녕齊明'이라 하였다. 문으로 나가면 낭堂이 있는데 '읍손揖遜'이라 하였으며, 성화成化[명나라 헌종의 연호] 연간에 세운 비석이 있다. 비석 뒤에는 대臺가 있는데 '청풍淸風'이라 하였고, 두 개의 문이 있는데 하나는 '고도풍진高蹈風塵' 또 하나는 '대관환우大觀寰宇'라 새겨져 있다. 청풍대 위에는 누각樓閣을 세워 '재수지미在水之湄'라 하였다. 주련에는 이르기를,

山如仁者靜	산은 인자처럼 고요히고
風似聖人淸	바람은 성인인 양 맑도다.

리고 히었으며, 또 나든 주련에는 다음과 같이 썼다.

佳山佳水孤竹國	아름다운 산 맑은 물은 고죽국이요
難兄難弟古聖人	형제들 가리기 어려움은 옛 성인이로다.

대臺 위에 두 개의 문이 있는데, 하나는 '백대산두百代山斗'요 또 하나는 '만고운소萬古雲霄'라 하였다. 명明나라 헌종 순純황제 때에 백이에게는 소의청혜공昭義淸惠公 숙제에게는 숭양인혜공崇讓仁惠公 이란 시호가 내려졌다.

중국에는 수양산이라 부르는 곳이 다섯 군데가 있는데, 하동河東(산서성) 포판현 화산의 북쪽 하곡河曲 어름에 수양산이 있고, 농서隴西에도 있고, 낙양 동북쪽에도 있고, 언사 서북쪽에도 있으며, 요양에도 수양산이 있다고 한다. 이는 모두 전기傳記에 기록된 이야기들이다.

그러나 『맹자孟子』에는 "백이는 주왕紂王(은나라의 폭군)을 피하여 북쪽 바닷가에 살았다." [21] 라고 하였다. 또한 우리나라 해주海州에도 수양산이 있으니, 이는 백이·숙제를 제사하고자 함이지만, 중국 사람들은 이를 알지 못한다.

나는 이렇게 생각한다.

'기자箕子가 동으로 조선에 온 것은 오로지 주周나라 땅[五服之內]에 살기 싫어하였기 때문이고, 백이도 차마 주周의 곡식을 먹을 수 없었으니,[22] 어쩌면 백이·숙제는 기자를 따라 동쪽으로 와서 기자는 평양에 도읍하고 백이와 숙제는 해주에 살았던 게 아닌가.'

우리나라 야사野史에 "대련大連과 소련少連은 해주 사람이다." [23] 라고 하였지만, 이를 무엇으로 고증할 수 있을까.

여기 이제묘의 문과 담장에 당송唐宋대의 치제문致祭文을 많이 새겨 놓은 것을 보아 이 묘가 영평에 자리한 지 오래되었을 것이다.

어떤 이는 이렇게 말한다.

"홍무洪武 초년에 영평부 성 동북쪽 언덕에 옮겨 세웠는데, 경태

景泰(명나라 경종의 연호) 연간에 다시 이곳에 세웠다."

행궁이 있는데 그 제도가 강녀묘 북진묘의 것과 같으나 지키는 사람이 막아서 구경할 수가 없었다.

난하범주기灤河泛舟記

난하는 장성 북쪽 개평開平에서 처음 나와 동남쪽으로 흘러서 천안현遷安縣 지경을 거쳐 노룡새盧龍塞에 이르러 칠하漆河와 합하고, 다시 남쪽으로 흘러 낙정현樂亭縣에 이르러서 바다로 들어간다. 요동·요서에 '하河'라는 이름이 붙은 물은 모두 탁한데, 유독 이 난하만이 고죽사孤竹祠 밑에 이르러 깊은 호수가 되어 그 맑은 물빛이 거울처럼 맑다. 고죽성은 영평부 남쪽 10여 리 되는 곳에 있는데, 〈후한서後漢書〉 '군국지郡國志'에 "우북평右北平 영지令支에 고죽성이 있다."하였고, 그 주注에 "백이·숙제의 본국本國이다."하였다.

난하의 남쪽 기슭에 깎아지른 듯 절벽이 솟아 있고, 그 위에는 청풍루淸風樓가 있는데, 누각 아래 강물은 유난히 맑다. 강 한복판에 작은 섬이 있고, 섬 가운데 병풍처럼 첩첩이 싸인 바위들이 있으며, 그 병풍 앞에 고죽군孤竹君의 사당이 있다.[24]

사당 아래 배를 띄우니, 물은 맑고 모래는 희며 벌판은 광활하고 숲은 요원하다. 물가에 수십 호 집들이 호수에 그림자를 드리웠는데, 고기잡이 배 서너 척[漁艇三四]이 한창 그물을 사당 밑에 치고는 물을 거슬러 올라간다. 중류에 대여섯 길 되는 바위 봉우리들이 있는데, 이름은 숫돌기둥[砥柱]이다. 숫돌기둥을 둘러싸서 기암괴석들이 우뚝우뚝 서 있는데, 교청새·뜸부기 수십 세대

24
고죽군의 사당이 있는 난하의 남쪽 기슭은 유난히 맑고 아름답다. 그러나 고죽성이 어디인지도 모르는데, 고죽군의 사당인들 알겠는가.

가 모래 위에 열 지어 앉아 한창 깃털을 손질하고 있다.[25]

泛舟祠下 水明沙白 野潤樹遠 臨河數十戶 皆影寫湖中 漁艇三四 方設網祠下 溯河而上 中流有五六丈石峯 名砥柱 奇巖恠石 環柱攢立 鶐鷉鸂鷘數十輩 列坐沙中 方刷羽

배소에 함께 탄 사람들이 돌아보며 기꺼워하며 말한다.

“강산이 그림 같습니다. 江山如畫”

내가 말했다.

“그대들은 강산도 모르고 그림도 모르는구려. 어디 강산이 그림에서 나온 것인가. 그림이 강산에서 나왔지. 무릇 흡사하다[似] 같다[如] 유사하다[類] 닮았다[肖] 똑같다[若] 하는 말들은 모두 같은 것을 비유하는 말이지. 그러나 사似로써 사似를 비유하는 사사似似는 사似가 아니네. 옛사람이 강江에서 나는 요주瑤柱를 여지荔支(아열대과실)와 비슷하다 하고 서호西湖를 서시西施와 비슷하다고 하였지. 그래서 어떤 어리석은 사람은 한 발짝 더 나아가서, 담채淡菜(조개이름)를 용안龍眼(열매)과 비슷하고 전당錢塘호수를 조비연趙飛燕과 비슷하다 하였으니, 어찌 방금 그대들의 말과 같은 우愚라 하지 않겠는가.”[26]

同舟者顧而樂之曰 江山如畫 余曰 君不知江山 亦不知畫圖 江山出於畫圖乎 畫圖出於江山乎 故凡言似如類肖若者 諭同之辭也 然而以似諭似者 似似而非似也 昔人稱江瑤柱 似荔支 西湖似西子 有愚人者 復曰 淡菜似龍眼 錢塘似飛燕 何如爾哉

사호석기射虎石記

　영평부에서 남쪽으로 10여 리를 가면 절개된 비탈에 드러난 바위가 있다. 뚫어지게 보았지만 형체도 몰라보게 되었는데, 그 아래 비석에는 "한비장군사호처漢飛將軍射虎處 청 건륭 45년 가을 7월 26일 조선인 모모某某가 보다."라고 새겨져 있다. [27]

永平府南行十數里 斷隴露石 睨而視之 其色白 其下有碑曰 漢飛將軍射虎處 淸乾隆四十五年秋七月二十六日 朝鮮人某某觀

한비(이광)는 한나라 문제 경제 무제 3대에 걸쳐 흉노를 격퇴하였지만 전공을 인정받지 못하여 자살한 인물. 이광이 어느 날 호랑이를 발견하고 화살을 쏘았는데, 다가가서 보니 화살은 바위에 꽂혀 있었다. 金石爲開(지성이면 금석도 열린다)라는 고사의 유래다. 알아주지 않는 왕들에 대한 분노의 화살이 '지극한 충성의 화살'로 왜곡된 것이다.
"……26일 조선인 모모가 보다." 모모는 보지도 못한 것을 보았다고 적었다. 이런 식으로 왜곡된 고사는 마구 유포되어 왔으리라. '지식자랑' 하는 선비들의 욕망을 타고.

백이伯夷와 숙제叔齊는 은나라의 봉토인 고죽국의 왕자들이었는데. 고죽국의 왕 고죽군은 형보다도 뛰어난 둘째아들에게 왕위를 물려준다고 유언하였다. 아버지가 죽자 숙제는 장남인 백이가 왕위를 이어야 한다며 사양하였다. 백이는 아버지의 유언을 받들어야 한다며 집을 나와 산으로 숨어들었다. 그 사실을 안 숙제도 집을 나와 은거하였다. 어느 날 백이와 숙제는 은나라 서쪽의 제후들을 다스리는 서백(문왕)이 덕德이 있는 사람이라는 이야기를 듣고 주나라를 찾아갔다. 그러나 이들이 도착했을 때는 서백(문왕)이 죽고 뒤를 이은 무왕이 강태공을 책사로 삼아 군대를 모으고 제후들을 포섭하여 은나라와의 전쟁을 준비하고 있었다. 백이·숙제가 무왕에게 말했다.

"부친 3년상도 지나지 않았는데 전쟁을 하는 것은 효가 아니다. 주는 은나라의 신하국이다. 신하가 임금을 죽인다면 어찌 인仁이라 할 수 있겠는가."

이에 무왕은 크게 노하여 백이와 숙제를 죽이려 했으나, 강태공이 이들은 의로운 사람들이라 주청하여 살아났다. 그 후 은나라가 망하고 주나라 천하가 되자, 백이·숙제는 수양산으로 들어가 고사리를 캐먹으며 살다가 마침내 굶어 죽었다.

이상은 『사기』에 실린 백이숙제 이야기(통설)이다. 3년상이라는 仁(孝)으로 임금을 죽이지 말라는 仁(忠)을 관철하고 있다. 求仁得仁이다. 그러나 『맹자孟子』 이루離婁편을 보라.

맹자가 말했다.

백이는 주(紂)를 피하여 북해 해변가에 살았다. 문왕이 흥기하심을 듣고 백이가 말하길 "어찌 돌아가지 않겠는가. 서백西伯(문왕)은 노인을 잘 봉양한더라."라고 하였다.

강태공은 주(紂)를 피하여 동해 해변가에 살았다. 문왕이 흥기하심을 듣고 태공이 말하길 "어찌 돌아가지 않겠는가. 내가 듣건대 서백은 노인을 잘 봉양한다더라."라고 하였다.

천하의 위대한 두 노인이 문왕에게 돌아갔으니, 이는 곧 천하의 존경받는 아버지가 그에게 돌아온 것이다. 천하의 존경받는 아버지가 그에게 돌아갔으니 그 자식들이 어디로 가겠는가.

그러면 백이숙제는 왜 수양산(?)으로 갔을까?

『사기』의 기록(통설)대로 주나리 무왕武王의 폭서(非)에 불만을 품고 수양산으로 갔다녀, 백이·숙제는 폭군(非)인 은나라 주왕紂王의 정당성을 인정한 것이다. 부정(非)을 부정(非)하는 것은 인정(是)하는 것이므로.

결국 춘추대의란 무엇인가?

제아무리 백성을 억압하는 폭군이라 할지라도 군주에게 개같이 충성하라는 말이다. 그것을 합리화위해서 유기는 모든 깃을 거꾸로 뒤집어버렸다. 그것을 성찰하기 위해서 주인공이 걸러온 궤적을 생각하라. 허위의 경계넘기(도강록)와 사기꾼의 표지(성경잡지), 색즉시공 공주시색이 성찰(일신수필). 번내징사는 소선제(인간) 대 대전제(법도)'라는 구도 위에서 중화주의를 송합한다. 역사와 학문과 법도, 그리고 인간을.

백이·숙채가 사람 잡네,
연암이 사람 잡네

7월 27일 계묘癸卯.

개다. 아침에 잠깐 서늘하였으나 낮에는 몹시 더웠다.

사하역沙河驛에서 홍묘紅廟까지 5리, 마포영馬舖營 5리, 칠가령七家嶺 5리, 신점포新店舖 5리, 건초하乾草河 5리, 왕가점王家店 5리, 장가장張家莊 5리, 연화지蓮花池 10리, 진자점榛子店 5리, 모두 50리를 가서 점심을 먹었다. 점심 후 연돈산烟墩山까지 10리, 백초와白草窪 6리, 철성감鐵城坎 4리, 우란산포牛欄山舖 4리, 판교板橋 6리, 풍윤현豐潤縣 20리, 모두 50리이다. 이날 1백 리를 가서 풍윤성 밖에 묵었다.

1 어제 이제묘에서 점심 먹을 때 고사리 넣은 닭찜이 나왔는데, 맛이 매우 좋았다. 여행길에서 입에 맞는 음식을 먹어본지 게 언제였던가 하는 마음에 별안간 입맛이 당겨 달게 먹으면서도, 그것이 오래된 관례인 줄은 몰랐었다.

길에서 소나기를 맞았더니 겉은 춥고 속은 막힌다. 어제 먹은 음식이 얹혔는지, 한번 트림을 하면 고사리 냄새가 목을 찌르는데 생강차를 마셔도 속이 가라앉지 않았다.

"지금 바야흐로 가을이라 철도 아닌데 주방에서는 고사리를 어디서 구했는가?"

내가 물었더니 좌우에서 대답하였다.

"이제묘에서 점심을 먹는 것이 사행의 관례인데, 사시사철 막론하고 반드시 고사리를 먹는 게 법이어서 우리나라에서 마른 고사리를 가져다가 여기에서 국을 끓여 일행을 먹이는 것이 이젠 전통이 되었답니다. 10여 년 전에 건량청乾糧廳이 이를 잊어버리고는 갖고 오지 못한 적이 있는데, 그 책임으로 서장관에게 매를 맞은 건량관乾糧官이 물가에 앉아서 이렇게 통곡하였다고 하였답니다.

'백이·숙제야, 백이·숙제야! 나하고 무슨 원수냐, 나하고 무슨 원수냐!'

소인의 어리석은 소견으로는 고사리는 어육魚肉보다 못한 것 같습니다. 듣자하니 백이숙제는 고사리를 뜯어 먹으며 살다가 굶어 죽었다고 하니, 고사리는 참으로 사람 죽이는 독물인가 봅니다."

여러 사람들이 모두 배꼽을 잡고 웃었다.

태휘太輝란 자는 노참봉의 마두다. 초행인데다가 경망한 위인인지라, 대추나무 농장을 지나가다가 대추나무가 비바람에 꺾이어 담장 밖으로 넘어진 것을 보고는, 그 풋 열매를 따 먹고 복통이 나서 지독하게 설사를 하기 시작하였다. 한창 속이 허하고 가슴이 답답하고 목이 타는 듯 괴로워하더니, 급기야 고사리독이 사람 죽인다는 말을 듣고 큰 소리를 내어 서럽게 울부짖었다.

"아이고, 백이·숙채가 사람 삶네. 백이·숙채가 사람 잡네."

숙제叔齊와 숙채熟菜가 음이 비슷한 탓에 하는 말인데, 집안 가득히 모인 사람들이 배꼽을 잡고 한바탕 웃었다.[28]

28
백이숙제 때문에 고사리로 제사하는 풍속이 생겨났고, 그 풍속 때문에 건량청과 태휘는 수난을 겪고 있다. 백이숙제는 춘추대의를 받늘고 춘추대의는 수많은 사람들을 죽였으리라.

2 일찍이 내가 서대문에 살던 때의 일이다. 때마침 숭정崇禎 연호를 쓰기 시작한 지 137년이자 3번째 찾아오는 갑신년(1764년), 명나라 의종毅宗 열황제가 종묘사직을 위하여 자결한 3월 19일이다. 시골 서당훈장이 동리 아이 수십 명을 거느리고 서대문 밖에 있는 송씨宋氏의 셋방살이 집에 찾아가서 우암尤菴 송시열 선생의 영정에 절하고, 효종이 우암에게 하사한 담비가죽옷을 내어서 어루만지게 하였다. 그러자 비분강개함을 참지 못하여 더러 눈물을 흘리는 아이까지 있었는데, 돌아오는 길에 성 밑에 이르러서는 주먹을 서쪽으로 내지르며 "되놈들!"하고 호통하였다. 훈장은 우암을 기리는 뜻에서 '음복'으로 고사리나물을 내놓았다. 때마침 금주령이 내려졌으므로 술 대신 꿀물을 그림이 그려진 도자기 병에 담았으니, 그 병에는 '대명성화년제大明成化年製'라고 새겨져 있었다. 음복하는 자가 꿀물을 따를 때는 반드시 머리를 숙여 병을 들여다보아야 했는데, 이는 춘추春秋의 의리를 잊지 않고자 함이다. 이에 한 사람씩 돌아가면서 시詩를 읊는데, 그 중 한 동자가 이렇게 썼다.

무왕도 은나라를 치다가 만약 패해서 죽었다면
천 년 뒤에 주왕紂王의 역적이 되었을 것을.
여망(강태공)은 오랑캐(백이)를 살려 보냈는데
어찌 역적을 비호했다고 하지 않는가.
오늘날 춘추대의로 보자면
오랑캐가 오랑캐의 역적을 비호한 게 아닌가.[29]

武王若敗崩　　千載爲紂賊
望乃扶夷去　　何不爲護逆
今日春秋義　　胡看爲胡賊

　　　　관내정사1 | 백이·숙제가 사람 잡네

모두들 한바탕 웃었다. 훈장은 섭섭한 표정으로 한참 있다가 이렇게 말하였다.

"아이들에게 『춘추』를 읽혀야 돼. 춘추의리를 분간하지 못하므로 이 따위 해괴한 말들을 하는 게야. 경치에 대한 즉흥시나 읊어 보아라."

그러자 또 한 동자가 이렇게 읊었다.

> 고사리를 캐서 먹은들 배부를 리 없으니
> 백이도 끝내는 굶주려서 죽었다오.
> 꿀물이 달기로는 술보다 더할지니,
> 이걸 마시고 죽는다면 그 아니 원통하리.[30]
>
> 採薇不眞飽 　 伯夷終餓死
> 蜜水甘過酒 　 飮此亡則寃

선생은 다시 눈썹을 찡그리면서 꾸짖었다.

"어허, 이게 또 무슨 괴이한 수작인고!"

자리에 있던 모든 사람들이 또 한 번 폭소를 터뜨렸다. 그 이후 어언 17년의 세월이 흘렀다. 그 때의 늙은이들도 다 세상을 떠났건만 다시 배와 고사리로 이런 소란이 일어나서, 천리타향의 풍등風燈 아래에서 옛 이야기를 추억하다 끝내 잠을 설치고 말았다.

3 새벽에 길을 떠났다. 길에서 상여喪轝를 만났다. 관[柩] 위에 흰 수닭을 놓았는데 닭이 홰를 치며 울고 있다. 연달아 마주친 상여들이 모두 닭을 놓았는데, 이는 영혼을 인도하는 것이라 한다. 길가에 연못이 있는데 넓이가 수백 이랑이나 된다. 연꽃은 이미 떨어지고 사람들이 각자 조그마한 배[小艇]를 타고 들어가서 연

30
백이숙제가 주나라를 거부하다가 굶어죽었듯이, 청나라를 거부하다가 굶어죽자는 북벌론 내지 숭명대의에 대한 조롱이다.

잎·가시연밥·개구리밥·연근 따위를 캐고 있었다. 돼지 수십 마리를 몰고 가는 이가 있는데, 그 모는 법[驅策之法]이 마소 다루는 것과 같다. 길 가 백여 리 사이에 아름드리 버드나무들이 늘어서 있는데, 뽑혀 넘어진 것들이 수없이 많다. 이는 지난 날 비바람에 뽑힌 것이다.[31]

행렬이 진자점榛子店에 이르렀다. 여기는 본래 기생이 많기로 이름난 곳이다. 강희 황제가 일찍이 천하의 창기를 엄금하여 양자강과 판교 등지의 기생집들은 모두 쑥대밭이 되었는데, 이곳만은 살아남아 옛 명성을 이어가고 있다. 이곳 기생들은 '양한적養閒的'이라 부르는데 얼굴이 예쁘고 음악도 곧잘 한다. 재봉再鳳과 상삼象三이 후당後堂으로 들어가며 나를 보고는 빙긋 웃음을 띤다. 나도 그 뜻을 짐작하고 가만히 그 뒤를 따라가 문틈으로 들여다보았다. 상삼은 벌써 한 여인을 껴안고 앉아 있는데, 아마 두 사람은 전부터 안면이 있는 모양이다. 낯선 청년 둘이 의자에 마주 걸터앉아 비파를 타고 한 여인은 의자 맞은편에서 입으로 횡봉적橫鳳笛(피리)을 불고 있다. 피리의 봉주鳳味(주둥이)는 금환金環을 머금었는데, 금환金環은 붉은 색실을 늘어뜨렸다. 재봉은 그 아래에 서서 손으로 색실을 만지작거린다. 또 한 여인이 주렴을 걷고 나오더니 손에 박판을 들고 재봉을 부축하여 자리에 앉기를 청하였으나 재봉再鳳은 듣지 않았다. 한 늙은이[老漢]가 주렴을 걷고 나와 재봉에게 '하오[好]' 하고 인사를 한다. 내가 밖에서 큰 기침 한번을 내며 가래침을 뱉었더니 방안에 있던 사람들이 모두 크게 놀란다. 상삼과 재봉이 서로 보고 웃으며 곧 일어나 방에서 나와 나를 맞아 들였다. 내가 문을 열고 '하오[好]' 하고 인사를 하자, 늙은이와 두 젊은

이 모두 일어나 웃음을 머금고 '하오[好]'라고 답한다. 세 양한적은 다소곳이 "천복을 누리시옵소서."라고 인사한다. 재봉이 노랑 저고리에 붉은 치마를 입은 여인을 가리키며 말했다.

"저 여인은 유사사柳絲絲랍니다. 병신년에 이곳을 지날 때 나이 스물넷에 그야말로 일색이었는데 이제 5년 동안에 얼굴이 아주 망가져서 보잘것없이 되었습니다."

상삼이 말했다.

"유사사는 일찍이 열네 살부터 소리 잘하기로 이름을 날렸답니다."

상삼은 다시 검은 웃옷에 주홍치마를 입은 여인을 가리킨다.

"저 여인의 이름은 요청소靑인데 올해 나이 스물다섯입니다. 작년에 이곳에 온 산동 여자입니다."

내가 그 중 제일 앳되어 보이는 검은 저고리에 초록치마를 입은 여인을 가리키자, 상삼이 대답했다.

"저 여자는 처음 보는 여인이어서 이름도 나이도 모르겠습니다."

세 기생은 절세가인은 아니었으나 대체로 당화唐畵 미인도에 나오는 여인들과 비슷하였다. 늙은이[老漢]는 창기집 주인이고, 두 청년은 모두 산동에서 온 장사치들이다. 나는 상삼에게 눈짓하여 그들에게 노래를 부르게 하였다. 상삼이 그 청년을 보고 무어라고 하자 한 청년은 노래하고 요청은 홀로 박자판을 치며 화음을 맞추어준다. 다른 기생들은 모두 익기연우를 멈추고 귀를 기울여 듣기만 한다. 한 청년이 나에게 나가와 물었다.

"노래가사를 알아들으시는지요?"

"잘 모르겠네."

"이 사곡詞曲은 '계생초雞生草'라는 노래인데, 가사는 이렇습니다."

청년은 곧바로 글을 써 나갔다.

전조에 낳은 장수 모두들 영웅이라.

도원결의를 맺은 유비·관우·장비

그 셋이 제갈량을 군사로 삼아

신야와 박망둔을 불사르고

상양성을 불구덩이에 넣었도다.

야속한 늙은 하늘은 주유를 낳고 제갈량을 낳았구나.32

前朝出了英雄尉　　桃園結義劉關張

他三人請了軍師諸葛亮　火燒新野博望屯

炮打上陽城　　怨老天旣生瑜又生亮

청년은 글은 제법 알지만 얼굴은 가증可憎스럽다.

"저는 신성新城사람으로 성은 왕王이요 이름은 용표龍標라 합니다."

"자네 혹시 서초西樵 왕사록王士祿 선생의 후손인가?"

"아닙니다. 저는 민가民家 출신으로서 장사를 하고 있습니다."

그 청년이 또 한 곡조를 부르자 기생들은 혹은 박자판을 치고 혹은 비파를 뜯고 혹은 피리를 불어서 반주를 하였다. 왕용표가 다시 글을 써서 노래를 설명한다.

"이 곡조는 '답사행踏莎行'이라 하는데, 가사는 이렇습니다."

너무나 빠른 세월, 티끌과 아지랑이 같은 세상

동으로 흐르는 강물은 그칠 줄 모르누나.

예로부터 명예와 이익을 놓고 투쟁하던 사람들

백년 후 남은 사람 몇이나 되겠는가. 33

32
〈삼국지〉의 명구. 주유는 제갈량과 함께 적벽대전을 승리로 이끈 영웅. 그러나 주유는 죽음에 임하여 하늘을 우러러 탄식한다. "하늘이여, 이미 주유를 낳아놓고 왜 제갈량을 낳으셨나이까." 독자들은 주유를 연민할 것이다. 그러나 〈삼국지〉가 노리는 것은 '하늘의 뜻'이다. 천하의 영웅 주유로서도 거스를 수 없는 (한나라를 위한)춘추대의 말이다. 결국 산동에서 온 청년은 춘추대의의 전도사. 〈삼국지〉라는 바이블을 들고 열심히 전도한다.

33
청년의 노래1이 춘추대의를 선전하는 노래라면, 노래2는 현실도피를 권하고 있다. '북진묘기'에서 말한 '도사의 옷을 입은 선비들'에 의하여 왜곡된 신선사상이다.

청년의 노래가 끝나고, 뒤를 이어서 유사사가 노래한다.

고기잡이 나무꾼의 싸늘한 이야기
'옳고 그름'은 『춘추』세상에는 없다네.
스스로 술 부어 스스로 마시고 스스로 읊으면
찬탄할 벗[知音]이 적다한들 무슨 대수인가. 34

유사사의 목소리는 처절凄絶하여 사람의 애간장을 녹이는 것이 참으로 "들보 위의 티끌이 저절로 나부낀다.梁塵自飄" 35 라고 할 만하다. 상삼이 다시 앵콜을 청하자 유사사가 눈을 흘기며 투정한다.

"채소장수인가요? 더 달라 하시게.買菜乎求益也" 36

청년이 손수 비파를 뜯으면서 유사사에게 노래를 권하더니, 유사사는 더욱 보드랍고 아리따운 소리로 노래한다. 왕용표는 또 글을 써서 유사사의 노래를 설명하였다.

"이 곡은 '서강월西江月'인데, 가사는 이렇습니다."

혜고蟪蛄는 끈질기게 세월을 이어가고
맹신의 벌레들이 산하를 어지럽히더니
간밤에 휩쓸고 지나간 풍폭우에
이리저리 눈을 돌려봐도 한 마리 없구나. 37

34

"(조조는)일세의 영웅이었지만, 오늘 어디에 있습니까? 하물며 저와 그대(소동파)가 '고기잡이 나뭇꾼' 처럼 물고기나 들짐승과 짝할 뿐임에랴. 한조각 조각배를 타고 술잔을 서로 권해보아야, 이 천지간의 하루살이요 저 드넓은 바다의 좁쌀 같은 존재인 것을. 짧은 인생이 슬프고 저 도도히 흐르는 양자강이 부러우니 구름 위의 신선과 노닐며 밝은 달과 함께 하고 싶을 뿐입니다." (소동파의 '적벽부'에서)
유사사는 적벽부의 '고기잡이 나무꾼'의 이름으로 『춘추』를 부정한다. 그러나 실상은 '청년의 노래2' 처럼 현실도피를 권장하고 있다.
"스스로 술 부어 스스로 마시고……"
한 조각 저항의 배를 타고 서로 술잔을 따르는 부질없는 싯글 하지 말라. 춘추대의의 지배에 대한 저항을 단념라라는 말이다.

35

'양진자표'는 우공虞公의 청월한 소리에 들보 위에 있는 티끌이 움직였다는 고사. 인간을 '들보 위의 티끌' 정도로 취급하는 간계가 유사사의 노래와 흡사하다. 그럼에도 중화주의의 노예(연암)는 지식을 자랑하며 유사사를 칭찬한다.

36

'채소[菜]' 란 백이숙제의 고시리. 공자는 백이숙제를 팔아먹는 고사리장수. 연암은 다단계판매원이다.

37

혜고蟪蛄는 장자 소요유편 "蟪蛄 不知春秋 此小年也(매미가 봄 가을을 모는 것은 수명이 짧은 탓이디)" 의 매미로서 공사를 말한다.
맹신의 벌레는 공자맹신자들이다. 첫 번째 노래(고기잡이 나무꾼)와 마찬가지로 '反춘추' 를 표방하지만 현실도피주의로써 춘추대의를 간접 지원한다.

이번에는 요청이 유사사의 뒤를 이어서 창唱을 하였다.

38
중미中美’ 는 중미仲美(연암의 자)를 대신하는 표현이다. ‘닥쳐올 결과’ 는 ‘착취’ 다. 요청의 노래는 유일한 저항의 노래다. 선비의 깃털을 사랑하다간 큰 대가를 치를 것이다. 노자(도덕경44장)의 충고와 흡사하다.

구차하게 중미中美에게 존경을 다 바치느라
술 마시며 한가하게 월하고가를 듣고 있나니
부귀공명의 경지가 어떠한가?
닥쳐올 결과랑 아예 묻지 마오. **38**

39
선비들은 귀신같이 백성들에게 바가지를 씌운다. 요청이 경고한 ‘깃털사랑의 대가’ 다.

40
계문란은 조선사대부들이 창조한 북벌론의 우상. 「피서록」의 계문란 이야기는 후술한다.

요청의 목소리는 너무 거세어서 유사사의 그윽한 서글픔만은 못하였다. 내가 일어서서 나오자 재봉이 뒤따라 나오며 말했다.

“상삼이 기생집 주인에게 은 두 냥, 대구 한 마리, 부채 한 자루를 주었답니다.” **39**

이곳에서 식암息菴 김석주가 보았다는 계문란季文蘭의 시를 찾았으나 보이지 않았다.[원주-계문란 이야기는 「피서록避暑錄」에 있다.] **40**

연로 수천 리 사이에 부녀들의 말소리들은 모두 연앵燕鶯과 같아서 거친 목소리는 하나도 듣지 못했다. 이른 바 “아리따운 님이 어디 있는지 몰랐더니[不識佳人何處在] 주렴 너머에서 들리는 화미조畫眉鳥의 교태소리[隔簾疑是畫眉聲]”라는 싯구가 곧 중국 여인들의 목소리였으니, 나는 한번 그 요염한 노랫소리를 듣고 싶을 수밖에. 이제 그들의 노래를 들으니 가사의 뜻은 짐작할 수 있겠으나, 성음聲音을 분간하지 못하고 더구나 그 강조腔調를 알지 못하므로

차라리 듣지 않았을 때의 여운을 지니고 있느니만 못하였다.[41]

■ 저녁나절에 풍윤성豊潤城 아래에 이르렀다. 주인 집 뒷문이 해자를 향해서 열리고 문 앞엔 몇 그루 실버들이 가렸다. 정사正使는 정유년丁酉年(1777) 봄에 사신으로 갔다 돌아오는 길에 이 집에 묵었는데, 서장관 형중亨重 신사운과 함께 이 버드나무 밑에서 한담한 일이 있다고 한다. 정사는 가마에서 내리며 곧 후문 밖에 자리를 펴게 하고 모든 비장들과 잠깐 술잔을 주고받았다. 그 해자의 넓이는 십여 보나 되는데 버드나무 그늘이 짙어서 땅 위에 치렁치렁 드리우고 물가에 남실남실 잠기었다. 성城 위엔 3층짜리 높은 누각이 구름 위에 솟아 보일락 말락 한다. 드디어 모든 사람들과 함께 성에 들어가 누각에 올라 구경하였는데, 누각의 이름은 '문청루文昌樓'로서 문창성군文昌星君을 모시는 사당이라고 한다.

길에서 초인楚人 임고林皐를 만나 함께 호형항胡逈恒의 집에 가서 촛불을 밝히고, 차수次修 박제가가 쓴 무궁시懋宮詩를 감상하였다.[42]

路逢楚人林皐　　同往胡逈恒宅　　張燈觀次修所書懋宮詩

저녁 식사를 마친 뒤에 다시 오기로 약속하고 집을 나서면서 혹시 성문이 닫히지 않느냐고 물었더니 그들은 이렇게 대답한다.

"곧 닫겠지만 반경半更도 못 되어 다시 여닫니다."

저녁을 먹은 후 등불을 들고 다시 가보니 성문이 닫히지 않았다. 이때 우리를 따라 온 하인들이 봉두난발을 하고 모자도 쓰지 않은 채 거리를 쏘다니고 있었는데, 아마도 멀리 풀을 구하는 모양이었다.

호胡와 임林 두 사람이 반기며 나와서 맞이한다. 방안엔 벌써 주안상을 차려 놓았다. 임생林生이 물었다.

"이형암李炯菴(이덕무)과 박초정朴楚亭(박제가)은 모두 안녕하신시요?"

41

화미조란 요염한 여인의 상징으로 중국인들의 사랑을 받아온 두루미과의 새. 연암은 음탕한 노래 가사 그 너머(중화주의)를 보지 못한다. 그러므로 기생들의 노래도 알아듣지 못한다. 중화주의자의 노래도. 반중화주의의 노래도.

42

懋宮詩란 이덕무李德懋의 궁시宮詩. 이덕무의 궁시宮詩는 「피서록」에 있으며, 조선의 왕과 사대부들의 무지와 사대주의를 풍자하는 내용이다. 후술한다.

"모두 무탈합니다."

"그 두 분은 참으로 인품이 맑고 재주가 높은 선비지요."

"그들은 모두 제 문하생입니다만, 조충雕虫[독수리와 벌레]의 변변치 않은 재주를 어찌 족히 도道라고 할 수 있겠습니까."

"옛 말에 재상의 문하에서 재상이 나고 장수의 문하엔 장수가 난다더니 과연 헛된 말이 아니군요. 형암·초정 두 분은 일찍이 무술년(1778) 황태후 진향進香 때 이곳을 지나다 하룻밤 쉬어 갔습니다."

임과 호 두 사람은 비록 정성껏 대접하지만 전연 글을 모르는데다가 호생胡生은 얼굴마저 단아하지 못한 것이 영락없는 시정잡배의 모습이다. 임생은 긴 수염에 장자長子者의 풍도가 없지는 않으나, 다만 수작하는 사이에 장사치들의 근성이 드러난다.[43]

호생은 내게 송하선인도松下仙人圖를 주고, 임생 역시 그림 부채한 자루를 선사하기에 각기 부채 한 자루와 청심환 한 개씩을 주어서 답례를 하고 술을 몇 잔 하였다. 곁에는 유리등 한 쌍이 있는데 제법 아름다워 보였다. 밤중이라 다른 골동품[器玩]은 구경하지 못할 것이므로, 나는 곧장 일어서면서 돌아오는 길에 다시 방문하기로 약속하였다. 임생이 문까지 나와 전송하는데 자못 창결지의悵缺之意(원망스럽고 아쉬운 뜻)가 역력하다.[44]

사관에 돌아와 호생이 선물한 생강차, 국화차, 귤병橘餠(귤가공품) 등을 내어서 장복으로 하여금 푹 달여 소주에 타서 두어 잔을 마시니 그 맛이 유달리 좋았다.

성 밖에는 사성묘四聖廟가 있고 옹성甕城 안에는 백의암白衣菴이 있다. 앞 네거리엔 패루牌樓 둘이 있고, 초루譙樓에는 관제關帝의 소상을 모셨다.

강희 무오년(1678년) 강우江右에 사는 계문란李文蘭이라는 여인이 되놈들의 노략질을 당하여 심양으로 붙들려가다가 진자점榛子店에 이르러서 바람벽 위에 시 한 구절을 적어놓았다.

椎髻空憐昔日粧	초라한 몽당머리에 옛 단장이 서글퍼라
征裙換盡越羅裳	길 나선 초라한 양은 비단 치마 다 낡았네.
爺孃生死知何處	아비와 어미의 생사를 어디에서 들으리
痛哭春風上瀋陽	통곡소리 봄바람에 실려 심양으로 예는구나.

시 아래에는 다음과 같은 사연이 적혀 있었다.

"소녀는 강우에 사는 우상경虞尙卿이라는 수재秀才의 아내인데, 지 아비는 놈들에게 죽음을 낭하였고 이 몸은 왕장경王章京에게 팔려 심양으로 가는 길입니다. 무오년 정월 21일에 눈물을 뿌려 벽을 닦고 이 시를 쓰노니, 천하에 유심有心한 분이 있다면 이 글을 읽고 이 몸을 가엾이 여겨 속량하여 주시옵길 바랍니다. 제 나이는 방년 21세외다." 45

그로부터 6년 후인 계해년(1683년)에 청성부원군 김석주가 사신으로 이곳을 지나다가 이 일을 기록하여 돌아왔고, 또 30여 년 후 노가새老稼齋 김창업이 이곳을 지날 때에도 바람벽에 쓴 시가 여전히 남아 있었다고 하였다. 나는 노가재보다도 60여 년 뒤인 오늘 또 이곳을 지나다가 그 시를 생각하며 배회하였으나 벽에 쓰인 글씨는 찾아 볼 곳이 없었다. 나중에 우연히 기풍액奇豐額에게 그 이야기를 하였다. 기풍액이46 산연潸然히 눈물지우며 진자점이 어디 있느냐고 묻기에 '산해관 밖에 있다' 고 대답했더니47 그는 곧 시 한 구절을 읊었다.

45
정월 21일과 방년 21세. 21이라는 숫자는 '21개 왕조 3천년' 중 화주의의 나이를 암시한다.

46
기풍액은 태학유관록 에 나오는 중국의 석학들 중 한 명이다.

47
거짓말이다. 연암이 진자점에 들른 오늘(7월 27일) 일기가 關內程史임을 생각하라.

紅粧朝落鑲黃旗	붉은 단장 조선여인이 양람기에 떨어졌으니
笳拍傷心第五詞	호가의 슬픈 박자 그 다섯째 글귀일러라.
天下男兒無孟德	천하의 사내들에게 맹덕이 없으니
千金誰贖蔡文姬	천금이 있다한들 누가 채문희를 속량하랴.

—「피서록」에서—

채문희는 누구인가?

채문희는 한나라 최고의 석학이자 거문고연주가였던 채옹蔡邕의 딸. 16세 때 하동의 세족인 위중도와 결혼했지만 남편은 1년 만에 병사하고 채문희는 본가로 돌아온다. 그 후 아버지 채옹은 감옥에서 죽고 채문희는 흉노족에게 끌려가 좌현왕의 왕비가 되어서 두 아들을 낳는다. 12년 후 사실상 중원의 지배자인 조조 맹덕孟德은 흉노에 거금을 보내어 채문희를 속량하였다. 중원으로 돌아온 채문희는 흉노에서의 쓰라린 체험을 '호가십팔박胡笳+八拍'이라는 노래가사(悲憤詩)로 남겼다고 한다. 12년 부부의 인연보다도, 사랑하는 두 아들보다도 더 소중한 것이 '중화'의 깃털이라는 신화가 탄생한 것이다.

계문란은 누구인가?

식암息菴 김석주와 노가재老稼齋 김창업 등 조선 사대부들이 북벌론을 위하여 기획한 채문희의 부활이다. 김석주와 노가재는 주인공 계문란을 중국 여인으로 설정하였다. 그러나 연암은 기풍액의 시로 계문란이 (가공의)조선 여인으로 돌린다.

기풍액은 왜 '맹덕孟德(조조)'이 없음을 한탄하는가?

조선의 북벌론자들은 오랑캐가 중국여인을 잡아갔다는 이야기다. 그러나 기풍액의 시는 북벌론자들이 조선 여인을 오랑캐 땅으로 보냈다는 뉘앙스가 강하다. 효종 1년(1650) 4월 22일 의순공주가 청나라 황실에 시집가던 날. 효종은 서대문 밖 모화관까지, 문무백관들은 반을 나누어 홍제원까지 따라가며 전송한다. 백성들이 연도에서 울고불고 통곡할 것은 자명한 일이다. 이 정도면 의순공주를 청나라에 보냄으로써 효종은 너무나 많은 것을 얻은 게 아닌가.[48] 그러므로 조선의 사내들에게 맹덕이 없는 이상 천금이 있어도 '계문란'을 구해내지 못하리라.

조선의 사내들에게 없는 맹덕이란 무엇인가?

기풍액은 숭명대의(북벌론)에서 숭청대의로 전향하라는 주장일 것이다. 그러나 연암에게 숭청(북학?)는 또 다른 예속이다. 「피서록」에 실린 이덕무의 '궁시宮詩'[49]를 보라.

沈漻秋令樹先知	쓸쓸한 가을 소식 저 나무는 먼저 알건만
任忘暄涼做白癡	님은 추위 더위를 다 잊고 바보천치가 되었도다.
壁靜萬蟲勤自護	벽은 고요한데 온갖 벌레들은 요란하게 변명하며
簾虛一鳥慣相窺	주렴 속 새 한 마리를 버릇처럼 서로 엿보는구나.
抛他錢癖如將浼	다른 사람을 '돈벌레'라고 매도하면서
呼我書淫故不辭	자기를 일러 '책벌레'라 부르길 불사한다네.
好事中州空艶羨	중국을 떠받들기 좋아하여 공연히 부러워하누나
堯峯文筆阮亭詩	요봉의 문장과 완성의 시를.[50]

48
계문란이야기를 의순공주에 국한할 것은 아니다. 8월 5일자 일기(공녀貢女를 이용하여 반청감정을 조장하는 북벌정치)를 참조하라.

49
이덕무의 『청장관전서』에서의 제목은 '秋日讀帶經堂集'이다.

50
1행 가을은 '조선의 황혼'이다.
2행 님은 조선이다.
3행 벌레들은 신하들이다.
4행 새 한 마리는 왕이다.
8행 요봉은 청나라 왕완王琬이며, 완정은 왕사정王士禎이다.

오랑캐와 소인배 만들기 퍼포먼스

7월 28일 갑진甲辰.

아침에 갰다가 오후엔 바람과 우레가 크게 일었으나 빗줄기는 앞서 야계타에서 겪은 것만은 못하였다.

풍윤성에서 새벽에 떠나 고려보까지 10리 사하포 10리 조가장趙家庄 2리 장가장蔣家庄 1리 환향하還香河 1리[환향하는 일명 어하교魚河橋라고 한다.] 민가포閔家舖 1리 노고장盧姑庄 4리 이가장李家庄 3리 사류하沙流河 8리 모두 40리를 가서 점심을 먹었다. 사류하에서 양수교亮水橋까지 10리 양가장良家庄 5리, 입리포卅里舖 5리 시오리둔十五里屯 5리 동팔리東八里 7리 용읍암龍泣菴 1리 옥전현玉田縣 7리 모두 40리를 갔으니 이날 총계 80리를 가서 옥전성玉田城 밖에서 잤다.

옥전은 옛날에는 유주幽州라 칭하였는데, 옛 무종국無終國으로서 소공召公의 봉지封地이다. 『정의正義』에 이르기를 "소공은 애초에 무종에 봉했다가 나중엔 계주薊州로 옮겼다."하였고,[51] 『시서詩序』에는 "부풍扶風 옹현雍縣 남쪽에 소공정召公亭이 있는데 곧 소공의 채읍采邑이다."하였으니, 어느 것이 옳은 말인지 모르겠다.[52]

고려보에 이르니, 집들이 모두 띠 이엉을 이어서 몹시 쓸쓸하고

51
정의正義: 당나라 공영달이 지은 경전 주해서
시서詩序: 공자의 제자 자하가 지은 시경주해서

52
옥전이라는 지명에 대한 '책'의 정보들은 엄청 혼란스럽다. 이어지는 '고려보'를 조심하라.

검소해 보인다. 이는 묻지 않아도 고려보임을 알겠다. 앞서 정축년丁丑年(1637년)에 잡혀 온 사람들이 저절로 한 마을을 이루어 산다.[53] 산해관 동쪽 천리 길에 논이라고는 없었는데 이곳만은 벼를 심고, 거기서 난 쌀로 떡이나 엿을 만들어먹는 게 본국本國 조선의 풍속을 많이 닮았다.

옛날에는 사신이 오면 하인들의 사 먹는 밥과 술은 값을 받지 않는 일도 있었고, 그 여인들도 내외하지 아니하며, 이야기를 하다가 고국 이야기가 나올 때는 눈물을 짓는 사람도 많았다. 그러나 하인들이 이를 기화로 마구잡이로 술과 음식을 공짜로 먹는 일이 많을뿐더러, 그릇이며 의복 등을 요구하는 일까지 생겨났다. 또 주인이 옛 정을 생각하여 엄중하게 경계하지 않으면 그 틈을 타서 도둑질까지 하므로, 그들은 더욱 우리나라 사람들을 꺼려서 사행이 지날 때마다 술과 음식을 감추고 팔려고 하지 않으며, 간곡히 청하면 그제야 팔되 비싼 값을 요구하거나 혹은 선불을 받곤 한다. 그럴수록 하인들은 백방으로 속여서 그 분풀이를 하는 것이다. 그리하여 서로 상극이 되어 마치 원수 보듯 하게 되었으니, 사행이 이곳을 지날 때면 일제히 한 목소리로 욕지거리를 퍼붓는다.

"이놈들! 너희들은 조선 사람의 자손이 아니냐. 니희 할아비가 지나가시는데 어찌 나와서 절하지 않느냐."

그러면 이곳 사람들도 역시 욕설을 퍼붓는다. 그럼에도 우리나라 사람들은 도리어 이곳 풍속이 극도로 나쁘다 하니 족히 한심한 일이리 할 것이다.[54]

길에서 소낙비를 만났다. 비를 피하느라고 한 점포에 들었더니 차를 내어 오고 대접이 좋았다. 비가 한동안 멎지 않고 천둥소리

53
'고려보'라는 지명은 1712년 김창업의 〈연행일기〉에도 등장하지만, 정축년(병자호란)에 잡혀온 조선 사람이라는 이야기는 없으며, 고려보는 고구려유민들의 마을로 추정해 볼 수 있다. 연암은 오래된 지명에다가 병자호란이라는 새로운 사건을 겹쳐놓고 있으며, 앞서 옥전에 대한 경전들의 왜곡은 이것을 암시하고 있다.

54
고려보 사람들과의 불화이야기에 대하여 연암을 그 어떤 근거노 세시하지 않고 있다. 풍문이다. 여암은 고려보 사람들을 두둔한다. 화실은 하인들을 향하고 있다.

가 드높아진다. 그 점포의 앞마루가 제법 넓고 뜰도 백여 보나 되
는데, 마루 위에는 늙고 젊은 여인 다섯이 바야흐로 부채에 붉은
물감을 들여서 처마 밑에 말리고 있었다. 이때 별안간 말몰이꾼
하나가 알몸으로 뛰어드는데 머리엔 다 해진 벙거지를 쓰고, 허리
아래엔 겨우 한 토막 헝겊을 가릴 뿐이어서 그 꼴은 사람도 아니
요, 귀신도 아니고 그야말로 흉악했다. 마루에 있던 여인들이 와자
지껄 웃고 지껄이다가 그 꼴을 보고는 모두 일거리를 버리고 도망
쳐 버린다. 주인이 몸을 기울여 이 광경을 내다보고는 얼굴을 붉
히더니, 교의에서 벌떡 뛰어내려 팔을 걷고 철석하고 그의 뺨을
한 대 때렸다. 말몰이꾼이 주인에게 따져 물었다.

“말이 허기가 져서 보리찌꺼기를 사러 왔는데 당신은 왜 공연히
사람을 치는 것이오?”

“이 녀석! 예의禮義도 모르는 녀석. 어찌 알몸뚱이로 당돌하게
구는 거야.”

주인이 때린 이유를 말하자, 말몰이꾼은 문 밖으로 뛰어나갔다.
주인은 아직 분이 풀리지 않았는지 비를 무릅쓰고 뒤를 쫓아 나
갔다. 그러나 곧 도망치던 말몰이꾼이 몸을 돌이켜 왝 소리를 내
며 한 번 그의 가슴을 움켜잡고 치니, 주인은 흙탕 바닥에 나자빠
지고, 말몰이꾼은 다시 주인의 앙가슴을 한 번 걷어차고는 달아
나버렸다. 주인이 꿈쩍도 하지 못하고 마치 죽은 듯하더니, 이윽고
일어나서 아픔을 못 이겨 비틀거리며 걸어온다. 온몸이 진흙투성
이가 되었으나 분풀이할 곳이 없어서 씨근거리면서 돌아온다. 화
가 난 눈으로 나를 보는데 무어라 말은 안 하지만 매우 험악한 기
색이다. 나는 그럴수록 넌지시 눈을 내리뜨고 얼굴빛을 가다듬어

누구도 감히 건드리지 못할 표정을 짓다가, 이윽고 얼굴빛을 부드럽게 해서 주인을 다독거렸다.

"소인小人이 무례를 저질렀습니다. 엄히 꾸짖을 것이니 마음에 두지 마시지요."

주인은 곧 노염을 풀고 웃으며 화답한다.

"참으로 부끄럽습니다. 노야께서는 그런 말씀 마십시오." [55]

빗줄기가 점차 거세져서 오래 앉아 있었더니 몹시 답답하였다. 주인이 방으로 들어가더니 옷을 갈아입고 8~9세쯤 되어 보이는 계집애를 데리고 나와서 내게 절을 시킨다. 아이 생김새는 매우 못 생겼다. 주인이 웃으며, 뜻밖의 제안을 하였다.

"이게 제 셋째 딸녀입니다. 전 사내 아이를 두지 못했답니다. 신생께선 보이 히니 니그러우신 어른이시니까 성심껏 이 아이를 선생께 바치오니, 수양아버지[義父]가 되어 주신다면 고맙겠습니다."

나는 주인을 따라 웃으며 정중히 거절하였다.

"실로 주인의 후의에 감사하고 있습니다마는 일이 그렇지 않은 것이, 나로 말하면 외국 사람으로 이번에 한번 왔다 가면 다시 오기 어려운즉, 잠깐 동안 맺은 인연이 나중에 서로 생각하는 괴로움만 남길지니 이는 한갓 부질없는 일이오."

주인은 그래도 긴히 수양딸[義女]로 삼아 달라 청하였지만, 나는 굳이 사양했다. 만일 한 번 약속하면 돌아갈 때 으레 연경의 좋은 물건을 사니 주이시 징례情禮를 올려야 하는데, 이는 우리 마두배들이 예사로 하는 일이라 한다. 쌉쌀하고도 가소로운 일이다. [56]

비가 잠시 멎고 산들바람이 일기에 곧 일어나 문을 나가니 주인이 문까지 나와서 읍하고 작별하는데 제법 섭섭한 모양이다. 청심

55
에피소드는 〈호질〉의 전주곡.
제1막. 오랑캐 만들기
주인은 중화, 연암은 조선, 말몰이꾼은 만주벌판에 사는 '민족'이다. 만주인들의 '무례한 침입'을 핑계로 중화는 그들을 오랑캐로 규정하고 조선은 동조한다.

56
제2막. 소인배 만들기
의녀義女 의부義父는 입양제도를 말하며, 그것은 제사장려정책에 연유한다. 조선 후기에 이르러 모든 백성들이 제사를 지낸다. 우리도 예禮를 아는 문화인임을 내세우기 위해서다. 그러나 그들의 제사는 (조정의 의도대로)그들의 비참한 지위를 더욱 견고하게 얽어맨다. 말몰이꾼들이 예사로 하는 수양아비 놀음은 '제사'를 말한다.
쌉쌀하고도 가소로운 일이나.
제사지내는 백성들을 깔보는 말이다. 제사의 비유가 아니라 수양아비놀음 그 자체로 볼 필요가 있다. 예禮는 차별화의 도구다. 선비들의 풍속을 천것들이 따라함으로써 그것은 깃털의 가치를 상실하였다. 연암은 이미 더러운 똥물이 묻어버린 깃털을 사양한다,

환 한 개를 내주었더니, 그는 두세 번 사양하기를 마지않는다. 이곳 여인들은 발에 검은 신을 신었으니 만주족인 듯싶다.

용읍암龍泣菴에 이르자 암자 앞 큰 나무 아래 10여 명의 한량들[閒漢]이 납량納凉을 취하고 있다. 토끼를 놀리는 자도 있고, 비파를 타고 피리를 불며 바야흐로 〈서유기西遊記〉 공연이 시작되었다.[57]

저녁에 옥전현玉田縣에 이르니 무종산無終山이 있다. 혹자는 "연소왕燕昭王의 사당이 이곳에 있었다."고 한다.

성내로 들어가서 한 점포를 조용히 구경하던 중 어디선가 피리와 노랫소리가 흘러나오기에, 정 진사와 함께 그 소리를 따라 들어가 보니 행랑채 아래에 젊은이 대여섯이 늘어앉아서, 어떤 이들은 생황을 불고 어떤 이들은 현악絃樂을 연주하고 있었다.[58] 방 가운데에는 한 사람이 의자 위에 단정히 앉았다가 우리를 보고 일어나 절하였다. 얼굴이 제법 단아하고 나이는 쉰 남짓해 보이며 수염이 희끗희끗하다. 이름을 써 보이자 그는 머리만 끄덕일 뿐, 성명을 물어도 대답하지 않는다. 사방의 벽엔 유명인들의 서화가 가득 걸려 있다. 주인이 일어나 작은 함을 여는데, 그 속에 주먹 만한 옥으로 조각한 부처가 들어 있다. 부처 뒤에는 관음상觀音像을 그린 조그마한 장자병풍이 있는데, 거기에 "태창泰昌 원년元年 춘삼월春三月 저양滁陽의 구邱가 침琛(주옥같은 경전)을 베끼다."[59] 라고 씌어 있다. 주인은 부처 앞에 나아가 향을 피우고 절을 한 뒤에 감실을 닫고 도로 의자에 앉더니, 그 성명을 글씨로 써 보인다.

"전 심유붕沈由朋입니다. 소주蘇州에 살고 있으며, 자는 기하箕霞요, 호는 거천巨川이며, 나이는 마흔 여섯입니다."

그는 매우 말수가 적으며 조용한 성품을 지녔다. 나는 곧 하직하고 일어나 문을 나오려는데 얼핏 탁자 위에 구리를 녹여서 만든 사슴이 눈에 띄었다. 사슴은 푸른 비취빛이 속속들이 스민 듯하고 높이는 한 자 남짓 된다. 그 옆에는 두어 자 남짓한 연병研屏이 있는데, 국화를 그리고 그 곁에 유리를 붙인 솜씨가 매우 기이하고 정교하였다. 서쪽 바람벽 밑에 복숭아꽃 한 가지를 꽂아놓은 푸른 화병이 있는데, 검은 호접蝴蝶 한 마리가 그 위에 앉아 있다. 처음에는 그저 만든 것이려니 하였는데, 상세히 살펴보니 비취빛 바탕에 금무늬가 수놓인 진짜 나비를 꽃잎 위에 다리를 붙여서 박제된 지 벌써 오래된 것이었다.60

벽 위에 한 편의 기이한 문장이 걸려 있는데, 백로지白鷺紙에다 가늘게 써서 격자格子를 만들어 가로 붙인 것이 한 폭 벽에 가득하였다. 글씨 역시 정교히기에 그 밑에 나아서서 한 번 읽어 본즉, 가히 절세絶世의 기문奇文이라 하겠다.

나는 다시 자리에 되돌아와서 주인에게 물었다.

"저 벽 위에 걸린 글은 어떤 사람이 지은 거요?"

"누가 지은 것인지 모릅니다."

정 진사가 말했다.

"이는 아마 근세의 작품인 듯싶은데, 혹시 주인 신생에서 붙인 '제題'가 없습니까?"

심유붕이 대답하였다.

"주인主人은 문자文字를 모릅니다. 비비 삭사의 성명도 없습니다. 한漢이 있는 줄도 모르면서 어찌 위魏와 진晉을 논할 수 있겠습니까?61

내가 되물었다.

"그럼, 이것을 이디에서 구하셨습니까?"

60
구리로 주조한 사슴은 불가佛家를 상징한다. 국화꽃 연병은 유가儒家를, 복숭아 가지 위의 호접은 도가道家를 상징한다.
사슴과 국화와 호접이 내려다보이는 벽 위에 〈호질〉이 걸려 있다. 말하자면 호랑이가 불가와 유가와 도가를 꾸짖는 것이 〈호질〉이다. 이유는 '성경잡지'에서 간음의 달인 비치의 3부인이기 때문이다.

61
'주인主人'은 자기(심유붕)를 말함이 아니다. 자기 스스로 주인이라 부르는 사람은 없으니까.
무슨 말인가?
문자이전의 시대─한─위·진.
주인은 문자이전의 주인으로서 소불수(하느님). 〈호질〉은 자연법에 근거한 작품이라는 말이다.

"며칠 전에 계주薊州 장날에 사온 것입니다."

"이것을 베껴가는 것을 허락하시겠습니까?"

"불방不妨합니다."

심유붕이 선선히 허락하기에 종이를 가지고 다시 오겠다고 약속하였다. 저녁식사 후 정군과 함께 갔더니, 주인은 벌써 방 안에 촛불 두 자루를 켜 놓고 있었다. 내가 벽 가까이 가서 격자를 풀어 내리려 하였더니, 심은 심부름하는 사람을 불러서 내려 준다. 나는 다시 주인에게 물었다.

"이것은 선생이 지으신 게 아니오?"

그러자 주인은 머리를 절레절레 흔들며 말했다.

"유有는 저 밝은 촛불과 같답니다. 저는 오랫동안 재齋(유가의 전당)에서 부처님을 받들어 오면서, (중생들에게)헛소리[譫]와 망언[妄]을 계면誡勉해 온 것을 참회懺悔하고 있습니다." 62 [有如明燭 俺長齋奉佛 懺誡譫妄]

나는 정진사를 재촉하여 그 중간에서부터 쓰게 하고, 나는 처음부터 베껴 내려갔다. 주인이 궁금한 듯 물었다.

"선생은 이걸 베껴 무얼 하시려오?"

"돌아가서 우리나라 사람들에게 한 번씩 읽게 할 것이오. 그러면 응당 배꼽을 잡고 웃다가 자빠져서, 입속에 있는 밥알이 벌처럼 날아갈 것이고, 튼튼한 갓끈이라도 썩은 새끼줄처럼 끊어질 것이오" 63

歸令國人一讀 當捧腹軒渠嗢噱絶倒 噴飯如飛蜂 絶纓如拉朽

숙소에 돌아와 불을 밝히고 훑어보니, 정 진사가 베낀 곳에 틀린 글자가 수없이 많고 빠뜨린 구절들이 있어서 도무지 문장의 이치가 연결되지 않았지만, 대략 자의적으로 점철點綴하여 한 편을 완성하였다.

62
유有' 는 불교의 '12연기' 중의 하나로서 '업業을 짓는 것' 을 말한다. 앞의 〈서유기〉는 불교가 중국에 유입되는 것을 상징한다. 그 이후 불교는 유교에 부역하였다. 지금 '선비의 옷을 입은 중' 심유붕은 민중을 기망한 업보를 참회하고 있다.

63
원문(當捧腹軒渠嗢噱絶倒)은 봉복절도捧腹絶倒와 헌거온각軒渠嗢噱의 합이다.
봉복절도捧腹絶倒: 배꼽잡고 웃다가 뒤로 자빠진다.
헌거온각軒渠嗢噱: 수레軒를 탄 우두머리渠를 죽여서嗢 껄껄噱 웃는다.
왕(수레 탄 우두머리)과 선비(튼튼한 갓끈)를 죽여야 한다는 〈호질〉의 주제를 암시하는 문장이다.

關
內
程
史
2

제9장

관내정사2
호질: 청상과부를 위한 판타지

제1막:
우상을 경계하라

범은 슬기롭고 성스러우며 문무에 능하고 자애롭고 효성스러우며 지혜롭고 어질고 웅장하고 용맹하여 천하무적인 동물이다.

그러나 비위狒胃는 범을 잡아먹고, 죽우竹牛도 범을 잡아먹고, 박駮도 범을 잡아먹는다. 오색사자五色獅子는 범을 큰 나무의 구멍에서 잡아먹고, 자백玆白도 범을 잡아먹고, 표견飇犬은 날아가면서 범과 표범을 잡아먹고, 황요黃要는 범과 표범의 심장을 꺼내어 먹는다. 활猾이란 놈은 뼈가 없는 동물이므로 범과 표범에게 일부러 잡아먹혔다가 그 뱃속에서 범이나 표범의 간을 뜯어먹고, 추이酋耳는 범을 만나기만 하면 곧 찢어서 삼킨다. 범이 맹용猛㺄이란 놈을 만나면 눈을 감고 감히 쳐다보지를 못한다.

그런데도 사람들은 맹용은 두려워하지 않고 범을 두려워하니 범의 위엄이 그만큼 지엄한 것이다.[01]

제2막:
귀신 붙은 호랑이의 욕구 3단계설

범이 개를 먹으면 취하고 사람을 먹으면 귀신이 붙는다.

범이 첫 번째 사람을 먹으면 그 사람의 귀신이 굴각屈閣이이라는 창귀倀鬼가 되어 범의 기드랑이에 붙어살면서, 범을 남의 집 무엄으로 가게 하여 솥전을 핥게 한다. 그러면 그 집 주인은 갑자기 배고픈 생각이 나서 밤중이라도 밥을 지으려 하게 된다.

범이 두 번째 사람을 먹으면 그 사람의 귀신은 이올彛兀이라는 창귀가 되어 범의 광대뼈에 붙어살면서, 범으로 하여금 높은 곳에 올라가서 사냥꾼의 행동을 살피게 한다. 만일 깊은 골짜기에 한정陷穽이나 땅에 묻힌 회살이 있으면 먼저 가서 그 덫을 제거하게 한다.

범이 세 번째 사람을 먹으면 그 사람의 귀신은 육혼鬻渾이라는 창귀가 되어 범의 턱에 붙어살면서 사기가 평소에 알던 친구들의 이름을 자꾸만 불러댄다.02

제3막:
'호랑이 밥'으로 풍자한 역사3단계

어느 날 범이 이 세 창귀들―굴각, 이올, 육혼―을 불러 모으고는 엄숙하게 말했다.

"날이 저물어 가는데 어디에서 먹을 것을 구할꼬?"

굴각이라는 창귀가 말했다.

"제가 점을 쳐보니 뿔 달린 짐승도 아니고 깃털 달린 짐승도 아닌 것이, 머리는 검고 눈 위에는 두 발 달린 짐승의 발자국이 성글게 나 있으며, 꼬리가 머리꼭대기에 붙은 것을 보아서는 제 궁둥이도 못 가리는 짐승입니다." 03

이번에는 이올이라는 창귀가 나섰다.

"동문 쪽에 먹을 만한 게 있습니다. 그 이름은 의원이라고 하는데 갖가지 약초들을 섭취하여 피부와 살이 향기롭습니다. 서문 쪽에도 먹을거리가 있습니다. 그 이름은 무당이라고 하는데 온갖 귀신들에게 아양을 떨고 날마다 목욕재계를 해서 고기가 깨끗하답니다. 이 두 고기 중에서 하나를 골라 잡수시지요." 04

범이 수염을 치켜세우며 낯빛을 붉히며 말했다.

03
굴각이 천거한 '인간' 은 뿔(모자)이나 '공작새 깃털' 이 없는 생리적 욕구형 인간. 문명 이전의 인간이다.

04
이올이 천거한 의원과 무당은 인간의 안전욕구와 관계된다. 질병과 자연재앙 미래불확실성에 대한 불안심리에서 주술문화와 구복신앙이 생겨나기 시작한다.

"의원醫員의 '의'라는 글자는 의심한다는 의疑자이다. 자기 스스로도 의심이 나는 풀을 사람들에게 시험을 해 보다가 해마다 죽이는 사람이 수만 명이다. 그리고 무당巫堂의 '무'자는 속인다는 무誣자이다. 귀신을 속이고 인민들을 미혹시켜 해마다 죽이는 사람이 수만 명이다. 수많은 사람들의 분노가 뼈에 사무쳐서 무서운 독으로 변했으니, 그 독을 먹을 수는 없는 일이다." 05

그러자 육혼이라는 창귀가 나섰다.

"살덩어리가 숲속에 있으니 그야말로 육림肉林입니다. 인자한 간과 의로운 쓸개를 가지고 있으며, 가슴에는 충성을 끌어안고 고결함을 품었습니다. 머리에는 음악을 이고 발로는 예를 실천하며, 입으로는 제자백가의 말을 임송하고, 마음으로는 만물의 이치를 통달했답니다. 그 이름은 큰 덕을 가진 선비라는 뜻의 석덕지유碩德之儒라고 하는데, 등살이 푸짐하고 몸통이 오동통하며 다섯 가지 맛을 고루 갖추고 있습지요." 06

범은 그제야 만족한 듯 눈썹을 치뜨더니 침을 흘리며 하늘을 향해 웃는다.

"짐은 그게 어떤 것인지 더 듣고자 하노라."

세 창귀가 번갈아 범에게 말했다.

"음 하나와 양 하나를 일러서 도道라 하는데, 선비는 도를 꿰뚫고 있습니다. 오행(쇠, 나무, 물, 불, 흙)이 상생하게 하고, 육기(추위, 더위, 긴조함, 습기, 바람, 비)가 서로 베푸는데, 선비는 이것을 다스리니 식사가 아름답기로야 이보다 더 나은 것이 없답니다."

범은 발끈하더니 얼굴색이 변하며 불쾌함을 토로하였다. "음양陰陽이란 것은 기氣 하나가 왔다 갔다 하는 것이거늘, 그것을 둘로

05
초기 문명은 다분히 미신적이며 주술적이었지만, 나름대로 중요한 역할을 하였으리라. 그런데 작가는 왜 '기망'으로 몰아붙이는가?
오늘날까지도 『주역』의 쓰레기인 숫자 운명학이 횡행하는 것이 우리의 현실이기 때문이다.

06
육혼이 천거한 인간은 선비. 의원과 무당을 안전욕구에, 선비를 존경욕구에 대응시킨 점이 특이하다. 초기문명의 지배자들이 안전욕구를 겨냥하여 혹세무민을 일삼았다면, 선비들은 '깃털학문'으로 인간을 지배하였다.
이상 세 가지 밥(인간)은 문명의 3단계를 상징한다. 앨빈 토플러가 '농업사회-공업사회-정보사회'를 각각 제1 제2 제3의 물결이라 하였다면, 연암은 인간정신의 각도에서 '원시시대-무巫와 의醫의 시대-선비의 시대'로 구분한다.

나누어놓았으니 선비란 것의 고깃덩어리는 잡스러울 것이다. 오행五行이란 본래 제각기 정해진 자리가 있어 서로 낳고 낳게 하는 상생관계가 아니거늘, 지금 억지로 어미와 자식의 관계로 만들고 있다. 심지어는 짠맛 신맛에까지 오행을 분배하고 있으니, 선비라는 고기는 그 맛이 순수하지 못할 게야. 육기六氣란 서로 펴고 이끌어 줄 필요 없이 저절로 잘 돌아가는 것이거늘, 그런데도 함부로 육기끼리 이끌고 밀어 준다 일컬으며 자신의 공로를 치켜세우고자 하였으니, 그 선비 고기는 딱딱하고 얹히고 순조롭게 소화되지 않는 음식이지 않겠느냐." 07

제4막:
화냥년을 위한 화냥질의 메타포

한편 정나라의 어떤 고을에 벼슬을 달갑지 않게 여기는 선비가 있었으니, 이름을 북곽선생北郭先生이라 부른다. 나이 마흔에 자신이 손수 교정한 책이 만 권이고, 아홉 가지 유교경전을 부연 설명하여 다시 책으로 지은 것이 일만 오천 권이나 된다. 천자는 그 의리를 가상하게 여기고 제후는 그 명성을 사모하였다.

그 고을의 동쪽에는 일찍 과부가 된 미모의 여자가 있는데, 동리자東里子라고 부른다. 천자가 그 절개를 가상히 여기고, 제후가 그의 현숙함을 사모하여 그녀가 사는 고을의 둘레 몇 리를 동리과부지려東里寡婦之閭 라고[08] 봉하였다. 동리자는 수절을 잘 한다지만 사실 자식 다섯이 각기 성씨가 달랐다.

어느 날 다섯 아들이 한목소리로 말했다.

"냇물 북쪽에는 닭 울음소리가 나고, 냇물 남쪽에는 별이 반짝이는데, 우리 집 방에서는 사람 소리가 나니 어쩌면 북곽선생의 목소리를 그토록 닮았더냐?"

형제들이 번갈아 분틈으로 방안을 훔쳐보았더니, 어머니 동리자

08
동리자東里子' 는 동방의 공자를,
'동리과부지려' 는 동방예의지국
을 의미한다.

가 북곽선생에게 은밀한 목소리로 청하였다.

"오랫동안 선생님의 덕을 사모하여 왔사오니, 오늘 밤에는 선생님의 책 읽는 소리를 듣고 싶사옵니다."

북곽선생은 옷깃을 여미고 똑바로 앉아서 시를 읊었다.

어머니와 북관선생의 밀회를 엿본 다섯 아들이 서로 토론하였다.

아들1 예법에 과부가 사는 대문에는 함부로 들어가지 않는다고 했거늘…….

아들2 북곽선생은 어진 선비이니 그런 짓은 하지 않을 거야.

아들3 내 들으니 정나라의 성문이 무너진 곳에 여우 구멍이 생겼대.

아들4 내가 일기로 여우란 놈은 천 년을 묵으면 능히 사람으로 둔갑한다던데.

아들5 그렇다면 저 방에 있는 사람으로 둔갑한 여우가 북곽선생인가 봐.

비로소 다섯 아들이 서로 모의하였다.

아들1 내가 알기로 여우의 갓[冠]을 얻으면 큰 부자가 될 수 있대.

09

'흥興' 이란 『시경』 육의六義(시의 6가지 종류)의 하나로서 어떤 사물을 빌려 본뜻을 나타내는 비유의 한 방식. 그러므로 '흥興' 은 중의법重意法으로 두 가지 뜻이다.
①흥미로워라.
②이 시는 '흥興' 이다.
그러면 시詩는 무엇을 말하는가? 다름 아닌 소설의 중의법. 동리자의 섹스는 2중의 화냥질이다. 하나는 남녀 간의 화냥질이며, 또 하나는 학문의 화냥질이다.[후술한다.]
'당신은 어느 쪽인가? 화냥년에게 돌을 던질 것인가? 아니면 섹스금지법을 만들어낸 학문의 화냥질을 원망할 것인가?'

아들2 여우의 신발[履]을 얻으면 백주대낮에도 그림자를 감출 수

있대.

아들3 여우의 꼬리[尾]를 얻으면 사람을 잘 홀려서 남을 흡족하

게 만들 수 있대.[10]

아들4 그러면 저 놈의 여우를 때려잡아서 나눠 갖도록 하자."

다섯 놈들이 방을 둘러싸고 우르르 쳐들어가자 북곽선생은 크

게 당황하여 도망쳤다.

[10]
갓과 신발과 꼬리는 여우(북곽선
생)의 3가지 기술. 갓은 지배의
도구다. 신발은 '오리발' 이다. 꼬
리는 '아부의 기술' 이다.

제5막:
인간의 법을 꾸짖는 자연법의 소리

북곽선생은 사람들이 자기를 알아볼까 겁이 나서 모가지를 두 다리 사이로 들이박고 귀신처럼 춤추고 낄낄거리며 문을 나가서 내닫는데 그만 들판의 구덩이 속에 빠져 버렸다. 그 구덩이에는 똥이 가득 차 있었다. 간신히 기어올라 머리를 들고 바라보니 뜻밖에 범이 길목에 앉아 비티고 있는 게 아닌가. 범은 북곽선생을 보고 오만상을 찌푸리고 구역질을 하며 코를 싸쥐고 손을 내저었다.

"에퀴, 그 선비 냄새 한 번 구리도다."

북곽선생은 머리를 조아리며 범 앞으로 기어가서 세 번 절하고 꿇어앉아 우러러 아뢴다.

"호랑님의 덕은 지극하시지요. 대인大人은 그 변화를 본받고, 제왕帝王은 그 걸음을 배우며, 자식 된 자는 그 효성을 본받고, 장수는 그 위엄을 취하며, 거룩하신 이름은 신령스런 용龍과 나란하여, 풍운이 조화를 부리시매 하토下土의 천신賤臣은 감히 아랫자리에 서옵나이다."

범은 북곽선생을 여지없이 꾸짖었다.

"내 앞에 가까이 오지 말라. 내 듣건대 유儒(선비 유)는 유諛(아첨
유)라 하더니 과연 그렇구나. 네가 평소에 천하의 악명을 죄다 나
에게 덮어씌우더니, 이제 사정이 급해지자 면전에서 아첨을 떠니
누가 곧이듣겠느냐.

천하에 이理라는 것은 하나뿐이다. 범의 본성이 악惡하다면 인간
의 본성도 악할 것이요, 인간의 본성이 선善하다면 범의 본성도 선
할 것이다. 너희들의 떠드는 천 소리 만 소리는 오상五常에서 벗어
난 것이 없고, 남을 훈계하고 권면할 때는 으레 예의와 염치를 떠들
어대지만, 도회지에 코 베이고 발꿈치 잘리고 면상에다가 자자刺字
질하고 다니는 것들이 다 오상을 지키지 못한 자들이 아니더냐.

포승줄과 먹실, 도끼, 톱 같은 형구刑具를 매일 쓰기에 바빠 겨를
이 없을 지경인데도 너희들은 죄악을 멈추지 못하는구나. 범의 세
계에서는 원래 그런 형벌이 없으니 이로 보면 범의 본성이 인간의
본성보다 어질지 않겠느냐. 그리고 범은 풀과 열매를 씹지 않고,
벌레나 물고기를 먹지 않으며, 술과 같은 어지러운 것을 즐기지 않
고, 새끼 밴 것이나 알 품은 것이나 하찮은 미물은 차마 건드리지
않는다. 그리고는 산에 들어가 노루나 사슴을 사냥하고 들에 나
가 마소를 사냥하지만, 아직 구목口腹의 누累를 끼치거나 음식의
송사를 일으킨 일은 없으니, 범의 도道야말로 어찌 광명정대하지
아니하냐.

범이 노루나 사슴을 먹으면 너희들 사람은 범을 미워하지 않다가
도, 범이 만일 마소를 먹는다면 사람들은 원수라고 떠들어대니, 이
것은 아마 노루와 사슴은 사람에게 은혜로움이 없지만, 저 마소는
너희들에게 공이 있어서 그런 것이 아니냐. 그러나 너희들은 저 마

소들이 태워 주고 일해 주는 공로도, 따르고 충성하는 생각도 다 팽개쳐 버리고, 날마다 푸줏간이 미어지도록 이들을 죽이고 심지어 그 뿔과 갈기까지 남김없이 소비하고는 다시 우리들의 노루와 사슴을 토색질하여 우리들로 하여금 산에서 먹을 것이 없고 들에서도 끼니를 굶게 하니, 하늘이 이를 공평하게 처리한다면 네 놈은 내 밥이 되어야 하겠는가, 아니면 내가 너를 놓아 주어야 되겠는가.

대개 제 것이 아닌 것을 취하는 것을 도盜라 하고, 남을 못살게 굴고 그 생명을 빼앗는 것을 적賊이라 하는 것이다. 너희들이 밤낮을 헤아리지 않고 쏘다니며 팔을 걷어붙이며 눈을 부릅뜨고, 함부로 남의 것을 착취하고 훔치면서도 부끄러운 줄을 모르며, 심지어는 돈을 형님이라 부르고 장수되기 위해서 아내를 죽이는 일까지도 있은즉, 이러고도 인륜의 도리를 논할 수 있겠는가.

뿐만 아니라 메뚜기에게 그 밥을 빼앗고 누에한테서 옷을 빼앗으며, 벌을 제압하여 꿀을 약탈하고, 심한 자는 개미 알을 담은 젓갈로 조상께 제사를 올리니 그 잔인하고도 박덕함이 너희들보다 더할 자 있겠는가.

너희들은 이理를 말하며 성性을 논하면서 툭하면 하늘을 일컬으나, 하늘이 명命한 바로써 본다면 범이나 사람이 다 한 가지 동물이요, 하늘과 땅이 만물을 낳아서 기르는 인仁으로써 논한다면 범과 메뚜기·누에·벌·개미와 사람이 모두 함께 길러져서 서로 거스를 수 없는 것이다. 또 그 선악으로써 따진다면 뻔뻔스레 벌과 개미의 집을 노략질하고 긁어 가는 놈이야말로 천하의 큰 도盜가 아니겠으며, 함부로 메뚜기와 누에의 살림을 빼앗고 훔쳐 가는 놈이야말로 인의仁義의 큰 적賊이 아니겠는가.

그리고 범이 아직까지 표범을 먹지 않음은 차마 제 겨레를 해칠 수 없는 까닭이다. 범이 노루나 사슴 먹는 것을 헤아려도 사람이 노루와 사슴을 먹는 것만큼 많지 않을 것이며, 마소[馬牛]를 놓고 따지더라도 범이 먹은 것이 사람이 먹은 것보다 많지 않을 것이며, 범이 사람을 먹는 것도 사람이 저희들끼리 잡아먹는 것만큼 많지 않을 것이다.

지난해 관중關中이 크게 가물었을 때 사람들끼리 서로 잡아먹는 것이 몇 만 명이요, 그에 앞서 산동山東에 큰 홍수가 났을 적에도 사람들끼리 서로 잡아먹는 것이 역시 몇 만 명이었으니, 그러나 서로 잡아먹기로야 어찌 저 춘추 전국 시대만 하였으랴. 춘추 그때엔 덕새이나 마 정의를 위해서 싸운다는 난리가 열일곱 번이요, 원수를 싫는다고 일으킨 싸움이 서른 번. 그들의 피는 천리를 물들였고 죽어 자빠진 시체는 백만이나 되었다.[11]

그러나 범의 세계에선 물이나 가뭄의 걱정을 모르므로 하늘을 원망하지 않으며, 원수[讐]와 덕德을 모두 잊고 지내므로 다른 생명들을 미워하지 않는다. 천명을 알고 순리에 따르므로 무당이나 의원의 간교함에 미혹되지 않고, 몸으로 실천하여 천성을 다하여 세속의 이해에 집착하지 않으니, 이것이 범이 슬기롭고도 성스럽다는 이유다. 우리는 몸의 얼룩만 하더라도 족히 천하에 문文을 베풀고 있느니라. 한 자 한 치의 병장기 하나 없이 오직 발톱과 날카로운 이빨의 이利만으로도 천하를 평정하느니라. 우리 범을 그린 제기祭器가 널리 사용되어 효孝를 천하에 전파하고 있느니라. 하루에 한번 사냥하여 먹다 남은 밥을 까마귀·솔개·참개구리·말개미 따위들을 나눠 먹이니, 이것이 너희들의 인仁이 감히 따라오지도 못

11
이상은 중화주의의 모순이다. 理→禮→刑→兵(仁義禮智信)으로 이어지는 유가의 학문. 그러나 그 요체는 선악의 이분법이며, 송작역은 중화와 오랑캐, 군자와 소인배. '오랑캐를 때려잡자' 라는 차별과 지배의 명분이다.

할 용用이니라. 억울한 모함을 당한 자는 먹지 않고 불구자나 환
자도 먹지 않으며 상복을 입은 자도 먹지 않으니, 이것이 너희들의
의義라는 것으로는 감히 따라올 수 없는 용用이라는 것이니라.[12]

참으로 불인不仁이로구나. 너희들의 잡아먹기[爲食]야말로. 덫과
함정을 놓는 것으로도 모자라서 새그물[罿]이다 고라니그물[罞]
이다 물고기그물[眾]이다 어망[罾]이다 덮치기그물[罧]이다 촘촘한
어망[罭]이다 하는 것들을 만드느라 야단들이니. 그러므로 애당초
그물[罟]이라는 것을 만든 자야말로 뚜렷이 천하에 재앙의 씨를
퍼뜨린 놈이니라. 꼬챙이다 양지창이다 몽둥이다 도끼다 세모창이
다 삼지창이다 투구다 가마솥이다 秾다[13] 하는 물건들이 있지 않
나. 게다가 한 번 터지면 그 소리는 화악華嶽을 무너뜨릴 듯하고
그 불기운은 음양陰陽을 파괴할 듯하고 그 사나움이 우레보다 더
한 화포火礮란 것이 있지 않더냐.[14]

이렇게 무서운 무기들로도 포학暴虐을 부리기에 부족하였던지 이
번에는 부드러운 털을 빨아서 아교를 붙여 날을 만들었으니, 그 모
양은 대추씨처럼 뾰족하고 길이는 한 치도 안 된다. 오징어 먹물 같
은 시커먼 물에 듬뿍 찍어서는 종횡무진 치고 찌르는데, 굽은 것은
굽은 창 같고, 날카로운 것은 작은 칼 같고, 갈라진 것은 가지창 같
고, 곧은 것은 화살 같고, 팽팽한 것은 활 같아서, 이 병장기가 한
번 번뜩이면 모든 귀신들이 밤중에 곡哭할 지경이니라.[15]

사태가 이 지경이니 서로 참혹하게 잡아먹기로야 뉘라서 너희들
보다 더할 자 있겠느냐."

제6막:
무대 위에 남겨진 미션

북곽선생은 자리를 옮겨 엎드려 거듭 머리를 조아렸다.

"전傳에 이르기를 '비록 악인惡人이라도 목욕재계하면 상제上帝를 섬길 수 있다.' [16] 하였으니, 하토下土의 천신賤臣이 삼히 호랑님의 가르침을 받들겠사옵니다."

선생은 숨을 죽이고 명령을 기다렸지만 오래도록 아무 동정이 없다. 황망히 머리를 조아리다가 고개를 들어 우러러보니, 이미 동이 터서 주위가 밝아졌는데 범은 간 곳이 없었다. 마침 새벽 참에 밭 갈러 나온 농부가 물었다.

"선생님, 왜 이른 새벽에 들판에다 절을 올리십니까?"

북곽선생은 엄숙히 말했다.

"시경에 '하늘이 높다 해도 머리를 아니 굽힐 수 없고, 땅이 두텁다 해도 조심하시 않을 수 없나.'하였느니라." [17]

16

출전: 『맹자』 이루편.
孟子曰 西子蒙不潔 則人皆奄鼻
而過之 雖有惡人 齋戒沐浴 則
可以祀上帝 서시 같은 미인이라
도 더러운 옷을 입으면 사람들
은 모두 코를 막고 지나갈 것이
다. 비록 악인이라도 목욕재계하
면…….
'깃털(공자님 말씀)을 소유하라.
그러면 천국에 갈 것이니.'
호랑이는 전傳을 꾸짖었는데, 북
곽선생은 전傳의 테두리 안에서
반성하고 있다.

17

북곽선생은 『시경』 소아편 '정
월正月'을 인용하여 또 다시 굴
종의 철학을 가르치고 있다.
작가는 그 다음 구절(天之扤我
如不我克 하늘이 노하여도 내 스
…를 이긴만 못하다.)로 관개들에
게 혁명의 미션을 전한다.
'하늘은 북곽선생을 죽어주지 않
는다. 그것은 근대인간의 몫이다.'

후지:
인민이 승리하리라

18
'연암씨' 라는 3인칭은 작가의 말이라는 말이다.

연암씨燕巖氏는 말한다.[18]

1 이 글은 비록 작자미상이지만 아마도 근세 중화인이 비분강개를 참지 못해서 지은 글일 것이다. 근래 세상운명이 암흑처럼 암울해지면서 오랑캐의 화禍가 맹수보다도 더 심한데, 염치를 모르는 선비들은 알량한 글귀나 주워 모아서 시류에 영합하고 있으니, 어찌 무덤을 파내는 유학자라 아니하겠는가.[豈非發塚之儒] 범 같은 짐승도 먹기를 달갑게 여기지 않을 자들이 바로 이런 선비들이다.[19]

19
선비들은 명나라의 무덤에서 청나라의 우상을 부활시키고 있다는 비판이다. '후지' 는 불온성이 노출되는 위험을 피하기 위해서 청나라로 시선을 돌리고 있다.

2 이제 이 글을 읽어보니 이치에 어긋나는 말이 많고, 저 『장자』의 거협胠篋이나 도척盜跖과 뜻이 같다. 그러나 천하의 뜻있는 선비라면 어찌 하루라도 중국을 잊을 수 있겠는가. 지금 청淸이 천하의 주인이 된 지 겨우 4대째건만 임금들은 모두 문무를 겸비하고 천수를 누리며 평화를 노래한 지 백 년. 온 누리가 평화로우니, 이는 일찍이 한漢·당唐 때에도 보지 못했던 일이다. 이와 같은 안정과 건설의 지혜를 살펴보건대, 이 또한 하늘이 정한 제왕이라 아니할 수 없을 것이다.[20]

20
청나라는 '하늘의 뜻' 이다? 작가는 이렇게 담론의 화두를 던졌다.

3 일찍이 맹자의 제자 만장이 하늘이 다음 제왕을 정할 때 알뜰하게 제왕에게 계시하시는지 의심스러워 성인에게 질문했더니, 성인은 하늘의 뜻을 이렇게 설명하였다.

"하느님은 말씀으로 하지 않고 실천[行]으로써 그것을 표시하는 것이다." [21]

나는 일찍이 이 글을 읽다가 이곳에 이르러선 퍽 의심스러웠으니, 이제 나는 감히 묻는다.

하느님께선 실천으로써 그 의사를 표시하실진대, 저 오랑캐의 제도로써 중화의 것을 뜯어 고친다는 것은 천하의 커다란 모욕이니, 저 백성들의 원통함이 얼마나 크겠는가. 또한 향기로운 제물과 비린내 나는 제물은 각각 그 덕德이 다른 것이니, 하늘의 신들은 인간이 바치는 제물을 흠향할 때 어떻게 그 냄새를 맡을 것인가.

그러므로 사람이 서 있는 자리에서 본다면 중화中華와 오랑캐의 구별이 뚜렷하겠지만, 하늘의 소명이라는 관점에서 보면 은殷의 후관冔冠이나 수周의 면류관도 시대에 따라 변하는 것인 바, 어찌 유독 청나라들의 붉은 모자만을 의심한단 말인가. [22]

하늘이 인간세상을 정한다는 설說에서 시작하여 일정한 시간이 지나가면, 사람과 하늘이 서로 돕는다는 이理가 인정될 것이고, 마침내 원점으로 돌아가서 기氣의 소리를 경청할 것이다. [23]

검증되지 못한 성인의 말씀이 예언서가 아님에도 그들은 문득 이렇게 말한다.

"천지의 기수氣數가 이와 같은 것이지."

오호라. 이것이 어찌 진정한 기수氣數이겠는가.

아아, 슬프다. 명明의 왕택王澤이 이미 고갈되었도나. 중원의 선비들이 머리를 깎아 변발을 한 지도 백 년의 세월이 흘렀다. 그런데 자나 깨나 가슴을 치며 오매불망 명明 황실을 생각함은 무슨 까닭인가? 이는 차마 중국을 잊지 못함이다. [24]

[21]
맹자의 말장난이다. 결과를 보고 '이것이 하늘의 뜻이었구나.' 하는 것은 성공한 쿠데타는 정당하다는 논리학에 불과하다.

[22]
청나라가 '역시 '하늘의 뜻' 임을 인정하라. 그러나 이것은 오직 '하늘의 뜻' 이라는 맹자의 프레임 속에서 정당할 것이다.

[23]
맹자의 프레임을 벗어나 왕권신수설에서 사회계약설·천부인권설로 이동하고 있다.

[24]
명나라의 선비들은 이미 청나라의 옷으로 갈아입었다.
조선의 신비들은 자나 깨나 명나라를 연모한다. 차마 명나라를 잊지 못해서인가?
아니다. 명나라의 죽음을 인정하는 순간 사대부들의 세상은 끝장이기 때무이다 바어법이다.

■4 청이 자기를 지키는 계책도 역시 허술하다. 그들은 전대의 오랑캐 출신 천자들이 중화의 풍속과 제도를 본받다가 쇠망했음을 반면교사로 삼아 철비鐵碑에 글을 새겨서 전정箭亭에 파묻었다. 그들은 자기들의 옷과 벙거지를 부끄러워하지 않은 적이 없다고 스스로 말하면서도, 오히려 세력에만 마음을 두어 옷과 벙거지 따위에 고집을 부리고 있으니 그 어찌 어리석은 일이 아니겠는가. 저 문왕文王의 꾀와 무왕武王의 높은 공렬로도 말주 주왕紂王이 저질러 놓은 오랑캐를 업신여기는 풍조를 막지 못했거늘, 구구하게 저 하찮은 의관 제도를 강요해서 무엇을 하자는 것인가. 그들의 옷과 벙거지가 진정 싸움에 간편하다면 저 북적北狄이나 서융西戎의 그것들은 무엇인가? 옷과 벙거지 따위를 가지고 온 천하의 인민들을 모두 욕된 구렁에 몰아넣으면서 '너희들이 잠깐 수치를 참으면 우리처럼 강하게 될지어다.'라고 호령하고 있으니, 나는 그 '강강强'을 모르겠다.[25]

저 신시新市·녹림綠林의 적미적赤眉賊이나 황건적黃巾賊처럼 그 눈썹을 붉게 물들이거나 노란 수건을 써서 보통 사람들과 다르게 해야 도적놈이 되는 것은 아니리라. 가령 어리석은 인민들이 한번 일어나서 그들이 강제로 씌운 벙거지를 벗어서 땅에 팽개친다면, 그것으로 청 황제는 벌써 천하를 앉은 자리에서 잃어버리게 될지니, 지난날 자기들을 강하게 해 줄 것이라 믿고서 뽐내던 벙거지가 도리어 망하는 실마리가 되지 않겠는가. 그렇게 된다면 그 철비鐵碑를 새겨 묻어서 후세에 경계한 일이야말로 어찌 부질없는 짓이 아니겠는가.[26]

이 편은 애초엔 제목이 없으므로 이제 본문에 나오는 '호질虎叱'이란 두 글자를 따서 제목을 삼아 저 중원의 혼란이 맑아질 때까지 기다릴 뿐이다.[27]

〈햄릿〉으로 읽는 〈호질〉의 르네상스

> 내일은 밸런타인데이.
>
> 아침 일찍 일어나 창가에 서면
>
> 나는 당신의 여인.
>
> 젊은 남자는 방문을 열고
>
> 소녀에게 들어오라 하였지만
>
> 들어갔다 나오는 소녀는 이미 처녀가 아니더라.
>
> 예수의 이름으로, 성인의 자비로
>
> 아, 세상에 저런 망측한 일이 있나요!
>
> 젊은 남자가 그런 일을 저지른다면
>
> Cock(수탉, 남근 또는 신神)의 저주가 내려질 거예요.
>
> 소녀가 말 했죠.
>
> "나를 갖기 전에 당신은 결혼을 약속했잖아요?"
>
> 남자가 대답했답니다.
>
> "낮에는 그랬지만, 한번 껴안고 나니 마음이 변했다네."

〈햄릿Hamlet〉 제4막 제5장 오필리아의 노래다.

선왕 햄릿이 의문의 죽음을 당한다. 선왕의 동생 클로디어스가 왕위를 찬탈하고 형수인 거트루드 왕비와 결혼한다. 아버지를 잃은 지 한 달도 못되어 삼촌과 재혼해버린 어머니가 얼마나 야속하겠는가. 주인공 햄릿은 '더러운 년'이라느니 '화냥년'이라느니 하면서 어머니에게 원망과 저주를 퍼붓는다. 관객들은 가련한 햄릿에게 한없이 연민한다.

그러나 오필리아의 노래는 주인공과 관객들에게 또 다른 '관점'을 제시함으로써 반전을 이끌어낸다.

처녀의 순결을 빼앗은 젊은 남자는 누구인가?

이렇게 노래하세요. "타락자(a-down-a) 타락자, 그 분은 끝없는 타락
자"라고 말이에요. 빙글빙글 돌아가는 수레바퀴에 장단이 잘도 어울
리네요. 주인집 딸을 훔친 그 청지기(steward)는 나쁜 사람이에요.

청지기는 교회의 사제들. 사제들은 오랜 세월 수레바퀴처럼 돌
고 돌아가며 하느님의 '말씀'을 왜곡하여 왔으니, 주인집 딸은 하느
님 말씀이며 젊은 남자는 신성한 말씀을 겁탈한 청지기들이다. 그
들이 하느님 말씀을 겁탈하여 만들어낸 것은 여자는 재혼할 수
없다는 계율(법도). 결국 햄릿은 청지기들에게 겁탈 당한 하느님
말씀을 잣대로 어머니를 심판해 온 게 아닌가.

그렇다면 다시 연극을 보자.

1막5장, 덴마크왕국 엘시노성의 망대 위에 선왕의 망령이 나타
나 아들 햄릿에게 사명(mission)을 전한다.

"복수하라. 덴마크 왕실의 거룩한 침실을 추악한 정욕으로 더
럽힌 클로디어스를 죽여라. 그러나 절대로 어머니를 다치게 해서
는 안 된다. 잘 있거라, 잘 있거라. 나를 기억해다오.(Adieu. Adieu.
Remember me.)"

'Remember me'는 곧 르네상스를 말한다. '나를 기억해다오.' 햄
릿이 기억해내야 할 것은 찬란한 고대문명. 선왕의 죽음은 다름
아닌 고대의 죽음이었으니, 거트루드 왕비는 중세의 왕 클로디어스
에 의하여 짓밟힌 고대의 고귀한 정신이다.

셰익스피어의 마법은 다름 아닌 중의법. 클로디어스와 거트루드
왕비의 간음은 두 가지 화냥질을 의미한다. 하나는 남자 여자의

섹스이며, 또 하나는 말씀을 왜곡한 청지기들의 겁탈이다. 이렇게 2중의 화냥질을 연출해놓고 작가는 관객들에게 묻는다.

'간음한 여인(소전제)에게 돌을 던질 것인가? 아니면 겁탈당한 말씀(대전제)을 원망할 것인가?'

화냥년을 위한 화냥질의 메타포.

〈햄릿〉과 〈호질〉은 잃어버린 화냥년들의 자유를 위한 기억해내기 위한 화냥질의 메타포다. 〈햄릿〉이 서구의 르네상스를 상징한다면 〈호질〉은 조선의 르네상스 선언이다.

〈호질〉에서 오필리아의 노래는 어디에 있을까?

다름 아닌 북곽선생의 시詩다. 작가는 시의 의미를 명확히 전달하기 위해서 맨 마지막에 '흥야興也'라는 사족을 달았다. 『시경』의 육의六義(風 雅 頌 興 比 賦) 중에서 흥興이라는 장르를 대표한다는 『시경』 국풍國風편 '관저關雎'를 보라.

關關雎鳩(관관저구)	끼룩끼룩 우는 저 물수리
在河之州(재하지주)	강가 모래톱에 앉아 있네.
窈窕淑女(요조숙녀)	정숙하고 어여쁜 아가씨
君子好逑(군자호구)	군자의 좋은 배필이로다.

1~2행은 은유로서 변주 관념이며, 3~4행은 원관념이다.

'물수리가 강가 모래톱에 사는 것처럼, 요조숙녀라면 군자와 짝을 지어야 않겠나.'

요조숙녀들은 군자와의 백년해로를 꿈꾸었을 것이고, 그리하여 고고한 군자들이 세상에 탄생하였으리라. 그런데 그 아름다운 깃털세상은 수많은 요조숙녀들이 독수공방으로 허망하게 늙어가는 기막힌 역설의 세상. 이제 연암은 유가의 깃털학문이 만들어낸 깃털세상을 그들의 방식으로 조롱한다.

鴛鴦在屛 (원앙재병)	원앙은 병풍 속에 있는데,
耿耿流螢 (경경유형)	타는 욕망은 꺼질 줄 모르누나.
維鬶維錡 (유심유기)	저기 각기 다른 세 발 달린 가마솥은
云維之型 (운유지형)	누구의 틀을 본떠서 만들었나.

원앙(남편)은 병풍 속에 있다.

병풍 속에는 성현들의 아름다운 문장들이 적혀 있을 것이니, 다름 아닌 북곽선생北郭先生의 학문이 병풍 속 원앙(남편)이다. 북곽선생은 북쪽 성곽(만리장성)이라는 거대한 소굴에 살아온 유가의 아바타. 북곽선생을 향한 동리자의 끊임없는 열정은 이미 다섯 명의 '세 발 달린 가마솥'을 낳은 상황. 다름 아닌 삼강오륜이 동리자의 다섯 아들이다. 동리자東里子는 북곽선생의 학문과의 화냥질로 삼강오륜 따위의 법도를 생산하는 '동방[東里]의 공자[子]'들. 그러므로 북곽선생과 동리자의 화냥질은 두 가지 간음을 의미한다. 하나는 남자 여자의 간음이며, 또 하나는 학문의 간음이다. 2중의 간음을 연출해놓고 작가는 관객들에게 묻고 있다.

'화냥년에게 돌을 던질 것인가? 아니면 여인의 자유를 빼앗아간 학문의 화냥질을 통탄할 것인가?'

명청교체기의 소용돌이에서 북쪽 성곽(만리장성)이 무너지고, 북곽선생은 또 다시 동리자들의 안방을 기웃거리고 있다. 동리자들

은 어떤 사람들인가? 크게 북벌파와 실학파 북학파다. 북벌론자들
은 북벌론자들대로, 실학자는 실학자대로, 북학파는 북학파대로 열
심히 북곽선생의 책을 베끼면서 새로운 춘추대의를 생산하고 있다.

그런데 '후지'에서 작가 연암은 '남의 무덤을 파내는 유학자들'을
운운한다. 북곽선생들(명나라의 선비들)을 초대하여 사고전서라는 신
중화를 탄생시키는 청나라의 모습을 말함이다. 그러나 그것은 이
미 〈속재필담·상루필담〉에서 비치와 세 부인의 간음으로 조명하
였으며, 여기서 북곽선생과 동리자의 간음은 조선의 상황이다. 말
하자면 '후지'는 시선을 청나라로 유도하는 글이며, 그런 가운데서
도 청나라의 멸망을 민중의 승리를 예언하고 있다.

이제 열하일기의 골격을 이루는 세 개의 판타지를 그려보자.

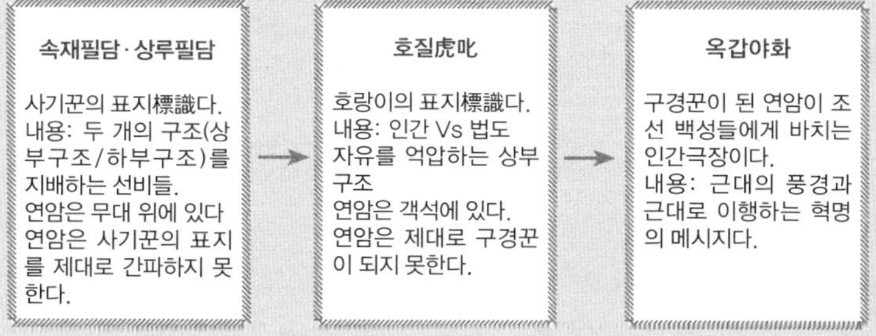

세 개의 판타지는 세 개의 야화夜話다.

옥전玉田과 옥갑玉匣이라는 지명을 의도적으로 사용한 작가의
취지에 비추어 〈호질〉은 옥전야화라 할 것이며, 그 연장선에서 쌍
둥이 필담을 '성경야화'라 할 것이다.

성경야화와 옥전야화는 2단계 학문의 간음이며, 그 2단계 간음
으로 탄생한 삼강오륜 따위의 법도가 조선 민중을 지배하고 있다.

<호질>은 거기까지다. <햄릿>은 간음으로 탄생한 법도를 폭로하고, 중세의 왕 클로디어스를 죽이는 타도의 서사다. 그러나 <호질>은 타도의 서사이지만 미완의 서사다. 주인공의 성찰은 아직 '타도'에 이르지 못하였으며, <호질>의 주인공은 어디까지나 호랑이이다. 호랑이가 떠난 마지막 무대에서 북곽선생은 '나 잡아봐라!'하면서 인간을 조롱하고 있다. 북곽선생을 죽이는 것은 인간의 몫이라는 뜻으로 도강록 첫날 주인공에게 부여된 미션(춘추대의를 죽여라)이 이제 비로소 구체화 된 것이다. 그러므로 연암은 다시 먼 길을 떠날 것이다. 조선의 거룩한 침실을 더럽히는 황제를 죽이기 위해서. 우리가 건설해야 할 새로운 세계를 모색하기 위해서.

다음권으로 계속 >>>